Y DDYLED

I Russ

Yn bennaf am fod yn frawd gwych,
ond yn rhannol hefyd am dy ddileu yn
gyfan gwbwl o 'hanes' fy mywyd.

Argraffiad cyntaf: 2014

Cynllun y clawr: Steffan Dafydd
(www.steffandafydd.blogspot.co.uk / @steffdafydd)
Llun y clawr: Simon Boughton
(www.simonboughton.net / @srboughton)

Rhif Llyfr Rhyngwladol: 978 1 84771 987 4

Dymuna'r cyhoeddwyr gydnabod cymorth ariannol
Cyngor Llyfrau Cymru

Cyhoeddwyd ac argraffwyd yng Nghymru
ar bapur o goedwigoedd cynaladwy gan
Y Lolfa Cyf., Talybont, Ceredigion SY24 5HE
e-bost ylolfa@ylolfa.com
gwefan www.ylolfa.com
ffôn 01970 832 304
ffacs 01970 832 782

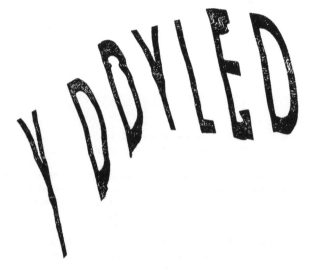

Llwyd Owen

yLolfa

"I am an onlooker in my own dream.
I am my own ghost, kissing its fingertips."

Cymeriad Samson Young

(*London Fields* – Martin Amis)

Yn seiliedig ar storïau gwir...

SYCHDER

Fel pob nofel arall, mae hon hefyd yn dechrau gyda thudalen wag. Ond yn anffodus, dw i 'di bod yn syllu ar sgrin wen fy nghyfrifiadur ers misoedd bellach, heb sgwennu mwy na brawddeg neu ddwy, paragraff ar y mwyaf, cyn dileu'r cyfan a cheisio dechrau eto. Dyma hunllef pob awdur. Anialwch ymenyddol. Sychder syniadau. Writer's block. Ac mae pob galwad gan Malcolm Abbeywell, fy asiant llenyddol o gwmni ABC Literary Services yn Llundain, yn gwneud y sefyllfa'n waeth.

"Almost there now, Mal," clywaf fy hun yn dweud wrtho'n wythnosol. "Another couple of weeks, tops." Mae'r celwydd yn llifo mor ddiymdrech o 'ngheg fel fy mod i bron yn ei gredu fy hun. *Bron*. Ond, wrth gwrs, mae'r sgrin wag sy'n syllu arnaf mor gyhuddgar yn fy atgoffa'n gyson o'r gwir. O fy methiant. Fy niffyg. Fy anallu.

Beth ddigwyddodd? Ble aeth fy nhalent? A oedd talent yno yn y lle cyntaf? Mae'r gwobrau, y cyfrif banc ffyniannus a'r ffaith fod fy nwy nofel ddiwethaf yn dal i fod yng nghant uchaf gwerthwyr gorau Amazon, a hynny ddwy flynedd ar ôl cyhoeddi'r ail ohonyn nhw, yn awgrymu fod yna o leiaf ychydig o allu yn llechu ynof yn rhywle.

Fy enw yw Llwyd Owen a dw i'n alcoholig. O, na, arhoswch funud, yr AA anghywir yw hwnnw (aelod o Awduron Anonymous ydw i). Rwy'n dri deg chwech oed ac, ar wahân i dair blynedd ym mhrifysgol Aber, dw i 'di byw yng Nghaerdydd gydol fy oes. Ers 2001, dw i 'di cyhoeddi pum nofel – tair yn y Gymraeg a dwy yn Saesneg. Daeth fy nofel gyntaf yn ail yng Ngwobr Goffa

Daniel Owen mewn rhyw Eisteddfod Genedlaethol wnes i ddim ei mynychu, gan fethu â chipio'r brif wobr oherwydd ei bod hi'n 'mynd tu hwnt i ffiniau cyhoeddi arferol', beth bynnag mae hynny'n ei olygu. Ta beth, sa i'n chwerw am y peth. Bellach. Nawr fy mod i'n filiwnydd (*wah ha ha ha ha!!!*). Enillodd fy ail nofel wobr Llyfr y Flwyddyn yn 2004, ond ar ôl cyhoeddi'r drydedd yn 2005 penderfynais ehangu fy ngorwelion – heb sôn am falans fy nghyfrif banc – a sgwennu'r gyntaf mewn cyfres o nofelau mewn arddull Americanaidd, à la fy arwyr mawr Elmore Leonard, Carl Hiaasen a George Pelecanos ymhlith eraill. Stori hir yn fyr: gyda help Malcolm, fy asiant, gwerthodd y gyfrol gyntaf 426,036 o gopïau yn fyd-eang yn ystod y flwyddyn ar ôl ei chyhoeddi, yn ogystal ag ennill gwobr y Golden Dagger, cyn cael ei haddasu ar gyfer y sgrin gyda Matthew Rhys yn chwarae rhan Idris Roach, y prif gymeriad (un o amodau gwerthu'r hawliau i Mr Weinstein yn Miramax). Sicrhaodd llwyddiant y ffilm fod yr ail lyfr yn y gyfres wedi gwerthu dros ddwywaith cymaint â'r llyfr cyntaf, a dyma fi nawr yn ceisio, ond yn methu, cwblhau'r saga, cyflawni'r cytundeb ac ymdoddi i dawelwch cyrion Caerdydd i sgwennu er pleser, yn hytrach na theipio er gorfodaeth, yn unol â 'nghytundeb. Er fod y nofelau'n adrodd hanes anturiaethau cymeriad Idris Roach, nid yw'r gyfres yn ddilyniant o ran stori sy'n ymestyn dros dri llyfr. Yn wir, ar ddiwedd yr ail nofel, ymddeolodd Idris i gaban pren yn y mynyddoedd ar ôl ymchwilio, a datrys, achos hynod erchyll, felly gallai'r drydedd gyfrol ei arwain i unrhyw le mewn gwirionedd. A dyna, efallai, yw'r broblem.

A falle'ch bod chi'n meddwl 'mod i off fy mhen wrth ddarllen hyn, gan nad yw 'Llwyd Owen' wedi cyhoeddi dim byd ers *Yr Ergyd Olaf* yn 2005, a byddech chi'n iawn, ar y ddau bwynt i raddau. Ydw, dw i off fy mhen (diolch yn bennaf i'r writer's block, ond heb anghofio cymhlethdodau lu fy mywyd); a na, dyw 'Llwyd Owen' heb gyhoeddi gair ers 2005. Ond, chi'n gweld, er fod Malcolm wrth ei fodd â'r gyfrol gyntaf, heb sôn am y cyhoeddwyr oedd yn ffurfio rhes daclus i daflu arian ataf, roedd pob un yn cytuno y byddai fy enw yn rhwystr i lwyddiant, yn enwedig yn America. A dyna pam nad yw 'Llwyd Owen' wedi cyhoeddi dim ers bron degawd, gan mai 'Floyd Ewens' yw fy enw proffesiynol bellach. Ar ben hynny, sa i byth yn ymddangos ar y teledu na'r radio, a dw i'n ceisio osgoi ymddangosiadau cyhoeddus ar bob cyfrif, felly sdim rhyfedd nad ydych chi wedi clywed amdanaf yn ddiweddar.

Doedd Lisa ddim yn meddwl fod cyhoeddi o dan enw gwahanol yn syniad da, ond doeddwn i ddim yn teimlo'n annifyr am y peth o gwbwl. Fel rhywun sydd wedi gorfod addasu a newid fy enw ar hyd fy mywyd – un o ganlyniadau tyfu i fyny ym mhrifddinas Cymru, wedi fy amgylchynu gan bobol nad oedden nhw'n gallu siarad Cymraeg – roedd 'Floyd' yn teimlo fel hen ffrind ta beth, gan mai dyna oedd fy llysenw ers cyn cof. A rhaid cyfaddef ei fod yn well na'r dewisiadau eraill, sef Chlwyd, Thlwyd, Swyd, Clwyd ac ati. Roeddwn i'n awyddus i gadw'r 'Owen' ond, rywffordd, perswadiodd Malcolm fi i fabwysiadu 'Ewens'. Sa i'n gallu cofio sut na pham, ond rwy'n cofio fod ei ddadl yn cynnwys cyfeiriad at Ian McEwan, er fod y cyd-destun yn niwlog braidd bellach, fel gweddill fy mywyd. Erbyn hyn, wrth gwrs, sdim ots 'da Lisa tasen i 'di galw fy hun yn Gareth Glitter, diolch i'r ffaith ei bod hi'n byw fel brenhines ar draul fy llwyddiant llenyddol ac yn cyd-breswylio â rhywun arall yn ein cartref priodasol.

Fel pysgotwr heb abwyd, rwy'n castio unwaith eto i lyn lle nad oes gobaith bachu unrhyw beth. Ddim hyd yn oed hen esgid neu droli Tesco rhydlyd. Mae'r writer's block yn deillio o'r ffaith fy mod i'n ei chael hi'n hollol amhosib sgwennu nofel arall am gangsters, hoods a ditectifs preifat. Fi 'di diflasu'n llwyr, dyna'r gwir. Er hynny, rhaid i fi sgwennu *rhywbeth*, neu bydd yn rhaid i fi ad-dalu'r blaendal chwe ffigwr. Y gwir yw 'mod i'n teimlo fel ffugiwr. Twyllwr llwyr. Sa i 'di sgwennu am rywbeth dilys, rhywbeth sy'n golygu unrhyw beth i fi, ers fy ail nofel. Mae'r cyfoeth – y gwrthrychau a'r asedau – yn neis, i raddau, ond sdim boddhad bellach yn yr hyn dw i'n ei wneud i ennill bywoliaeth. Yr hyn dw i eisiau ei wneud yw troi'r camera'n fewnol, fel petai, ac archwilio fy ngwir deimladau, fy ngwir gredoau, fy ngwir safbwyntiau. Ond rwy hefyd yn gwybod fod yn *rhaid* i fi gyflawni'r cytundeb. Does dim dianc rhag hynny. A ta beth, pwy fyddai eisiau darllen amdana i a'r hyn sy'n mynd trwy fy meddwl? Mae fy mywyd i *mor* ddiflas, *mor* ddi-fflach, *mor* amddifad o antur a diddordeb. Dyma fi, yn fy sied, yn halio a smocio ac yfed a chrio: y diwedd.

Gallaf gofio'r holl gyfiawnhau roedd yn rhaid i fi ei wneud ar ddechrau fy ngyrfa oherwydd 'mod i'n sgwennu am 'isfyd' dinas Caerdydd, a'r troseddu oedd yn rhan annatod o fy nofelau, yn hytrach na sgwennu am yr ysgol Sul, y côr meibion neu'r tîm rygbi. Dw i 'di dyfeisio cysylltiadau ffug a hanesion tylwyth teg i gyfiawnhau fy straeon, neu yn hytrach fy hawl i ysgrifennu am bethau o'r fath. Ond y gwir yw, ar wahân i un digwyddiad yn fy arddegau – sy'n dal i daflu cysgod dros fy modolaeth – a fy ymweliadau cyson â Doc, sa i 'di cael lot o gysylltiad uniongyrchol â phobol ddrwg y ddinas hon, nac unrhyw ddinas arall. Er hynny, roeddwn i'n barod i frwydro dros fy hawl i ysgrifennu am beth bynnag o'n i eisiau, ac er fy mod yn dal i gredu yn yr *hawl* i wneud, sa i *eisiau* gwneud bellach. Erbyn hyn, dw i eisiau cyflwyno fy enaid ar blât i'r darllenwyr, dadorchuddio fy nghnawd a rhannu fy ngwir deimladau a fy holl fethiannau gyda'r byd. Achos, heb os, dyna ydw i yn y bôn – methiant mewn cymaint o ffyrdd.

Tase darllenwyr nofelau Floyd Ewens yn gallu gweld realiti fy mywyd – y diflastod, y segura, y diffyg antur – bydden nhw'n siŵr o chwerthin. Yn ddiweddar, gyda'r pwysau'n cynyddu, dw i'n canfod fy hun yn dymuno profi bach o gyffro yn fy mywyd, yn y gobaith y bydd hynny'n fy ysgogi i ailgydio yn yr ysgrifennu, rhuthro trwy'r drydedd gyfrol ddiawledig 'ma a ffarwelio ag Idris Roach unwaith ac am byth. Ond wedyn, dw i'n agor potel o Grolsch, tanio sbliff a gwylio'r cymylau o fy malconi ar ben Mynydd Caerffili, a meddwl 'Fuck it, beth yw'r pwynt? Yn unrhyw beth?' A sa i'n credu am eiliad fod Leonard, Hiaasen na Pelecanos yn *byw* bywydau eu cymeriadau yn llythrennol, ond fi *yn* siŵr eu bod nhw'n gwneud o leiaf ychydig bach o ymchwil – cysgodi'r heddlu, siarad â charcharorion neu gyn-droseddwyr neu beth bynnag – yn hytrach na theipio geiriau i Google neu Wikipedia fel dw i'n ei wneud. Yr eironi chwerthinllyd yw hyn: er fod fy nofelau'n llawn perygl ac arswyd, y peth mwyaf bygythiol yn fy mywyd i yw lesbian o'r enw Siân.

Roedd y weithred o ysgrifennu yn arfer bod mor hawdd a diymdrech. Greddfol, hyd yn oed. Ond nawr, o dan bwysau, mae'r inc a'r ymennydd wedi sychu, a'r geiriau'n pallu tanio. Mae'n ymddangos i fi mai dim ond pan ry'ch chi'n dechrau meddwl am y broses o ysgrifennu mae'r problemau'n dod i'r amlwg. Ar ben hynny, dw i 'di gwneud ymdrech fawr i ynysu fy hun dros y blynyddoedd. Fues i erioed yn blentyn poblogaidd. Dim ond dau ffrind oedd gen i'n tyfu fyny. Fi wastad wedi bod yn hapus yn fy nghwmni fy hunan. Yn wir, rwy'n hapusach yn fy nghwmni fy hunan nag yng nghwmni neb arall. Ar wahân i Lisa. A dw i 'di ei gwthio hi i ffwrdd hefyd. Po fwyaf o lwyddiant ro'n i'n ei brofi, y lleiaf o ryngweithio cymdeithasol ac/neu broffesiynol roedd yn rhaid i fi ei wneud. Cyn y llwyddiant gyda nofelau Idris Roach, ro'n i'n cymryd rhan yn rheolaidd mewn digwyddiadau llenyddol cyfrwng Cymraeg, yn bennaf yng Nghaerdydd ac fel arfer gyda Jon Gower wrth y llyw, neu o leiaf yn ganolog i'r drafodaeth. Ond bron dros nos, daeth hynny i ben. Yn wyrthiol, doedd dim rhaid i fi wneud braidd dim i hyrwyddo fy nofel Saesneg gyntaf, gan fod y gyfrol yn gwerthu heb unrhyw fewnbwn gen i. Malcolm a thîm marchnata'r cwmni cyhoeddi sy'n haeddu'r clod i gyd, er mai fi sy'n tueddu i'w gael. Fwyaf sydyn, doedd dim rhaid i fi wneud unrhyw ymdrech i wneud bywoliaeth, a honno'n fywoliaeth dda. Ro'n i'n gyfoethog. Yn gyfoethog iawn. A doedd dim angen neb arna i wedyn. Ddim hyd yn oed Lisa. Neu o leiaf, 'na beth o'n i'n 'i feddwl ar y pryd. Y peth negyddol am hynny, wrth gwrs, yw po fwyaf ynysig y'ch chi, y lleiaf o brofiadau y'ch chi'n eu cael; a'r lleiaf o brofiadau y'ch chi'n eu cael, y lleiaf o bethau sydd 'da chi i ysgrifennu amdanyn nhw. A dyma fi, yn byw bywyd diflas ac unig ac felly'n methu tanio'r dychymyg a llenwi hyd yn oed un ddalen o fy nofel newydd. Sa i hyd yn oed yn gallu dibynnu ar fy nychymyg bellach, ac mae hynny'n beth digalon tu hwnt.

Does dim cymhelliad i fi ysgrifennu bellach. Dyna'r gwirionedd trist. Ar y dechrau, roedd yna deimlad o *raid*, o *angen* ysgrifennu. Ro'n i eisiau rhannu fy syniadau a fy safbwyntiau gyda'r byd. Ond nawr, yn fy nghastell ar y bryn, yr unig beth dw i eisiau ei wneud yw cael wanc, smôc a photel o gwrw. Dw i 'di cyflawni mwy yn barod nag o'n i erioed yn dychmygu gwneud, ond yn lle fy ysgogi i gyflawni mwy fyth, mae fy llwyddiant yn gwneud i fi fod eisiau rhoi'r gorau i'r cyfan ac ymddeol. Dw i'n parchu Iain Bankses a Stephen Kings y byd 'ma, pobol sy'n cadw i fynd am byth (yn llythrennol yn achos Iain Banks), er fy mod i'n uniaethu mwy gyda J D Salinger, rhaid cyfaddef.

Dw i 'di ceisio goroesi'r anallu i ysgrifennu trwy ddilyn dulliau rhai o fawrion y byd llenyddol – sefyll i sgwennu fel Philip Roth, Lewis Carroll, Dickens a Hemingway (anodd credu fod yr hen Ernest yn ddigon sobor i sgwennu ar ei draed, ond dyna ni); gwisgo dim byd ond fy mhants fel John Cheever, ac yna mentro'n noethlymun fel Victor Hugo; datgysylltu'r rhyngrwyd fel Jonathan Franzen a Zadie Smith; ac yfed Martini, fel Capote, neu Wild Turkey fel Hunter S Thompson: gyda'r un canlyniad bob tro.

Dw i'n syllu ar fy adlewyrchiad ar y sgrin. Ysbryd diwyneb. Amlinelliad amwys. Dw i'n falch nad ydw i'n gallu gweld fy llygaid, gan nad ydw i eisiau gweld beth sy'n cael ei adlewyrchu ynddynt. Cribaf fy llaw trwy fy ngwallt hir, sydd heb gael ei dorri ers yn agos at flwyddyn, ac yna trwy'r barf fflwfflyd sy'n dechrau cosi fy ngên a 'mochau. Codaf fy llygaid ac edrych trwy ffenest y sied sgwennu – fy nghartref ers dros flwyddyn bellach, ers i Lisa ofyn i fi adael – i fyny'r ardd deras, heibio'r tri phwll dŵr gwyllt ar dair lefel. Gwyliaf was y neidr yn hofran uwchben y pwll agosaf, yna'i golli yn yr heulwen a'r cysgodion am eiliad cyn ei weld unwaith eto ochr bella'r dŵr. Caf fy hudo gan y trychfil ffug-wyddonol a'i adenydd anweledig, ac mae fy llygaid yn ei ddilyn mewn llesmair llwyr wrth iddo ddawnsio o fy mlaen am funud neu ddwy.

Dw i'n meddwl am Lisa. Ble mae hi a beth mae hi'n ei wneud ar yr union eiliad hon? Ond wedi gwirio'r cloc ar gornel y sgrin, dw i'n cofio ei bod hi yn y gwaith, fel person normal.

Mae fy nghartref, *ein* cartref, yn ymgodi ben draw'r ardd, fel atgof brics a morter o'r hyn dw i wedi'i golli. Pagoda mawreddog ydyw a adeiladwyd yn y chwedegau yn agos at gopa Mynydd Caerffili, ar gyrion maestref Rhiwbeina. Y math o le na fyddai'n cael caniatâd cynllunio heddiw. 'Coedlan' yw enw'r eiddo, ac enw addas iawn ydyw hefyd, gan fod coedwig y Wenallt yn ein hamgylchynu i'r gorllewin a'r dwyrain, tra bod glaswelltir agored sy'n gartref i fuches o wartheg pori i'r gogledd a'r M4 i'r de, wedi'i chuddio gan fwy o goed. Mae ein cymdogion agosaf, Mr a Mrs Jenkins a'u hepil, yn byw rhyw ddau gan llath i ffwrdd tua'r pentref, sy'n dal yn rhy agos os y'ch chi'n gofyn i fi.

Mae sgrin y cyfrifiadur wedi tywyllu o ganlyniad i fy niffyg gweithgarwch. Codaf a throi yn yr unfan. Dw i'n ystyried sortio'r gwely soffa, ond beth yw'r pwynt? Bydda i'n paso mas arno fe eto mewn mater o oriau. Camaf at yr oergell ac agor y drws, ond sa i'n gafael mewn potel o gwrw. Ddim eto. Dim ond tri o'r gloch yw hi. Ond, er ei bod hi'n rhy gynnar i yfed cwrw, so hi byth yn rhy gynnar i smocio sbliff.

Dw i'n estyn yr hen flwch Quality Street o'i guddfan tu ôl i un o bedwar uchelseinydd sydd wedi'u gosod ym mhob cornel o'r stafell. O ie, nid 'sied' arferol yw hon, ond caban pren moethus wedi'i insiwleiddio i'r eithaf, gyda system gynhesu dan y llawr, stafell gawod fechan ond ddigonol, cysylltiad rhyngrwyd diwifr, cegin fechan, wal o records a llyfrau, stereo, teledu 30 modfedd a chwaraeydd DVD, heb sôn am gysylltiad Sky, desg, cyfrifiadur, gwely soffa ac amryw o greiriau sydd wedi golygu rhywbeth i fi, rywbryd yn ystod fy mywyd. O blith yr holl lyfrau, clod, gwobrau a champau, y sied hon yw'r peth dw i fwyaf balch ohoni. A diolch byth amdani hefyd, ac ystyried fy 'sefyllfa ddomestig' gyfredol.

Dw i'n eistedd yn fy nghadair droelli eto, gan wneud pob ymdrech i osgoi fy nghysgod ar sgrin y cyfrifiadur, cyn agor y blwch a gweld mai dim ond digon am gwpwl o joints sydd ar ôl 'da fi. Bodiaf neges gyflym i Doc.

Ti ffansi peint? Dim ond amser am UN sydd da fi cofia

Wrth gwrs, nid peint dw i eisiau o gwbwl, ond yn wahanol i chi a'r moch, os byddan nhw'n darllen fy neges, mae Doc yn gwybod yn iawn am beth dw i'n sôn. Ar ôl ugain mlynedd o berthynas broffesiynol, ni bron yn delepathig.

Wrth aros am ei ymateb, af ati i rolio, a chyn i fi lyfu'r glud a gorffen y job, daw'r ateb roeddwn i'n gobeithio'i gael.

Rho gnoc mewn awr ac fe ewn ni i'r Cayo

Dim brys. Dim chwys. Ond wrth gamu tua'r balconi cefn i fwynhau'r awyr iach a'r olygfa, mae'r anochel yn digwydd ac wyneb hunanfodlon Malcom Abbeywell yn ymddangos ar sgrin fach fy ffôn symudol. Taniaf y sbliff a thynnu'n galed ar y tân, cyn chwythu'r mwg o 'ngheg ac ateb yr alwad.

"Floyd, how are you, old chap?"

Malcolm yw'r math o Sais sy'n rhoi enw drwg i'r genedl

gyfan. Ond yn wahanol i'r chwedl gyffredin ry'n ni a'n cefndryd Celtaidd mor hoff o'i lledaenu, nid yw pob unigolyn sydd wedi'i eni ar ochr arall Clawdd Offa mor echrydus â hwn. Er hynny, rhaid i fi ddweud ei fod wedi bod yn wych i fi ar lefel broffesiynol, felly dw i'n ceisio anwybyddu a maddau ei holl ddiffygion, er fod hynny'n gallu bod yn heriol iawn. Fel heddiw.

"I think you've got the wrong number, butt. There's no one here called Floyd."

"Come now, Floyd, must we go through this rigmarole every time I call?"

"What *rigmarole*, Malcolm? Floyd is *not* my name, and you know it."

"It's close enough, old boy."

"Close enough! Say my name, Malcolm!" Dw i wrth fy modd yn chwalu pen y bastard.

"Come, come. You know I can't say your name, *Taff*…" Ac mae yntau hefyd yn hoffi chwalu fy un i.

"And don't call me Taff either, you patronising English cunt."

Dw i'n clywed Malcolm yn tagu ben draw'r ffôn, a dw i bron â phisio chwerthin fan hyn, diolch i'r gwair cryf sydd wrthi'n tylino fy ymennydd gyda phluen paun seicedelig.

"Now, now. I don't think *that's* the equivalent."

"Yes it is. The common nicknames of the people of the United Kingdom and Ireland are as follows: Taff, Jock, Paddy, Mick and Cunt."

Mae Malcolm, chwarae teg iddo, yn piffian chwerthin erbyn hyn, ac ar ôl iddo ddod ato'i hun mae'n dweud:

"Ok, ok, but I still can't say your name properly, and you know that, old boy."

"I do, Mal, but I like to hear you make an effort. For your number one client, as it were."

Credaf fod pob hawl 'da fi i siarad ag e fel hyn, yn bennaf gan ei fod gannoedd o filoedd o bunnoedd yn fwy cyfoethog diolch i fy holl waith caled.

"Ok, *Thlwyd*, how are you today?"

"Good effort, Mal! And not too bad, thanks for asking. What do you want? I'm busy."

Tynnaf yn galed ar y sbliff wrth i fy llygaid grwydro o'r balconi, dros y coed sy'n dechrau ailegino gyda dyfodiad y gwanwyn, tuag at y draffordd anweledig a thros doeon y maestrefi i lawr at ganol y ddinas, y Bae, Penarth a'r Fro tu hwnt.

"Busy smoking Mary Jane by the sounds of it…"

"You know my motto, Mal. Write sober, edit stoned."

"Ha! Well, I won't ask how the manuscript's looking as you never give me a straight answer…"

"So why did you call then?"

"I've got some good news for you…"

"What?" Dydw i ddim yn hoffi tôn ei lais.

Mae'n adrodd y geiriau fel petai wedi gwneud ffafr â fi. "I've managed to secure a slot for you at the Hay Festival next month…"

Tawelwch. Tywyllwch. Mae Malcolm wedi ceisio, a methu, fy narbwyllo i gymryd rhan mewn digwyddiadau tebyg ddegau o weithiau dros y blynyddoedd. A diolch i'r ffaith fod fy llyfrau'n gwerthu er gwaethaf fy styfnigrwydd, sa i 'di gorfod gwneud unrhyw fath o farchnata na hyrwyddo yn ddiweddar. Fodd bynnag, mae Malcolm o'r farn ei bod hi'n bwysig meithrin cysylltiad rhwng yr awdur a'i ddarllenwyr, yn enwedig yn yr oes sydd ohoni, ac mae'n ymddangos ei fod wedi penderfynu ceisio eto, o dan bwysau gan ei fosys, heb os. Ond cyn i fi ddechrau cydymdeimlo gyda fe mewn unrhyw ffordd, dw i'n ateb.

"No way, Mal. Not a chance. *Not* going to happen."

"Too late, old chap."

"How the fuck is it *too late*, Malcolm? Have we travelled back through time or something? Have I already done the gig? Is *that* what's happened? Is *that* the situation?"

"No."

"So, I repeat, how is it *too late*?"

"Well… uh… I've already said you'd do it, haven't I? And it's Hay. You don't say 'no' to Hay. I've even booked a room for you at Baskerville Hall. And anyway, it's already in the programme…"

"You devious bastard. You waited until they published the programme before telling me! How long ago did you agree?

"It doesn't matter now, does it?"

"You fucking twat, Malcolm."

"Oh, don't be such a baby. It'll be great publicity for the new book. And what with the second film in post-production, it's a great opportunity…"

"I'm not happy about this, Mal…"

"Nothing to worry about, old boy. And you'll be in safe hands as well. Some chap you know will be hosting the event, asking the questions, stroking your ego as it were…"

"Who?" gofynnaf.

"Man by the name of Gower. Jon Gower, I believe."

"Fuck!"

"What's wrong? Seems like a thoroughly decent chap."

"Anyone but Gower. Is it too late…?" dechreuaf, cyn cofio fod y rhaglen wedi'i hargraffu.

"What's wrong with Gower anyway?"

"I'd take Paxman over Gower, any day."

"Why? Did he use to bully you at school or something?"

"No. Nothing like that. It's just… Oh, I don't know. He makes me feel… I don't know… inadequate…"

Dw i wastad wedi casáu trafod unrhyw beth yn gyhoeddus, yn bennaf am nad yw fy ymennydd yn gweithio ac yn adweithio'n ddigon cyflym i adeiladu dadl effeithiol. Y peth gorau am fod yn awdur yw'r ffaith nad oes rhaid trafod llawer gyda neb arall; fy mhenderfyniadau i yw pob un, ac mae holl boblogaeth fy mhen yn tueddu i gytuno â fi.

"Now, now. Don't be silly. You're his equal, at the very least. In fact, you're far better than him, I'm sure…"

"Are you *sure* sure, Malcolm?"

"Yes. Of course I am."

"You haven't got a clue what you're talking about. You don't even know who he is, do you? Fuckin London cunts! Name me *one* book he's written, Malcolm. Go on."

Tawelwch. Llethol.

"That says it all, Mal."

Dw i'n diffodd y ffôn ac yn gorffen y mwg gan feddwl am ddim byd ond y cawr peniog fydd yn fy wynebu yn y Gelli â'i stôr diddiwedd o ffeithiau ac anecdotau diddorol. Y bastard.

Ar ôl cawod glou, dw i'n arllwys Optrex i fy llygaid i gael gwared ar y cochni, ac yn gwisgo dillad smart a glân. Mae gan y Doctor dri amod sylfaenol mae'n rhaid i bawb sy'n galw i brynu ei gynnyrch gydymffurfio â nhw, sef dim jîns, dim trainers a dim tracwisgoedd o unrhyw fath. Dw i'n cribo fy ngwallt a'i glymu'n gwt ceffyl taclus tu ôl i fy mhen cyn anelu am y modur, sydd wedi'i barcio ar y dreif ochr arall y tŷ. Dw i'n troedio'r llwybr bach a'r grisiau i fyny'r terasau yn ofalus, ac yn gweld cwpwl o bysgod aur yn torri arwyneb y pyllau ar fy ffordd, gan beri i'r hirheglynnod wasgaru a sglefrio tan i'r tonnau bach dawelu drachefn. Mae car Siân wedi'i barcio ar y dreif, Mini Cooper go newydd gydag enw ei chwmni cadw'n heini yn hysbyseb barhaus ar hyd ei ochrau, ond sdim golwg ohoni hi yn unman chwaith. Diolch byth, achos dw i'n llawer rhy swrth i gynnal sgwrs gyda hi ar hyn o bryd. Dim bod lot 'da ni i'w drafod, wrth reswm. Dw i'n ceisio bod yn gwrtais ar bob achlysur, yn y gobaith fod Lisa'n gallu gweld pa mor 'aeddfed' ac 'ystyrlon' ydw i, er sa i'n credu ei bod hi'n gallu gweld unrhyw beth tu hwnt i gorff cadarn a chyhyrog ei chariad mewn gwirionedd. Dw i'n hanner cerdded, hanner loncian yr ugain llath olaf at y Land Rover ac yn llamu i mewn a chau'r drws yn glep tu ôl i fi.

Sa i'n hoffi Siân. Sa i'n ymddiried ynddi a dw i'n amau ei chymhelliad o ran ei pherthynas â Lisa. Ar ben hynny, mae'n fygythiol, yn or-hyderus, yn drahaus ac yn ormesol. Ac yn fenyw. Hunllef mewn Lycra tyn, hynny yw. Mae'n siarad gyda fi fel tasen i'n blentyn adfer, clawdd a pherth. Pwy a ŵyr beth mae Lisa wedi ei ddweud wrthi amdanaf?

Dw i'n gyrru'n araf ac yn ofalus i lawr y bryn tuag at y pentref, gan droi i'r chwith ar ôl y Deri Inn a pharcio'r Land Rover tu fas i Spar ar Heol Llanisien Fach er mwyn codi arian parod o'r twll yn y wal. Rwy'n tynnu £400 o fy nghyfrif Platinwm Barclays, er mai dim ond £250 y bydda i'n ei roi i Doc maes o law. Wedi gwneud hynny, dw i'n camu i'r siop er mwyn prynu rhywbeth i swper, ond rywffordd, erbyn i mi adael dw i'n cario bag boliog sy'n cynnwys y canlynol: torth o fara 50/50, menyn, chwe photel o gwrw Asahi, cwdyn aml-becyn o Monster Munch blas cig eidion, Double Decker, Flake, Boost, potel o Lucozade oren, gwm cnoi, potel o Glenfiddich, pecyn o Cutters Choice a Rizla king size lliw arian.

Dw i 'di drysu cymaint erbyn cyrraedd y til fel fy mod i'n talu â cherdyn credyd.

'Nôl yn y car, dw i'n eistedd mewn tagfa draffig ddisymud ar Western Avenue ger Tesco Extra, yn gwrando ar Pink Floyd ac yn mwynhau llonyddwch caban eang y cerbyd a'r daith ling-di-long yn gyffredinol. Mae fy meddwl mor wag â'r dudalen a adewais gartref ar fy nghyfrifiadur. Yn ddirybudd, mae bwletin traffig Radio Wales yn torri ar draws yr heddwch er mwyn fy rhybuddio i osgoi ardal Gabalfa a Western Avenue. Diolch yn fawr. Yn dilyn y bwletin mae'r sgwrs yn dychwelyd at statws swyddogol yr iaith Gymraeg yng Nghymru. Dw i'n gwrando ar ddau alwr sy'n gwneud dim byd ond sbaddu ein hetifeddiaeth ieithyddol gyda chyfres o honiadau torcalonnus ac anwybodus, cyn cael fy ngorfodi i ddychwelyd at gysegr melodig y Floyd. Mae'r hyn dw i newydd ei glywed yn fy atgoffa o rywbeth ddywedodd Fflur Dafydd, yr awdures, yn ddiweddar, sef ein bod ni Gymry wedi cael ein coloneiddio mor effeithiol gan ein cymdogion nes ein bod ni bellach yn cael ein tramgwyddo gan ein hiaith ein hunain. Dw i'n aralleirio, wrth gwrs, ond rhywbeth fel 'na ddywedodd hi, fi'n siŵr. Yr ail beth sy'n dod i gof yw barn Dad bod agwedd y mwyafrif o Gymry di-Gymraeg tuag at yr iaith yn llawer gwaeth nag agwedd unrhyw Sais. Roedd yr hen ddyn o'r farn bod y Cymry di-Gymraeg yn gweld yr iaith fel bygythiad i'w Cymreictod eu hunain, ac felly'n gwneud llawer mwy i'w lladd nag unrhyw Sais, nad ydyn nhw'n ystyried yr iaith o gwbwl mewn gwirionedd. Yn gyffredinol, mae'r iaith yn hollol amherthnasol i'r rheiny sy'n byw dros Glawdd Offa, i'r fath raddau nad ydy llawer ohonyn nhw hyd yn oed yn ymwybodol o'i bodolaeth, tra ei bod hi *yn* amlwg yma yng Nghymru ac yn llwyddo i godi gwrychyn rhai o'r rheiny sy'n byw yma ond sy'n methu ei siarad hi. Yn hytrach na theimlo balchder ei bod hi'n bodoli o gwbwl, mae rhai Cymry uniaith Saesneg yn gweld yr iaith fel bygythiad i'w hunaniaeth genedlaethol. Sa i'n gwybod yw'r hen ddyn yn iawn ai peidio, ond mae Radio Wales wastad yn llwyddo i ategu ei safbwynt pan dw i'n tiwnio mewn.

O'r diwedd, dw i'n cyrraedd cartref Doc ar Heol y Gadeirlan, rhyw hanner ffordd rhwng tafarn yr Halfway a thafarn y Cayo. Yn wyrthiol, dw i'n parcio'r Land Rover yn ddidrafferth ac yn croesi'r ffordd yn cario dogfenfag du trwsiadus yn fy llaw, gan gwblhau'r ddelwedd ofynnol. Mae'r rhan fwyaf o dai crand yr ardal un ai'n swyddfeydd, yn westai gwely a brecwast neu wedi'u rhannu'n fflatiau erbyn hyn. Ond nid un Doc. Mae'r lle'n anferthol. Pum llawr gyda'r tri isaf yn gartref iddo fe, ei bartner Liz a phedwar ci o feintiau amrywiol, gyda chanolfan fusnes y Doctor ar y ddau lawr uchaf. Mae maint y lle yn adlewyrchu llwyddiant Doc yn ei faes triphlyg o ddewis, sef gwerthu cyffuriau, cynhyrchu cyffuriau a thrin cleifion dethol nad ydyn nhw'n gallu ymweld ag ysbyty fel y gweddill ohonon ni.

Yn wahanol i fwyafrif ei gwsmeriaid, dw i'n cael defnyddio'r drws ffrynt. A bron ar unwaith, mae'r dyn ei hun yn agor y porth mewn siwt lwyd ddrud yr olwg, sy'n cyd-fynd bron yn berffaith â lliw ei wallt, ac yn fy ngwahodd i mewn gyda'i fys gan ei fod wrthi'n cynnal sgwrs ffôn. Mae'n fy arwain i'r gegin gefn ac yn ystumio i fi eistedd wrth y bwrdd derw cadarn. Dw i'n gwneud, ac mae yntau'n diflannu, gan barhau i siarad ar y ffôn, cyn dychwelyd a gosod bricsen o'r skunk gorau mae'n bosib ei brynu yng Nghaerdydd ar y bwrdd o 'mlaen. Dw i'n codi'r llysiau pêr at fy nhrwyn ac yn gwledda ar yr arogl melys sy'n treiddio trwy'r gorchudd plastig. O, mam fach. Ar y gair, mae'r ci mwyaf yn codi o'i wely wrth y drws cefn ac yn cerdded ataf yn araf. Ar y ffordd, mae'n dechrau chwyrnu. Dw i'n cachu fy hun yn y fan a'r lle ac yn gosod y fricsen yn ôl ar y bwrdd, ond mae'r bwystfil yn parhau i arthio.

"Jimmy," medd Doc i mewn i'r ffôn wrth gamu yn ôl i'r gegin. "Let me call you back in two minutes, I've got a visitor."

Mae'n sefyll yno wedyn, wrth i 'Jimmy' barablu arno o ben draw ble bynnag.

"One minute, Jimmy. *Literally* one minute. I'd be calling you back now if you'd have let me go when I initially said I'd phone you back in a minute…"

Mwy o weiddi ar ben arall y lein.

"I'm sorry, Jimmy. I know this is no time for sarcasm. One minute, please."

Gyda'r alwad ar ben, mae Doc yn ymlacio ei ysgwyddau. Mae'n gwenu arnaf, er 'mod i'n dal i gadw un llygad ar Serberws, sy'n parhau i rymial wrth fy ochr.

"Paid poeni am Simba. Dyna fel ma fe'n dweud 'helo'. Falle'i fod e'n edrych yn gas, ond ma fe fel oen, fi'n addo. Alle Dolly draw fyn'na 'i gymryd e mewn ffeit," mae'n esbonio, gan gyfeirio at Yorkshire Terrier llwydfrown llywaeth.

Gan gredu pob gair, a chyda fy sffincter yn llacio unwaith eto, dw i'n rhoi da bach ar ben anferthol Simba, sydd bellach yn gorffwys ar fy nghôl, a dannedd miniog y ci prin fodfedd oddi wrth fy ngheilliau.

"A sori am y brys, ond mae 'na argyfwng bach… actually, argyfwng mawr, rhaid i fi ddelio ag e, felly sa i hyd yn oed yn gallu cynnig coffi i ti heddiw."

Mae Doc *wastad* ar frys ac ar ei ffordd i rywle. Busnes yw unig gonglfaen ein perthynas erbyn heddiw. Mae'r cyfeillgarwch cynnar wedi hen ddiflannu a'r cyfeiriad at goffi yn chwerthinllyd a braidd yn gywilyddus ar ei ran ef, mewn gwirionedd – sa i'n meddwl 'mod i 'di cael paned ganddo ers degawd!

"Paid poeni," dw i'n dweud, gan edrych ymlaen at ddychwelyd i'r sied er mwyn samplo'r cynnyrch newydd. "Beth sy 'di digwydd?" gofynnaf wedyn, heb unrhyw ddiddordeb yn ei ateb.

"Wel, rhyngo ti a fi, ma rhywun wedi dwyn deg kilo o coke wrth Jimmy…"

"Jimmy?"

"Y bòs ei hun…"

"Fuckin hell, Doc. Say no more."

A dyw e ddim chwaith, chwarae teg, felly dw i'n rhoi'r arian iddo ac yn gosod y ganja yn y dogfenfag, yna'n dychwelyd i'r Land Rover ac anelu am adref gyda'r car yn drewi fel tŷ gwydr diwydiannol ar gyrion Almere.

ACHUBIAETH

Fi'n cofio'r diwrnod cyntaf i fi ei dreulio yng nghwmni Idris Evans yn hollol glir. Yn wir, fi'n cofio'r *union* eiliad i'n llygaid gwrdd, a'r dryswch a'r tosturi oedd yn gymysg ag atgasedd yn ei rai llwydlas ef.

Dechrau mis Mai 1989 oedd hi. Ro'n i a Dafydd Roach, fy unig ffrind, yn cuddio yng nghyntedd cotiau'r ysgol, fel yr oedden ni'n ei wneud bob amser egwyl a chinio ers misoedd bellach. Gyda dilladach ein cyd-ddisgyblion yn ein cuddliwio ac yn cynnig amddiffyniad annigonol oddi wrth fygythiadau a dyrnau dyddiol Danny Finch a'i gang o ddilynwyr teyrngar, roedden ni'n dau'n edrych ymlaen yn fawr at ddiwedd y flwyddyn academaidd ac achubiaeth dros dro y chwe wythnos fyddai'n dilyn. Ond roedd hynny'n teimlo'n bell iawn i ffwrdd ar y pryd ac, mewn ffordd, ro'n ni'n dau'n ofni dyfodiad yr haf hefyd, gan y byddai hynny'n golygu tywydd braf a llai o gotiau i guddio y tu ôl iddyn nhw. Ac, ar ben hynny, roedd dechrau yn Ysgol Glantaf ym mis Medi yn destun pryder aruthrol pellach, wrth reswm, er y byddai'n rhaid i hynny aros, gan fod ein sefyllfa gyfredol yn llawn gofid go iawn a hynny'n realiti dyddiol.

Roedd plentyndod y ddau ohonon ni wedi bod yn llawn llwyddiant academaidd, ond yn fethiant llwyr ar bron bob lefel arall. Y gwir yw nad oedd ennill Coron neu Gadair yr ysgol bob blwyddyn, heb sôn am y cystadlaethau ysgrifennu rhyddiaith a'r adrodd ymhlith rhai eraill, yn eich gwneud chi'n boblogaidd o gwbl ymhlith eich cyfoedion mewn ysgol ddinesig fel hon. Yma, roedd cefndiroedd pawb mor wahanol a nifer fawr ohonynt yn llawer llai 'Cymreig' na rhai fi a Daf. Nid oedd llwyddiant o'r fath yn taro tant gyda'r merched chwaith. Roedd ganddyn nhw fwy o ddiddordeb yn eu Barbies o hyd, er y byddai hynny'n siŵr o newid dros y misoedd a'r blynyddoedd oedd i ddod. Dyna'r gobaith, o leiaf.

Gyda fy annwyd parhaus, fy mochau crwn, cochlyd a fy agwedd uchel-ael gynhenid at fy nghyd-ddisgyblion llai abl, doedd dim rhyfedd fod Danny Finch a'i griw mor hoff o fy waldio. Ro'n i'n anobeithiol ym mhob math o chwaraeon – rhywbeth sydd *mor* bwysig o ran hunaniaeth a hyder plant ifanc, yn enwedig bechgyn. Ro'n i'n taflu fel merch, yn rhedeg yn arafach na'r rhan fwyaf o'r dosbarth derbyn ac yn methu nofio'n bell na chicio pêl yn iawn. Wrth gwrs, ro'n i *yn* gallu gwneud nifer o bethau go gofiadwy, fel sgwennu cwpled, adrodd degau o ddiarhebion Cymraeg a dweud 'Gweddi'r Arglwydd' am yn ôl, ond doedd y pethau yna ddim yn gwneud argraff ar unrhyw un o bwys, dim ond yr athrawon a Daf, wrth gwrs.

Os rhywbeth, roedd Daf yn waeth na fi. Roedd yn fachgen bach merchetaidd a doedd e braidd byth yn siarad, er ei fod yn wrandawr astud ac yn amsugno popeth y byddai e'n ei glywed a'i weld. Mynd yn feddyg o ryw fath fyddai tynged Daf, ro'n i'n hollol siŵr o hynny, reit o'r cychwyn cyntaf.

Fel fi, roedd yntau hefyd yn unig blentyn. Ond yn wahanol i fi, nid oedd rhyw lawer o fywyd yn perthyn i gartref Daf. Roedd ei rieni ill dau yn ddoctoriaid. Ymgynghorwyr, o'r hyn roeddwn i'n ei ddeall, ac yn rhy brysur o bell ffordd i dreulio llawer o amser gyda'u mab. Unwaith, roedden ni'n clustfeinio arnyn nhw'n sgwrsio gyda ffrindiau pan oeddwn yn aros dros nos ac fe glywodd Daf a finnau ei rieni'n cyfeirio ato fel 'camgymeriad llwyr'. Roedd hynny rhyw flwyddyn a hanner yn ôl bellach ac nid oedd Daf wedi dod dros yr hyn a glywodd y diwrnod hwnnw. Wrth gwrs, doedd dim syniad gan ei rieni ein bod wedi clywed y datguddiad torcalonnus ac adref i gartref gwag, unig y byddai Daf yn troedio bob nos ar ôl ysgol, wrth i'w rieni gario 'mlaen gyda'u gyrfaoedd pwysig, heb ystyriaeth o gyflwr meddyliol eu mab, oedd eisoes yn fregus. Fel fi, ymgolli mewn llyfrau y byddai Daf yn ei wneud er mwyn dygymod â'r byd creulon roedden ni'n rhan ohono; ond tra o'n i'n chwalu ffuglen fel fforestwr, llyfrau ffeithiol, hanesyddol a gwyddonol yn bennaf oedd ffefrynnau fy ffrind.

Tynnais got dros fy mhen i 'ngorchuddio, a gwnaeth Daf beth tebyg wrth fy ymyl, mewn ymateb i'r sŵn traed oedd yn agosáu ar hyd y coridor. Atseiniai'r camau oddi ar y welydd, mewn cytgord perffaith â churiad fy nghalon yn taranu yn fy mron. Athrawes oedd yno, yn hytrach na Danny Finch a'i griw; roeddwn i 'di bod yn cuddio yma'n ddigon hir i adnabod sŵn digamsyniol sgidiau sodlau uchel erbyn hyn. Ond, yn lle pasio a diflannu rownd y gornel, daeth y clip-clopian i stop yn sydyn, reit o flaen ein cuddfan. Llyncais yn galed, fy ngheg yn sych. Ni fyddai'r athrawes yn rhoi stŵr i ni na dim byd, jyst ein hanfon ni allan o'r adeilad i ffau llewod y maes chwarae. Nid oedd Danny Finch a'i griw yn mynd mas o'u ffordd i'n herlid a'n poenydio, dim ond cymryd mantais o'r sefyllfa pan fyddai ein llwybrau'n croesi. Dyna pam roedd cuddio yn y fan hon mor effeithiol, gan fod Danny a'i gang yn chwarae pêl-droed yn ystod pob egwyl, fel bechgyn normal, felly bydden ni'n cael llonydd petaen ni'n cael aros fan hyn bob amser egwyl o nawr tan ddiwedd tymor.

Dw i'n cofio symud y got yn araf ac yn ofalus er mwyn cael cip ar yr hyn oedd yn digwydd o 'mlaen.

"Dyma ble fyddi di'n cadw dy got, Idris," esboniodd llais cras Mrs Kemp. Safai ein hathrawes ddosbarth â'i chefn atom, gan ddatgan yr amlwg wrth fachgen tal, golygus; disgybl newydd mae'n rhaid. "'Newn ni ffeindio bachyn i ti wedyn."

"Sdim cot gan fi, Miss," meddai'r bachgen.

Ond chlywais i mo ymateb yr athrawes, gan fod y bachgen

newydd yn syllu'n syth ataf, gyda golwg ddryslyd ar ei wyneb. Cyfarfu ein llygaid, ac roedd y byd i gyd fel petai wedi oedi am eiliad neu ddwy. Ro'n i'n disgwyl iddo ddweud rhywbeth wrthi a datgelu ein llwfrdra truenus, ond ni wnaeth ddim byd o'r fath. Yr unig beth wnaeth Idris oedd wincio arnaf, cyn iddo gael ei arwain i ffwrdd, a chamau Mrs Kemp yn atseinio'n aflafar oddi ar y waliau wrth iddyn nhw fynd.

Clywais y gloch yn canu ar yr iard yn y pellter, a chyn i fi a Daf ailgydio yn ein patrwm anadlu arferol, dechreuodd y rhuthr, wrth i ddegau o blant agosáu at y lle cotiau a boddi'r ddau ohonon ni mewn môr o gotwm gwyrdd gwisg yr ysgol.

Nid oedd diogelwch y dosbarth yn bell i ffwrdd, dim ond rhyw hanner canllath i lawr y coridor, heibio'r tai bach a murlun stori Bendigeidfran.

"Fi angen wî," sibrydais wrth Daf, gan ei dynnu tuag at y toiled.

"Fi ddim," oedd ei ateb, gan dorri'n rhydd o 'nghrafangau ac anelu am gysegr y dosbarth.

"Diolch, *Daf*," mwmiais wrth gamu i'r tŷ bach, fel petai fy ffrind wedi gallu gwneud unrhyw beth i fy niogelu rhag Danny Finch tase fe wedi dod yn gwmni i fi.

Roedd y tri chiwbicl ar glo, a'r rheswm amlwg dros hynny yn llenwi fy ffroenau'n syth. A chyda fy mhledren ar fin ffrwydro, doedd dim dewis 'da fi ond pisio yn y cafn. Ro'n i'n ceisio osgoi gwneud hyn ar bob achlysur, ond heddiw doedd dim gobaith dal fy nŵr nes bod un o'r cachwyr yn cwpla.

Camais at y cafn dur gloyw, gwag ac edrych dros fy ysgwydd cyn gafael yn y fadarchen-fotwm rhwng bys a bawd a gwneud fy ngwneud. Ond, yn anochel braidd, rhyw hanner ffordd trwy'r weithred, camodd y dyn ei hun, Danny Finch, i mewn i'r stafell, heb yn wybod i fi, gafael yng nghefn fy mhen a 'ngwthio at y wal nes fy mod yn pisio'n afreolus dros bob man, ond yn bennaf dros fy nhrowsus byr fy hun.

Gwaeddais a sgrechian, ond dim ond dal ei afael ynof wnaeth Danny, fy nhalcen ar deils oer y wal, nes bod llif fy iwrin yn peidio a thri wyneb pryderus yn ymddangos o'r ciwbiclau, cyn piffian chwerthin ar fy ffawd, a gadael.

O'r diwedd, gollyngodd Danny fi. Camais yn ôl ac edrych ar y llanast tra bod fy arteithiwr yn mynd ati i bisio yn y cafn wrth fy ochr, fel tasen i ddim yn bodoli. Fel oedd yn wir bob tro roedd rhywbeth fel hyn yn digwydd, dychmygais ddial arno yn y fan a'r lle. Chwalu ei ben yn erbyn y wal a gwthio un o'r cacennau cemegol oedd yn cadw'r cafn yn lân i'w geg a'i orfodi i ymddiheuro. Ond, wrth gwrs, wnes i ddim byd o'r fath, jyst sefyll yno'n edrych i'w gyfeiriad trwy'r dagrau nes bod fy llygaid yn gweld ei ddyndod datblygedig.

"Beth ti'n edrych ar, gayboy?" poerodd Danny, er fod yr ateb yn ddigon amlwg.

Troais at y sinc a mynd ati i olchi fy nhrowsus gyda dŵr oer. Aeth Danny oddi yno heb olchi ei ddwylo.

Pan geisiais sleifio i mewn i'r dosbarth rhyw ddwy funud yn ddiweddarach, trawodd Danny hoelen arall i fy arch anaeddfed pan dynnodd sylw pawb at fy nhrowsus a gweiddi:

"Ma Llwyd wedi pisio'i hun eto!"

Ac er fod pawb – hyd yn oed Mrs Kemp – yn gallu dyfalu beth oedd wedi digwydd, ffrwydrodd y stafell gyfan yn unllais, gan chwerthin am fy mhen a gwneud i'm llygaid lenwi â dagrau unwaith eto. Brwydrais yn galed i'w hatal rhag llifo, a thrwy'r cyfan, eisteddai Daf yn y rhes flaen yn syllu ar y llawr.

Daeth cnoc ar ddrws y dosbarth ymhen rhyw ddeg munud a throdd pennau pawb ar unwaith, fel torf yn gwylio tennis.

"Dafydd Roach a Llwyd Owen i stafell Mrs Whettleton ar unwaith, plis," daeth cyfarwyddyd pendant Mrs Davies, ysgrifenyddes yr ysgol.

Ac i ffwrdd â'r ddau ohonon ni heb oedi, i gorws o 'wwwws'

a 'wussies' a 'teacher's pets', a finnau'n falch iawn o gael cefnu ar gwmni creulon ein cyd-ddisgyblion.

Yn aros amdanon ni yn stafell y brifathrawes roedd y disgybl newydd.

"Dafydd, Llwyd, dyma Idris," esboniodd Mrs Whettleton.

Gwenodd Idris a wincio arnaf unwaith eto.

"Bydd Idris gyda ni tan ddiwedd y tymor a dw i moyn i chi'ch dau gadw cwmni iddo fe heddiw, o leiaf, os nad am weddill yr wythnos a thu hwnt."

Cytunodd Daf a finnau i wneud hynny, er nad oeddwn i'n disgwyl i Idris aros gyda ni'n hir. Roedd hi'n amlwg ei fod yn fachgen hyderus, ei ysgwyddau'n syth ac yn solet a'i lygaid bob amser yn chwilio am eich rhai chi.

Yn ôl â ni i'r dosbarth, lle cafodd Idris ei groesawu i'n plith yn y ffordd arferol, sef gyda llawer o sibrwd a syllu.

Eisteddodd yn y rhes flaen wrth fy ochr i a Daf a dyna fel y bu hi tan i'r gloch ganu amser cinio. Yn ôl ein harfer, arhoson ni tan i'r dosbarth wagio'n llwyr cyn mentro allan i'r coridor.

"Sarnies neu cinio?" gofynnodd Idris gan gymryd yr awenau, fel gwir arweinydd.

"Brechdanau," atebodd Daf a fi gyda'n gilydd.

"Gwd." Tynnodd Idris hanner brechdan jam wedi'i lapio mewn cling film o'i boced. "Ble chi'n bwyta?"

"Uh... uh..." mwmiodd Daf yn chwithig.

"Y cotiau," atebais yn dawel, gan geisio cuddio fy nghywilydd.

"Ddim heddiw!" chwarddodd Idris, fel tase'n disgwyl yr ateb hwnnw. "Come on..." ond pan welodd nad oedd yr un o'r ddau ohonon ni'n ei ddilyn, trodd yn yr unfan i'n hwynebu. "Beth yw enw fe?"

"Pwy?"

"Whoever did hwnna i ti." Pwyntiodd at y patshyn gwlyb ar fy nhrowsus.

"Danny Finch," atebodd Daf.

"Come on, then."

Ac yn hollol llugoer a phetrusgar, dilynodd Daf a finnau y bachgen newydd i'r iard, ein blychau brechdanau o dan ein ceseiliau a'r pryder yn amlwg ar ein hwynebau crwn.

"Ble mae fe?" mynnodd Idris.

"Draw fyn'na. Y bachgen tal sy'n chwarae pêl-droed," atebais, gan amneidio gyda 'mhen.

"Yr un sy'n dribblo?"

"Ie."

"Ok." Llyncodd Idris wrth weld ein nemesis, oddeutu hanner troedfedd yn dalach na'r bachgen agosaf ato o ran maint yn yr ysgol.

"Come on," mynnodd eto ac, ar ôl hanner munud o wylio Danny'n hyrddio trwy sialensau gwan ei gyd-chwaraewyr yn ddiymdrech, arweiniodd ni draw at faes y gad.

Safodd Idris ar yr ystlys, gan sgwario ei ysgwyddau'n llydan. Dilynodd Danny o amgylch y cae gyda'i lygaid nes bod un o'i ddilynwyr yn tynnu sylw'r bwli at y newydd-ddyfodiad.

Heb oedi, anelodd Danny'n syth tuag atom, y gang yn ffurfio tu ôl iddo'n reddfol fel haid o hwyaid yn hedfan tua'r haul. Ro'n i moyn rhedeg i ffwrdd, ond am ryw reswm ro'n i eisiau aros hefyd, er mwyn plesio Idris. Os oedd e'n fodlon herio'r bwli ar ein rhan, a hynny heb hyd yn oed ein hadnabod yn iawn, y peth lleiaf gallen i ei wneud oedd aros yno yn rhyw fath o gefn iddo. Ond wedi dweud hynny, nid oedd aros yn beth hawdd i'w wneud chwaith; yn wir, methodd Daf yn llwyr ac fe'i heglodd hi o 'na cyn i Danny a'i gatrawd ein cyrraedd.

"Beth?" Ymgododd Danny uwch ein pennau. Roedd e mor agos fel fy mod yn gallu arogli'r chwys sur-felys, anaeddfed yn cronni o dan ei geseiliau, cyfuniad o dywydd cynnes, gwair a digon o ymarfer corff.

Ond yn hytrach nag ymateb ar lafar, cymerodd Idris gam

yn ôl a chicio Danny mor galed ag y gallai yn ei geilliau. Mewn syndod, a chyda sgrech hynod ferchetaidd, syrthiodd Goliath yr ysgol gynradd i'w liniau, a dyrnodd Idris ef unwaith yn ei drwyn, gan beri i'r gwaed dasgu dros bob man ac i'r gang wahanu a ffoi fel ffyliaid i bob cyfeiriad. Doedd neb, ar wahân i Idris wrth gwrs, wedi rhagweld hynny.

"Llwyd. Dafydd. Dw i'n siomedig ynddoch chi'ch dau! Chi 'di gadael Mrs Kemp i lawr, chi 'di gadael yr ysgol i lawr ac, yn waeth na hynny hyd yn oed, chi 'di gadael eich *hunain* i lawr," meddai Mrs Whettleton o'r tu ôl i'w desg, ei llais tawel a llonydd yn llawer gwaeth na phetasai'n gweiddi. Gan boeni y byddai fy rhieni yn clywed am yr helynt, ac mewn ymdrech i atal y posibiliad hwnnw rhag cael ei wireddu, roeddwn i wedi esbonio rôl Danny a'i ffrindiau yn y ffradach wrthi ac roedd hi'n cydymdeimlo â ni i raddau oherwydd ei bod hi'n ddigon cyfarwydd ag enw drwg Daniel Finch. Er hynny, nid oedd hi'n hapus iawn gydag ymateb y disgybl newydd. "Ac Idris Evans, ar dy ddiwrnod *cynta* yn yr ysgol! Nid *dyna* sut mae plant Ysgol y Wern yn ymddwyn."

Safodd y tri ohonon ni fel delwau di-glem yn gwrando ar y ddarlith. Nid oeddwn i na Daf erioed wedi profi'r fath beth o'r blaen, ond roedd y wên fach gam ar wyneb Idris yn awgrymu ei fod e'n brofiadol tu hwnt yn y maes. Diolch i refru Mrs Whettleton, daeth hi i'r amlwg fod Idris wedi dod atom ar ôl cael ei ddiarddel o sawl ysgol arall yn y ddinas, ond er difrifoldeb y digwyddiad, rhybudd yn unig a gawsom y diwrnod hwnnw.

Gorffennodd y pennaeth gyda chwestiwn:

"Wyt ti'n meddwl ei bod hi'n bosib i ti gadw mas o drwbwl tan ddiwedd y tymor, Idris, neu a fydd rhaid i'r awdurdod chwilio am ysgol *arall* sy'n fodlon dy gymryd di? Sdim lot o'r rheiny ar ôl chwaith, fel ti'n gwbod."

Ond doedd dim angen iddi boeni o gwbwl, achos ni ddaeth Fanny Finch, fel y bedyddiodd Idris ef ar y diwrnod cyntaf hwnnw, na'i ddilynwyr yn agos at yr un ohonon ni eto yn ystod gweddill y tymor, ac ni fu'n rhaid i ni guddio y tu ôl i'r cotiau eto chwaith, diolch i Idris Evans: ymladdwr, arwr, gwaredwr.

LYCRA

Mae dau beth yn amlwg ar unwaith pan dw i'n agor fy llygaid ar doriad dydd. Yn gyntaf, mae fy llwnc mor sych â storom dywod yn y Sahara – er nad yw hynny'n annisgwyl. Ers ymweld â Doc rai dyddiau'n ôl, dw i 'di bod yn hamro'i gynnyrch ddydd a nos ac mae hynny, a'r ffaith 'mod i'n dueddol o ddioddef o donsilitis, wedi cydgynllwynio yn fy erbyn ac yn ei gwneud hi bron yn amhosib llyncu ar yr eiliad hon. Dw i'n gwybod y *dylen* i dreulio cwpwl o ddyddiau yn ddi-fwg, ond dw i hefyd yn gwybod nad yw hynny'n debygol o ddigwydd. Dyw hynny *byth* yn digwydd. Yn ail, ac mae mwy o groeso o bell ffordd i hwn, mae gen i godiad. Corn boreol. Gogoniant gwawr. Ond, pa un ddylwn i ddelio ag e yn gyntaf? Mewn geiriau eraill: wanc neu gargl? Dw i'n ystyried y peth am eiliad ac yn eistedd i fyny yn y gwely er mwyn yfed bach o ddŵr. Wrth ystumio fel cystadleuydd cydadrodd ar lwyfan yr Eisteddfod mewn ymateb i boen llyncu, dw i'n gweld fflach o Lycra ar deras uchaf yr ardd, ar y lawnt wrth gefn tŷ Lisa a Siân, ac mae'r ateb yn amlwg. Dw i'n ymestyn ac yn gafael yn yr asprin a'r co-codamol ymdoddol sydd ar y bwrdd coffi cyfagos, ac yn gollwng pedair tabled i'r gwydr dŵr. Wrth i'r moddion adweithio, dw i'n taflu Locket i 'ngheg ac yn llithro'n ôl i'r gwely er mwyn gwylio'r sioe.

Dw i'n gorwedd ar fy ochr o dan y dŵfe, gan anwesu fy nghodiad a gwylio fy ngwraig a'i chariad strôc hyfforddwr personol yn mynd trwy eu pethau. Mae'r haul isel yn goleuo'r ddwy ac mae'r chwys yn disgleirio ar eu crwyn. Gorwedda Lisa ar ei chefn ar y gwair yn brwydro trwy set o ddeg sit-up.

Mae'n gwisgo fest binc a siorts gwyn tyn sy'n edrych o'r fan hyn fel petaen nhw wedi'u peintio ar ei morddwydydd, tra bod Siân yn sefyll uwch ei phen yn gweiddi ei chyfarwyddiadau a'i hanogaeth heb wên yn agos at ei hwyneb. Dw i'n canolbwyntio ar Lisa, gan wneud fy ngorau i anwybyddu'r hyfforddwraig ac esgus nad yw hi yno, nad yw hi'n rhan o 'mywyd – *ein* bywyd – mewn unrhyw ffordd. Ond, wrth gwrs, mae hynny'n amhosib. Yn bennaf oherwydd bod Siân mor drawiadol – mae hi'n dal ac yn gyhyrog – ond hefyd oherwydd 'mod i'n siŵr mai hi sy'n awgrymu'r fath arddangosfeydd cyhoeddus (nid dyma'r tro cyntaf i hyn ddigwydd) gan wybod fy mod i'n gwylio wrth iddi ddominyddu fy ngwraig ar lawnt fy mhlas. Fel cwrcyn alffa, mae hi'n arddangos ei goruchafiaeth drosta i. Ac fel un o aelodau mwyaf dibwys y praidd, dw i'n cuddio tu ôl i goeden – i wylio a halio, ac yna i grio.

Ar ôl gorffen y sit-ups, mae Lisa'n codi ar ei thraed ac mae'r ddwy'n troi eu cefnau ataf ac yn plygu i'r safle sgwatio cychwynnol. Mae fy nhrawiadau'n cyflymu i gyd-fynd â'u hymdrechion, ond cyn cwpla dw i'n ymestyn am y bocs Kleenex – sydd byth yn bell – ac yn gafael mewn llond llaw yn barod ar gyfer yr anochel.

Y jôc yw mai fi wnaeth annog Lisa i ffeindio hyfforddwr personol gwpwl o flynyddoedd yn ôl ar ôl iddi ddechrau cwyno nad oedd hi'n hapus gyda'r ffordd roedd ei bronnau a'i thin yn gwyro am y llawr. Wrth gwrs, nid oedd hynny'n wir o gwbwl; yr unig beth oedd ar waith oedd effeithiau arferol disgyrchiant ar gorff benywaidd oedd yn agosáu at bedwar deg oed. Ond er mwyn helpu ei hwyliau a lleddfu'r euogrwydd ro'n i'n ei deimlo am ei hamddifadu o'r cyfle i gael plant, cynigiais dalu am hyfforddwr; a dyma fi, ddwy flynedd yn ddiweddarach, yn dal i dalu'n ddrud am fy haelioni.

Sa i erioed wedi bod eisiau cael plant ac roedd Lisa ei hun yn teimlo'r un fath i ddechrau. Ond ar ôl i fi ei hannog i gael erthyliad yn 2007, tua'r un adeg ag y dechreuodd yr arian lifo i mewn yn dilyn llwyddiant nofel gyntaf 'Floyd Ewens', newidiodd ei meddwl. Digon teg, wrth gwrs, a'r gwir yw na fyddai hi wedi cymryd rhyw lawer i newid fy un innau hefyd, ond erbyn hynny, yn anffodus i Lisa, roedd hi'n rhy hwyr. Yn dilyn yr erthyliad – ei hail, fel mae'n digwydd, er nad fi oedd y darpar dad ar yr achlysur cyntaf – datblygodd haint ôl-lawdriniaethol a arweiniodd at anffrwythlondeb anadferadwy. Peth prin eithriadol, yn ôl y meddyg, ond doedd hynny fawr o gysur i Lisa, a oedd bellach yn galaru am y plant na fyddai hi fyth yn esgor arnyn nhw. Dyna oedd dechrau'r diwedd, mewn gwirionedd. So'n perthynas ni byth wedi adfer. A chyda fy mhroblemau creadigol cyfredol, yr eironi yw fy mod yn meddwl fwyfwy y byddai cael cwmni cwpwl o blant o amgylch y lle yn rhoi rheswm i fi sgwennu, neu o leiaf yn rhoi esgus i fi beidio gwneud.

Yn ddifeddwl, a chyda diffyg rheolaeth y byddech chi fel arfer yn ei gysylltu â bachgen deuddeg oed, dw i'n dod. Dros fy mol. Dros fy mlew. Dros fy mŵbs. Dw i'n gorwedd yno am eiliad a gadael i'r euogrwydd a'r gwacter donni drosof. Ond nid yw'n para'n hir. Dw i'n defnyddio'r hancesi i fopio'r llanast llaethog, crychu'r papurach yn bêl a'i thaflu i gyfeiriad y bin wrth ddrws ffrynt y sied. Dw i'n methu, wrth gwrs, ac mae'r belen laith yn dod i stop ar lawr wrth ei ochr. Cyn i fi gael cyfle i godi o'r gwely a'i rhoi yn y bin, mae 'na gnoc ar y drws. Yn sefyll ben draw'r gwydr mae Lisa a Siân. Mae 'na wên llawn tosturi ar wyneb chwyslyd fy ngwraig, tra bod gwep ei chariad, sy'n sefyll tu ôl iddi, yn arddangos dim byd ond atgasedd llwyr. Mae llygaid y ddwy ohonyn nhw'n gwyro tua'r bêl ar lawr, ac yna at y bin, sydd fel llosgfynydd bach crin a chrychlyd, yn gorlifo â phapurach anystwyth.

Dw i'n codi ac yn gwisgo crys-T ddoe amdanaf, tynnu pâr o jîns dros fy mhaffwyr a chamu at y drws.

"Bore da," dw i'n croesawu'r cwpwl fel petawn yn falch o'u gweld nhw.

"Mae'n hanner awr wedi un!" mae Siân yn poeri heb unrhyw ymdrech i guddio'i dicter.

Dw i'n ei hanwybyddu ac yn estyn y moddion, sydd bellach wedi toddi yn y dŵr. Codaf yr hylif cymylog at fy ngheg, cyn garglo a llyncu deirgwaith nes bod y gwydr yn gwagio. Yna, gyda Locket arall yn fy ngheg, dw i'n gofyn:

"Sut alla i'ch helpu chi, ferched?" Mae'r wên ar fy wyneb yn ffuantus braidd.

"Ti'n sâl?" gofynna Lisa, sy'n peri i Siân ochneidio a rholio'i llygaid.

"Ddim mwy nag arfer," atebaf, gan lyncu eto a gwerthfawrogi effaith wyrthiol y moddion.

"Tonsils?"

"Ddim eto, ond ti'n gwbod fel ma hi."

"Ydw."

"Bydde stopio smocio yn helpu." Mae Siân yn ymuno yn y sgwrs.

"Beth alla i neud i chi, 'te?" Dw i'n anwybyddu ei hawgrym. Sdim gobaith. Fi wedi treial. Dw i wedi methu. Ganwaith. Y diwedd.

"Dau beth…" dechreua Siân, yna mae'n procio Lisa iddi hi gael ymhelaethu.

Mae fy ngwraig yn troi tuag ataf, er nad yw hi'n gallu *edrych* arnaf chwaith.

"Beth?" gofynnaf, gan ddechrau poeni fod rhywbeth go iawn o'i le.

"Ma… ma…" clywaf Lisa'n cecian, sy'n ysgogi Siân i gymryd yr awenau – gyda phleser, hoffwn ychwanegu.

"Ma Pavel wedi cwyno amdanat ti. *Eto*."

Pavel yw'r garddwr. Boi tawel o Wlad Pŵyl. Gweithiwr caled sydd byth yn gwenu. Dw i'n gwybod yn iawn pam ei fod e wedi cwyno, ond sa i'n mynd i gyfaddef hynny chwaith. Dw i 'di ceisio fy ngorau i anghofio popeth am y digwyddiad.

"Pam?"

"Pam ti'n *feddwl*?"

Dw i'n codi f'ysgwyddau a gwneud wyneb hurt.

"*Dwêd* wrtho fe, Lisa," mae Siân yn mynnu.

"Wel... welodd e ti'n... ti'n... ti'n gwbod beth, Llwyd... pan o'dd e 'ma ddiwetha."

"*Beth*?" Dw i'n cofio'n iawn, wrth gwrs. Sut gallen i *anghofio* ei wep ar ôl iddo fy ngweld i'n hanner noeth yn halio'n wyllt o flaen y cyfrifiadur, fel mwnci mewn cawell gyda chysylltiad diwifr? Cofiaf yr hunllef o fod ar fin cyrraedd uchafbwynt fy niwrnod gwaith, sef saethu fy llwyth i mewn i hances yng nghwmni Aaliyah Love, brenhines y bwbechni, pan ymddangosodd Pavel o nunlle ar y decking tu fas i'r sied yn cario rhwyd bysgota er mwyn gwaredu pysgodyn marw o'r pwll dŵr agosaf at fy nghartref dros dro. Edrychais i fyny o'r sgrin ar yr union adeg ag yr edrychodd ef arna i, a hynny'n digwydd bod yr union eiliad i fi wagio fy waled. Er fod y cyfrifiadur yn eistedd fel wal fach rhyngom, roedd hi'n hollol amlwg beth o'n i'n ei wneud, yn bennaf oherwydd yr olwg ar fy ngwyneb – cyfuniad o ryddhad pur a chynnwrf plentynnaidd. Hynny a'r ffaith nad dyna'r tro cyntaf iddo fe fy nal i wrthi chwaith...

Nodyn personol: rhaid prynu llenni i'r lle 'ma.

"Beth ti'n gwneud *bob* dydd, y sglyfath!" mae Siân yn ebychu, gan adael i'w gwreiddiau gogleddol giledrych trwy ffasâd ei hacen estron am eiliad.

Unwaith eto, dw i'n codi f'ysgwyddau yn ateb. Ydy hi'n disgwyl i fi *stopio* neu rywbeth? Mae'r olwg ar ei hwyneb yn awgrymu ei bod hi.

"Beth oedd yr *ail* beth?" gofynnaf, yn y gobaith o gael gwared arnyn nhw yn go glou.

"Ni'n cael parti," mae Siân yn datgan.

"Pryd?"

"Nos Wener nesaf."

"Pam?" gofynnaf, er nad oes unrhyw ddiddordeb 'da fi mewn gwirionedd. Rhybudd yw hwn, yn hytrach na gwahoddiad.

Wrth glywed fy nghwestiwn, mae Siân yn gwenu am y tro cyntaf yn ystod yr ymweliad, tra bod Lisa'n syllu ar y llawr: ar y belen ludiog sy'n dal i orwedd wrth ei thraed.

"Ni'n dathlu ein one-year official anniversary." Mae gwên Siân yn lledaenu wrth iddi rannu hyn gyda fi, tra bod ei braich gyhyrog yn gafael am ysgwyddau Lisa, sydd â'i phen yn ei phlu o hyd, ac yn tynnu ei chariad tuag ati mewn coflaid faleisus.

"Llongyfarchiadau," dw i'n llwyddo dweud ar ôl eiliad neu bump o fudandod go anghyffforddus. "Ife gwahoddiad yw hwn, 'te?" gofynnaf, am laff.

"Na," mae Siân yn ateb heb oedi. "*Ni'n* meddwl y bydde hi'n syniad i ti fynd mas…"

"I *ble*?" Dw i'n methu credu ei hyfdra, ei haerllugrwydd.

"Sa i'n gwbod. *Unrhyw* le."

Dw i bron â thagu ar ei hawgrym, ac er mwyn atal fy hun rhag ymosod arni'n gorfforol (er, rhaid cyfaddef na fyddai lot o obaith 'da fi ei churo) dw i'n camu tuag atynt ac yn eu hannog i adael trwy afael yn y drws a'i gau'n araf yn eu hwynebau. "Diolch am alw, ferched. Hyfryd eich gweld chi, fel arfer."

Ond nid yw Siân wedi gorffen eto. "Ti'n lwcus bod Lisa'n gadael i ti aros yma o *gwbwl*," poera. "Bydden i 'di dy daflu di allan amser maith yn ôl!"

Aw! Mae hynny'n bwrw'r marc, ac yn gwneud i fi ailystyried fy sefyllfa. Dw i *yn* lwcus o haelioni Lisa, gan mai hi sy'n berchen y tŷ a'i charedigrwydd hi yw'r unig beth sydd wedi golygu fy mod wedi cael aros yn y sied cyhyd. Wrth gwrs, fi *brynodd* y tŷ – ein cartref priodasol – ond yn dilyn cyngor gwael gan gyfrifydd gwarthus (*cyn*-gyfrifydd erbyn hyn, hoffwn ychwanegu), trosglwyddais yr eiddo i enw fy ngwraig a hi sydd yn dal i fod yn berchen arno hyd heddiw.

Gyda geiriau Siân yn atseinio oddi ar y waliau pren, gwyliaf nhw'n mynd, yr Amazon o Amlwch yn arwain y ffordd i fyny'r terasau ar hyd y llwybr tua'r tŷ, yn dwrdio a chwyno a diawlo dros ei hysgwydd.

Mae eu hymweliad wedi cachu ar fy niwrnod cyn iddo ddechrau'n iawn ond yna, wrth i'r cariadon ddiflannu o 'ngolwg, gwelaf Lisa'n troi ei phen i gyfeiriad y sied, ac er nad ydw i'n gallu gweld ei hwyneb yn glir oherwydd disgleirdeb yr haul, mae 'nghalon yn llenwi â gobaith.

Wrth i'r tegell ferwi i fi gael gwneud pot o goffi ffres, dw i'n pisio a golchi a throi'r gwres dan draed ymlaen. Er ei bod hi'n ddiwrnod braf o wanwyn cynnar tu fas, mae ychydig o wres yn cynhesu'r lle 'ma am oriau lu. Dw i'n ceisio cofio'n ôl i'r dyddiau pan o'n i'n poeni am dalu biliau a phethau felly, ond mae hynny'n teimlo fel oes arall erbyn hyn. Er hynny, bydden i'n cyfnewid yr holl gyfoeth sydd gennyf heddiw am hapusrwydd y cyfnod hwnnw.

Gyda'r coffi yn fy llaw a 'ngwddf yn teimlo'n well, dw i'n eistedd o flaen y cyfrifiadur. Ond yn lle agor y dudalen wag, dw i'n troi fy nghefn arni ac yn cerdded allan i'r balconi. Dw i'n pwyso ar y canllaw ac edrych i lawr ar y ddinas. Mae'r haul yn uchel yn yr awyr las a Môr Hafren yn disgleirio yn y pellter. Gwyliaf dair brân yn cwrso bwncath yn yr awyr, lai na chanllath o'r lle dw i'n sefyll; mae eu crawciadau cecrus yn cyrraedd fy nghlustiau ar yr awel. Mae'r bwncath yn ildio ac yn diflannu o'r golwg, ond dw i'n gwybod y bydd yn dychwelyd i'r cyffiniau gan fod lleiniau'r draffordd yn dir hela cyfoethog i adar o'r fath.

Dw i'n ystyried estyn y tun Quality Street ond yn penderfynu peidio. Ddim *eto*, ta beth. Ar ddiwrnod mor braf byddai aros yma yn drosedd ac yn wastraff amser llwyr. Yn enwedig petaswn yn ceisio mynd ati i sgwennu. Mwyaf sydyn, dw i'n cael yr ysfa i fynd ar daith feic. Felly, ar ôl gorffen y coffi a sgafflo pedwar Weetabix i lenwi fy mol, dw i'n newid a gwisgo fy nillad seiclo (trowsus Lycra a chrys o ddefnydd tebyg), yn llenwi fy ngwarfag ag ambell eitem allweddol – potel o ddŵr, brechdan caws a Marmite, banana, Snickers, Lockets, pad a phensil (rhag ofn!), cit trwsio twll yn y teiar, taniwr a dwy sbliff wedi'u rholio'n barod.

Dechreuais seiclo rhyw chwe mis yn ôl ar ôl i fi sylwi un dydd, tra o'n i'n sefyll yn y gawod, nad oeddwn yn gallu gweld fy mhidyn oherwydd fod fy mol cwrw yn ei guddio, fel bondo dros bistyll. Roedd yn rhaid gwneud rhywbeth am y peth na fyddai'n golygu rhoi'r gorau i yfed cwrw, felly'r unig opsiwn oedd dechrau cadw'n heini. Es i allan i loncian ddwywaith, gan chwydu ar y ddau achlysur a thyngu llw i beidio â gwneud peth mor wirion byth eto; yna ystyried – a gwrthod – y syniad o ymuno â gym; ac wedyn penderfynu prynu beic a dechrau pedlo.

Wrth deithio ar hyd yr heolydd gwledig nepell o gopa Mynydd Caerffili, heibio'r Black Cock Inn a chlwb golff Castell Heights, dw i'n dod i'r casgliad mai prynu beic oedd un o'r penderfyniadau gorau i fi ei wneud erioed. Nid oeddwn yn berchen ar feic am yn agos at ugain mlynedd, ond mae'r Scott Sub Speed 10, sydd mor gadarn rhwng fy nghoesau, yn dod â gwên i fy ngwyneb fel taswn i'n bymtheg oed unwaith eto. Wrth hedfan heibio'r troad am Watford ac Ysbyty'r Glowyr, dw i'n penderfynu anelu am Lwybr Taf er mwyn osgoi'r traffig parhaus sy'n llenwi'r ffyrdd ar gyrion Caerffili. Ymhen dwy funud dw i'n troi fy nghefn ar y cerbydau ac yn gwibio ar hyd y trac, yr haul yn smicio arnaf trwy'r coed sy'n ffurfio twnnel cysgodol uwch fy mhen.

Ar goll mewn peloton dychmygol, dw i'n cyrraedd Parc Ynys Angharad ym Mhontypridd o fewn ugain munud, ond er mai fy mwriad cyn cychwyn o'r sied oedd aros yma i fwyta fy mrechdan, mae'r Weetabix yn dal i bwyso, felly dw i'n penderfynu dilyn fy nhrwyn a gweld lle bydda i mewn rhyw hanner awr arall.

Yr ateb annisgwyl, ond hollol hyfryd, yw rhyw filltir i'r gogledd o Abercynon, wrth gored ar draws afon Taf ger safle hen reilffordd Merthyr.

Dw i'n disgyn oddi ar y beic a'i bwyso yn erbyn coeden ar lan yr afon. Does neb o gwmpas a dw i'n bwyta fy mrechdan yn fy nghwrcwd, yn syllu ar yr afon yn llifo heibio. Mae'r dŵr claear a chroyw mor ddengar fel fy mod eisiau plymio i mewn er mwyn oeri rhyw ychydig ar ôl fy ymdrechion. Yna dw i'n cofio Billy Burrows, un o fechgyn drwg fy nosbarth cofrestru yng Nglantaf, yn mynd i nofio yn yr afon rhyw amser cinio crasboeth, a chofio'i absenoldeb o'r ysgol am dri mis yn dilyn ei ffwlbri oherwydd iddo ddal clefyd Weil oddi wrth yr holl bisio llygod ffyrnig oedd yn y dŵr.

Yn lle cael dip, dw i'n setlo am orig fach ar garreg fawr yng nghanol yr afon. Ond, er i fi wirio nad oes unrhyw un o gwmpas, cyn gynted ag ydw i'n tanio'r mwgyn clywaf lais yn dweud:

"Ow, butt, giz a blast on that, will 'ew?"

Ar y lan, yn syllu arnaf yn ddrwg i gyd, mae dau fachgen ifanc, heb fod yn hŷn na phymtheg oed. Mae'r ddau'n gwisgo siwmper ysgol goch a throwsus du ac ar fag yr un â'r geg a'r cwestiynau mae arwyddair yr ysgol ('Bydd Wir, Bydd Weithgar') wedi'i argraffu o dan logo trawiadol ond dienw.

"Chi ar y mitsh neu be, bois?" Tynnaf yn galed ar y mwg a syllu arnyn nhw dros fy sbectols haul.

Mae llygaid y ddau yn pefrio wrth glywed hynny a gallaf weld eu holl amheuon yn fflachio heibio eu llygaid llyffant. Ond, am resymau go amlwg, maen nhw'n dod i'r casgliad cywir nad athro na swyddog triwant ydw i ac mae'r un cegog yn ateb fy nghwestiwn.

"Free lesson, butt."

"Yeah," mae'r llall yn ategu.

"Rhyfedd," dw i'n pendroni. "Sa i'n cofio cael gwersi rhydd tan y chweched…"

"Miss Davies Maths was ill, butt. So we left early, innit."

"Innit."

"Is it?" Sugnaf a chwythu eto, gan feddwl beth ddylwn i ei wneud.

"C'mon, butt, giz a blast."

"Please," mae'r llall yn cofio'i faners.

"Ok. Ond mae'n rhaid i chi siarad Cymraeg 'da fi. Deal?"

"Deal, butt…"

"Beth yw 'butt' yn Cymraeg then, butt?"

Sa i'n siŵr pa un ofynnodd y cwestiwn ond ar amrantiad mae'r ddau wedi ymuno â fi ar y garreg yng nghanol y llif, yn eiddgar i hawlio'u gwobr.

"Sa i'n siŵr," dw i'n cyfaddef. "Sdim gair cyfatebol yn bodoli lawr fan hyn…"

"Cymraeg, you said, butt, dim Latin or beth bynnag that was."

Dw i'n chwerthin ac yn pasio'r sbliff i'r arweinydd, yr un sy'n llawn hyder di-sail.

"Pwy wyt ti, then, butt?" gofynna trwy gwmwl o fwg porffor.

"Idris," atebaf, fel bydda i'n ei wneud yn aml mewn sefyllfaoedd tebyg. Nid fy mod i'n siarad â bechgyn ysgol yn y coed yn aml, rhaid i chi ddeall.

"Fi yw Connor, a fe yw Dave."

"Pa ysgol chi'n mynd i, bois?"

"Rhydywaun," mae'r ddau'n cydadrodd.

"O, ie? Ydy Mr Jones yn eich dysgu chi o gwbwl?" dw i'n gofyn, er nad ydw i'n adnabod unrhyw un sy'n dysgu yn eu hysgol. Er hynny, dw i'n reit ffyddiog bod 'Mr Jones' yn aelod o staff yno.

"Mr Jones Maths…?"

"Neu Mr Jones Computers?"

"Mr Jones Maths," atebaf. "Dwedwch wrtho fe bod Idris yn cofio ato."

"Ok," maen nhw'n cytuno, a dw i'n mawr obeithio y byddan nhw'n gwneud.

"Pam chi ar y mitsh, 'te?"

"Ni ddim ar y mitsh, butt."

"Ie, ie," meddaf yn goeglyd wrth i Dave ddychwelyd y stwmp i fi.

"Ok, I admit it, ni ar y mitsh, ond dim ond RE ni 'di dodjo, felly so hynny'n counto, yw e, butt."

"Y gwir o'r diwedd," chwarddaf, ond so ni'n cael cyfle i barhau â'r sgwrs na rhannu'r sbliff arall yn y llecyn delfrydol hwn, gan fod dyn moel, gwyllt yr olwg, yn ymddangos ar y llwybr, rhyw ganllath o'r afon, yn gweiddi arnom yn fygythiol ac yn martsio i'n cyfeiriad yn benderfynol.

"Shit! Dad!" medd Connor, gan godi ar ei draed a neidio 'nôl i'r lan gyda Dave yn dynn ar ei sodlau. Mae'r ddau'n rhedeg i'r coed a 'ngadael ar y garreg, fel môr-forwyn gegrwth. Gyda tad Connor yn agosáu ac yn gweiddi arnaf ar dop ei lais, dw i'n gwneud yr un peth â'r bois ac yn llwyddo i gau fy mag, neidio ar fy meic a'i heglu hi o 'na cyn i'r cawr o ddyn â gwddf fel tarw o dan orchudd o inc glas gael gafael ynof.

Wrth i fi seiclo i ffwrdd, clywaf eiriau'r tad yn fy erlid ar yr aer:

"Paedo! Junkie!"

Ond y foment honno, gyda 'nghoesau'n troelli fel tyrbinau gwynt mewn tornado, yr unig ddisgrifiad sy'n gweddu yw 'cachgi'.

SEICLOPS

"Smo ti moyn dy frecwast, Lwli?" dw i'n cofio Mam yn gofyn wrth iddi 'ngwylio i'n gwthio'r Sugar Puffs o gwmpas fy mowlen yn ddigyffro. Y gwir oedd fy mod i'n loetran yn fwriadol er mwyn ceisio osgoi dechrau ar y dasg o helpu fy rhieni i lanhau'r tŷ o'r top i'r gwaelod, fel fyddai'n digwydd bob tro y bydden ni'n dychwelyd adref ar ôl bod ar ein gwyliau.

Y brif anfantais o fod yn fab i ddau athro, heb os, oedd gorfod treulio pob dydd o bob gwyliau yn eu cwmni. Yn wahanol i fy ffrindiau, oedd yn gweld y gwyliau fel cyfle i gael eu traed yn rhydd, roeddwn i'n eu gweld fel estyniad o'r ysgol. Yn wir, roedd yr ysgol yn cynnig *mwy* o ryddid i fi nag oedd ar gael yn fy nghartref.

Ar ôl mis cyfan yng nghwmni fy rhieni, roeddwn i wedi cael llond bol ar y ddau. Roedd Mam a'i ffysian di-ben-draw yn ddigon i wneud i fi fod eisiau sgrechian arni'n aml, er fy mod wedi cael fy magu i fasgio fy emosiynau a diodde'r boen a'r artaith yn hytrach na lleisio fy marn a rhannu fy ngwir deimladau. Ac roedd diplomyddiaeth briodasol ddiwyro Dad yn mynd ar fy nerfau gymaint â ffwndwr parhaus Mam, os nad yn fwy.

Yn ôl ein harfer, fe dreulion ni ddeng niwrnod cyntaf y gwyliau haf ym Mryncelyn, bwthyn braf a chroesawgar rhieni Mam yn Sarnau, rhyw ddeng milltir i'r gogledd o Aberteifi, heb fod yn bell o draethau Penbryn, Tresaith a Llangrannog. Y peth gorau am fynd yno – heblaw am y sylw, y cariad, y straeon a'r anrhegion – oedd cael treulio amser ar fferm Treddafydd drws nesaf, yng nghwmni Ioan a Gerran, meibion y tyddyn. Bron bob bore ar ôl brecwast, bydden i'n diflannu am ran helaeth o'r dydd i helpu ar y fferm, i grwydro'r caeau yn eu cwmni, i chwarae cwato, i bysgota ac i fwynhau rhyddid canfyddedig eu bodolaeth. Dyma'r unig gyfle oedd gennyf i ddianc rhag fy rhieni, ac roedd Mam fel pe bai'n fwy parod i adael i mi fynd yng nghefn gwlad ei chynefin. Wrth gwrs, roeddwn yn gallu gweld pa mor galed roedd rhieni'r bechgyn yn gweithio hyd yn oed bryd hynny, ond roedd y cysylltiad â'r tir a byd natur yn rhoi naws urddasol i'r gwaith; rhyw ansawdd nad oeddwn yn ei gysylltu â swyddi 'trefol' mewn unrhyw ffordd.

Wedi ffarwelio â Cheredigion tan hanner tymor yr hydref, dychwelon ni i Gaerdydd am ddeuddydd er mwyn golchi'r dillad a phacio unwaith eto, cyn anelu'r car am y cyfandir a thraethau euraid y Vendée. Ond ar ôl pythefnos mewn carafán ger Saint-Jean-de-Monts, roeddwn wedi diflasu'n llwyr ar y ddau ohonyn nhw, yn ogystal â'r frites, y crêpes, y baguettes a'r llaeth Ffrengig afiach oedd yn blasu fel petai ar fin suro; heb sôn am y gêmau diddiwedd o Guess Who?, Trumps a Scrabble. Roeddwn eisoes yn curo fy rhieni wrth chwarae Scrabble bron bob tro heb fawr o ymdrech, ond diflastod llwyr oedd yn fy llenwi bellach, yn hytrach na'r wefr a deimlais y tro cyntaf i hynny ddigwydd. Yr unig gysur oedd gennyf yn ystod y gwyliau oedd pentwr o lyfrau antur – rhai o gyfres y Llewod ac ambell un o straeon T Llew Jones, *Gulliver's Travels*, *The Princess Bride* a *Fantastic Mr Fox*. Roeddwn wedi darllen pob un ohonyn nhw unwaith o leiaf, ond bydden i bob amser yn gweld neu'n deall rhywbeth ychwanegol wrth eu hailddarllen.

Ro'n i'n falch iawn o fod adref, wrth gwrs, ond roeddwn yn ysu am ddianc oddi wrth Mam a Dad am gwpwl o oriau o leiaf, heb anghofio'r glanheuad anochel oedd ar fin cychwyn ar ôl brecwast.

Roedd Mam eisoes wedi dechrau arni, ond roedd y tri ohonon ni bellach yn eistedd ar y patio yn haul cynnes y bore braf, yn bwyta brecwast yn dawel bach. Ar ôl mis ym mhocedi'n gilydd, roedd hyd yn oed Mam yn ei chael hi'n anodd ffeindio'r geiriau i lenwi'r mudandod.

Wrth godi llond llwy o Sugar Puffs i 'ngheg, meddyliais am Daf ac Idris. Roedd Idris wedi rhoi adfywiad go iawn i fi a Daf yn ystod wythnosau olaf y tymor ysgol. Ailddyfodiad os bu un erioed. Yn hytrach na chuddio yn y cyntedd cotiau fel cachgwn, cawsom gyfle i grwydro'n rhydd o gwmpas y lle, heb ofni Fanny Finch na'i ddilynwyr bellach. O dan arweiniad Idris, torrodd Daf a finnau'n rhydd o'n cregyn caethiwus. Ac o fewn dyddiau i'w ddyfodiad, roeddwn yn gallu teimlo fy hun yn newid – o lyfrbryf mewnblyg oedd yn fwyaf hapus yn ei gwmni ei hun, i fachgen reit gyffredin oedd yn ffynnu yng nghwmni ei ffrindiau. Diolch i Idris, roeddwn yn gallu breuddwydio am ddyfodol diddorol, ond yna daeth y tymor i ben a chefais fy ngwahanu oddi wrthynt am bedair wythnos (oedd yn teimlo'n debycach i bedwar mis). Ble roedden nhw ar yr union eiliad hon? Beth roedden nhw wedi bod yn ei wneud yn fy absenoldeb? A oedden nhw wedi bod yn treulio amser yng nghwmni ei gilydd? Roedd hanner ohona i'n gobeithio eu bod, tra bod yr hanner arall – yr hanner hunanol – yn dymuno i'r gwrthwyneb. Ond ta waeth am hynny, roeddwn i'n marw eisiau eu gweld nhw. Yn ysu am glywed eu hanes. Ac fel petasai Duw ei hun wedi clywed fy ymbilio a fy erfynio, pwy ymddangosodd wrth y glwyd ar ochr y tŷ ond Daf ac Idris, yn frown eu crwyn ac yn frith o frech yr haul, yn cario rhwyd bysgota'r un a bagiau boliog dros eu hysgwyddau.

Cododd Dad a datgloi'r iet er mwyn gadael i'r bechgyn ymuno â ni wrth y bwrdd pren. Ac wrth i Mam eu holi am eu helynt, bochiais weddill fy mrecwast mewn hanner munud, codi ar fy nhraed a mynd i wisgo fy sbardiau.

"A ble ti'n meddwl ti'n mynd?" gofynnodd Mam pan ailymddangosais wrth y drws cefn.

"Pliiiiiiiiiis, Mam," erfyniais, yr anobaith yn amlwg yn fy llais.

"Beth am y glanhau?" Trodd Mam at Dad. "Beth ti'n meddwl, Ar?"

"Gad iddo fe fynd, Non fach. Mae'n siŵr 'i fod e wedi cael llond bol arnon ni erbyn hyn…"

Haleliwia! Haleliwia! Haleliwia-Haleliwia-Ha-le-e-liw-iaaaaaaaaaaaaaaa!

"Bydd angen welis ar Llwyd, Mrs Owen," meddai Idris, mor foesgar â gwas mewn plasty ganrif ynghynt.

"A'i feic," ychwanegodd Daf.

"So chi'n mynd yn bell, y'ch chi?"

"Na, ni 'di ffeindio pwll pysgota ddim yn bell o'r gronfa ddŵr…" atebodd Daf.

"Y *gronfa ddŵr*?!" ebychodd Mam yn llawn drama. "Ma'r gronfa ddŵr yn *beryglus*!"

"*Ddim yn bell* o'r gronfa ddŵr wedodd e, Non," atseiniodd Dad, diolch byth amdano.

Nid oedd Mam yn gallu nofio ac roedd hi'n taflunio'i hofnau arna i, er fod gen i fy mathodyn hanner can metr bellach.

"Ie, fi'n gwbod, ond peidiwch mynd yn agos at y gronfa, chi'n clywed?!"

"Ydyn, Mrs Owen," cydadroddodd fy ffrindiau wrth i fi nôl fy welis a fy rhwyd bysgota.

Rhoddais y welis mewn gwarfag ac estynnodd Mam fanana ac afal o'r fowlen i fi, yn ogystal â phecyn o greision a thri Kit Kat i fi gael eu rhannu gyda fy ffrindiau. Roedd y banana'n fwy du na melyn a'r afal yn feddal, ond bydden i'n bwyta'r ddau heb boeni ymhen cwpwl o oriau. Tanwydd oedd y ffrwythau – tanwydd fyddai'n golygu na fyddai'n rhaid i fi ddychwelyd adref tan ddiwedd y prynhawn.

"Barod," gwaeddais gan wenu. Ac ar ôl i Dad agor y garej er mwyn estyn fy meic, ac ar ôl i Mam ein hatgoffa unwaith eto i fihafio, i beidio mynd yn agos at y gronfa ddŵr ac i fi fod adref am chwech fan bellaf, dyma'r tri ohonon ni'n pedlo ffwl pelt am Barc Ffidlas – fi ar fy Raleigh Super Burner sgleiniog, Daf ar ei Diamondback-prin-allan-o'r-bocs ac Idris ar ryw frithgi o Fî-Em-Ecs, y ffrâm arian aflan heb enw ar ei chyfyl, y carnau'n amlwg wedi'u cymryd oddi ar feic hollol wahanol a hoelion campau yn ymwthio o ganol y ddwy olwyn (er nad oeddwn erioed wedi gweld Idris yn gwneud triciau arno chwaith). Beic bachgen drwg os bu un erioed. Roedd y gwynt yn ein gwalltiau a geiriau Mam yn diflannu o'r cof cyn i ni droi'r gornel.

"Ble ni'n mynd?" gofynnais wrth i ni ddringo'n araf i fyny Rhydypenau Road i gyfeiriad pentref Cyncoed.

"You'll see," winciodd Idris arnaf, wrth iddo fe a Daf wenu ar ei gilydd yn wybodus.

Cipiodd Idris y blaen a'n tywys i'r goedwig oedd yn gorwedd rhwng Parc Ffidlas a chronfa ddŵr Llanisien. Ar draciau sych a chraciog, seiclodd y tri ohonon ni'n araf ac yn ofalus trwy'r coed, gan orfod gwthio'r beics i fyny ambell fryncyn serth, cyn dod at yr afon, oedd ddim lot mwy na nant fan hyn – rhyw fetr a hanner o led a throedfedd neu ddwy o ddyfnder. Dyma'r afon oedd yn bwydo Llyn y Rhath, yna'n chwydu i afon Rhymni tu hwnt i Heol Casnewydd, ond fan hyn, nid oedd hi'n ffyrnicach na ffrwd.

Wrth i ni agosáu, daeth hi'n amlwg fod Idris a Daf wedi bod yn brysur iawn yn fy absenoldeb. Fel dau afanc diwyd, roedden nhw wedi adeiladu argae cadarn ar draws yr afon fach, gan ddefnyddio cerrig o bob siâp a maint, brigau, mwd ac unrhyw beth arall addas – brics, brîs-blociau ac ambell botel wydr. Roedd y nant-glawdd wedi creu cronfa ddŵr ddofn ar yr ochr ogleddol ac roedd Daf y darpar beiriannydd wedi torri pum twll celfydd yn yr argae er mwyn gadael i ychydig o'r dŵr ddianc a sicrhau na fyddai'r mur yn chwalu dan bwysau'r llif.

"Edrych yn y dŵr," mynnodd Idris ac, yn fy nghwrcwd, gwyliais y brithyll bach yn nofio am funud neu ddwy, gan ryfeddu fod unrhyw fath o bysgod yn gallu ffynnu mewn lle o'r fath. Wrth gwrs, roeddwn i wedi gweld ambell bysgodyn yn yr afon wrth gerdded yma gyda fy rhieni ar hyd y blynyddoedd, ond roedd yna ddegau yn y gronfa hon, yn troi a throsi ac yn chwilio am ddihangfa.

Cododd Idris heb rybudd a dechrau piso yn y dŵr, gan wneud i fi a Daf neidio o'r ffordd er mwyn osgoi'r tasgiadau a pheri i'r pysgod ymateb i'r gwrthwyneb yn llwyr – ro'n nhw'n nofio'n syth at y pistyll yn y gobaith o gael pryd.

"Idris!" ebychais a throi fy nghefn ar yr olygfa. Des wyneb yn wyneb â chreadigaeth arall fy ffrindiau, sef cysgodfa gyntefig yr olwg wedi'i gwneud o frigau a dail a phrysgwydd. Roedd y ffau'n groesiad rhwng wigwam a phentis, ac yn pwyso'n erbyn hen dderwen anferthol.

"Beth ti'n feddwl?"

"*Waaaaaaw!*" atebais gwestiwn Daf, gan sboncio draw a chamu i mewn. Roedd 'na ddigon o le i'r tri ohonon ni gysgodi rhag y glaw yma, os byddai hi fyth yn bwrw eto, hynny yw. Roedd y cyfnod o dywydd braf wedi para chwe wythnos yn barod a chroen tywyll y tri ohonon ni'n brawf o hynny. Roedd y llosg haul poenus a brofais ar ddechrau'r gwyliau yn atgof pell erbyn hyn a 'nghroen pinc wedi brownio bellach.

Roedd dau foncyff swmpus ar lawr y ffau yn cynnig lle i eistedd ac olion tân wrth y fynedfa. Llenwodd fy ffroenau ag arogl anghyfarwydd, mwsgaidd.

"Beth yw'r smel 'na?" Pipais mas ar fy ffrindiau, oedd yn sefyll yno'n falch o weld fy ymateb cadarnhaol i'w holl waith caled.

"Tro rownd," meddai Idris, a dyna beth wnes i.

Roedd hi'n anodd gweld yn y lled-dywyllwch ond ar ôl i fy llygaid gyfarwyddo gwelais darddle'r drewdod a chodi fy llaw at fy ngheg a 'nhrwyn mewn ymgais i atal fy hun rhag cyfogi. Roedd cyrff amryw o anifeiliaid yn hongian o wal y lloches, fel stafell dlysau corrach. Gwelais ddwy wiwer lwyd, cwningen, tair colomen, gwylan a chath sinsir cyn i mi droi fy nghefn ar yr erchylltra ac ymuno â fy ffrindiau yn yr awyr agored unwaith eto.

"Flippin 'eck! Beth chi 'di bod yn neud, bois?"

"Hela," oedd ateb Idris, a dylai hynny fod wedi bod yn ddigon amlwg i fi yn y lle cyntaf.

Edrychais arno a gweld y gwn yn ei afael, yna'r wên ar ei wyneb. Winciodd arnaf. Cyflymodd fy nghalon, crinodd fy ngheg.

Yn ôl Idris a Daf, y ffordd orau i hela oedd peidio â gwneud dim byd o gwbwl. Hynny yw, eistedd yn llonydd ac aros i'r anifeiliaid ddod atoch chi. Felly, gan gofio hynny, dyna beth wnaethon ni. O dan orchudd dagrau deiliog helygen wylofus, eisteddodd y tri ohonon ni fel delwau yn aros am y cyfle. Wrth i ni ddisgwyl, sibrydodd Idris hanes y gwn yn fy nghlust. Un ei dad oedd e. Wel, un ei dad *oedd* e cyn i'r hen ddyn ddiflannu rhyw dair blynedd ynghynt. Un Idris oedd e nawr. Dryll llaw .22 calibr yn saethu peli bach dur 5.5mm mewn diamedr, a hwnnw wedi'i gynhyrchu gan gwmni Daisy. Wrth gwrs, nid oedd hynny'n golygu dim i fi. Yr unig beth oedd o ddiddordeb i fi yr eiliad honno oedd lladd rhyw anifail anffodus a dod yn aelod llawn o'r criw unwaith eto. Am ryw reswm, roedd y ffaith nad oeddwn wedi lladd dim byd yn gwneud i fi deimlo fel 'mod i ddim yn perthyn. Ac nid oedd cyfeillgarwch ac agosatrwydd fy ffrindiau, oedd wedi datblygu yn fy absenoldeb, yn helpu chwaith. Ond yn ffodus, ni fu'n rhaid i fi aros yn hir. Pwyntiodd Daf at goeden gyfagos, heb fod fwy na deg llath i ffwrdd, lle roedd wiwer lwyd yn eistedd ar foncyff yn bwyta cneuen. Yn ddideimlad, codais yr arf ac anelu'n ofalus at y targed, gydag un llygad ar gau a 'nhafod yn dynn rhwng fy nannedd. Tynnais y taniwr, syrthiodd y wiwer.

"Shhhoooooooooooooooooooooooooooooot!!!!!" gwaeddodd fy ffrindiau mewn gorfoledd, codi o'r guddfan a mynd i archwilio'r gelain.

Galwodd Idris fi'n 'natural' ac roedd y ddau ohonyn nhw'n llawn canmoliaeth, ond yn hytrach na hapusrwydd, teimlais edifeirwch llwyr yn fy llenwi.

Cuddiais fy chwithdod oddi wrth fy ffrindiau a'u darbwyllo y byddai'n syniad da i ni gladdu cyrff yr holl anifeiliaid, gan fod y drewdod yn golygu nad oedd neb eisiau eistedd yn y ffau. Cytunodd Idris a Daf, ond gan nad oedd rhaw gennym fe stwffion ni'r cyrff i mewn i dwll cwningen wrth fôn coeden fawr a chau'r bwlch â cherrig a brigau ac unrhyw beth arall a ddaeth i law.

Gyda'r prynhawn yn dirwyn i ben a'r haul wedi diflannu rywle tu hwnt i'r coed a'r maestrefi, taniodd Idris sigarét fenthol a fachodd o fag llaw ei fam. Gwyliais yn gegagored wrth iddo dynnu'r mwg i'w frest a'i chwydu wedyn mewn cyfres o fodrwyon myglyd. Roedd y mwynhad yn amlwg ar ei wyneb, ac yna cymerodd Daf y cetyn a sugno arno hefyd, heb besychu na thagu na dim. Yn amlwg, roedd y ddau wedi bod yn ymarfer! Ar ôl myfyrio a mygu fel hen ddyn am funud fach, daliodd Daf y sigarét o 'mlaen ac er nad oeddwn i *eisiau* ei blasu, doedd dim dewis gennyf chwaith. Cymerais hi a'i dal yn drafferthus rhwng fy mawd a 'mynegfys, ei chodi at fy ngheg a lapio 'ngwefusau amdani, fel tasen i'n chwarae'r trymped. Cododd y mwg a llenwi fy llygaid, yna tynnais, gan dagu ar unwaith a pheswch a gwaggyfogi dros bob man. Cipiodd Idris y mwgyn wrth i chwerthin afreolus fy ffrindiau lenwi'r ffau. Codais ar fy nhraed a chamu allan at y nant, gan besychu a phesychu a phoeri i'r dŵr. Yna, wedi i'r storom ostegu, ond gyda'r dagrau'n cronni yn fy llygaid, sythais fy nghefn a sychu fy mochau mewn pryd i weld Danny Finch a llond llaw o'i ffrindiau yn syllu arnaf o'r llwybr rhyw hanner canllath i ffwrdd.

"Ti'n ok?" gofynnodd Idris, wrth gamu ataf gyda Daf yn dynn wrth ei sodlau.

"Ydw." Ystumiais i gyfeiriad y gelyn.

Cododd Idris ei olygon a syllu'n syth tuag atynt trwy'r coed. Yna, heb oedi am eiliad, cerddodd tuag atynt. Dechreuodd fy nghalon garlamu, yn enwedig pan sylweddolais fod y gwn wedi'i wthio rhwng ei wregys a gwaelod ei gefn, fel rhyw dditectif ar gyfres deledu, ac roeddwn yn falch iawn o weld Danny a'i griw yn gwneud y penderfyniad cywir a'i heglu hi o 'na ar eu beics, cyn i Idris a'i wn ddod o fewn cyrraedd. Pwy a ŵyr beth fyddai wedi digwydd? Roedd Idris Evans off ei ben – roeddwn yn gwybod hynny ers y diwrnod cyntaf i fi gwrdd â fe.

Fel bachgen da, cyrhaeddais adref jyst cyn chwech; ac fel mam dda, roedd fy swper ar y bwrdd ychydig funudau yn ddiweddarach. Bochiais y bwyd cyn diolch yn fawr, mynd i olchi ac yna dianc i fyny i fy stafell wely yn yr atig i orwedd ar y gwely yn fy mhyjamas. Ond, er fod *Y Llewod yn Dal Ysbryd* yn gwmni i fi, roedd hi'n amhosib canolbwyntio ar y geiriau heno. Roedd anturiaethau'r diwrnod yn dal i lenwi fy mhen – yn wir, roedd heddiw'n teimlo'n debyg iawn i bennod yn hanes Einion, Llinos, Wyn, Orig a Del – a'r cywilydd o ladd anifail diniwed mewn gwaed oer yn fy mhoenydio. Er, rhaid cyfaddef na wnaeth hynny fy mhoenydio ddigon i fy atal rhag cael noson hyfryd o gwsg chwaith...

Codais ben bore yn llawn cyffro, ac ar ôl llowcio fy mrecwast, ffarweliais â fy rhieni ac anelu am ein pencadlys yn y coed er mwyn cwrdd â fy ffrindiau yn unol â chynllun y noson cynt. Ond, wrth gyrraedd, adfail oedd yn aros amdanaf; adfail a bachgen oedd yn agos at fynd o'i gof. Roedd yr afon yn llifo'n rhydd a'r argae yn atgof o dan y dŵr, tra bod ein ffau wedi'i chwalu'n deilchion a'r brigau wedi'u torri'n rhacs.

Roedd Idris yn eistedd ar lan yr afon fach yn syllu i'r dŵr, gyda'r gwn yn ei law a gwallgofrwydd llwyr wedi gafael ynddo.

Galwais ei enw deirgwaith cyn iddo edrych i fyny, ond ni ddywedodd yr un gair, na wincio chwaith.

Cyrcydais wrth ei ochr. Doedd dim angen dweud dim. Roedd

hi'n amlwg pwy oedd wedi gwneud hyn, ac yn amlwg fod Idris yn mynd i ymateb. Nid o'n i eisiau bod yn rhan o hynny – yn wahanol i Idris, roeddwn i'n gachgi; yn wahanol i Idris, roeddwn i'n gwybod fod yna reolau i'w parchu a llinell nad oedd hawl ei chroesi; ac yn wahanol i Idris, roeddwn i'n gallu gweld y llinell ar yr eiliad honno – yn wir, ro'n i'n sefyll reit ar ei phen – ac roeddwn yn falch iawn pan ymddangosodd Daf ar ei feic er mwyn torri ar y tawelwch.

"Pwy 'nath hyn?" gofynnodd Daf heb feddwl.

"Pwy ti'n feddwl?" atebais.

"Finchy!" poerodd Daf gan ysgwyd ei ben ar y difrod.

Roedd y ddau ohonyn nhw wedi gweithio mor galed tra 'mod i yn Ffrainc, a chwalodd Finch a'i griw eu hymdrechion mewn noson; munudau fwy na thebyg.

Dechreuodd Daf gasglu'r brigau a'r boncyffion bychain a'u gosod lle safai'r ffau y diwrnod cynt, ond pan welodd Idris e'n gwneud hynny, ffrwydrodd o'i eisteddle a chwifio'r gwn yn wyllt o gwmpas y lle.

"Paid toucho nhw!" bloeddiodd ar Daf, gan beri iddo gamu 'nôl a chodi'i ddwylo o'i flaen.

"Flippin 'eck, Idris!" plediodd Daf. "Dim fi 'nath!"

"Ie, come on, Idris. Dim bai Daf yw hwn…"

Trodd Idris ac anelu'r gwn ata i. Syllais i'r twll bach tywyll a llyncu, er fod fy ngwddf yn sych grimp. Roedd Idris wedi esbonio wrtha i y diwrnod cynt na fyddai'r peli bach dur yn gallu lladd person, ond bydden nhw'n gwneud digon o ddifrod o'r pellter hwn.

Disgynnodd y gwn yn araf wrth ei ochr.

"I know. Bai Fanny Finch yw hwn. Come on!" gorchmynnodd, gan gerdded at ei feic a'i godi. Ond ni symudais i na Daf; roedd yr olwg wyllt yn llygaid ein ffrind wedi ein rhewi i'r fan a'r lle.

"Come on!" ebychodd, ond unwaith eto, ni symudon ni'r un fodfedd.

"Chickens!" gwaeddodd wedyn, gan boeri i'n cyfeiriad a stwffio'r gwn i'w fag.

"Beth ti'n meddwl neith e?" gofynnais i Daf ar ôl i Idris adael.

"Sa i moyn meddwl am y peth." Ysgydwodd fy ffrind ei ben yn araf a chamu tuag at ei feic.

Aeth Daf am adref heb air pellach a gadael y cwestiwn yn atseinio yn fy mhen.

* * *

"Beth ddigwyddodd iddo fe?" gofynnais i Idris pan gyfarfu'r tri ohonon ni ar iard Ysgol Glantaf cyn i'r gloch gyntaf ganu. Nid oeddwn wedi gweld yr un o fy ffrindiau ers y bore hwnnw ar lan yr afon ac felly synnais weld Danny Finch yn gwisgo patshyn du dros ei lygad chwith, fel Capten Cadnant off y teli.

Diflannodd yr holl bryder yr oeddwn wedi'i deimlo'n corddi yn fy mola dros y dyddiau diwethaf – pryder yn gysylltiedig â dechrau ysgol newydd a'r sicrwydd fod Idris yn siŵr o fod wedi gwneud rhywbeth ffôl – wrth i mi weld Danny Finch y bore hwnnw. Roedd hi'n amlwg beth oedd wedi digwydd iddo, ond roedd hi hefyd yn amlwg na chafodd Idris ei ddal, yn bennaf oherwydd ei fod yn sefyll wrth fy ochr ar yr eiliad honno, mor dalog a sicr o'i hun â'r tro cyntaf i ni gwrdd.

"Beth *ddigwyddodd* iddo fe?" ailadroddais y cwestiwn.

"Ie, Ids," ymunodd Daf yn yr holi. "Be 'nes di?"

"Paid gofyn i fi, bois. Nothing to do gyda fi…"

"Beth am y gwn?" sibrydais.

"Gwn?" Atebodd Idris fy nghwestiwn gyda chwestiwn, gwenu arnaf a wincio – rhywbeth na fyddai Fanny Finch yn gallu ei wneud byth eto.

CASI

O'r fan lle dw i'n eistedd wrth fy nesg, yn craffu dros y cyfrifiadur, gallaf weld gwesteion parti fy annwyl wraig a'i chariad, Siân, wedi ymgynnull ar y patio tu fas i ddrysau gwydr agored eu cartref – *fy* nghartref, *ein* cartref. Mae haul braf y gwanwyn yn eu trochi nes bod eu nodweddion yn aneglur, ond mae'r chwerthin a'r clebran annealladwy yn awgrymu fod pawb yn mwynhau'r achlysur. Yr unig eithriad yw dwy ferch ifanc sy'n eistedd ar wahân i bawb arall, yn dweud dim wrth neb wrth sipian eu diodydd di-alcohol.

Dw i'n gwylio Lisa yn camu o un grŵp o westeion i'r llall – yn 'minglo', fel y byddai hi'n galw'r weithred – gan chwerthin a gwenu a sgwrsio, yna taflu ei phen yn ôl yn ddramatig i gyd. Hyd yn oed o'r fan hyn, gallaf weld ei bod hi wedi meddwi, neu o leiaf yn 'tipsi', fel y byddai hi'n ei ddweud. Ond wedyn, dyw hi erioed wedi gallu dal ei diod. Gwenaf wrth gofio'r tro cyntaf iddi ddatgan fod sip neu ddau o win wedi mynd 'yn syth i'w phen' a finnau'n rholio chwerthin wrth ei phryfocio a dweud ei bod hi wedi cwblhau'r trawsnewidiad a bellach yn un â'i mam. Roedd hynny rhyw ddegawd yn ôl, yn agos at ddechrau ein perthynas. Ond rhaid cyfaddef ei bod hi'n edrych yn well heno nag oedd hi yn y cyfnod hwnnw. Mae rhai merched pert yn dirywio o ran eu golwg wrth iddyn nhw fynd yn hŷn – fel arfer y rhai oedd yn 'rhy' bert yn y lle cyntaf, ac yn gwybod eu bod nhw'n brydferth. Ond mae rhai, fel Lisa, oedd yn bert heb fod yn gwbwl ymwybodol o hynny pan oedden nhw'n ifanc, yn gwella wrth aeddfedu, gan ddatblygu i fod yn fwy sicr o'u hunaniaeth ar hyd y blynyddoedd. A sdim llawer o bethau mwy deniadol mewn bywyd na menyw ar drothwy ei chanol oed sy'n edrych yn wych yn noethlymun ond bron cystal yn ei dillad gwaith. Wrth gwrs, dw i'n hollol ymwybodol fod 'na elfen o hiraethu ar waith fan hyn, gan nad o'n i'n ymwybodol 'mod i'n teimlo fel hyn pan wthiais i Lisa i gyfeiriad Siân a'i hysgwyddau swmpus. Fel llawer o berthynasau eraill, roedd ein hun ni'n llawn apathi ar ôl degawd a mwy gyda'n gilydd. Roedd y ddau ohonon ni'n cymryd ein gilydd yn hollol ganiataol. Ro'n i ar goll yn fy ngwaith, yn trochi ar lannau llyn llwyddiant heb wahodd fy nghymar i ymuno â fi. A nawr dw i'n talu'n ddrud am fy hunanoldeb…

Codaf y sbliff sydd ar ei hanner a'i thanio, gan wylio, ymlacio a myfyrio ar fy sgwrs gynharach â Malcolm. Gyda'r pryder a'r pwysau yn fy nhagu, penderfynais gyfaddef y gwir wrth fy asiant yn y gobaith y byddai'n gallu gwneud rhywbeth i helpu. A chwarae teg i'r hen fastard, yn lle'i cholli hi a fy nwrdio a 'niawlo am fod mor ddi-asgwrn-cefn dros y misoedd diwethaf, addawodd sortio'r sefyllfa gyda'r cwmni cyhoeddi ar fy rhan, llunio rhyw esgus – "something vague, personal issues or some such" medd Malcolm – a gohirio'r dyddiad cyflwyno am chwe mis o leiaf. Wrth gwrs, bydd yn dal yn rhaid i fi sgwennu rhywbeth er mwyn cyflawni'r cytundeb a chadw'r blaendal, ond o leiaf mae gen i fymryn o amser i anadlu, i feddwl, i dwrio am fy nghreadigrwydd – mae e yma'n rhywle, dw i'n sicr o hynny o hyd.

O gornel fy llygad, gwelaf rywbeth yn symud yn y coed sy'n ffinio'r ardd a syllaf i'r cyfeiriad hwnnw gan daeru i fi weld rhywun yn y cysgodion yn gwylio'r parti. Edrychaf i gyfeiriad y patio, sydd bellach yn reit wag gan fod yr haul bron wedi diflannu'n llwyr dros y mynydd. Yr unig rai sydd ar ôl yw'r ysmygwyr – sdim golwg o Lisa na Siân yn unman. A phan dw i'n troi'n ôl at y fan yn y coed lle gwelais i rywun, neu *rywbeth*, eiliadau ynghynt, sdim byd yno ond y colfennau a'r cloddiau.

Nid dyma'r tro cyntaf i fi weld, neu o leiaf i fi *deimlo*,

presenoldeb yn y coed dros y dyddiau diwethaf. Ond eto, efallai mai cynnyrch uffachol o gryf y Doctor sy'n chwarae triciau arnaf.

Yna mae fy nghyfrifiadur yn clochdar i ddynodi fod neges e-bost wedi cyrraedd; neges sy'n gwneud i bob un o fy mhryderon cyfredol ddiflannu ar amrantiad. Wrth weld enw'r anfonydd – heledd@llenyddiaethcymru.org – dw i'n cael teimlad rhyfedd fod rhywbeth mawr o'i le, neu o leiaf mae rhyw wefr yn llifo trwof sy'n fy atgoffa o addewid gwag a wnes i rai misoedd yn ôl.

Mae'r e-bost yn broffesiynol a chryno, heb fod yn bersonol mewn unrhyw ffordd. Ond, o gofio'r tro diwethaf i fi weld Heledd – yn noethlymun ganol prynhawn mewn stafell foethus yn yr Hilton – a'r ffaith na wnes i ei ffonio hi, fel yr addewais wneud, so hynny'n fy synnu o gwbwl.

Annwyl Llwyd,
Dyma neges i gadarnhau manylion y 'Cwrs Ffuglen yng Nghwmni Floyd Ewens' fydd yn cael ei gynnal yng Nghanolfan Ysgrifennu Tŷ Newydd, Llanystumdwy, ger Cricieth, o ddydd Gwener 25 Ebrill i ddydd Sul 27 Ebrill.

Bydd y cwrs yn cychwyn gyda swper croeso am 19:30 ar y nos Wener, fydd yn rhoi cyfle i chi gwrdd â'r rheiny sy'n mynychu'r digwyddiad mewn awyrgylch anffurfiol, ac yn gorffen ar ôl cinio ar y dydd Sul.

Bydd y cwrs yn cynnwys sesiwn byr nos Wener, dau sesiwn dydd Sadwrn (un yn y bore ac un yn y prynhawn) a sesiwn olaf bore dydd Sul.

Gallaf gadarnhau bod yr uchafswm o 18 o bobl wedi cofrestru ar gyfer y cwrs.

Atodaf gopi o'r cytundeb y gwnaethoch ei arwyddo yn ystod ein cyfarfod diwethaf yng Ngwesty'r Hilton, Caerdydd.

Edrychaf ymlaen yn fawr at eich gweld chi eto, yn rhinwedd fy swydd newydd fel Rheolwr Tŷ Newydd.
Yn gywir,
Heledd Tomos

Dw i'n syllu ar y sgrin am oesoedd, yn darllen ac ailddarllen y geiriau. Dw i bron yn tagu ar y sbliff ac yn codi i estyn potel o Glenfiddich, gwydr a rhew o'r gell. Tolltaf y chwisgi dros yr iâ ac aileistedd wrth y ddesg, lle dw i'n ailddarllen y neges eto. Sa i'n gwybod pam dw i'n gwneud hynny – falle 'mod i'n gobeithio y bydd hi'n newid o flaen fy llygaid neu rywbeth. Ond so hi'n gwneud.

Pam yn y byd wnes i gytuno i hyn? Mae'n anodd cofio. Yn wir, dw i prin yn cofio beth wnes i wythnos diwethaf, heb sôn am fisoedd yn ôl. Ond mae gen i ryw atgof niwlog o Heledd yn fy mygythbrisio, wrth fy nyfr-fyrddio ag alcohol a defnyddio ei chorff siapus i fy swyno ar yr un pryd – fel cyfuniad erchyll o wrach ac asiant cudd.

Mae'r hanes yn dechrau flynyddoedd yn ôl – fis neu ddau ar ôl i fi ennill gwobr Llyfr y Flwyddyn am fy ail nofel, *Ffydd Gobaith Cariad*. Cefais wahoddiad gan Llenyddiaeth Cymru, neu Academi fel yr oedd yn cael ei adnabod ar y pryd, i gymryd rhan mewn digwyddiad yng Nghanolfan y Mileniwm. Ddim yn y brif theatr na dim byd o'r fath, ond yn un o'r stiwdios. Roedd Clwb Llyfrau'r Academi wedi bod yn darllen y nofel dros yr wythnosau cynt a nawr byddai cyfle iddyn nhw fy holi i mewn sesiwn anffurfiol yn y Bae. Ond, diolch i gyfuniad anffodus o gof diffygiol a thocynnau i weld y digrifwr Bill Bailey yn Neuadd Dewi Sant, anghofiais bob dim am ddigwyddiad yr Academi tan i fi droi fy ffôn lôn ymlaen yn ystod egwyl perfformiad y diddanwr a gweld pymtheg galwad goll gan Heledd. Ffoniais hi ar ôl y perfformiad ac ymddiheuro'n ddiffuant am fod mor chwit-chwat (dw i'n cofio defnyddio'r union eiriau yna hefyd), ond er nad oedd Heledd fel petai'n poeni rhyw lawer am y peth, gan iddi honni fod y digwyddiad yn llwyddiant, hyd yn oed yn fy absenoldeb, ni wnaeth hynny atal rhai o'r mynychwyr rhag cysylltu â'r cyfryngau i gwyno amdanaf. Cefais wahoddiad i siarad ar *Taro'r Post* i amddiffyn fy hun y diwrnod canlynol ar ôl i'r rhaglen dderbyn degau o alwadau yn fy ffieiddio. Wrth gwrs, fe wrthodais. Ond yna tynnodd Lisa fy sylw at dudalen lythyrau *Golwg*, lle roedd tri llythyr yn fy ngalw i'n gywilyddus, trahaus ac amharchus.

Dyma un o'r prif resymau pam nad ydw i erioed wedi ymuno â Twitter na dim byd tebyg, er fod Malcolm yn ceisio fy narbwyllo i wneud bron bob tro rydyn ni'n siarad. Y gwir yw 'mod i'n ofni'r instant pundits, y cyhoedd ar lawr gwlad, hynny yw, lawer mwy na dw i'n ofni beirniadaeth yr adolygwyr go iawn, yr arbenigwyr. Ar un lefel, mae Twitter yn hollol egotistaidd; ar lefel arall, mae'r cyfrwng yn gwbl seicoffantaidd; ac ar lefel arall eto fyth, mae'n eich gwneud chi'n hollol agored i safbwyntiau, anfri ac enllib eraill. Pam yn y byd fyddai unrhyw un creadigol yn fodlon aberthu ei hun ar y fath lwyfan?

Tawelodd y cyfan, wrth gwrs – trawsnewidiodd Llwyd Owen yn Floyd Ewens ac mae'r gweddill yn hen hanes erbyn hyn – ond cefais wahoddiad gan Heledd i'r Hilton rai misoedd yn ôl "i drafod syniad" a meddwodd y ddau ohonon ni yng nghanol y prynhawn cyn ymgilio i stafell wely foethus – stafell y gwnes i dalu amdani, hoffwn ychwanegu, a'r un stafell ag y bu Gene Pitney farw ynddi. Drafodon ni fawr ddim mewn gwirionedd, dim ond ffwcio nes bod pothelli'n dechrau ffurfio ar fy mhaladr, gan nad oeddwn wedi cael rhyw gyda neb ar wahân i fy llaw ers dros flwyddyn. Yn y bath suddedig, wrth yfed siampaen a mwydro, ces fy atgoffa gan Heledd fod "arna i un iddi" ar ôl methu'r clwb llyfrau yr holl flynyddoedd yna'n ôl. Ac er i fi awgrymu fy mod wedi ei had-dalu ar ei chanfed eisoes y prynhawn hwnnw, rywffordd fe orfododd hi fi i arwyddo'r cytundeb yn y fan a'r lle. Ac er nad ydw i'n cofio gwneud, mae'r dystiolaeth yn syllu arnaf o'r sgrin yn awr ar ffurf dogfen PDF.

Eisteddaf yn ôl ac yfed y chwisgi. Dw i'n arllwys y cyfan i lawr fy nghorn gwddf a chodi i estyn mwy. Wrth gwrs, beth ddylwn i ei wneud yw mynd ati'n syth i baratoi ar gyfer y cwrs, ond gyda'r iselder yn gafael ynof, fel y gafaelodd Heledd yn fy ngheilliau yn yr Hilton y prynhawn hwnnw wrth ddyfn-yddfu fel llyncwraig llafnau mewn syrcas deithiol, dw i'n ildio i'r anochel ac yn gafael yn y blwch Quality Street er mwyn boddi mewn baddon o bleser a cheisio anghofio, neu o leiaf anwybyddu'r hunllef ddiweddaraf hon.

Wedi gorffen rholio, ond cyn tanio, dw i'n camu at fy nghasgliad recordiau. Dim ond rhyw ddau gant o albymau sydd yma yn y sied, tra bod gweddill fy nghasgliad – yn agos at ddwy fil o ddisgiau plastig deuddeg modfedd – i fyny yn y tŷ, oni bai fod Siân wedi eu taflu nhw erbyn hyn. Dw i'n sganio'r meingefnau tenau cyfarwydd yn y gobaith y bydd rhywbeth yn dal fy sylw ac, yn y diwedd, dw i'n gosod *Legend* gan Bob Marley ar y troellfwrdd. Mae nodau agoriadol y gân gyntaf, 'Is This Love', yn fy atgoffa'n syth o fy arddegau, a'r amser a dreuliais yng nghwmni Idris a Daf wrth dyfu fyny. Cofiaf Idris yn galw'r casgliad hwn o ganeuon yn "white man's gateway to the world of reggae", er iddo gyfaddef ychydig yn ddiweddarach mai dyfynnu ei dad oedd e. Ac yn sicr, roedd hynny'n wir yn fy achos i.

Gyda 'nghefn at ddrws ffrynt y sied, dw i'n gafael mewn Grolsch oer o'r oergell ond dw i bron â gollwng y botel yn syth wrth glywed llais y tu ôl i fi'n gofyn:

"O's un o'r rheina 'da chi i fi, Mr Owen?"

Dw i'n troi'n araf a dod wyneb yn wyneb ag un o'r merched ifanc welais i ar y patio'n gynharach.

"*Casi*?" gofynnaf, er 'mod i'n gwybod yr ateb yn barod. "Casi Jenkins?"

"The one and only."

Mae'n gwenu arnaf a sythu ei hysgwyddau, gan fynnu fy mod yn edrych arni – o fodiau ei thraed hyd at ei gwallt brown golau sgleiniog, a phob modfedd rhwng y ddau bwynt yna. Nid dyma'r Casi Jenkins dw i'n ei chofio. Ddim o bell ffordd. Dw i'n ceisio cofio'r tro diwethaf i fi ei gweld hi, ond rhaid bod degawd o leiaf wedi mynd heibio ers hynny. Merch fach oedd hi ar yr achlysur hwnnw, yn cuddio y tu ôl i'w ffrinj. Dw i 'di gweld ei rhieni, ein cymdogion agosaf, o bryd i'w gilydd dros y blynyddoedd, ond gan fod yr holl dai yn yr ardal hon yn breifat ac wedi'u cuddio y tu ôl i welydd a chloddiau a gatiau cloëdig, does fawr o gyfle i gymdeithasu gyda'r bobol sy'n byw gerllaw.

"F-f-uck," dw i'n llwyddo i gecian, gan edrych arni fel llo.

Mae hi'n gwenu eto, gyda golwg wybodus ar ei hwyneb. A pham lai? Mae hi'n anhygoel o bert. Mae'n gwisgo ffrog fach ddu blaen sydd mor dynn amdani fel fod pob dyffryn a thwmpath wedi'u chwyddo. Mae ei chroen mor ddifrycheulyd fel nad oes *angen* iddi wisgo colur, er ei bod yn dewis gwneud, wrth gwrs, gan dynnu sylw at ei llygaid gwyrddlas gydag ychydig gormod o fasgara sydd, heb os, yn adlewyrchu ei hoed a'i hanaeddfedrwydd.

Dw i'n cynnig y botel iddi, ond cyn ei gollwng, a thra bod ei bysedd hi'n cyffwrdd yn fy llaw i, dw i'n llwyddo i ofyn:

"Ti'n ddigon hen i...?"

"I *beth*?" mae hi'n torri ar fy nhraws, gan wenu eto.

"I yfed," atebaf, sy'n gwneud iddi ochneidio a ffugio siom.

"Ydw," mae'n cadarnhau.

"Galla i weld ID, plis?" gofynnaf, sy'n gwneud i'r ddau ohonon ni chwerthin.

A chyda hynny, dw i'n ymlacio ac yn eistedd ar y soffa er mwyn tanio'r sbliff a gweld beth yn y byd mae Casi Jenkins eisiau gyda hen groc fel fi.

Heb unrhyw anogaeth na gwahoddiad, mae hi'n eistedd wrth fy ymyl, ei choes noeth yn mwytho fy nghoes debyg innau, gan fy mod yn gwisgo pâr o siorts heno, fel y bydda i'n ei wneud ar bob cyfle posib.

Mae hi'n codi ei photel ac yn ei tharo yn erbyn fy un i.

"Iechyd!" mae'n ebychu, cyn llyncu'n farus heb dynnu ei llygaid oddi arnaf.

"Shwt mae'r parti?" gofynnaf trwy gwmwl.

"Shit. Ma pawb wedi meddwi ac ma Dad wedi gorfod mynd
â Mam adre…"

"O… y…" Sut yn y byd ydw i fod i ymateb i hynny? "Beth am
dy chwaer? Sori, fi 'di anghofio ei henw…"

"Carys. A paid poeni, fi *eisiau* anghofio enw hi hefyd…"

"Yw hi 'di mynd adre gyda dy rieni?"

"Do. Wedes i bod fi'n mynd i'r dref i gwrdd â ffrindiau…"

Mae ei hacen Glant*aaa*f yn gwneud pethau rhyfedd i fi, gan
fy atgoffa o rai o fy nghariadon cynharaf. Mae lleisiau Becca a
Rhian yn uno ac yn atseinio yn fy mhen, ac er eu bod yn atgofion
reit felys o'r hyn a fu, doedd yr un ohonyn nhw mor hyderus â
hon. Ddim o bell ffordd…

"Ond?"

"Ond *beth*? Bullshit oedd hynny, *obviously.*"

Mae ei llygaid yn pefrio wrth bwysleisio'r gair olaf ac yn
sydyn iawn dw i'n teimlo ychydig bach yn bryderus. Mae hyder
Casi'n fy llorio a'i sicrwydd yn fy swyno ar yr un pryd. Dw i'n
meddwl 'nôl ata i yn ddeunaw oed… ac yna dw i'n cofio pa mor
hy a heger oeddwn i a fy ffrindiau. Mae ei hyfdra'n seiliedig ar
ddim byd mwy na braint ei bywyd cysgodol. Nid yw hon wedi
gorfod ymdrechu am unrhyw beth hyd yn hyn. Mae ei rhieni
wedi rhoi popeth iddi ar blât, ond bydd bywyd yn dysgu gwers
iddi rywbryd, heb os, achos mae bywyd yn dysgu gwers i bawb
yn y pen draw.

"Ti'n mynd i basio honna i fi, neu be?" yw ei chwestiwn nesaf,
a dw i'n gwneud fel mae'n gofyn ar ôl cymryd llond pen arall a
thynnu'n ddwfn ar y mwg, sy'n lleddfu rhywfaint ar guriad fy
nghalon.

Dw i'n llawn cyffro, ac nid yw llaw Casi, sydd bellach yn
cripian i fyny fy nghoes tu fewn i fy siorts, yn helpu dim ar y
sefyllfa. Fel cath, mae hi'n mwmian wrth fwytho fy nghadernid
a dw i'n gorfod defnyddio pob tric posib i stopio fy hun rhag

chwydu fy llwyth llaethog dros gledr ei llaw. Yn wyrthiol, sa i 'di cael wanc heddiw, ond nid dyma'r achlysur i ddechrau ymffrostio am bethau felly. Mae'r gwahaniaeth oedran sydd rhyngddon ni'n sgrechian o ddyfnderoedd fy isymwybod, ond mae gweithredoedd Casi'n mygu'r sgrech yn ddiymdrech. Wrth fwytho fy nghig, mae hi'n chwythu mwg yn syth i 'ngwyneb, sy'n fy nrysu am eiliad tan i'r niwl glirio. Ac yna, fel marchog, mae hi'n dringo ar fy mhen, ei phen-gliniau bob ochr i fy nghorff a'i ffrog wedi'i thynnu i fyny dros ei chluniau i ddatguddio twmpath taclus ei benyweidd-dra. Mae'n stryffaglan i ryddhau fy nghoc o'i gaethfan ac wrth wneud hynny mae'n gofyn:

"Condom? Oes gen ti un? Falle bod un yn bag fi…"

Ond y gwir trist yw nad oes angen un arnon ni eto, achos erbyn iddi waredu fy mhidyn o 'mhaffwyr, dw i eisoes wedi dod dros fy mlew a 'mogel.

"Mr Owen!" mae'n ebychu, cyn codi a chamu i'r bathrwm i nôl papur tŷ bach, er fod 'na rolyn ar ei hanner ar y ddesg.

Wrth wneud, mae'n gwenu arnaf a dw i'n codi fy ysgwyddau mewn ymateb. Yn amlwg, nid dyma'r tro cyntaf i hyn ddigwydd. Yn wir, mae 'di digwydd mor aml fel nad yw e hyd yn oed yn fy mhoeni i bellach. Geith hi fynd o 'ma gan chwerthin a chario clecs ar Twitter, neu geith hi aros a gweld beth ddigwyddith nesaf. Sdim ots 'da fi o gwbwl.

Mae Casi'n aros, chwarae teg iddi, ac ar ôl i fi sychu'r llanast ni'n mynd ati i rannu gweddill y sbliff ar y soffa. Mae hi'n gofyn yw hynny'n digwydd bob tro, achos mae'r un peth wedi digwydd i bawb mae hi wedi eu ffwcio hyd yn hyn. Dw i'n dweud wrthi mai dyna'r norm, ac yna mae hi'n dechrau fy nghusanu fel merch o'i chof.

Ymhen dim, dw i'n barod am yr ail bennod, a'r tro hwn sa i'n ei siomi. Yn wir, mae'r gyfrol hon yn cynnwys prolog, ugain pennod hirwyntog ac epilog diangen…

Dw i'n dihuno'r bore canlynol mewn gwely gwag. Mae'r glaw

yn taranu ar do'r sied ac yn tasgu oddi ar y lawnt yn yr ardd tu allan. Mae Casi wedi mynd er, rhaid cyfaddef i ddechrau nad wyf yn hollol siŵr iddi fod yma o gwbwl. Mae'r holl beth yn teimlo mor afreal rywffordd. Ond mae blerwch crystiog fy mlewiach yn fy narbwyllo, a'r neges mewn llawysgrifen daclus sy'n aros amdanaf ar y bwrdd wrth y gwely yn cadarnhau'r gwir.

Ffonia fi os ti moyn!
07812 010844
C x

Hmmmmm, *os dw i moyn*? Ysgwn i. Dw i'n gwenu ar hynny ac yn penderfynu dathlu gyda brecwast Jamaicaidd, ond wrth godi i estyn yr offer dw i'n gweld y wiwer druenus sy'n hongian tu allan i'r drws gerfydd ei chynffon, ei gwddf wedi'i sleisio'n gelfydd ac yn gywir a'r gwaed yn diferu ar lawr, yn araf a chyson erbyn hyn.

Gwisgaf yn gyflym gyda 'nghalon yn gyfeiliant gwyllt i'r weithred, llithro 'nhraed i mewn i fy slipers a chamu mas i'r bore gwlyb. Dw i'n archwilio'r gelain ac yn pendroni *beth* i'w wneud, heb feddwl *pwy* na *pham*. Ac wrth imi baratoi i estyn i fyny i rwygo cynffon yr anifail anffodus oddi ar yr hoelen fach sy'n ei chadw yn ei lle, dw i'n gweld cysgod yn symud yn y coed trwy'r llwydni llaith, rhyw ganllath i ffwrdd, ar ffin orllewinol yr ardd. Mae'r ffigwr, os mai dyna beth oedd e, yn diflannu ar amrantiad, ac unwaith eto dw i'n cwestiynu fy nghallineb a 'ngolwg. Ond yna gwelaf yr olion traed sy'n croesi'r lawnt stegetsh a dw i'n gwybod yn awr, heb amheuaeth, fod rhywun yn fy ngwylio…

DISGO

Rhyw wythnos cyn gwyliau'r Nadolig oedd hi ac roedd cyffro plentynnaidd wedi gafael yn dynn yn y flwyddyn gyfan. Roedd y tri ohonon ni – fi, Idris a Daf – wedi hen ymgartrefu yn Ysgol Glantaf bellach, er i mi amau, hyd yn oed bryd hynny, y byddai pethau'n dra gwahanol i fi a Daf pe na byddai Idris wedi ein hachub ar ddiwedd ein hamser yn yr ysgol gynradd, ac yna wedi aros yn ffyddlon i ni yn ystod ein tymor cyntaf yn yr ysgol uwchradd; er, gydag ôl-synnwyr ac ychydig o brofiad bywyd, dw i bellach yn deall fod pob teyrn yn hoffi cael ei amgylchynu gan amenwyr triw.

Bachgen drwg oedd Idris ym marn y mwyafrif o athrawon, tra mai cymeriad a hanner ydoedd yn llygaid y lleiafrif. Wrth gwrs, nid oedd barn y rheiny mewn awdurdod yn cyfrif dim, ac roedd Idris eisoes yn rhyw fath o arwr o amgylch y lle – ymysg ei gyfoedion yn ogystal â phlant hŷn yr ysgol. Roedd yn fachgen drwg ac yn ddisgybl trafferthus, yn codi helynt yn y rhan fwyaf o wersi. Ond roedd e hefyd yn eofn pan oedd dan fygythiad ac yn fodlon amddiffyn a chefnogi ei ffrindiau ar bob achlysur, beth bynnag – neu *bwy* bynnag – oedd yn eu bygwth. Peth ffodus tu hwnt o fy safbwynt i a Daf, gan mai cachgwn fydden ni tan ddiwedd y byd.

Adlewyrchai'r parch roedd ein cyd-ddisgyblion yn ei ddangos i Idris arna i a Daf – y ddau fabi mam pathetig oedd yn cuddio yng nghanol y cotiau rhyw chwe mis ynghynt. Bellach, roedden ni'n cael ein hystyried yn fechgyn 'cool' ymysg ein cyd-ddisgyblion, diolch i'n perthynas ag Idris, ac nid oedd yr un ohonon ni'n mynd i ddatgelu'r gwir wrth neb.

Roeddwn i a Daf yn dal i gyflawni a llwyddo yn academaidd – y gwir yw bod y ddau ohonon ni'n ffeindio'r gwaith yn hawdd, felly doedd dim hyd yn oed rhaid i ni wneud llawer o ymdrech i wneud argraff – tra bod Idris yn cadw digon o dwrw i dynnu sylw pawb oddi wrth y ffaith mai dau swot oedden ni go iawn.

Ar ein diwrnod cyntaf yng Nglantaf dangosodd Idris i ni sut i glymu ein teis fel bod y rhan drwchus yn diflannu tu fewn i'n crysau, gan adael dim byd ond y pen tenau yn pipo mas. Un o'i chwiorydd hŷn oedd wedi dangos iddo sut i wneud hynny y bore hwnnw, gan ei ddarbwyllo mai dyna sut roedd pob disgybl o werth yn clymu ei dei. Roedd brethyn Cymreig fy nhei yn teimlo'n annifyr iawn wrth gosi a chrafu yn erbyn croen gwelw fy mogel, ond roeddwn i eisiau plesio Idris ar bob achlysur posib – er mwyn ei ad-dalu am aros mor driw i fi a Daf, oherwydd roedd y ddau ohonon ni'n gwybod y gallai gefnu arnom ar unrhyw eiliad a ffeindio ffrindiau mwy addas, mwy apelgar. Aeth Idris gam ymhellach, wrth gwrs, gan dorri gwaelod ei dei â siswrn, ac er i Daf wneud rhywbeth tebyg, fe wrthodais i gan y byddai Mam yn ei cholli hi'n llwyr wrth weld y fath ffwlbri gwrth-sefydliadol.

Nid Idris oedd yr unig hocedwr yn ein blwyddyn chwaith, heb sôn am weddill yr ysgol. Ond er fod Billy Burrowses, Wayne Hockeridges a Matthew Buttlers y byd yn gallu bod mor ddireidus a milain â fy ffrind, nid oedd modd iddyn nhw gystadlu â'r sibrydion oedd ar led am y rhan a chwaraeodd Idris yn helynt dallu rhannol Fanny Finch. Ac nid oedd y ffaith fod Idris eisoes wedi tyfu mwstash – yr unig fachgen yn ein blwyddyn oedd wedi gallu gwneud hynny hyd yn hyn, er fod digon o rai eraill yn ceisio gwneud – yn niweidio'i ddelwedd na'i ddrwgenwogrwydd chwaith.

Er nad oeddwn yn ymwybodol o'r ystrydeb ar y pryd, wrth edrych yn ôl mae'n deg dweud ei bod hi'n hollol wir bod merched yn hoffi bechgyn drwg ac roedd y slytiaid mwyaf yn cael eu denu at Idris fel cigfrain at gelain ar ganol ffordd, eu pigau miniog yn ysu am damaid o Danny Zuko dosbarth 1A. Y ferch fwyaf digywilydd yn y flwyddyn o bell ffordd oedd Chloe Hubert, merch o'r Barri oedd yn gwisgo sgertiau byr a cholur trwchus, ac un o'r unig ferched oedd eisoes yn berchen ar fronnau. Roedd y ffeithiau hyn yn golygu ei bod hi'n hawdd iawn anwybyddu'r ffaith ei bod hi'n edrych fel Miss Piggy, gyda chroen fel arwyneb y lleuad (wele'r colur cacennog).

Cofiaf wylio Idris a hithau'n cerdded i gyfeiriad y stiwdio ddrama law yn llaw un amser cinio – stafell oedd byth ar glo ac felly a oedd yn lleoliad poblogaidd ar gyfer nifer fawr o snogs cyntaf. Nid mai dyna snog gyntaf Idris na Chloe, os oedd y sibrydion amdani hi a'i ymffrostio parhaus ef yn wir, hynny yw. Nid oeddwn i wedi dod yn agos at ddal llaw merch, heb sôn am gusanu un, eto, a dw i'n cofio teimlo'n genfigennus iawn o Idris y diwrnod hwnnw, er nad oeddwn yn ffansïo Chloe na dim... onest.

Pan ddychwelodd Idris, heb Chloe, rhyw hanner awr yn ddiweddarach – gyda gwên slei ar ei wefus a'i lygaid yn pefrio fel gemau gwyrddloyw gwyllt – ac ymuno â fi a Daf yn y cyntedd cotiau (lle ro'n ni'n cysgodi rhag yr oerfel a'r gwlypter gaeafol yn hytrach na'r byd), y peth cyntaf wnaeth e oedd gorfodi'r ddau ohonon ni i arogli bys canol ei law dde, gan ei ddal o dan ein trwynau nes bod yr arogl mwsgaidd yn llenwi ein ffroenau. Doedd dim syniad gyda fi pam roedd e'n gwneud y fath beth, a dim ond ar ôl iddo wneud hynny y gwnaeth e ddatgelu beth oedd yr arogl a pham roedd e'n drewi o diwna.

Ar y nos Iau cyn i'r ysgol gau am bythefnos o wyliau, roedd parti Nadolig yr ysgol isaf, sef blwyddyn un a dau, yn cael ei gynnal yn y neuadd rhwng chwech ac wyth o'r gloch y nos. Roedd 'na gyffro mawr o gwmpas y lle y diwrnod hwnnw – tensiwn rhywiol oedd ar waith, dw i'n gwybod hynny'n awr, ond ar y pryd doedd neb yn ymwybodol o hynny, ar wahân i'r athrawon, wrth gwrs.

Wedi swper clou gyda fy rhieni, wrth wisgo yn fy stafell wely – pâr o jîns Pepe newydd wedi'u maengalchu gyda chlytiau wedi'u gwnïo ar hap drostynt, crys polo Ocean Pacific lliw gwyrdd a phâr o Puma 'Beckers' gwyn am fy nhraed – a thwtio fy ngwallt yn nrych y stafell molchi, roedd y cyffro'n corddi yn fy nghylla, a'r posibilrwydd o brofi snog gyntaf fy mywyd ar flaen fy meddwl. Bai Idris oedd y disgwyliad hwn, wrth gwrs, gan mai fe oedd wedi plannu'r had yn fy mhen rai wythnosau ynghynt, gan ategu ei farn bron yn ddyddiol ers 'ny.

Roedd Idris a Chloe bellach yn mynd mas gyda'i gilydd, gydag Idris yn honni ei bod hi'n hoff iawn o roi BJs iddo. Do'n i ddim yn ei gredu go iawn, yn bennaf oherwydd y brêsys dur oedd yn llenwi ei cheg a gwneud iddi edrych fel Jaws o'r ffilm James Bond pan fyddai'n gwenu. Fydden i ddim yn ei gadael hi'n agos at fy ngheg am gusan, heb sôn am at fy beth-chi'n-galws. Ta waeth am hynny, roedd gan Chloe ffrind o'r enw Rhian, merch blaen oedd yn gysgod iddi. Roedd hi yno wrth ei hochr ar bob achlysur, yn dawel, yn ddiniwed ac yn ddihyder, yn enwedig o'i chymharu â chymeriad dros ben llestri ei ffrind gorau. Roedd Idris wedi bod yn fy mhoenydio a 'mhryfocio ers wythnosau, gan honni fod Rhian yn fy ffansïo. Wrth gwrs, do'n i ddim wedi gwneud dim byd am y peth, yn bennaf gan nad oedd syniad gyda fi beth i'w *ddweud* wrthi na'i *wneud* yn ei chwmni. Yn wir, doeddwn i ddim hyd yn oed yn meddwl ei bod hi'n bert iawn. Ar ben hynny, byddech chi'n gweld nifer o gyplau yn crwydro'r maes chwarae yn ystod yr awr ginio, yn dweud dim byd wrth ei gilydd wrth gerdded o amgylch yr ysgol fel cystadleuwyr cloff mewn ras deircoes yn y Gêmau Paralympaidd. Doeddwn i ddim eisiau bod yn rhan o hynny. Ddim eto, ta beth. Roeddwn i'n cael gormod o hwyl gydag Idris a Daf, er fod Idris yn diflannu fwyfwy i'r stiwdio ddrama yng nghwmni Chloe y dyddiau hyn.

Ond, er nad oeddwn i eisiau *cariad*, roeddwn i'n awyddus iawn i gael *snog* ac i gael gwared ar y label 'sgwâr' oedd yn dechrau achosi poendod i mi, yn enwedig gan fod Idris yn hoff iawn o fy atgoffa i a Daf o'n statws eilradd.

Gyrrodd Dad fi i'r parti, gan godi Daf ac Idris ar y ffordd. Diolch byth na ddaeth Mam gyda ni, gan fod ei chlebran parhaus yn codi mwy a mwy o gywilydd arnaf bob dydd, yn enwedig yng nghwmni fy ffrindiau. Roedd Idris yn hoff o'i gwatwar, gan symud ei ben fel iâr wrth wneud hynny, a rhaid cyfaddef fod ei ddynwarediad yn go ddoniol. Ond roedd Dad, diolch byth, yn foi tawel oedd byth yn dweud mwy nag oedd wir angen. Cyfarchodd yr hen ddyn fy ffrindiau pan ymunon nhw â ni yn y Volvo, yna gadael i'r tri ohonon ni sgwrsio'n rhydd ar hyd y daith – gydag Idris yn llywio'r sgwrs, wrth gwrs, gan gadw at bynciau hollol ddiniwed.

Wedi diolch iddo am y lifft ac addo bod yn barod i adael am wyth ar y dot, trodd y tri ohonon ni a cherdded trwy gatiau'r ysgol ac i gyfeiriad y brif fynedfa. Ond yn hytrach na mynd yn syth i fewn i'r parti, ochrgamodd Idris i'r chwith ac arwain fi a Daf trwy'r tywyllwch, draw at yr anecs. Tu ôl i'r adeilad, lloches amser cinio i'r chweched, tynnodd Idris botel o Mad Dog 20/20 o'i boced, agor y top a llyncu llond pen o'r hylif llachar. Torrodd wynt ar ôl gwneud hynny a chynnig y botel i fi.

"No way, Ids!" ebychais, gan wthio'i law i ffwrdd a suddo ymhellach i mewn i glustog fy nghot aeaf. Byddai Mam yn canslo'r Nadolig tase hi'n arogli alcohol ar fy anadl.

"Gaylord!" atebodd yntau a throi at Daf.

Derbyniodd hwnnw'r botel fel disgybl da ac ymhen deg munud roedd hi'n wag. Yna, gyda fy ffrindiau'n tynnu fy nghoes a 'ngalw'n bob enw dan haul, i mewn â ni i'r parti, er fod mwy o fywyd ar yr iard wag, niwlog nag yng nghrombil y neuadd.

Ar y llwyfan, tu ôl i'r troellfyrddau, roedd Mr Lloyd Ffiseg yn canolbwyntio ar ei dasg. Trwy'r uchelseinyddion, roedd 'When

Will I Be Famous?' gan Bros yn blêran, er nad oedd unrhyw un yn cymryd fawr o sylw o hynny. Ar ochr dde'r stafell, roedd y merched wedi ymgynnull, yn eu ffrogiau gorau, eu hwynebau'n drwch o baent amryliw a'u gwallt yn gadarn o dan afael yr aerosol; tra oedd y bechgyn yn loetran ar yr ochr chwith, fel cowbois mewn mart yn eu trowsusau a'u crysau denims, yn syllu ar y merched heb wybod yn iawn beth i'w wneud â nhw. Roedd y dawnslawr yn wag, ar wahân i Miss Davies Daearyddiaeth a Mr Llewelyn Bioleg, oedd yn dawnsio fel modryb ac ewythr mewn priodas. Yng nghornel pella'r stafell safai llond dwrn o athrawon, yn sibrwd wrth ei gilydd a phiffian chwerthin tu ôl i'w dyrnau ar eu cyd-weithwyr ffôl.

Gyda fi a Daf bob ochr iddo, stopiodd Idris a syllu o amgylch y stafell. Gwenodd wrth weld Chloe ac ar unwaith cododd hithau a chamu tuag ato, ei sgert heno cyn fyrred â'r un a wisgai i'r ysgol, os nad yn fyrrach fyth. Gyda nodau olaf cân y brodyr Goss yn tawelu, a rhai agoriadol 'The Twist' gan Chubby Checker and The Fat Boys yn cymryd eu lle, rhoddodd Idris ei got i fi ac fe gamodd ef a Chloe i ganol y llawr a dechrau siglo'u tinau yn hollol ddiymatal. Roedd hyder y ddau, heb sôn am y ffordd ro'n nhw'n gwenu ac yn syllu ar ei gilydd wrth symud eu cyrff, fel magned ac, yn araf bach, dechreuodd y dawnslawr lenwi.

Dw i'n cofio gwylio'r wyrth a throi at Daf er mwyn tynnu ei sylw at Billy Burrows, a hwnnw fel dyn o'i gof yng nghanol yr holl gyrff – yn chwyrlïo a chicio a gwneud yr hôci-côci wrth ymyl y llwyfan, gan wneud i Mr Lloyd edrych dros y decs yn grac i gyd bob tro y byddai Billy'n taro i mewn i'r bwrdd oedd yn eu dal.

"Ti 'di gweld Billy?" gofynnais, ond nid atebodd fy ffrind, yn bennaf gan nad oedd e'n sefyll wrth fy ochr bellach. Sganiais y môr o gyrff o 'mlaen heb allu gweld Daf yn unman, ond yna sylwais ar Rhian am y tro cyntaf, yn sefyll ochr draw i'r anhrefn yn syllu arnaf.

Arhosais yna am sbel yn ystyried beth i'w wneud ac yn ceisio penderfynu oeddwn i'n ei ffansïo hi ai peidio. Roedd hi'n edrych yn wahanol y noson honno, wrth gwrs, yn ei ffrog blaen ddu a'i chardigan goch – ond nid oedd ei sbectolau trwchus yn gwneud dim i 'narbwyllo. Cyn i fi benderfynu un ffordd neu'r llall, ymddangosodd Idris o ganol y dorf, yn chwys i gyd, a gafael ynof heb ddweud gair. Y peth nesaf, cipiodd y cotiau o 'ngafael, eu taflu ar gadair gyfagos a 'nhynnu i ganol y miri, lle des wyneb yn wyneb â Rhian, oedd yn aros amdanaf gyda Chloe'n gafael yn ei phenelin hithau.

Gwenais arni fel rhech ac fe wnaeth hi'r un peth, ond er fod pawb o'n cwmpas yn dawnsio fel ffyliaid – i 'Push It' gan Salt-n-Pepa nawr – symudais i a Rhian mo'r un cam. Fel delwau mud, roedd traed y ddau ohonon ni wedi'u hoelio i'r llawr. Yn y diwedd, gafaelodd Chloe yn Rhian ac Idris ynof i, gan ein gorfodi ni i fynd amdani, fel extras mewn golygfa o *Thunderbirds*.

"Ble ma Daf?" clywais Idris yn gofyn dros lais main Yazz nes ymlaen.

"Sa i'n gwbod," atebais, gan godi fy ngwar. Do'n i ddim wedi meddwl amdano fe ers dros awr a dechreuais boeni fwyaf sydyn. "Ti'n meddwl dylen ni fynd i chwilio amdano fe?"

"Na," atebodd Idris yn bendant ac yntau bellach yn closio at Chloe i gyfeiliant cân araf gyntaf y disgo.

Gyda chloc y neuadd yn agosáu at ugain munud i wyth, newidiodd Mr Lloyd awyrgylch y noson mewn curiad calon. Arafodd y gerddoriaeth, y golau'n gostwng a'r belen ddisgo uwchben, nad oeddwn wedi sylwi arni tan yr eiliad honno, yn trochi pennau'r parau oedd o 'nghwmpas mewn cawod o sêr bach disglair. Camais at Rhian heb air a'i chofleidio'n dyner, gan gadw un llygad ar Idris er mwyn copïo'r hyn roedd e'n ei wneud. Gyda 'nwylo ynghlwm tu ôl i'w chefn a'i bysedd hithau wedi'u gwau tu ôl i 'ngwddf, troellodd y ddau ohonon ni'n araf ac yn ansicr i gadwyn o ganeuon serch –'Nothing's Gonna

Change My Love for You' i ddechrau, wedyn 'Especially for You', 'First Time', 'Groovy Kind of Love' ac 'Ysbryd y Nos' – beth arall? – i orffen.

Wrth i fi galedu fymryn gyda phob cam, digwyddodd yr anochel reit ar ddiwedd y ddawns, wrth i'r gân olaf orffen ac i oleuadau llachar a chras y neuadd ddallu pawb, ar wahân i Idris, oedd bellach yn gwisgo sbectols haul. Ac er na pharodd y gusan dafodllyd am fwy na phum eiliad, fe welodd digon o bobol ni'n gwneud y gwneud i olygu nad oeddwn i bellach yn 'sgwâr'.

Wrth gwrs, ro'n i'n hapusach ar yr eiliad honno nag o'n i erioed wedi bod o'r blaen, a chyda Rhian wrth fy ochr, casglais fy nghot a chamu i'r nos ochr yn ochr â gweddill y dorf dinboeth.

"Ydy hwn yn mynd adre gyda ti, Llwyd?" Daeth llais o rywle draw wrth y car agosaf at y fynedfa a difetha fy hwyl am y noson.

Diflannodd Rhian cyn i fi gael cyfle i'w chusanu hi eto.

"*Llwyd!*" gwaeddodd y llais y tro hwn, y dicter a'r siom cyfarwydd yn brwydro am oruchafiaeth.

"Mr Hayes?" gofynnais, gan syllu i gyfeiriad y gweiddi, heb allu gweld pwy oedd yno yn iawn.

"Dere 'ma," mynnodd, a draw â fi ato.

"Ydy Daf yn cael lifft gyda ti heno?"

"Ydy," atebais, a dyna pryd y gwelais fy ffrind, yn penglinio rhwng dau gar a chronfa o chwd o'i gwmpas.

"Ha!" chwarddodd Idris dros fy ysgwydd wrth weld y llanast. "Beth sy'n bod ar Daf, Sir?"

"Ysgwn i, Idris?" meddai Mr Hayes, gan godi ei aeliau yn gyhuddgar arno.

"Food poisoning probably, Sir," gwenodd Idris ar yr athro, gan gnoi gwm a dangos ei ddannedd gwynion. "Roedd e'n complaino am guts fe ar y ffordd yma," ychwanegodd, cyn camu at Daf a'i helpu i godi.

"Ydy dy rieni di 'ma, Llwyd?"

"Ydy. Ma car Dad draw fan'na." Craffais i gyfeiriad y Volvo, gan weddïo nad oedd Mam wedi dod yn gwmni iddo.

Anelodd Mr Hayes yn syth am y car, ac fe ddilynodd y tri ohonon ni, llygaid ein cyfoedion yn llosgi ein cefnau a'n drwgenwogrwydd yn chwyddo ymhellach. Roedd Daf yn drewi a'r sic yn drwch ar ei ên a'i drowsus.

Wrth i Idris a fi ei lusgo at gar fy nhad, mwmiodd Daf yn aneglur ond ni chymerais fawr o sylw ohono – ro'n i'n rhy brysur yn poeni am ymateb Dad.

Wrth i ni agosáu, rhythodd Dad ar y tri ohonon ni dros do'r Volvo, er nad oeddwn i wedi gwneud dim byd o gwbwl o'i le. Gwthiais i ac Idris Daf i'r sedd gefn ac ar ôl i Mr Hayes a'r hen ddyn gael sgwrs gyflym, fe yrrodd ni adref mewn tawelwch anghyfforddus tu hwnt. Fe gymerodd hi amser maith i fam Daf ateb y drws, a phan wnaeth hi roedd hi'n hollol amlwg ei bod hithau hefyd wedi meddwi'n go rhacs. Fe adawon ni e yno, yn pwyso yn erbyn wal y tŷ, ac anelu am gartref Idris, a'r fan honno'n llawn bywyd, diolch i'w deulu mawr.

Gwyliais e'n mynd, yn sboncio i fyny'r llwybr at y tŷ cyngor anniben, gan ddod i'r casgliad fod Idris yn llawer cyfoethocach na Daf, er nad oedd hynny'n amlwg ar yr argraff gyntaf efallai.

"Faint yfes di?" gofynnodd Dad wrth yrru adref trwy bentref Llanisien.

"Dim dropyn, Dad, onest," taerais, gan blygu tuag ato ac anadlu yn ei wyneb, fel y gwelais i Trev yn ei wneud ar *Grange Hill* unwaith.

"Beth oedd yn bod ar Daf, 'de?"

"Food poisoning," atebais, yn ddiniwed i gyd.

"*Food poisoning*?!" ebychodd Dad, gan ddechrau chwerthin. Ond chwarae teg iddo, ni ddywedodd e'r un gair am y digwyddiad wrth Mam chwaith.

TORBWYNT

Amser cinio dydd Gwener yw hi. Rhyw ddwy funud wedi canol dydd i fod yn fanwl gywir, yn ôl y Rolex ar fy ngarddwrn. Dw i i fod i ddechrau 'dysgu' yn Nhŷ Newydd mewn rhyw saith awr, ond mae hynny'n teimlo fel byd arall – bydysawd, hyd yn oed – ar hyn o bryd, diolch yn bennaf i Casi Jenkins sydd, ar yr union eiliad hon, yn hollol noethlymun o fy mlaen ar falconi cefn y sied, wedi plygu yn ei hanner ac yn gafael yn dynn yn y canllaw pren, tra 'mod innau'n sefyll tu ôl iddi'n ei rheibio fel anifail gwyllt, gan wneud iddi udo fel udfil mewn ymateb i bob hyrddiad. Mae'r glaw'n disgyn ar ein pennau a'r ddinas ar goll yn y niwl. Mae gwallt hir Casi'n glynu i'w chefn, ei gwddf a'i hwyneb, a'r elfennau'n distewi ei sgrechiadau, diolch byth. Wedi wythnos o gnychu cyson, dw i'n ei chael hi'n anodd dod erbyn hyn, felly dw i'n setlo i mewn i'r rhythm ac yn ceisio peidio â meddwl am yr euogrwydd sydd wedi bod yn gloddesta ar fy nghydwybod ers i ni ddechrau ar y garwriaeth anochel-drychinebus yma.

Mae'r dyddiau diwethaf wedi bod yn gymysgedd o emosiynau: gorfoledd a syndod fod Casi – sydd mor ifanc a phrydferth a hunandybus – eisiau treulio amser gyda rhywun fel fi; cyffro sy'n deillio o berthynas fel hon, un gudd ym mhob ystyr y gair; ac yna'r gwarth a'r euogrwydd sy'n codi o'r ffaith fy mod i'n marcho merch hanner fy oed, a hynny o dan drwyn ei rhieni hi a 'nghyn-wraig i.

Yn ogystal ag ailddarganfod fy mojo, dw i 'di dechrau ysgrifennu eto. Mae'n siŵr fod y ddau beth yn gysylltiedig, yn enwedig ac ystyried *beth* dw i 'di dechrau sgwennu. Dim byd cadarn, fel y cyfryw, dim ond syniadau a brasluniau, yn bennaf yn ymwneud â dyn canol oed yn dechrau perthynas Lolitaidd gyda merch ifanc. A dim stori yn ystyr draddodiadol y gair, dim eto ta beth. Ond yn sicr, mae'r sudd creadigol wedi dechrau llifo, a rhaid diolch i Casi am yr adfywiad, heb os.

Er hynny, dw i'n llawn amheuon – am y gwaith ac am y garwriaeth. Does dim dyfodol i Casi a finnau, dw i'n gwybod hynny, ond rhaid cyfaddef ein bod ni'n cael lot o hwyl ar hyn o bryd, a lle mae'r drwg yn hynny? Ond sut byddai Mr a Mrs Jenkins yn ymateb i hyn? A beth fyddai Lisa'n ei ddweud? Ond wedyn, beth *allai* Lisa'i ddweud o gofio'r hyn mae hi a Siân wedi bod yn ei wneud yn fy nghartref i? Yn ffodus, dw i'n giamster am gladdu problemau yn ddwfn yn fy isymwybod, ac er y cyfan, dw i'n teimlo fy mod yn haeddu bach o hwyl, ar ôl cyfnod hir o loes calon.

Gallaf weld cefn tŷ Mr a Mrs Jenkins o'r balconi, er fod y glaw yn ein cuddliwio heddiw. Gobeithio. Ei syniad hi, Casi, oedd gwneud hyn yn y glaw hefyd – bydden i wedi bod yn ddigon hapus aros yn y gwely, yn gynnes braf o dan y gorchudd. Ond un peth dw i 'di sylwi arno yn ystod fy amser yn ei chwmni yw pa mor agored ac afreolus yw hi pan mae'n dod i'r weithred rywiol. O'i chymharu â merched ei hoed pan o'n i'n tyfu i fyny, mae Casi'n ymddwyn fel menyw ganol oed – yn llawn awgrymiadau annisgwyl a bob amser yn fodlon fy nghyfarwyddo er mwyn sicrhau ei bod hi'n cael y pleser eithaf ar bob achlysur. Dw i'n cofio'r math o ryw o'n i'n ei gael yn y dyddiau cynnar – dim byd mwy anturus na hi ar y top. Lisa ddysgodd y cwbwl i fi yn y diwedd – sut i *roi* pleser, hynny yw, yn hytrach na dim ond ei gymryd. Tan i fi gwrdd â Lisa, ro'n i'n credu mai adain o Adran Ieithyddiaeth rhyw brifysgol oedd cunnilingus.

Mae rhai o'r pethau mae hi'n hoffi eu gwneud yn fy synnu o hyd ac yn gwneud i fi ofyn ai dylanwad argaeledd agored pornograffi i'w chenhedlaeth sydd wrth wraidd yr arferion hyn. Er enghraifft, mae hi'n mynnu ffilmio bron pob sesiwn ar ei ffôn symudol, heb sôn am anfon selfies noeth a phytiau ohoni'n halio ataf mor aml nes 'mod i ddim yn siŵr beth i'w wneud gyda nhw i gyd. Wrth gwrs, fi'n gwybod beth fi *fod* gwneud â nhw, ond sa i hyd yn oed yn gallu halio cymaint â hynny erbyn hyn. Ddim ar ben yr holl ryw, ta beth. Yn ogystal â hynny, mae hi wrth ei bodd yn cymryd llond wyneb o ddynol-laeth ar ddiwedd cnychiad; yn wir, dyna'r *unig* ffordd mae hi'n mwynhau gorffen sesiwn – fel tase hi wedi seilio ei harddull rywiol ar ffilmiau porn craidd-caled a dim byd arall. Ro'n i'n ffeindio hyn yn rhyfedd iawn i ddechrau. Yn wir, roedd e'n fy ffieiddio, yn bennaf gan nad ydw i erioed wedi cysgu gyda menyw fy oedran i sydd wedi mynnu fy mod yn gwneud y fath beth, ond erbyn hyn dw i wrth fy modd – nid yn unig gyda'r weithred o saethu ei hun, ond hefyd yn ei gwylio hi'n llyfu fy offrwm gludiog o gwmpas ei gwefusau â'i thafod, tra bod ei llygaid gwyllt yn syllu arnaf.

Ac ar y gair, mae hi'n dechrau symud ei chluniau yn gynt ac yn gynt, sy'n gwneud i fi ymateb yn reddfol ac, mewn cytgord perffaith, dw i'n teimlo fy hun yn agosáu at yr anterth.

"Dwêd pryd!" mae hi'n ebychu, gan edrych arnaf dros ei hysgwydd, ei llygaid yn wydrog ond eto'n hollol gythreulig.

"Nawr! Nawr!" dw i'n gweiddi ymhen rhyw ugain eiliad arall, ac ar y gair mae hi'n camu 'mlaen a datgymalu, troi yn yr unfan, cyrcydio a gafael yn fy mhaladr er mwyn anelu fy nyndod i'w hwyneb, jyst mewn pryd i fi saethu fy llwyth i'w cheg a dros ei thrwyn a'i gên. Dw i'n pwyso'n ôl ar y bwrdd derw er mwyn ymlacio wrth i Casi gymryd fy nghlochben yn ei cheg a gloddesta ar weddill fy 'sgarthion.

O gornel fy llygaid, trwy'r glaw mân niwlog ei naws, gwelaf y deiliach yn symud rhyw hanner canllath i ffwrdd i gyfeiriad y goedwig ar ochr orllewinol y tŷ, ond cyn i fi allu gwneud dim byd am hynny clywaf gnoc ar ddrws y sied a llais Lisa'n galw fy enw.

"Shit!" dw i'n ebychu, gan afael yng ngwallt diferol Casi yn dyner a'i thynnu i ffwrdd oddi wrth fy nyndod lled-lipa. "Aros fyn'na," dw i'n gorchymyn, "mae Lisa wrth y drws," ac er nad yw hi'n edrych yn hapus iawn am hynny, mae'n gwrando fel merch dda.

Dw i'n camu i'r sied ac yn gafael mewn tywel o'r stafell molchi er mwyn gorchuddio fy noethni yn rhannol. Wedi agor y drws, gallaf weld y dagrau ar fochau fy ngwraig a'r boen yn ei llygaid gwaetgoch. Er hynny, nid nawr yw'r adeg i gydymdeimlo.

"Iawn?" gofynnaf yn hollol ddideimlad. Yr unig beth sydd ar fy meddwl yw sicrhau ei bod hi'n gadael heb weld Casi, er yr hoffwn afael ynddi a'i chysuro, gan fod rhywbeth o'i le, mae hynny'n sicr.

"Ti'n wlyb," mae'n datgan yr amlwg.

"Cawod," atebaf. "Fi bach yn brysur…" dechreuaf esbonio, gan fwriadu dweud wrthi am fy nhaith i'r Gogledd, ond mae ei llygaid yn crwydro'r stafell ac mae'n gweld bronglwm Casi yn gorwedd ar y gwely, ac yna ein dillad ar wasgar ar hyd y llawr.

Mae'n codi ei phen ac yn edrych arnaf. Dw i'n gwenu'n ôl yn lletchwith ac mae hynny'n gwneud iddi grio a throi a ffoi heb air pellach, gan fy ngadael yn ei gwylio hi'n mynd trwy'r glaw – fy emosiynau ar chwâl a 'mhen yn rhacs. Yr eironi yw mai hi ddywedodd wrtha i, beth amser yn ôl nawr, y dylwn i gysgu gyda menywod eraill – er mae'n siŵr ei bod hi ddim ond yn dweud hynny i leddfu'r euogrwydd roedd hi'n ei deimlo oherwydd ei pherthynas â Siân. Dw i bron â mynd ar ei hôl, ond cyn i fi wneud dim, teimlaf law Casi, sydd wedi sleifio i'r stafell ac sydd bellach yn sefyll y tu ôl i fi, yn cau am fy ngheilliau ac yn dechrau eu mwytho'n galed, fel tase hi'n gafael mewn pelen-straen, nes bod y gwaed yn dechrau llifo'n ôl i 'nghanol a'r anochel yn digwydd unwaith eto.

Wedi saethu, golchi a gwisgo, dw i'n llenwi gwarfag yn gyflym gyda dillad glân, tywel, potel o chwisgi, llyfr nodiadau, baco a Bob Hope ac yn gadael Casi yn y gawod, gan ei hatgoffa i gloi'r drws wrth adael a defnyddio'r llwybr cudd trwy'r coed tu ôl i'r sied er mwyn osgoi cerdded heibio'r tŷ. Mae Casi'n dweud falle y bydd hi'n aros yma trwy'r penwythnos, ond sa i'n credu hynny am eiliad, er y byddai'n neis dod adref a'i ffeindio hi'n aros amdanaf â'i choesau ar led.

Mae'r glaw wedi peidio o'r diwedd ac wrth gerdded trwy'r ardd dw i'n dechrau meddwl am y cwrs. Wel, so hynny cweit yn gywir chwaith. Y gwir yw 'mod i'n ceisio meddwl a oes unrhyw ffordd o beidio mynd, o osgoi'r holl beth. Wedi'r cyfan, does dim *angen* i fi fynd – mae'r ffi, er ei bod yn ddigon hael i'r mwyafrif o awduron, gyfwerth â ffyc *all* i fi. Neu ddim cweit ffyc *all*, ond cwpwl o ownsys o ganja, 'na gyd. Ond na, sa i'n mynd i wneud hynny, er nad ydw i'n gwybod pam chwaith. Byddai'n llawer gwell 'da fi aros fan hyn yn godinebu na siarad gyda llond stafell o ddarpar awduron am ddeuddydd. Sa i 'di paratoi dim, ac mae'r prif reswm am hynny yn trochi yn y gawod yn y sied. Diolch i Casi a'i chwantau cyntefig, yr unig ddewis sydd gennyf yw gwneud y cyfan i fyny wrth fynd yn fy mlaen. Ddim y cynllun gorau, efallai, ond ar hyn o bryd, dyma fy *unig* gynllun. A chyda'r chwisgi yn gwmni i fi, dw i'n ffyddiog y bydd digon 'da fi i'w ddweud wrth y lloi llenyddol.

Mae'r ffordd y gwnaeth Heledd fy nhwyllo i gytuno i gymryd rhan yn dal i 'nghorddi. Yn wir, po fwyaf dw i'n meddwl am y peth, y lleiaf dw i'n ei gofio am y tro yna yn yr Hilton. Dw i 'di amau o'r cychwyn fod rhywbeth amheus wedi digwydd yn y gwesty y prynhawn hwnnw. A wnaeth Heledd fy nhwyllo, rhoi cyffur yn ddiarwybod i mi ac wedyn fy nhreisio? Ai dyna pam sa i'n gallu cofio llofnodi'r cytundeb? Anghredadwy? Efallai. Ond dyna beth dw i'n amau.

Ond mae'r holl bryderon yn cael eu disodli ar unwaith pan dw i'n cyrraedd y Land Rover sydd wedi'i barcio ar y dreif gwag o flaen y tŷ. Rhaid bod Lisa wedi mynd i rywle ar ôl dod i'r sied yn gynharach, ac i ddechrau dw i'n cymryd mai nodyn ganddi hi sydd wedi'i adael o dan y wiper. Dw i'n gafael yn y papur ac yn ei adnabod yn syth. Tudalen wedi'i rhwygo o fy nofel Saesneg gyntaf sydd yno a dw i'n troi yn yr unfan i weld a oes rhywun yn fy ngwylio, gan fod y papur yn sych ac felly wedi'i osod yma yn ystod yr hanner awr ddiwethaf, ers i'r glaw beidio. Dringaf i'r Land Rover, taflu fy mag ar sedd y teithiwr a darllen y geiriau.

This novel is dedicated to two old friends, Idris Evans and Dafydd Roach, who helped me reach adulthood... just.

Dw i'n gadael i fy llygaid grwydro ar hyd y ffin o goed sy'n amgylchynu'r eiddo, yn hanner disgwyl gweld rhywbeth, rhywun, yn symud. Cofiaf y wiwer yn hongian tu fas i'r sied; y gwaed yn diferu ar y llawr pren. Sa i 'di gweld na theimlo presenoldeb ers hynny tan heddiw, er rhaid cyfaddef fy mod wedi bod braidd yn brysur yn y cyfamser. Darllenaf y geiriau unwaith eto, tanio'r injan ac anelu am y Gogs, yn falch o gael gadael, mewn gwirionedd, er mwyn rhoi bach o bellter rhyngof fi a holl wallgofrwydd fy mywyd cartref.

Mae'r daith gyfarwydd ar hyd yr A470 i 'nghyrchfan yng nghesail chwyslyd Cymru yn mynd rhagddi mewn tawelwch. Sa i'n gwrando ar y radio nac ar gerddoriaeth gan fy mod yn ceisio rhoi trefn ar fy meddyliau. Ond, yn anochel ar ôl yr wythnos dw i 'di chael, mae'r cawlach sydd yn fy mhen yn fy atal rhag gwneud hynny, ac yn lle llwyddo i wneud unrhyw synnwyr o'r hyn dw i'n bwriadu'i ddweud a'i wneud yn ystod yr wyth awr a deugain nesaf, yr unig bethau sydd ar fy meddwl yw Casi, Lisa a phwy bynnag sy'n fy llech-hela. A does dim amheuaeth bellach mai dyna beth sy'n digwydd, er nad oes syniad 'da fi pwy fyddai eisiau gwneud y fath beth chwaith.

Heb fod yn bell o Garno, wrth aros mewn rhes o draffig i'r goleuadau dros dro newid, dw i'n edrych ar y ddalen unwaith eto. Ond cyn i fi gael cyfle i fyfyrio ar hynny, mae fy ffôn yn canu ar y sedd wrth fy ochr. Neges destun. Ond nid yw hon yn cynnwys unrhyw eiriau, dim ond ffilm. Gan Casi, pwy arall? Teimlaf y cynnwrf yn fy mol ac yn fy mhaffwyr wrth i fi wasgu 'PLAY', a gwyliaf wrth galedu gan fod Casi'n gorwedd gyda'i choesau ar led ar fy ngwely, yn goglais ei chlitoris a'i chedorau gyda dirgrynnwr pinc siâp cwningen. Am ryw reswm, mae hi'n gafael yn fy nhlws Llyfr y Flwyddyn wrth fynd amdani, gan fwmian a grwnian a chanu grwndi fel cath, nes bod cyrn y ceir tu ôl i fi'n torri ar draws y darllediad a finnau'n taflu'r ffôn i'r naill ochr, rhoi'r car mewn gêr ac ailgydio yn y daith.

Dw i'n cyrraedd Llanystumdwy ychydig ar ôl chwech. Wrth gamu o'r car, pwy sy'n ymddangos yn lled-dywyllwch y maes parcio ond Heledd – fel petai wedi bod yn aros amdanaf yn y coed. Mae 'nghalon yn cyflymu a 'ngên yn cyffio, gan nad oes syniad 'da fi sut i ymddwyn yn y fath sefyllfa.

"Hia, Llwyd!" mae'n gweiddi yn wên o glust i glust, cyn camu ataf a rhoi sws i fi ar fy moch.

Mae Heledd yn edrych yn hyfrytach heno na dw i'n cofio, a dw i bron yn difaru peidio'i ffonio hi nawr. *Bron*, ond dim cweit. Dw i'n tynnu'n ôl oddi wrthi, gan deimlo rhyw ias oer yn goglais fy nghefn. Mae ei gwên yn diflannu ar unwaith a'i llygaid yn culhau. Mae hi cyn daled â fi heno yn ei sodlau tair modfedd ac mae hi 'di torri ei gwallt yn fyr, fel picsi. Ond er fod ei chroeso cynnes yn fy nrysu'n llwyr, mae'r amheuon yn dal i atseinio, gan drechu fy libido yn gwbwl ddidrafferth, diolch yn bennaf i'r ffaith fod 'na rywbeth hollol ddideimlad amdani, rhywbeth mecanyddol, fel seiborg neu un o wragedd Stepford.

"Iawn?" gofynnaf, ond er iddi honni ei bod, dw i'n amau ei geiriau achos dw i'n gwybod o brofiad ei bod hi'n gnawes fach ystrywgar.

Ry'n ni'n mân siarad wrth gerdded tua'r plasty. Mae'r nos yn cau amdanon ni ac mae ambell fynychwr wedi cyrraedd yn barod. Mae Heledd yn fy nghyflwyno i ddwy ferch yn eu hugeiniau cynnar sy'n smocio wrth y brif fynedfa, ond sdim byd gyda fi i'w ddweud wrthyn nhw.

"Der i'r swyddfa am funud, i ni gael mynd dros ambell fanylyn," dywed dros ei hysgwydd, gan fy arwain i stafell weinyddol ym mlaen y tŷ. Dim ond un lamp ar ddesg gornel sy'n goleuo'r stafell ac ar ôl i fi gau'r drws tu ôl i fi mae Heledd yn troi ar unwaith. Ar amrantiad, mae fy ngheilliau'n cael eu gwasgu yn ei gafael a'i llygaid gwyllt yn syllu'n syth i fy rhai innau.

"Pam na 'nes di ffonio, *Llwyd*?" mae'n hisian, a dw i'n teimlo'r poer yn tasgu ar fy ngwyneb.

"Pam ti'n feddwl?" dw i'n llwyddo dweud. "Ti'n fuckin nuts!"

Ond so hynny'n helpu o gwbwl. Mae ei llaw'n cau'n dynnach o amgylch fy ngherrig a dw i'n anadlu'n ddwfn i wrthsefyll y boen.

"Ymddiheura!" mynna, sy'n dod â gwên i fy ngwyneb, yn rhyfeddol.

"Ymddiheura!" mae hi'n ailadrodd, a chodi ei llais y tro hwn. A phan mae hi'n dechrau troi ei llaw ac, felly, fy ngheilliau, dw i'n penderfynu gwneud fel mae hi'n gofyn, gan fod y boen yn annioddefol.

"S... so... sori," dw i'n llwyddo i gecian, ac ar y gair mae hi'n gadael fynd.

"Paid poeni, dw i'n maddau i ti," medd mewn llais meddal, gan gamu at ei desg a gafael mewn set o allweddi, fel petai dim byd anghyffredin wedi digwydd jyst nawr.

Wrth gerdded ar ei hôl hi fel cowboi cloff, allan o'r tŷ ac i gyfeiriad llety'r tiwtoriaid, sef bwthyn bach ar wahân i'r prif adeilad lle mae'r riff-raff yn aros, dw i'n pendroni pam fy mod i'n denu menywod mor benwan. Mae Casi wedi codi ias arnaf ar fwy nag un achlysur dros yr wythnos ddiwethaf, gan ddweud neu wneud rhywbeth sy'n ffinio ar, os nad yn cofleidio, gwallgofrwydd; a nawr Heledd. Beth yn y byd ddigwyddodd nawr? A ddigwyddodd unrhyw beth? Do, yn ôl y boen. Ond pan ni'n cyrraedd fy llety, sy'n fy atgoffa o fedsit uchel-ael gyda gwely a lolfa a silffoedd llyfrau a lle i wneud paned i gyd yn yr un stafell, mae hi'n gadael i fi fynd i mewn yn gyntaf, yna'n cloi'r drws ar ein holau a 'ngwthio ar y gwely gyda braich gadarn, sy'n gwneud i ddelwedd o Siân fflachio o flaen fy llygaid.

Dw i'n gorwedd yno'n geg-agored ac yn ei gwylio hi'n codi ei sgert-bensil i ddatgelu twmpath taclus o flewiach du. Dim nics. Dim nonsens.

Beth yn y byd ydw i fod i wneud nawr? Ond, mewn gwirionedd, does dim dewis gyda fi…

Sa i'n gwybod pryd ddigwyddodd y peth, ond dw i eisoes yn galed, ac mae hi'n gallu gweld hynny heb i fi orfod tynnu fy nhrowsus. Mae'n camu at y gwely ac yn syllu i lawr ar fy nyndod.

"Tyn dy drwsus!" mae'n gorchymyn, ond pan dw i'n gwneud dim byd, jyst gorwedd yna'n syllu i fyny arni'n fud, mae hi'n gosod un pen-glin bob ochr i 'nghorff ac yn agor fy nghopish yn araf, gan syllu arnaf yr holl adeg. Yna, mae hi'n poeri ar fysedd ei llaw dde ac yn sychu'r iraid ar fy nghlochben, cyn symud ymlaen rhyw fymryn er mwyn fy ngosod ynddi yn araf. Yn ddidrafferth, mae fy llafn yn llithro i'w lleithder, a'i llygaid yn llenwi â llewyrch.

"Paid symud!" mae'n sibrwd yn ddiangen, gan fod ei gweithred wedi fy hoelio i'r unfan.

"Paid gwneud *dim*."

Â phleser.

Dw i'n ei gwylio hi'n siglo uwch fy mhen, sydd eisoes yn anialwch o anobaith; mae ei llygaid ar gau a'i hanadlu'n dyfnhau gyda phob eiliad sy'n mynd heibio. Dw i'n ceisio ymuno trwy fwytho ei bronnau, ond mae Heledd yn edrych arnaf fel menyw wyllt ac yn gafael yn fy mreichiau er mwyn fy atal.

"Paid symud," mae'n ailadrodd.

Dw i fel dildo dynol. Cyfarpar â churiad calon yn lle batris. Dim byd mwy na hynny. A dyna pryd dw i'n gweld y gwirionedd. Mae hi'n fy nhreisio i. *Eto!* A'r tro hwn, heb gymorth unrhyw gyffuriau. Ac yn waeth na hynny, dw i hyd yn oed yn cyfrannu at y weithred i raddau. Ydy hi'n bosib treisio'ch hun?

Ac yna, fel petai hi wedi cael llond bol ar fy ymdrechion, mae hi'n codi ac yn pwyso dros y ddesg, gan agor ei choesau a gadael i fi weld y gwlith sydd ar ei llannerch.

"Ffwcia fi, nawr!" mae'n ebychu wrth edrych dros ei hysgwydd, gan atseinio Casi Jenkins amser cinio.

"NAWR!" gwaedda pan nad ydw i'n codi ar unwaith, ac yna dw i'n gwneud fel mae'n gorchymyn wrth i gynllun bach egino yn fy mhen.

Gyda 'nhrowsus am fy mhigyrnau, dw i'n ymlusgo draw tuag ati ac yn claddu fy nghledd rhwng ei chedorau.

"Ie. Yr holl ffordd. Dwfn…"

Dw i'n gwthio'n araf ond yn gadarn nes bod pob milimedr o 'mhaladr wedi diflannu yn ddwfn iddi, ac yna, yn araf bach, dw i'n tynnu allan yr holl ffordd. Dyma un o hoff bethau Lisa erstalwm, ond o'r hyn dw i 'di weld, mae pob menyw yn hoff ohono.

Wrth gwrs, mae hyn yn rhan o'r cynllun ac mae'r weithred yn hudo Heledd, nes bod ei mwmian yn troi'n sgrechian.

"Come on! Ffwcia fi'n galed!" mae'n mynnu, a dw i'n ufuddhau.

Wrth wneud, mae fy llygaid yn crwydro ar hyd y silff lyfrau o 'mlaen. Dw i'n sganio'r meingefnau – *Mr Cassini*, *Hoff Gerddi Cymru*, *Un Nos Ola Leuad*, *The Dust Diaries*, ond sdim golwg o fy llyfrau i.

Gyda Heledd yn mynnu "mwy-mwy-mwy", o'r diwedd dw i'n teimlo'r cyffro'n codi wrth i fi agosáu at yr uchafbwynt. Heb rybudd, ac ar yr eiliad olaf, dw i'n tynnu fy mhidyn allan ohoni, yn gafael yn ei braich ac yn ei thaflu ar y gwely, yna'n camu ar ei hôl ar unwaith a saethu fy llwyth yn syth i'w hwyneb.

Wedi gwagio, dw i'n camu'n ôl ac yn edrych i lawr arni gyda'r atgasedd yn amlwg ar fy ngwyneb, gobeithio. Ac er fod fy ngwaddodion gludiog yn gorchuddio'i gwep, dw i'n falch o weld fod y sioc a'r atgasedd yn dal yn amlwg iawn o dan ei mwgwd molog. Dw i'n teimlo rhyw foddhad llethol am hynny a dw i'n falch o weld ei bod hi wedi ei ffieiddio, yn bennaf oherwydd nad yw'r hyn dw i newydd ei wneud iddi hi yn dod yn agos at yr hyn mae hi wedi'i wneud i fi. Heno, ac yn yr Hilton.

Dw i'n gwenu, ac mae Heledd yn codi ac yn fy nyrnu'n syth yn fy llygad chwith. Pob parch iddi 'fyd – dw i'n llawn haeddu hynny. A chyda fy llygaid yn llenwi â dagrau a'r boen yn dychlamu yn fy mhen, dw i'n camu o'r ffordd ac yn ei gwylio hi'n mynd – yn gyntaf i'r toiled i olchi'n gyflym, ac yna mas i'r cyfnos.

Dw i'n estyn y botel chwisgi. I ddathlu buddugoliaeth. Un boenus uffernol. Neu o leiaf gêm gyfartal. Sy'n fwy poenus fyth. Dw i'n llwgu. Mae angen bwyd arnaf, ond cyn hynny dw i'n yfed. Yn drwm.

Erbyn hanner awr wedi saith, dw i'n reit tipsi. Wel, ok, yn fucked. Sa i 'di bwyta dim byd ers brecwast ac mae fy mola'n gwneud synau rhyfedd iawn. Gyda fy llygad yn duo ymhellach, dw i'n eistedd ben uchaf y bwrdd bwyd, wedi fy amgylchynu gan fynychwyr brwdfrydig, yn dweud dim byd mwy na rhoi ambell ateb unsill, tra bod Heledd ben arall y bwrdd yn actio'n broffesiynol iawn, yn cynnal sgyrsiau a chanmol y bwyd. Mae pawb o 'nghwmpas yn siarad am ysgrifennu, fel tasen nhw'n arbenigwyr. A chwarae teg, mae rhai ohonyn nhw *yn* arbenigwyr hefyd – neu o leiaf yn astudio i fod yn arbenigwyr. Yr unig beth dw i'n meddwl wrth wrando arnyn nhw'n trafod yw pam yn y byd eu bod nhw wedi dod ar gwrs fel hwn?

Mewn dim, mae ein boliau'n llawn, y byrddau'n wag a'r sesiwn cyntaf ar fin dechrau. O'r hyn dw i'n ei ddeall, mae sesiynau fel arfer yn cael eu cynnal yn y llyfrgell, ond mae cymaint o bobol yn mynychu'r cwrs hwn fel nad oes digon o le yno i'r cynulliad presennol.

Mae'r bwrlwm yn gostegu wrth i Heledd sefyll i groesawu pawb. Dw i'n ei gwylio hi'n mynd trwy'r rŵtin, gan ddod i'r casgliad fod y ferch yn hollol sgitso, chwarae teg. Mae ganddi un persona ar gyfer y gweithle, ac un arall, hollol wahanol, ar gyfer y stafell wely. Ac ar ôl i'r gynulleidfa roi clap iddi, dw i'n codi ar fy nhraed, yn sigledig braidd, ac yn edrych o gwmpas y stafell. Mae môr o lygaid yn syllu'n ôl arnaf; yn eiddgar, yn awyddus ac yn barod i ddysgu. Heb sôn am fod braidd yn bryderus, o weld y fath olwg arnaf.

Dw i'n teimlo'r chwys ar fy nhalcen ac yn difaru dod. Neu o leiaf yn difaru peidio paratoi.

"Cwestiwn i chi," dechreuaf, sy'n mynnu sylw pawb. "Faint ydych chi wedi talu i ddod ar y cwrs 'ma?"

Mae cwpwl o bobol yn chwerthin, ond sneb yn ateb.

"O ddifri. Faint?"

Mwy o dawelwch, felly dw i'n pigo ar ferch yn y rhes flaen – un o'r rhai oedd yn smocio tu fas pan gyrhaeddais i.

"Ti," pwyntiaf ati. "Faint dales di i ddod ar y cwrs 'ma?"

"Dau gan punt," ateba, yna mae'n chwerthin yn chwithig a throi at ei ffrind sy'n eistedd wrth ei hymyl.

"Diolch. Dau gan punt. Fuck me! O'n i'n meddwl fod 'na ddirwasgiad."

Mae'r stafell gyfan yn chwerthin nawr. Pawb ar wahân i Heledd, hynny yw. Mae hi'n syllu arnaf fel petai eisiau fy sbaddu. Sa i'n gallu dychmygu pam, chwaith...

"Ma hynny'n *lot* o arian, a falle byddwch chi eisiau

ad-daliad ar y diwedd, achos cwrs byr iawn dw i 'di baratoi ar eich cyfer."

Mwy o chwerthin. Dw i'n codi fy llaw ac yn erfyn ar bawb i dawelu.

"Reit, dyma hi. Dyma'r wers i chi. Pencils at the ready…"

Dw i'n gwylio wrth i bawb, bron, afael yn eu llyfrau nodiadau a'u beiros, yna edrych arna i mewn disgwylgarwch llwyr.

"Con yw'r cwrs 'ma," dechreuaf, wrth i ambell ynfytyn nodi fy ngeiriau, ond dim llawer ohonyn nhw, chwaith. "Yn wir, con yw cyrsiau ysgrifennu creadigol yn gyffredinol. Y diwedd. Diolch yn fawr am ddod."

Mae cwpwl o bobol yn chwerthin eto, ond mae'r mwyafrif yn syllu arnaf yn geg-agored, heb wybod yn iawn ydw i'n tynnu coes ai peidio.

"Fi o ddifri. Fi'n clywed chi i gyd yn *siarad* am ysgrifennu – amser swper nawr. Yn angerddol, heb os, ond dw i'n erfyn arnoch i stopio siarad. Mae'n bryd i chi gau eich cegau a chodi eich beiros neu estyn eich gliniaduron. *Gwneud* yw'r peth pwysig. *Ysgrifennu*, hynny yw…"

Mae Heledd yn ceisio dweud rhywbeth, ond dw i'n gallu bod yn uchel fy nghloch, yn enwedig pan dw i 'di meddwi.

"Gwastraff amser yw gwrando ar rywun fel fi'n siarad am ysgrifennu a'r broses blah blah blah blah. Bollocks llwyr, fi'n addo i chi. Ffeindiwch eich ffordd eich hun, 'na beth 'nes i. Chi fan hyn am ddeuddydd, reit, felly manteisiwch ar hynny. Ewch amdani ac fe allech chi fod wedi sgwennu pedair pennod erbyn gadael dydd Sul…"

Dw i'n aros i anadlu ac yn edrych o amgylch y stafell unwaith eto. Dw i'n cael y teimlad fod fy nghynulleidfa'n dal i geisio penderfynu ydw i o ddifrif ai peidio.

"Cwestiwn arall i chi: beth mae cyrsiau fel hyn yn *dysgu* i bobol?"

Tawelwch. A dw i'n gorfod meddwl am y peth hefyd achos, chwarae teg, mae'n rhaid eu bod nhw'n dysgu *rhywbeth* i'r rhai sy'n eu mynychu.

"Mewn gair, cydymffurfiaeth," dw i'n datgan, fel petawn yn gwybod am beth dw i'n sôn. "Mewn gair arall, unffurfiaeth. Bollocks i hynny, bobol bach! Fuck *that!*" Dw i'n poeri nawr, yn glafoerio fel gwallgofddyn. Gallaf arogli'r chwisgi ar fy anadl, felly rhaid bod y rhes flaen yn gallu gwneud hynny hefyd. "Yr *unig* beth... yr *UNIG* beth dylech chi, fel darpar awduron, anelu ato yw gwreiddioldeb. *Gwreiddioldeb* o ran arddull. *Gwreiddioldeb* o ran cymeriadau. *Gwreiddioldeb* o ran plotio a naratif a stori. Gwreiddioldeb, *gwreiddioldeb*, *GWREIDDIOLDEB!*"

Dw i'n oedi i ddal fy ngwynt. A dw i'n hollol ymwybodol o eironi fy ngeiriau. Y gwir yw fy mod i wedi adeiladu gyrfa gyfan ar hanesion, profiadau a straeon pobol eraill. Dw i'n gachgi wrth reddf. Yn ddilynwr yn hytrach nag yn arweinydd. Fi oedd y boi oedd yn annog ei ffrindiau – wel, *ffrind* – mwyaf mentrus i fynd amdani, cyn camu'n ôl i wylio'r sioe, storio'r hyn roeddwn i'n ei weld a'i glywed tan yn nes ymlaen a defnyddio'r atgofion ail-law er mwyn lliwio fy rhyddiaith ac ychwanegu cig a gwaed at fy nghreadigaethau. *Gwreiddioldeb*. Ha! Sa i'n meddu ar un asgwrn gwreiddiol yn fy nghorff cyfan, dyna'r gwir amdani. Mae'r chwys yn llifo i lawr cefn fy ngwddf bellach a dw i'n ysu am lond ceg arall o chwisgi. Ond dw i'n gweld Heledd yn codi ar ei thraed a dw i'n ailafael ynddi.

"*GWREIDDIOLDEB!*" ebychaf, gan sythu fy nghefn a wynebu fy nghynulleidfa. "'Newch chi ddim ffeindio dim byd o'r fath fan hyn."

Mae Heledd yn dechrau dweud rhywbeth, ond dw i'n codi fy llais ac yn dal i fynd.

"A falle'ch bod chi'n meddwl fod hynny braidd yn

chwerthinllyd yn dod wrth rywun fel fi, ond fe alla i'ch sicrhau na wnes i fynychu cwrs fel hwn cyn dechrau sgwennu. Tra oedd fy ffrindiau a 'nghyfoedion yn *siarad* am ysgrifennu, fe es i ati *i* ysgrifennu. Dilynwch eich llwybr eich hun, bobol. Ymddiried yn eich greddfau. Gwell gwneud hynny a methu'n llwyr na chynhyrchu gwaith oddi ar gludfelt…"

Y tro hwn, mae Heledd yn camu tuag ataf. Dw i'n codi fy llais am y tro olaf er mwyn hoelio fy mhwynt.

"Peidiwch â pheintio gyda rhifau, bois bach – gwell braslunio'n llawrydd gydag ychydig o *wreiddioldeb*…"

Dw i'n oedi i adael i'r geiriau afael ynddyn nhw. Ond sa i'n siŵr a yw hynny'n digwydd chwaith. Mae pawb yn rhy brysur yn siarad ymhlith ei gilydd ac yn syllu arnaf o gorneli eu llygaid. Mae un boi hyd yn oed yn codi ar ei draed ac yn tynnu selfie, gyda fi yn y cefndir. Y bastards! Fuck this. Dw i'n gadael y stafell cyn i Heledd gael cyfle i ddechrau ymddiheuro.

Dw i'n dychwelyd i'r bedsit ac yn gafael yn fy mag a 'mhotel chwisgi. Dw i'n ei hagor ac yn llarpio'n farus nes bod yr hylif euraid yn llenwi fy ngheg ac yn llifo i lawr fy mochau yn ddireolaeth. Sychaf fy ngwep gyda chefn fy llaw ac anelu am y Land Rover.

Yn sefyll yno, yng ngolau isel y maes parcio, mae Heledd, gydag un llaw ar ei chlun a'r llall yn codi sigarét i'w cheg. Dw i'n cerdded yn syth heibio iddi heb yngan 'run gair.

"Ti methu gyrru!" mae'n datgan, ond yn amlwg, mae hi'n anghywir. "Ti 'di meddwi! Fe ffonia i'r heddlu."

"Ffonia nhw!" gwaeddaf, gan ddringo'n drafferthus i'r cerbyd. "Fi'n siŵr bydd diddordeb gyda nhw i glywed am beth 'nes ti i fi yn yr Hilton…" dw i'n ei gwawdio, yna'n ceisio, a methu, rhoi fy allwedd yn y twll tanio.

"Ti methu hyd yn oed dechrau dy gar!" mae'n ebychu, yna'n oedi. "A beth wyt ti'n sôn am yr Hilton?"

"Ti'n gwbod yn *iawn* am beth dw i'n sôn. GHB! Roofies! Rohypnol!" Fy nhro i yw hi i ebychu yn awr, ond mae'r olwg ar ei hwyneb yn awgrymu nad yw fy amheuon yn agos at eu lle.

"So ti'n neud unrhyw sens, y twat!"

"Fuck off, Heledd!"

"Na, *Floyd*," ac mae'n gwenu wrth ddweud hynny, fel tase'n disgwyl iddo fy mrifo neu rywbeth. "Ti 'di torri dy gytundeb, dy ymrwymiad. Gei di ddim dy dalu…"

Dw i'n edrych arni gan chwerthin ac mae hi'n sylwi ar unwaith ar ffwlbri ei sylw diwethaf. Mae hi'n gwybod y sgôr; dw i'n cofio ymffrostio wrthi yn yr Hilton, wrth archebu potel arall o siampers dau gan punt y go.

"Defnyddia'r arian i brynu siampŵ neu rywbeth…"

"*Siampŵ?*" gofynna, wedi drysu'n llwyr. "Pam?"

"I olchi'r sbync o dy wallt…"

A chyda hynny dw i ar fy ffordd ac yn gadael Heledd yno, yn rhedeg ei bysedd trwy ei gwallt ar drywydd y jizz rhithiol.

Mae'n rhyfeddod llwyr 'mod i'n cyrraedd Rhaeadr mewn un darn, ac yn wyrth o raddfa Feiblaidd fy mod yn ei gwneud hi'n ôl i Gaerdydd heb ladd rhywun – fi fy hun, fwyaf tebyg.

Mae olwynion y Land Rover yn crensian dros gerrig mân y dreif a dw i'n falch o weld fod y tŷ'n dywyll. Mae car Lisa yn ei le, ond sdim sôn am un Siân yn nunlle.

Ond er fod cartref fy ngwraig a'i chariad fel y fagddu, gallaf weld ar unwaith wrth gyrraedd yr ardd gefn fod yna olau ymlaen yn y sied. Dw i'n hanner sobri wrth i fi gofio'r dudalen a ddarganfyddais ar ffenest y car amser cinio – sy'n teimlo fel mis yn ôl erbyn hyn – ac yna'r wiwer a'r cudd-heliwr yn y coed. Dw i'n ddigon o ddyn i gyfaddef fy mod yn cachu hi wrth droedio'n dawel tua'r sied, wrth i fi fawr obeithio mai Casi sydd yno'n aros amdanaf. Ac er nad ydw i *eisiau* ei chwmni – cwsg sydd ei angen arnaf heno – byddai ei gweld hi yno'n well na'r posibiliadau erchyll eraill sy'n chwyrlïo yn fy mhen.

Fel dw i 'di sôn yn barod, dw i'n gachgi wrth reddf, felly mae agor y drws yn artaith lwyr ac yn her i fy hunaniaeth, ond ar ôl gwneud dw i'n ymlacio rhyw ychydig oherwydd yr arogl sy'n llenwi'r lle. Dw i'n camu i mewn ac yn dilyn y drewdod at y balconi cefn, lle dw i bron yn cael trawiad ar y galon o weld fod 'na ysbryd yno'n aros amdanaf – drychiolaeth yr oeddwn wedi gobeithio na fyddwn yn ei gweld byth eto, er fy mod yn gwybod yng ngwaelod calon y byddai'r foment yma'n cyrraedd rhyw ddydd.

HALIO

Gyda gwyliau'r haf yn agosáu ac arholiadau'r flwyddyn gyntaf wedi'u sefyll a'u pasio'n hawdd, roedd Glantaf yn debycach i bentref gwyliau nag ysgol yn ystod wythnosau olaf y tymor. Nid oedd disgyblion blwyddyn pump na chwech-dau yn gorfod dychwelyd ar ôl eu profion pwysig, felly roedd y lle'n reit dawel o'i gymharu â dechrau'r flwyddyn – sawl un o blith chwech-un yn absennol heb ganiatâd a'r athrawon yn edrych am unrhyw esgus i beidio â gorfod aros yn y dosbarthiadau tra bod y tywydd yn braf. Roedd y plant oedd yn bresennol yn cael crwydro'r caeau heb fawr o oruchwyliaeth, ac afon Taf yn edrych yn ddeniadol tu hwnt wrth iddi ystumio heibio, er na fyddai neb yn ddigon hurt i blymio i'r lli ar ôl clywed hanes Billy Burrows, oedd wedi gwneud yr union beth hwnnw rai wythnosau ynghynt. Os oedd y sibrydion yn wir, roedd Billy druan yn dal yn yr ysbyty wrth i'w gorff ifanc, mewn cydweithrediad â'r driniaeth, frwydro i waredu clefyd Weil o'i system. Roeddwn i a Daf wedi darllen am y clefyd yn yr *Oxford Textbook of Medicine* yn stydi ei rieni ac ro'n i'n ofni mynd o fewn deg medr i'r afon rhag ofn i fi gael fy heintio, a fyddai, heb os yn fy achos i, yn arwain at y clefyd melyn, meningitis ac, yn y pen draw, marwolaeth.

A dyna'r rheswm pam nad oeddwn i'n awyddus iawn i ddilyn Idris i lawr at y gored ym mhen draw'r caeau chwarae gyferbyn â Chlwb Rhwyfo Llandaf, lle roedd afon Taf yn troi tua'r dwyrain ar ei thaith i'r môr.

"Ti such a gaylord, Floyd!" poerodd fy ffrind ar ôl mynnu fy mod i a Daf yn mynd gyda fe. Roedd ei groen mor frown â'i fwstash, diolch i ddiffyg hufen haul a phrin dim ymwybyddiaeth o beryglon pelydrau uwchfioled.

"Sa i'n mynd yn agos at yr afon ar ôl beth ddigwyddodd i Bi…"

"*Sa i'n mynd yn agos at yr afon wah-wah-wah-wah-wah!*" dynwaredodd Idris fi mewn llais babi, gan wneud i Daf chwerthin. "Come on, Daf, you've gotta gweld hyn…"

"Gweld *beth*?" Er nad oedd Daf eisiau dod i gysylltiad â dŵr yr afon chwaith, roedd Idris fel arweinydd cerddorfa meistrolgar yn y ffordd roedd e'n ein llywio ni.

"Surprise," winciodd Idris a rhoi gwên lydan, yna troi ei gefn a cherdded ar hyd y gwair brownwyrdd llosgedig.

Safodd Daf a fi yn ei wylio'n mynd, yn igam-ogamu trwy'r merched oedd yn bolaheulo a'r bechgyn oedd yn chwysu wrth chwarae bulldogs o'n blaenau.

"Ti'n dod?" gofynnodd Daf, ond nid arhosodd am ateb.

Ac yna, er mwyn osgoi cael fy ynysu rhag fy ffrindiau, yn hytrach nag achos fy mod i eisiau gweld beth oedd gan Idris i'w ddangos i ni, dilynais fy ffrindiau.

"Flippin 'eck, Floyd!" ebychodd Idris pan gyrhaeddais o'r diwedd. "Well bod nhw still there. Well bod nhw heb *orffen*…"

"Gorffen *beth*?" Llyncodd Daf yr abwyd.

"C'mon," gorchmynnodd ein cadfridog, yna arwain y ffordd ar ei gwrcwd trwy'r brwyn a'r bambŵ i gyfeiriad y rhaeadr. Aethon ni yn ein blaenau ar hyd y cerrig mân, heb yngan gair, yn unol â gorchymyn llaw agored yr arweinydd. Do'n i erioed wedi bod i lawr yma o'r blaen ac roedd taldra'r tyfiant yn fy synnu. Roedd y brwyn yn ymgodi uwch ein pennau a sŵn y dŵr yn llifo dros y gored yn fyddarol yn y fan hyn.

Wrth i 'nghoesau ddechrau gwynegu oherwydd ein bod ni'n cerdded fel crancod ar hyd y llawr, cododd Idris ei law o'r diwedd a gorchymyn i fi a Daf stopio. Pengliniodd y tri ohonon ni tu ôl i berth anniben, lychlyd, er nad oedd unrhyw beth i'w weld o'r fan hyn. Codais fy llais er mwyn cwestiynu Idris, ond rhoddodd ef ei law dros fy ngheg ar unwaith. Roedd llif yr afon yn dal i daranu, gan ei gwneud hi'n bur amhosib cyfathrebu gyda geiriau. Yn hytrach, pwyntio ac ystumio oedd yr unig ffordd o 'siarad' a dyna beth wnaeth Idris, gan arwain ein llygaid at y 'syrpréis'.

Tua deg metr o'n cuddfan, yn gorwedd ar allor o wair yng nghanol y brwyn, roedd dau gorff. Bachgen a merch. Ac er nad oedd modd gweld eu hwynebau'n glir oherwydd y tyfiant, doedd dim ots am hynny, gan fod bronnau'r ferch i'w gweld a'r bachgen yn eu sugno nhw fel llo.

Syllais ar yr olygfa, gan ymgolli'n llwyr yn yr hyn ro'n i'n ei weld. Wrth gwrs, ro'n i 'di bod yn meddwl fwyfwy am ferched dros y misoedd diwethaf, yn enwedig ar ôl cusanu Rhian cyn y Nadolig. Ac er na wnaeth hynny arwain at garwriaeth na dim, roedd merched yn araf ddisodli bron popeth arall oedd yn llechu yn fy mhen.

Bydden i'n mynd i'r gwely gyda choesau a sgertiau byr rhai o 'nghyd-ddisgyblion yn dawnsio o flaen fy llygaid, tra oedd bronnau boliog Nia Henderson Blwyddyn 4 yn fwy effeithiol o lawer nag unrhyw hwiangerdd wrth fy suo i gysgu.

Ond roedd hyn yn well fyth! Nid oedd bronnau'r ferch ddiwyneb yma wedi'u gorchuddio gan flows na dim. Ac ar ôl i'r bachgen orffen eu cusanu (os mai dyna'n wir yr oedd yn ei wneud), cododd ei sgert a dechrau ei byseddu, tra aeth hithau ati i dynnu ar ei asgwrn.

Caledais bron ar unwaith ond pan droais i wenu ar fy ffrindiau, cefais sioc fy mywyd wrth weld fod Idris yn penglinio wrth fy ochr gyda'i bidyn cadarn yn ei law a golwg bell yn ei lygaid gwydrog. Do'n i erioed wedi'i weld yn canolbwyntio fel hyn o'r blaen – ddim mewn unrhyw wers, ta beth.

Troais at Daf. Roedd e'n gwneud yr un peth! Yn tynnu a thynnu wrth grensian ei ddannedd, heb gymryd unrhyw sylw ohona i. Doedd dim ffordd o ddychwelyd at y caru bellach – ddim ar ôl gweld y fath fochyndra. Ond ar yr union eiliad roeddwn i am ddianc oddi wrth yr oferedd, gwyliais yn geg-agored wrth i fy ffrindiau gyrraedd crescendo mewn cytgord perffaith a chwydu hylif gludiog, trwchus dros y gwair o'u blaenau.

Rhedais nerth fy nhraed yn ôl i'r ysgol, gan osgoi fy ffrindiau am weddill y dydd. Ac er fy mod wedi fy ffieiddio i ddechrau gan yr hyn y gwelais i nhw'n ei wneud, roeddwn i'n awyddus iawn i arbrofi ar ôl mynd i'r gwely y noson honno – er, rhaid cyfaddef ei bod hi'n anodd canolbwyntio ar y ferch yn unig ar ôl gweld fy ffrindiau'n hogi eu hesgobion ar lannau afon Taf.

* * *

Prynhawn dydd Sadwrn. Diwrnod cyntaf gwyliau'r haf. Roedd yr haul yn dal i ddisgleirio a minnau'n edrych 'mlaen o fath at fynd ar fy mhererindod blynyddol gyda fy rhieni'r diwrnod canlynol, er fy mod hefyd yn gwybod y bydden i'n ysu am ddod adref o fewn dyddiau. Roeddwn i ac Idris wedi cael gwahoddiad i dŷ Daf ac wrth ein boddau o weld fod pabell oren anferth yn aros amdanon ni yng ngwaelod yr ardd. Roedd hi bron mor fawr â'r pebyll ar y safleoedd Eurocamp yn Ffrainc lle bydden i'n aros mewn carafán gyda Mam a Dad, gydag un stafell fawr yn y canol, dwy stafell lai o faint bob ochr a chanopi yn creu cysgod ar y blaen.

Pan gyrhaeddon ni roedd mam Daf yn gorweddian ar wely haul ar y patio wrth y drws cefn, yn yfed coctêls ac eisoes wedi meddwi. Doedd dim sôn am ei dad.

Ar ôl estyn tair potel o lemonêd a Mr Freeze yr un o'r rhewgell, eisteddodd y tri ohonon ni o dan y canopi. Yng nghysgod y coed, roedd y babell yn cynnig dihangfa rhag yr haul, ac ar ôl mân siarad a thorri syched aeth Idris i'w warfag ac, fel consuriwr anfoesol, gwneud i gnychgrawn ymddangos yn ei law.

"Check it out. Chi 'di gweld jazzmag o'r blaen or what, bois?"

gofynnodd yn llawn balchder, gan wybod yn iawn nad oeddwn i na Daf wedi gweld y fath beth.

Aeth i mewn i'r babell a gosod y cylchgrawn, *Club*, ar ganol y llawr. Dilynais fy ffrindiau i mewn a phenlinio er mwyn cael gwell golwg. Ond cyn i Idris ddechrau troi'r tudalennau, aeth ati i dynnu fy nghoes a fy herio.

"Hei, Floyd, ti even yn gwbod beth i gwneud gyda one of these?"

"*Ydw*," atebais yn swta, mewn ymateb i'w ddirmyg, yn ogystal â fy llysenw newydd.

"You didn't look *rhy* siŵr the other day."

Chwarddodd fy ffrindiau ar fy mhen, gan wneud i fi gochi. Ro'n i *yn* gwybod beth i'w wneud, gan i fi fynd ati i ddynwared yr hyn y gwelais nhw'n ei wneud y noson honno. A do'n i prin wedi stopio ers 'ny. Ro'n i 'di bod yn cael codiadau ers blynyddoedd, heb wybod beth oedd eu pwrpas. Ond nawr, wel, roedd y llifddorau llaethog wedi agor. Yn llythrennol.

"Fi jyst ddim yn hoffi gwneud o flaen chi'ch dau," ceisiais amddiffyn fy hun a cherdded yn syth i mewn i fagl fy ffrind.

"Pam? You embarrassed o dy baby dick?!"

Chwarddodd y ddau ar sylw creulon Idris.

"Dim o gwbwl!" ebychais, er fod fy nghalon yn dechrau taranu ar unwaith. Roeddwn yn gwybod wrth reddf mai rhywbeth preifat oedd y weithred hon, yn hytrach na gweithgaredd grŵp, fel dawnsio gwirion neu gêm bêl-droed. Ond doedd dim dianc y tro hwn – ddim heb beryglu ein perthynas a fy ynysu unwaith ac am byth.

"Prove it, 'te." Trodd Idris ei sylw at y cnychgrawn oedd yn gorwedd yno'n ein temtio'n gwbwl ddiymdrech.

"Iawn," meddais, gan droi a phenglinio i syllu ar y cyrff, wrth i Idris ddechrau troi'r tudalennau'n araf.

Roedd fy ffrindiau'n gwneud yr un peth ac, mewn tawelwch hollol anfad, clywais anadlu'r ddau yn cyflymu wrth iddyn nhw gynhyrfu. Idris, wrth gwrs, oedd y cyntaf i fynd amdani, gyda Daf yn ei ddilyn bron ar unwaith, fel petai wedi bod yn aros am ei giw.

"Come on, Floyd, y flippin poof!" Syllodd Idris arnaf trwy lygaid gwyllt, gwallgof, heb sylwi o gwbwl ar eironi ei eiriau.

Ac yn y pen draw, ar ôl ymgodymu â fy isymwybod am funud fach arall, fe wnes i'r un peth. Ffeindiais fy rythm yn ddigon hawdd – wedi'r cyfan, doedd hi ddim yn weithred orgymhleth – a'r unig beth oedd ar fy meddwl oedd gorffen cyn gynted â phosib er mwyn gallu claddu'r digwyddiad yn nyfnderoedd fy mhen. Ond, diolch i'r ffaith i fi halio fel dyn dall dros y dyddiau diwethaf, nid oedd pethau mor hawdd â hynny.

Dechreuais chwysu yng nghlostroffobia'r babell, fy mhen yn troi wrth i groen oren y tanjarîn o dent fy mygu. Nid oedd y cylchgrawn hyd yn oed yn ystyriaeth bellach. Gyda fy llygaid ar gau a'r gwreichion yn dechrau tasgu rhwng cledr fy llaw a choesyn caled fy nghywilydd, ro'n i bron yn sicr na allai pethau waethygu. Ond, na, ro'n i'n hollol anghywir. Yn y tywyllwch, teimlais law Idris yn gafael yn fy llaw rydd innau ac yn ei gosod ar ei gadernid. Roedd y weithred yn gymaint o syndod fel na allwn ddweud dim byd. Yn hytrach, agorais fy llygaid a syllu ar fy ffrind a oedd, fel arfer, yn gwenu, ac yna teimlais law Daf yn gafael yn fy nyndod, gan darfu ar fy rythm a 'niniweidrwydd mewn un ystum, un eiliad. Mewn arswyd pur, troais i edrych arno, ond roedd ei lygaid ef ar gau mewn llesmair llwyr, tra bod llaw Idris yn ei fwytho yntau. A dyna'r peth olaf dw i'n ei gofio am y digwyddiad – triongl tyngedfennol yn ysgwyd llaw mewn ffordd hollol anghonfensiynol.

* * *

Ni allaf gofio saethu fy llwyth ac ni allaf gofio gadael tŷ Daf y prynhawn hwnnw. Yn wir, prin y gallwn gofio'r mis o wyliau yng Ngheredigion a Ffrainc a ddilynodd. Yr unig beth dw i *yn* gwybod fel ffaith yw na wnaeth yr un ohonon ni gyfeirio at y digwyddiad byth eto. Ddim unwaith. Ond, mewn ffordd ryfedd, credaf i'r profiad ategu a chynnal ein perthynas yn yr hirdymor – fel petai'r gwarth casgliadol wedi ein clymu a'n rhwymo i'r craidd, ac o'r cyd-chwithdod tyfodd cryfder a pharch a chariad a oroesodd trwy holl helynt ein bywydau… ond ddim mewn ffordd hoyw, cofiwch.

IDRIS

"Idris fuckin Evans, o'n i'n *gwbod* mai ti oedd 'ma."

Mae'r celwydd yn llifo o 'ngheg wrth i fi weld fy hen ffrind yn ymlacio ar y balconi yng nghynhesrwydd y gwresogydd patio; yn gwisgo fy nillad i, yn smocio fy mherlysiau i ac yn yfed fy chwisgi i 'fyd. Mae'r pili-palod oedd yn gwneud fflic-fflacs yn fy mol eiliadau yn ôl bellach yn setlo i lawr ar ôl sesiwn byr, ond caled, o ymarfer corff. Hyfforddiant grymus neu rywbeth tebyg yw'r hyn y byddai Siân yn galw hynny, heb os. Gallaf deimlo egin hangover yn corddi yn fy mhen ar ôl hanner sobri yn ystod cyffro'r pum munud diwethaf, felly dw i'n gafael yn y botel Glenfiddich a'i chodi at fy ngheg mewn ymdrech i gladdu'r anochel. Gwelaf Idris yn syllu arnaf yn ddiemosiwn wrth fy ngwylio'n llarpio'r brag. Dw i'n edrych dros waelod y botel ac yn dal fy hen ffrind yn llithro gwn llaw o'r bwrdd i'w boced. Mewn un ffordd, dw i'n teimlo dim byd ond rhyddhad a hapusrwydd o weld ei wyneb golygus a'i gorff cyhyrog yn eistedd yno; ond ar y llaw arall, mae ei bresenoldeb yn fy llenwi ag arswyd pur.

"Floyd Owen." Mae Idris yn codi o'i sedd ac yn fy ngwynebu.

Dw i'n gosod y botel chwisgi ar y bwrdd ac yn sychu fy ngheg a 'ngên gyda chefn fy llaw, wrth i Idris gamu ataf a gafael ynof yn dynn. Sa i wedi ei weld ers bron ugain mlynedd ac ro'n i 'di anghofio pa mor fawr oedd e. Mae ei gorff mor galed â dur diwydiannol ac mor ddiffiniedig â tase Hephaestus ei hun wedi ei gerfio o graig; tra bod ei wên mor llachar a chroesawgar ag erioed, er fod ei ddannedd unionsyth braidd yn felyn ar ôl blynyddoedd o smocio rôls.

Y tro diwethaf i fi ei weld oedd yn ystod haf trychinebus '96, pan ddaethon ni at fforch yn y ffordd, pan oedd ffawd ar fin ein harwain ar hyd llwybrau tra gwahanol.

Dw i'n cofio 'nôl at yr achlysur hwnnw. Dw i'n cofio cofleidio. Dw i'n cofio teimlo'r euogrwydd am beidio â chymryd y cyfrifoldeb a thalu am yr hyn wnes i, a hynny ar y pryd, yn hytrach na nawr, bron ugain mlynedd yn ddiweddarach. Ond dw i hefyd yn cofio Idris yn dweud wrtha i mai carchar fyddai ei dynged ef yn y pen draw ta beth, ac na ddylwn innau orfod profi lletygarwch Ei Mawrhydi ar unrhyw gyfrif. Fy arwr! A'r unig ffrind oedd gen i yn y byd, ar ôl i Daf fynd.

Nawr ei fod e yma, yn hytrach nag ymfalchïo mewn hapusrwydd pur, dw i'n canfod fy hun yn cwestiynu ei gymhelliad. Na, nid yw hynny'n hollol wir chwaith: dw i'n gwybod *pam* ei fod e yma – mae'n amser i fi ddechrau ei ad-dalu am yr hyn wnaeth e ar fy rhan – ond yr hyn sy'n fy mhoeni i yw *sut* mae e'n disgwyl i fi wneud hynny.

Ar ôl y goflaid, mae Idris yn plannu cusan fawr ar fy nhalcen ac yna'n camu 'nôl ac eistedd unwaith eto. Dw i'n sefyll yno fel rhech, yn siglo yn y fan a'r lle yn syllu arno. Mae ei wallt melynllyd wedi'i dorri'n fyr, rhif dau reit ddiweddar sydd bellach yn bedwar neu bump. Mae ei lygaid llwydlas yn wydrog a bywiog ar yr un pryd. Maen nhw'n llawn hanesion hefyd, er nad ydw i eisiau clywed yr un ohonyn nhw ar hyn o bryd. Mae'r tatŵs sy'n gorchuddio cefnau ei ddwylo a'i wddf yn awgrymu fod gweddill ei gorff, nad ydw i'n gallu ei weld oherwydd ei ddillad, yn gorfflun o ddelweddau.

"Ti'n edrych yn ok, Floyd. Apart from y black eye a'r rampant alcoholism. Ond life's good, I can see that." Mae ei lygaid yn crwydro o gwmpas fy nghynefin wrth iddo ddweud hynny, cyn iddo droi ei ben ac edrych tuag at ganol y ddinas, sydd wedi'i goleuo yn y pellter.

"Ti'n meddwl?" Dw i'n eistedd gyferbyn ag e. "Ma 'ngwraig

i'n byw gyda'i chariad yn fy nhŷ i lan fyn'na a dw i'n byw fan hyn, mewn sied, Idris."

Mae e'n gwenu ar hynny felly dw i'n llenwi'r ddau wydr ar y bwrdd â chwisgi.

"That might be the case, Floyd, ond edrych ar y fuckin sied! Compared gyda rhai o'r places dw i wedi byw over the years, ma hwn yn palas!"

Y peth cyntaf dw i'n amau, wrth reswm, yw mai arian mae e moyn. Ac wedi meddwl, *wrth gwrs* mai arian mae e moyn! Wedi'r cyfan, mae'n ddigon amlwg fy mod i'n ddyn cyfoethog – dw i 'di gwerthu cannoedd o filoedd o gopïau o fy llyfrau ac mae'r wybodaeth honno'n hysbys i'r holl fyd, diolch i'r wasg a'r rhyngrwyd a'r rhwydweithiau cymdeithasol.

Ry'n ni'n eistedd yna'n fud am funud, yn sipian y gwirod ac yn syllu a gwenu ar ein gilydd fel sa i'n gwybod beth. Tasen i ddim mor chwil bydden i'n siŵr o deimlo braidd yn lletchwith. Mae ein bywydau wedi dilyn llwybrau mor wahanol, ond bydd yr un digwyddiad yna – tarddle ein dyfodol – yn ein rhwymo a'n cadwyno am byth.

"Fi 'di darllen novels ti gyd, you know…" mae Idris yn datgan wrth i'r tawelwch ei drechu.

"Hyd yn oed y rhai Cymraeg?"

"Don't get me wrong, 'nath e cymryd ages, obviously, ond 'nes i manageo fe yn y diwedd. Ro'dd y first two yn fuckin brilliant, seriously…"

"Beth am y lleill?" dw i'n gofyn, gan wybod wrth reddf fy mod i'n swnio fel twat bach anghenus.

"Wel…" mae Idris yn oedi i lyncu. "Yr un am yr Hell's Angels…"

"Bandidos."

"Bandidos. Whatever. Y bikers. That was a bit shit. Quite exciting a doniol, ond lacking a bit of personal experience…"

Dw i'n codi fy ngwydr mewn saliwt i hynny. Sylw hollol

ddilys. Hollol gywir. Ond sa i moyn siarad mwy am y peth. Dw i angen cwsg yn hytrach na beirniadaeth lenyddol gan rywun dw i ddim wedi ei weld ers blynyddoedd, er fy mod i eisoes wedi derbyn nad yw hynny'n debygol o ddigwydd am awr neu ddwy o leiaf.

"… a that's essential, o what I've read. Write about what you know, that's the cyngor, innit. Ti'n agreeo?"

Ar ôl bron ugain mlynedd o ddieithrwydd, do'n i ddim yn disgwyl mynd yn syth at drafodaeth fel hon, ond mae'n siŵr mai karma sydd ar waith fan hyn, a hwnnw'n talu'r pwyth yn ôl am fy ymddygiad gwarthus yn Nhŷ Newydd rai oriau'n ôl, er fod hynny eisoes yn teimlo fel cyfnod arall, canrif arall hyd yn oed.

"I raddau, ydw," dechreuaf yn bwyllog, er fod fy meddwl ar ras ar unwaith, a phob synnwyr yn gwmni iddo. "Mae profiad personol, wrth gwrs, yn lliwio naratif ac yn gwneud stori yn fwy credadwy…" Dw i eisiau stopio siarad achos dw i'n gwybod 'mod i'n swnio fel cock o'r radd flaenaf, ond ymlaen â fi fel instant pundit yn siarad ar y sgrin. "Fy mhroblem i gyda hynny yw bod dychymyg… imagination… yr un mor bwysig i awdur â phrofiad… experience. Wedi'r cyfan, faint o brofiad personol mae awduron ffug-wyddonol neu lyfrau ffantasi yn ei ddefnyddio? *Cydbwysedd*… balance… yw'r peth pwysig i fi – cydbwysedd rhwng profiad, dychymyg ac ymchwil…" Iesu Grist, dw i'n casáu fy hun weithiau.

Mae Idris yn cynnau'r sbliff sy'n gorwedd ar ei hanner yn y blwch llwch, yna'n mygu a myfyrio ar yr hyn dw i newydd ei ddweud.

"Ma hynna'n gwneud perfect sense, even without yr unnecessary translations, ac I suppose ti'n gwbod mwy about that na fi…"

"Ddim o reidrwydd. Ti'n dal yn darllen, mae hynny'n amlwg…"

"Ma 'na libraries da iawn yn rhai o'r places fi 'di bod yn aros!"

"Sa i'n amau hynny…"

"A lot of time on my hands."

"Beth am nofelau Idris Roach?"

Mae Idris yn gwenu'n llydan ar hynny, fel petasen i wedi gofyn hanes ei fab neu'i ferch iddo.

"Same again. Ma'r lack of profiad yn yr underworld yn obvious i rywun fel fi – rhywun fuckin dodgy. Ond, i'r majority o readers, sydd most likely o'r un background â ti, that's not so obvious. The sales figures speak for themselves, yn 'dyn nhw?"

"Ydyn, mwn."

"Ydyn, *mwn*, my arse! Paid bod mor fuckin modest, Floyd. Ti'n meddwl bod… I don't know… Rankin, Hiaasen, Block neu whoever yn byw lives characters nhw? Na, wrth gwrs they don't. Wel, dim *pob* experience, anyway. Ond fi ddim yn gwbod nhw, do I, so there's a mystery i'r novels. Once removed, as it were. Ond gyda ti, that's not true, cos fi'n gwbod am ffact mai cachgi bach middle-class wyt ti sydd heb neud lot yn rong during his life. Luckily for you, so dy ffans yn gwbod hynna, so maen nhw dal yn prynu dy novels ac yn credu dy shit. Sy'n reflecto quality dy prose, *mwn*…"

"Ti'n hoffi'r enw?"

"Pwy, Idris Roach? What do you think?! O'n i methu stopio dangos y dedication i pawb yn clinc ar ôl gweld fe am tro cynta!"

Dw i'n estyn y dudalen o boced fy nhrowsus ac yn ei hagor a'i gosod ar y bwrdd o'n blaenau. "O'n i'n amau mai ti oedd yn fy ngwylio i, ond 'nath gweld hwnna gadarnhau popeth," dw i'n cellwair. "Ond beth yn y blydi byd oedd pwynt y wiwer 'na?"

Mae Idris yn codi ei ysgwyddau ac yn crychu ei wyneb yn ddiniwed i gyd. "O'n i bach yn bored, that's all. I've been yn y woods ers wythnos. Mewn den fel gwnaeth ni buildo, ti'n cofio?"

"Sut alla i *anghofio*?"

Mae Idris yn anwybyddu'r sylw.

"'Na pam fi'n gwisgo these," mae e'n cyfeirio at y trowsus tracwisg a'r crys-T llewys hir mae'n eu gwisgo. "I hope you don't mind, ond oedd dillad fi i gyd yn caked. Ma angen mynd i'r launderette ar fi, ond fi methu…"

Mae e'n tawelu cyn gorffen y frawddeg. Yna mae'n newid y pwnc cyn i fi gael gofyn pam.

"Shwt ma parents ti, gyda llaw? Ydyn nhw dal yn Cynkers?"

"Na. Symudon nhw adre ar ôl ymddeol."

"Adre?"

"Sarnau."

"Bryncelyn?"

"'Na ni. Ffyc, ma cof da 'da ti…"

"Considering," mae Idris yn ychwanegu, gan godi'r sbliff at ei geg a thynnu'n galed, yna ei phasio ata i.

"Pam wyt ti 'di bod yn byw yn y coed ers wythnos, 'te? Pam na wnes di ddangos dy hun? Fi 'di bod yn cachu hi ers dyddie. Gallet ti 'di aros fan hyn."

"Beth? Gyda ti and that little schoolgirl…?" Mae'n codi ei aeliau a gwenu wrth ddweud hynny, ac mae'n gwawrio arnaf fod Idris wedi gweld popeth dw i a Casi wedi bod yn ei wneud ers dechrau ein perthynas.

Dw i'n codi fy ysgwyddau ond yn anwybyddu ei gwestiwn. "Ni'n hen ffrindiau, Idris, ac mae arna i bopeth i ti…"

"I know, I know, ond ro'dd rhaid i fi checko bod y coast yn clear…" Mae Idris yn troi ei ben ac yn syllu i lawr dros y ddinas eto, fel petai'n gobeithio ffeindio'r ateb yno'n rhywle. "Ti dal yn gweld Daf at all?"

Cwestiwn rhyfedd, ond wedi meddwl, dw i'n ateb. "Ddim yn aml. Ddim cymaint ag o'n i'n arfer gwneud, ta beth."

Mae Idris fel petai'n tristáu. "What about fi – ti byth yn meddwl am fi?"

"Fuckin hell *ydw*," atebaf, heb oedi. "Bob tro dw i'n ysgrifennu. *Ti* yw Idris Roach. Dy wyneb *di* dw i'n ddychmygu pan dw i'n ysgrifennu amdano…"

Mae'r wên yn dychwelyd i'w wyneb unwaith eto. "Fi wedi meddwl am ti almost every day ers ninety-six. Fi byth wedi cael ffrinds fel ti a Daf ers 'ny…"

"Ble ti di bod, 'te? Beth ti 'di bod yn gwneud?"

"O'r dechrau?"

"O'r dechrau."

Mae Idris yn pendroni am eiliad wrth yfed mwy o chwisgi, fel petai'n trefnu'r hanes yn ei ben.

"Wel, fi 'di hala almost as much time in jail as allan o'r fuckin lle…"

"Wir?"

"Aye. Four years am, wel… ti'n gwbod…"

"Ond pedair blynedd o sentence ges ti. O'n i'n meddwl bod chi'n cael eich rhyddhau cyn hynny…"

"Wel, ie, most people do. Ond rhaid bod on your best behaviour i cael early release. Ond wel, the problem was I didn't know sut i bihafio'n iawn, did I, so 'nes i full-term y tro cynta i fi fynd i jail proper…"

"Ac wedyn?"

"Out yn two thousand, ond o'n i'n fucked ar heroin by then. Dyna un o'r perks though – ma hi fel Amsterdam mewn 'na! Wel, o ran y drugs; there's no hookers. Dim rhai pert anyway! So, o'dd angen arian ar fi, so 'nes i dechrau gweithio i Jimmy Rodriguez, repay the debt from ninety-six and all that…"

Mae e'n bachu fy sylw ar unwaith. "Fi'n sgorio wrth Jimmy. Wel, ddim yn uniongyrchol…"

"I know. Another reason I couldn't jyst cnocio ar y drws heb dy stalko di am sbel…"

"Beth o ti'n neud i Jimmy, 'te?"

Mae e'n edrych arna i nawr. Yn syllu i fyw fy llygaid wrth ystyried a ddylai e ddweud y gwir wrtha i neu beidio.

"Look, Floyd, fi 'di neud lot o bethau i Jimmy – from the trivial i'r… i… wel, I'll let your imagination fill in the gaps."

"O." Dw i ddim yn gwneud unrhyw ymdrech i guddio fy siom.

"Put it like this, I've seen and done a lot worse na Idris Roach, ok?"

Wrth iddo ddweud hynny, dw i'n meddwl am olygfa ddrwgenwog o nofel gyntaf y ditectif preifat, pan mae Idris Roach yn dod o hyd i'w gariad yn naeardy arteithio prif ddihiryn y nofel, yn hongian yn noeth o'r nenfwd gyda Chrud Jiwdas wedi penetreiddio'i gwain, a'r gwaed yn llifo i lawr dros byramid main y cyfarpar canoloesol, gan gronni ar y llawr wrth ei thraed llonydd, difywyd.

"Fi 'di bod inside on dau occasion arall hefyd. The first time am armed robbery a'th tits…"

"Faint o stretch?" *Stretch?* Bellend!

"Three years o six-year stretch. I learnt my lesson…"

"A'r tro olaf?"

Tawelwch unwaith eto, fel petai Idris yn dal i frwydro i ddod i delerau â'r peth.

"Just got out. Fortnight or so yn ôl. Ar ôl y second stretch, I straightened myself out…"

"Sut?"

"Cold turkey. Gyda help Jimmy, as it happens. 'Nath e talu am treatment fi mewn clinic yn Surrey rhywle. No nonsense. Mis under lock and key. Cold turkey. Pure hell. Ond that's as good as it got…"

Mae Idris yn stopio ac yn arllwys mwy o chwisgi i'r ddau wydr, cyn parhau.

"Wel, I was in debt i Jimmy. Ar ôl i fe helpu fi, he expected fi i helpu fe. Fair enough, mwn. But it wasn't a *fair* debt. I had to take the blame am rhywbeth gwnaeth fe, a mynd i'r clink on his behalf…"

Mae e'n codi'r gwydr at ei geg ac yn edrych arna i ar yr un pryd. Dw i'n deall yr hyn mae e'n ddweud, er fy mod i mor chwil.

"Faint?"

"Two stretch. GBH."

"A nawr ti 'di talu'r ddyled?"

"What do you think?"

"Wel, ti fan hyn…"

"Ma Jimmy'n fuckin psycho, Floyd." Mae 'na gwmwl o ofn pur yn hwylio heibio'i wyneb, ac er fod Idris yn *ceisio* dweud rhywbeth, so fe'n gallu siarad. Am eiliad, dw i'n amau ei fod wedi cael strôc.

"Beth ti'n dweud? 'Nei di byth ad-dalu'r ddyled?"

"Basically." Mae Idris yn ailganfod ei lais. "He was there to meet fi pan des i mas. Fe a cwpwl o goons…"

"Welcoming committee?"

"Not quite. He wanted me to do a job for him yn syth."

"Beth?"

"Dim byd serious. Mynd â bag o charlie i Manchester…"

"A gwrthodes di?"

"Sort of…"

"Fuck, Idris!" ebychaf, wrth gofio rhywbeth ddywedodd Doc ar fy ymweliad diwethaf. "Ble ma fe?"

Mae Idris yn gwenu nawr, ei lygaid yn pefrio yn y gwyll.

"Dan y gwely."

"Dangos i fi," ac mae Idris yn fy arwain at yr ysgrepan Nike newydd sbon sydd wedi'i gwthio o dan fy ngwâl. Mae'n ei hestyn a'i gosod yn ofalus ar y gwely, yna'n fy ngwahodd i'w hagor. Wrth i fi wneud, mae fy nghalon yn cyflymu i'r fath raddau fel fy mod i'n siŵr ei bod hi ar fin ffrwydro trwy ei chawell. Dw i'n agor y sip ac yn edrych i mewn ar y briciau o bowdwr gwyn. Deg ohonyn nhw i gyd. Er fy mod wedi ysgrifennu am bethau o'r fath nifer o weithiau ar hyd y blynyddoedd, sa i erioed wedi bod mor agos â hyn at gymaint o gynnyrch anghyfreithlon.

"Fuckin hell, Idris!"

Mae fy ffrind yn codi'i ysgwyddau yn hollol ddiymadferth.

"Deg kilo!"

"How the fuck ti'n gwbod hynna?" Mae Idris wedi'i syfrdanu.

"Doc ddwedodd." Fy nhro i yw hi i godi fy ysgwyddau nawr.

"Oh, ie. Doc, is it? When's your next appointment?"

"Sa i'n gwbod. Wythnos falle…"

"I reckon you might need to go a little sooner na hynny," mae Idris yn dweud, gan syllu'n syth i fy llygaid.

Dw i'n syllu'n ôl, yn bennaf oherwydd 'mod i wedi meddwi, ac wrth wneud dw i'n gwybod fod Idris eisiau mwy na lloches. Mae e eisiau ysbïwr. Cyfrinachddyn. Bwch dihangol. Patsy.

A dw i'n adnabod yr ymgeisydd perffaith…

CACHPA

"Ti nawr, Floyd…" pesychodd Idris trwy gwmwl o fwg porffor trwchus, gan ddal y ddyfais o'i flaen.

"No way," atebais yn fyr fy amynedd, gan fwrw ei law o'r ffordd.

"No choice. Dim excuses!" pesychodd eto, gan orfodi gwaddodion olaf ei ysgyfaint i ddianc trwy'i drwyn.

"Ond bydd Sally 'ma mewn munud a fi eisiau bod on form…"

"Ond bydd Sally 'ma mewn munud a fi eisiau bod on form," gwatwarodd Idris fi mewn llais babi mam, gan wneud i Daf, oedd yn eistedd gyferbyn â fi ochr arall tân y gwersyll, wenu fel ffŵl o dan y domen wair o wallt oedd bellach ar ei ben. "Ti *mor* pathetic, Floyd. Serious nawr…"

"Fuck off, Idris. 'Na i smocio'r sbliff ar ei ben ei hun, dim probs, ond no way bod fi'n neud dim byd gyda'r botel…"

"Chwarae teg, Ids," ymunodd Daf yn y sgwrs. "Ti'n cofio beth ddigwyddodd neithiwr."

"Lightweight!" poerodd Idris, gan dynnu'r sbliff o'r botel blastig a'i thaflu tuag ataf.

"Yn union," cytunais, gan godi'r biff at fy ngheg a gwirio i weld a oedd unrhyw gerrig poeth wedi glanio arnaf. "Sa i hyd yn oed yn gwadu hynny, ydw i? Ond y peth diwetha fi moyn heno yw whitey, yn enwedig o flaen y merched…"

"Lightweight," ailadroddodd Idris wrth godi'r botel scrumpy at ei geg a llarpio'r seidr fel llo llywaeth.

Gwyliais e'n gwneud hynny, gan ryfeddu at ei gyfansoddiad. Ac ystyried ei fod e mor ifanc, gallai ddal ei ddiod a'i fwg fel person dwywaith ei oed, tra 'mod i fel dechreuwr o'i gymharu ag e; er, a bod yn deg, roedd yn rhaid cofio mai dyna'n union oeddwn i.

Roedd wythnos wedi pasio ers i'r tri ohonon ni gael ein canlyniadau TGAU. Yn ôl y disgwyl, pasiodd Daf a finnau bob un yn ddidrafferth. Cafodd Daf un ar ddeg 'A', tra cefais i ddeg 'A' ac un 'C'. Er fy llwyddiant ysgubol, penderfynodd Mam ganolbwyntio ar yr *un* gradd 'C' yn hytrach na'r *deg* gradd 'A'. Ond doedd dim ots am hynny nawr mewn gwirionedd, gan fy mod i'n mynd ymlaen i'r chweched i astudio Cymraeg, Saesneg a Hanes, tra bod Daf yn dod gyda fi i astudio Mathemateg, Bioleg a Ffiseg. Yn rhyfeddol, er iddo fethu pob pwnc ar wahân i dri, llwyddodd Idris i gael 'C' mewn Cymraeg Iaith, Saesneg a Mathemateg, sef yn union beth oedd ei angen arno er mwyn sicrhau lle ar gwrs plymio yng Ngholeg Glan Hafren. Felly, dyna'i gynllun ef ar gyfer mis Medi, er na fydden i'n credu'r peth tan y byddai'n mynychu'r cwrs o ddifrif. Ro'n i'n ei chael hi'n anodd gweld Idris fel plymer. Yn wir, ro'n ei chael hi'n anodd gweld Idris yn gweithio mewn unrhyw swydd normal. Er iddo gallio rhyw ychydig yn yr ysgol a llwyddo i gadw mas o unrhyw drwbwl difrifol ers cwpwl o flynyddoedd, roedd wedi dechrau gwerthu ganja, ac er fod hynny'n wych o beth i fi a Daf ar y pryd, ro'n i'n sicr na fyddai hynny'n ei fodloni yn yr hirdymor.

Wrth i'r nos ddisgyn dros ein gwersyll yn y goedlan rhwng Parc Ffidlas a chronfa ddŵr Llanisien, dafliad carreg o'r fan lle gwnaeth Fanny Finch ddinistrio'n ffau a'n hargae rhyw bum mlynedd ynghynt, fe dawelodd y tynnu coes am ychydig ac fe ymlaciodd y tri ohonon ni yn y coed, wrth yfed seidr a rhannu sbliff oedd mor llac â llewys dewin ac mor egr ei blas â tasen ni'n sugno'n syth o un o simneiau Port Talbot. Roedd lot wedi newid yn ystod y cyfnod hwn, wrth gwrs, ond un peth oedd wedi aros yr un fath oedd y drwgdeimlad oedd yn bodoli rhwng Idris a Danny. Roedd y casineb wedi ffrwtian, heb danio, ers i Idris ei ddallu mewn un llygad, yn honedig. A chwarae teg, pwy allai feio Danny am deimlo fel 'ny? A doedd y ffaith fod Finchy bellach yn mynd mas gyda Chloe, hen gariad Idris, ddim wedi helpu'r sefyllfa chwaith. Gorffennodd Idris gyda Chloe yn null arferol bachgen yn ei arddegau, sef trwy gael ei ffrindiau i wneud y gwaith caib a rhaw ar ei ran. Ac er i hynny ddigwydd rhyw ddwy flynedd yn ôl, roedd yn rhoi hyd yn oed mwy o reswm i Danny ei gasáu, as if bod angen *mwy* o reswm arno. Roedd ein llwybrau wedi croesi gwpwl o weithiau ers i ni orffen ein harholiadau, ond er y drwgdeimlad a'r tensiwn amlwg oedd rhyngddyn nhw, nid oedd y ddau wedi gwrthdaro ers gadael. Clywais si bod Danny'n bwriadu mynd i Goleg Glan Hafren hefyd, ond rhaid oedd gobeithio nad oedd hynny'n wir. Er, rhaid cyfaddef y byddai hynny'n gwneud fy mywyd i a Daf yn haws o lawer yn y chweched, yn enwedig o gofio y byddai Idris – ein gwarchodwr, ein gwaredwr – wedi gadael.

Roedd ein gwersyll wedi'i leoli mewn manbant naturiol reit ar y ffin â thir y gronfa ddŵr. Do'n ni ddim yn agos at yr afon fach na'r llwybr cyhoeddus oedd yn rhedeg trwy'r goedwig a, ta beth, roedd y prysgwydd trwchus yn ein gwarchod, i raddau, rhag unrhyw fusnesgi. Yng nghanol y gwersyll roedd y tân yn rhuo, tra bod y tair pabell ddeuddyn yn creu caer amddiffynnol o'n hamgylch. Roedd bobo babell newydd sbon gan Daf a fi: cromennau neilon wedi'u prynu o Blacks yn y dref yn arbennig i'n galluogi i fynd i wersylla'r wythnos honno. Roedd pabell Idris, ar y llaw arall, yn adlais o'r saithdegau: tent trionglog a thyllog. Un ei dad, yn ôl Ids, ond ac ystyried ei chyflwr, ro'n i o'r farn mai un ei hen-daid oedd hi. Dyna'r tro cyntaf i ni fynd yn agos at babell yng nghwmni ein gilydd ers y digwyddiad anffodus yng ngardd Daf, ond doedd neb wedi cyfeirio at hynny. Yn wir, do'n i ddim yn meddwl y byddai neb *yn* gwneud chwaith. Roedd yr atgof wedi'i gladdu'n ddwfn yn ein hisymwybod torfol erbyn hynny, a doedd dim gwadu heterorywioldeb yr un ohonon ni, yn enwedig Idris, oedd bellach yn bonco merch o'r enw Olivia, oedd yn byw ar yr un stryd â fi fel roedd hi'n digwydd. Roedd hi'r un oed â ni ond yn mynd i Cardiff High, a thrwyddi hi y gwnes i gwrdd â Sally, oedd yn byw rownd y gornel.

"Lle ma'r merched then?" gofynnodd Idris wrth godi i fynd i bisio tu ôl i goeden.

Eisteddais i a Daf mewn tawelwch yn sginio i fyny yn y lled-dywyllwch ac yn gwrando ar lif ein ffrind yn taro a thasgu yn erbyn bôn y goeden.

"Fi'n totally horny heno," datganodd wrth ddychwelyd, gan afael yn ei gig, ond wnaeth neb ei ateb achos bod adeiladu sbliff smocadwy yn her a hanner, yn fwy fyth felly o dan y fath amgylchiadau. Felly, yn hytrach na tharfu ar y masgynhyrchu, cododd Idris gitâr Daf a dechrau chwarae nodau agoriadol 'No Woman, No Cry'. Ac er nad Idris oedd y gitarydd gorau yn y byd o bell ffordd – yn wir, nid fe oedd y gitarydd gorau yn y gwersyll hyd yn oed – llwyddodd i hoelio'r dôn yn weddol hawdd cyn dechrau udo'r geiriau dros ei ben. "Cos I remember when we used to sit, in the woods near Rhyd-y-Penau, yeah!"

"Oba-observing all the hypocrites, yeah!" ymunais i a Daf yn y gân. Cyneuodd y ddau ohonon ni ein cetynnau a gwenu ar ein ffrind, oedd bellach yn siglo'i ddreds fel tase fe wedi'i feddiannu gan enaid Robert Nesta ei hun.

"Getting mashed with all the good people we meet..." aralleiriodd Idris.

"Good friends we have, and good friends we have lost," ceisiodd y tri ohonon ni, a methu, canu mewn cytgord, yn bennaf gan mai Daf oedd yr unig un oedd ddim yn dôn-fyddar. Ond doedd dim ots, ro'n ni wrth ein boddau. "Aloooooong the way, yeah!"

Stopiais ganu a mynd ati i smocio wrth wrando ar fy ffrindiau yn gorffen y gân.

"In this great future, you can't forget your past, so dry your tears I say, yeah..."

Tan rhyw ddeufis ynghynt, doedd dim syniad gyda fi pwy oedd Bob Marley. Na, doedd hynny ddim yn hollol wir chwaith, gan fod Idris wedi bod yn gwisgo crys-T gyda'i wyneb arno ers rhyw flwyddyn. Ond cefais fy nghyflwyno i'w gerddoriaeth yn y dyddiau a'r wythnosau ar ôl gorffen fy arholiadau. Yn wyrthiol, ac am ddau reswm, dechreuodd gafael haearnaidd fy rhieni – wel, Mam – arnaf lacio yn ystod y misoedd diweddar. Yn gyntaf, roedd Dad wedi bod off gwaith yn dioddef o iselder a straen yn gysylltiedig â'i swydd ac roedd Mam wedi bod yn canolbwyntio'r rhan helaeth o'i hegni a'i hymdrechion arno fe, wrth reswm. Ac yn ail, fuodd Mam-gu Bryncelyn yn sâl hefyd, a hynny'n golygu fod Mam wedi bod 'nôl a 'mlaen i'r Gorllewin bob cyfle posib, y penwythnosau fel arfer, gan adael Lwli bach ar ei ben ei hun yn aml. Yn lle troi'n ystrydeb wyllt ac esgeuluso fy astudiaethau, rhoddais fy mhen i lawr ac adolygu fel do'n i ddim yn gwybod beth yn y cyfnod yn arwain at yr arholiadau, ond erbyn hyn, wel, roedd pethau'n wahanol. Bron yn syth ar ôl i ni orffen ein harholiadau, dechreuodd Daf a fi dreulio mwy a mwy o amser yng nghartref Idris, yn bennaf oherwydd y rhyddid llwyr oedd yno i wneud fel y mynnech. Er fod ei gartref – tŷ cyngor ar ystad Llangrannog yn Llanisien – yn fach o'i gymharu â fy un i, ac yn bitw o'i gymharu ag un Daf, roedd agwedd ei fam yn golygu fod hawl gan Idris wneud fel yr oedd yn dymuno. Gyda'i dair chwaer hynaf wedi gadael yn ddiweddar, roedd gan Idris stafell wely iddo'i hun, a dyna lle cefais fy nghyflwyno i Mr Marley am y tro cyntaf, heb sôn am Peter Tosh, Jimmy Cliff, Lee 'Scratch' Perry, Creedence, Grateful Dead, Harvey Mandel, Dr John a llawer mwy. Hen gasgliad recordiau ei dad oedd ganddo ac ar hen stereo ei dad roedd y records yn cael eu chwarae. Yn ogystal â'r feinyl, roedd Idris wedi bod yn rhannu rhai o hen lyfrau ei dad gyda ni hefyd, ac roedd Aldous Huxley, Hunter S. Thompson, Robert M. Pirsig, Carlos Castaneda, William S. Burroughs, Anthony Burgess, Philip K. Dick a Jim Dodge, ymysg eraill, wedi gwneud gwyrthiau i agor ein pennau bach i holl bosibiliadau ac erchyllterau'r byd hwn, a'r bydysawd tu hwnt.

Ar wahân i ddarllen, gwrando ar gerddoriaeth a smocio squidgy black a sebon, yr unig beth arall roedden ni'n ei wneud mewn gwirionedd oedd chwarae gêmau cyfrifiadurol – Mario a Street Fighter yn bennaf – siarad cachu llwyr a bwyta creision. Ac er i ni sôn nifer o weithiau am ddechrau band, do'n ni ddim wedi gwneud dim byd am y peth eto, yn bennaf oherwydd mai dim ond Daf oedd yn gallu chwarae offeryn yn iawn. Er hynny, roedd y perlysieuyn hyfryd wedi agor drysau annisgwyl yn fy mhen i, heb os, ac ro'n i 'di dechrau barddoni'n ddiweddar, am y tro cyntaf ers gadael Ysgol y Wern. Dim byd difrifol. Dim byd *teilwng*. Jyst arbrofi. Chwarae. Cael bach o hwyl. Ac ro'n i'n gwybod fel ffaith mai'r cyffur oedd wrth wraidd y deffroad, oherwydd pan o'n i'n cyrraedd adref ym mherfedd nos ac yn gorwedd yn fy ngwely'n ceisio cysgu, dyna pryd roedd fy mhen yn fôr o ddelweddau, damcaniaethau, geiriau a chreaduriaid chwedlonol. Ro'n i'n cadw pensil a llyfr nodiadau, oedd yn prysur lenwi, wrth ochr fy ngwely. Do'n i ddim yn gwybod beth i'w wneud gyda'r holl fyfyrdodau a do'n i ddim yn dychmygu am eiliad y byddwn i'n dal i smocio ymhen pum, deg, ugain mlynedd, ond am nawr roedd y byd yn llawn hud ac i'r dail roedd y diolch am hynny.

Ailymunais yn y gytgan gyda fy ffrindiau. "No, woman, no cry; no, woman, no cry. Oh, little darlin', don't shed no tears: no, woman, no cry, yeah…" Ac wrth i ni udo'r llinell olaf, fe ymddangosodd y merched o'n blaenau.

Camodd Olivia'n syth at Idris a'i gusanu'n nwydus ar ei geg, tra bod Fran yn eistedd wrth ochr Daf. Dechreuodd y ddau snogio, yn bennaf am nad oedd llawer ganddyn nhw i'w ddweud wrth ei gilydd. Do'n nhw byth yn siarad, dim ond lapswchan neu anwybyddu ei gilydd yn llwyr. Roedd Sally, ar y llaw arall, bach yn fwy classy na'i ffrindiau; rhedodd ei llaw dros fy mhen eilliedig ac anfon gwefrau ar hyd fy asgwrn cefn, yna closiodd ataf ar y llawr, ei llygaid yn pefrio yng ngolau'r fflamau a'r wên ar ei hwyneb yn dweud wrthyf ei bod yn falch o 'ngweld. Pasiais y sbliff iddi a'i chusanu'n lletchwith ar ei gwddf, gan wneud iddi wingo mewn pleser. Yn ei hwdi, jîns a Converse All-Stars, roedd hi'n ticio pob blwch oedd 'da fi ar y pryd. Nid bod lot o flychau 'da fi. Yn wir, ro'n ni'n gwisgo mor debyg nes fy mod wedi clywed Olivia'n dweud – fel jôc – mai accessory o'n i, yn hytrach na chariad. Sally oedd y ferch gyntaf i fi deimlo'n gyfforddus yn ei chwmni. Ro'n ni'n siarad mwy nag o'n ni'n gwneud unrhyw beth arall, ac er fod hynny'n destun sbort ymysg fy ffrindiau, do'n i ddim ar frys i gyrraedd y lefel nesaf. Dim *gormod* o frys, ta beth. Pasiodd Sally y sbliff at Fran, oedd bellach yn eistedd wrth ei hochr gan fod Daf wedi cymryd y gitâr oddi ar Idris ac wrthi'n chwarae. Roedd Daf yn offerynnwr o fri. Roedd e'n honni fod ganddo draw perffaith oedd yn golygu ei fod yn gallu chwarae unrhyw gân yn ei hôl ar ôl ei chlywed unwaith neu ddwy. Roedd hyn yn fy ngwneud i'n hollol genfigennus ar un llaw, ond, ar y llaw arall, yn profi i fod yn ddefnyddiol iawn mewn sefyllfaoedd fel hyn. Ac wrth iddo fe roi dosbarth meistr i ni mewn canu tân – gan gynnwys caneuon Pearl Jam, The Lemonheads, Beck, Radiohead, Nirvana, Peter Tosh, Bob Marley, Meic Stevens a 'More Than Words' gan Extreme – ar gais y merched, fe hoffwn ychwanegu – aeth y gweddill ohonon ni ati i feddwi.

Yn anffodus i fi, llwyddodd Sally i fynd gam ymhellach ac yn lle *jyst* meddwi, fe feddwodd hi'n *rhacs* a chyn hanner nos roedd hi wedi'i phlygu yn ei hanner tu ôl i'r un goeden ag oedd Idris wedi bod yn ei defnyddio fel iwrinal ers cyrraedd, a finnau'n sefyll y tu ôl iddi'n dal ei gwallt a mwmian "It's ok, it's ok, better out than in, you're fine, thaaaat's it" a diawlo fod unrhyw gyfle am bach o beth-chi'n-galws wedi hen ddiflannu bellach. Ar ôl iddi wagio'i chylla ac ailaddurno llawr y goedwig, helpais i hi'n ôl i'r gwersyll a'i rhoi i orwedd yn y babell, lle bu hi'n driblo a mwmian yn annealladwy am eiliad neu bump, cyn pasio mas. Rhoddais hi yn y recovery position, rhag ofn, a dyna pryd y sylwais i fod pawb arall wedi diflannu i'w gwlâu.

Dw i'n cofio eistedd wrth y tân am funud fach. Jyst eistedd a syllu i'r fflamau, gan weld wynebau erchyll ac ellyllaidd yn ymdoddi yn y cols eurgoch. Wedyn es i'r gwely a chwympo i gysgu i gyfeiliant Idris ac Olivia'n cnuchio lai na phum llathen o'r fan lle ro'n i'n gorwedd, gan ddiolch byth nad oedd fy ffrind yn hanner y Duw-rhyw roedd e'n hawlio bod.

* * *

"Is there any water in here, Floyd?"

Ces fy nihuno gan sŵn Sally'n chwilota am botel ddŵr y bore wedyn. Er fy mod yn siŵr mai dim ond pum munud yn ôl yr es i i'r gwely, fe wnaeth y ffaith nad oedd hi'n dywyll bellach fy narbwyllo i'r gwrthwyneb.

"No. I don't think so…" atebais trwy geg oedd mor sych â ffagots drwgenwog Mam-gu.

Gyda hynny, agorodd Sally ddrws y babell a 'ngadael i yno'n dod ataf fy hun yn araf bach. Ar wahân i drydar yr adar, roedd y goedwig yn gwbwl ddistaw, ond newidiwyd hynny gan sgrech Sally. Heb oedi, ro'n i mas o'r sach gysgu ac yn sefyll wrth ei hochr yn meddwl beth yn y byd oedd yn bod arni. Doedd dim byd o'i le, hyd y gwelwn i, ond wrth i 'nghariad bwyntio at gitâr Daf, oedd yn gorwedd ar lawr ar ôl cael ei gadael yn ddiofal a difeddwl lai na throedfedd neu ddwy o'r tân, daeth tarddle'i braw yn ddigon amlwg.

Erbyn hyn, roedd pawb arall wedi ymuno â ni yng nghanol y gwersyll, yn edrych braidd yn llwydaidd yng ngolau gwan y bore.

"What's going on?" oedd cwestiwn Idris, ei lygaid coch yn cuddio tu ôl i'w wallt trwchus.

"You alright, Sal?" oedd un Olivia, wrth iddi gamu at Sally a rhoi ei braich am ei hysgwydd.

"Who, or *what*, did *that*?" gofynnodd Sally, gan bwyntio at y gitâr, a dyna pryd y gwelodd pawb arall y gachad, oedd mor berffaith ei ffurf roedd fel petai wedi cael ei cherflunio gan artist yn hytrach na'i gollwng gan greadur.

"Urghhhhhhhhhhhhhhhhhhh!" ebychodd y merched ar y cyd.

"Shiiiiiiiiiiiit!" poerodd Daf wrth gamu at yr offeryn a phenglinio wrth ei ochr, gan ddal ei drwyn gyda'i ddeufys.

Edrychais ar Idris ac edrychodd yntau yn ôl arna i. Ac er na wnaeth e yngan yr un gair, ro'n i'n gwybod yn iawn beth oedd yn mynd trwy ei feddwl; ro'n i'n gwybod yn iawn pwy roedd e'n ei amau.

Ar ôl i Daf, y gwyddonydd, gadarnhau mai ysgarthion dynol oedden nhw, yn hytrach na rhai anifail, fe gollodd y merched hi'n lân, ac ar ôl iddyn nhw dawelu, ac i Daf gael gwared ar y gachad, aeth pawb ati i bacio. Doedd y merched ddim eisiau aros yno am eiliad arall ac roedd angen cawod arnon ni i gyd, felly doedd mynd adref ddim yn syniad gwael o gwbwl.

Wrth bacio, roedd y merched yn llawn cwestiynau anatebadwy a sylwadau dibwys – "Who'd *do* such a thing? Whoever it was, they need shooting!" a phethau felly – tra 'mod i, Idris a Daf ddim yn dweud dim am y peth, er fod y tri ohonon ni'n gwybod yn iawn beth oedd yn mynd trwy bennau'r lleill.

Gyda'n pecynnau ar ein cefnau, ffarwelion ni â'n gilydd, troi ar ein sodlau ac anelu am gysur ein cartrefi. Es i, Sally a Fran i un cyfeiriad tua Cyncoed, tra aeth Idris ac Olivia i Lanisien a dechreuodd Daf gerdded ar ei ben ei hun trwy'r coed am Lysfaen.

Yr unig beth alla i ei gofio am weddill y diwrnod hwnnw yw'r cinio dydd Sul wnaeth Mam ei goginio – cig eidion, tatws rhost, Yorkies, y cwbwl lot; y ffordd wnaeth Dad jyst syllu ar ei blât heb gyffwrdd yn y bwyd; a Mam wedyn yn crio'n dawel ar ddiwedd y dydd. Dw i'n cofio sefyll tu fas i'r lolfa yn gwrando arni gan wybod y dylwn i fynd i mewn i'w chysuro. Ond wnes i ddim, a dw i'n dal i ddifaru hynny hyd heddiw.

Galwodd Idris draw ben bore wedyn, tra o'n i'n bwyta fy nghreision ŷd. Mam atebodd y drws, ac wrth i fi weld wyneb fy ffrind roedd hi'n amlwg fod rhywbeth wedi digwydd neu rywbeth mawr o'i le.

"Ma Daf yn yr Heath," cofiaf Idris yn datgan. "Mewn coma," ychwanegodd.

Ac ar ôl i Mam roi lifft i ni i Ysbyty'r Waun, y peth nesaf dw i'n ei gofio yw sefyll tu fas i stafell ein ffrind yn yr uned gofal dwys, gan nad oedd hawl gennym fynd ato, yn syllu arno trwy'r gwydr – ar y cleisiau, y briwiau, y gwifrau, y peiriannau a'r holl bibellau. Roedd ei rieni yno hefyd, wrth gwrs, a'r heddlu. Ac ar ôl cyfweliad byr yn swyddfa rhyw feddyg absennol, lle cadarnhaodd y ddau ohonon ni ein bod ni gyda Daf yn gwersylla cyn yr ymosodiad, ac addo ymweld â gorsaf heddlu Llanisien cyn diwedd yr wythnos i roi datganiad llawn, aethon ni i eistedd wrth y pwll bach tu fas i'r gynteddfa.

Wedi syllu ar y dŵr llwydfrown mewn tawelwch angladdol am sbel, cododd Idris ar ei draed yn ddisymwth, fel petai'n *rhaid* iddo wneud *rhywbeth*.

"Ble ti'n mynd?" gofynnais.

"Adre," atebodd, gan gerdded i ffwrdd heb edrych 'nôl a 'ngadael i yno yng nghwmni'r hwyaid a'r colomennod tew.

Wrth ei wylio fe'n mynd, doedd dim syniad 'da fi mai dyna'r tro diwethaf y bydden i'n siarad 'da fe am yn agos at ddwy flynedd...

ATODYN

Dw i'n cerdded trwy'r coed gan groesawu'r cysgod maen nhw'n ei gynnig. Er hynny, mae'r chwys yn llifo oddi ar fy nhalcen ac i lawr ochrau fy ngwyneb tra bod y diferion yn gwneud yr un peth ar hyd fy asgwrn cefn, gan gronni yn rhan uchaf rhych fy nhin, heb fentro ymhellach i'r gors dywyll sy'n aros amdanyn nhw islaw.

Roedd yn *rhaid* i fi ddianc o'r sied am gwpwl o oriau. Er, byddai cwpwl o *ddyddiau* yn well. Mae Idris wedi bod yno ers wythnos bellach, ac er i'r diwrnod neu ddau cyntaf hedfan heibio mewn corwynt o fwg drwg, chwisgi drud a cocaine ei fòs, wrth i ni ddal i fyny a llenwi holl fylchau ein bywydau, mae ei bresenoldeb bellach yn boen a'r gwir yw dw i eisoes yn difaru cytuno i adael iddo aros am gyfnod amhenodol. Wrth gwrs, doedd dim *dewis* 'da fi. Roedd yn *rhaid* i fi gytuno, gan nad yw rhoi llety iddo am sbel yn ddim byd o'i gymharu â'r hyn a wnaeth e ar fy rhan i yr holl flynyddoedd yna'n ôl.

Wrth agosáu at adref i fyny'r bryn o gyfeiriad Castell Coch, lle dw i 'di bod am dro, rhaid i fi eistedd ar foncyff am orig er mwyn adfer fy mhatrwm anadlu a gadael i 'nghalon arafu. Dw i'n yfed dŵr o 'mhotel ac wrth wneud, dw i'n siŵr fy mod yn gallu teimlo'r cemegion yn gadael fy system, gan ymwthio trwy'r croendyllau sy'n gorchuddio 'nghorff. Dw i'n rhynnu, er fod gwres canol y prynhawn yn llethol. Gwres mawr cyntaf y flwyddyn, yn ôl Derek. *Unig* wres mawr y flwyddyn, yn fwy tebygol. Fel hyn mae hi 'di bod ers cwpwl o flynyddoedd bellach – cyfnod o dywydd cynnes amser Pasg ac yna 'haf' gwlyb, hydrefol i ddilyn. Beth ddigwyddodd i'n tymhorau ni, Derek? Pwy sydd wedi'u dwyn nhw, Derek? DEREK? *DEREK?*

Dw i'n codi, cyn i fi ei cholli hi'n lân, a cherdded am adref gydag un peth yn unig ar fy meddwl – sbliff. Un haeddiannol, 'fyd. Ac wedyn cwsg. Noson gynnar mewn byd delfrydol, er nad yw fy myd bach i'n debyg i hynny ar hyn o bryd. Ddim o bell ffordd. Ac mae noson gynnar yn freuddwyd ffŵl hefyd, gan fod Idris yn sugno'r gorymdeithbowdwr fel tase'i drwyn yn fodel prawf mewn ffatri Dyson. Ac mae hynny, a'r ffaith fy mod i'n ddyn gwan mewn materion o'r fath, yn golygu fod yna siawns dda o weld y wawr yn torri dros y ddinas o'r balconi unwaith eto fory.

Yn ogystal ag Idris, mae Casi wedi bod yn treulio lot o amser yn y sied dros y dyddiau diwethaf. Mae'n deg dweud bod ein 'perthynas' wedi dod i stop. Ddim yn swyddogol, ond so ni 'di cael unrhyw gyfle i wneud dim byd mwy na cham-drin sylweddau amrywiol ers i Idris gyrraedd. Sa i'n poeni rhyw lawer am hynny, mewn gwirionedd, gan fy mod i'n gwybod o'r cychwyn mai camgymeriad oedd y cnychu. Yn wir, dw i'n reit falch, gan fod Casi, heb os, yn high-maintenance. Heb sôn am fod bach yn lloerig. Ac o'r hyn dw i wedi ei weld yn ddiweddar, mae ganddi lawer mwy o ddiddordeb yn Idris erbyn hyn ta beth. A phwy allith ei beio hi am hynny? Ers dechrau'r cyfnod crasboeth hwn, sa i'n meddwl 'mod i 'di gweld Idris yn gwisgo dim byd ond pâr o siorts. Mae'r sied wedi'i hinsiwleiddio i'r fath raddau fel ei bod fel ffwrnes mewn tywydd poeth ac o ganlyniad mae corff cyhyrog, addurnedig fy ffrind wedi bod yn amlwg i bawb. Wel, i fi a Casi. Ac er fy mod yn edmygu ei gorffolaeth, sa i'n syllu arno'n barhaus fel mae Casi'n tueddu i'w wneud. Dw i'n gwybod fod Idris yn ymwybodol o hyn a dw i'n gwybod y bydd e'n ei ffwrcho ar y cyfle cyntaf. Yn wir, maen nhw siŵr o fod wrthi nawr.

Dw i'n cyflymu fy nghamau yn y gobaith o'u dal nhw wrthi,

achos byddai hynny'n gwneud y dasg o orffen pethau'n llawer
haws. Ond, ar ôl dychwelyd i'r ardd trwy'r glwyd fach ar y
gwaelod, dw i'n cael siom braidd pan dw i'n edrych trwy'r ffenest
a gweld Idris yn eistedd wrth fy nesg yn torri llinellau swmpus
o bowdwr ger fy nghyfrifiadur segur a Casi'n gorweddian ar y
gwely yn gwylio ailddarllediad o *Friends* ar y teledu.

Mae gallu Idris i gymryd cyffuriau ac yfed alcohol yn
anhygoel. Dw i'n cofio iddo fod fel hyn o'r cychwyn cyntaf. Pan
o'n i'n cael whitey ar ôl un côn a bach o seidr, roedd e wrthi
drwy'r nos yn hamro mynd ar y bwced, y bibell neu'r bong. A
thra oedd angen diwrnod neu ddau arna i rhwng pob sesiwn,
roedd Idris wrthi bron bob dydd o'r dechrau. Er fy mod i hyd
heddiw yn hoffi smôc a chwisgi bach haeddiannol ar ddiwedd
dydd, mae Idris yn ddigon hapus i lenwi'i ffroenau cyn brecwast
o beth dw i 'di ei weld. Rhaid cofio, wrth gwrs, fod ganddo *lot* o
bowdwr yn ei feddiant, ond digon hawdd yw gweld sut y bu'n
gaeth i heroin cyhyd. Os na fydd e'n ofalus, bydd angen mynd
'nôl i rehab arno fe eto ac ni fydd Jimmy yno i'w helpu y tro
hwn. Gofynnais iddo beth oedd e'n bwriadu'i wneud gyda'r coke
y diwrnod o'r blaen, gan feddwl y byddai ganddo brynwr ar ei
gyfer, neu ryw fath o gynllun o leiaf. Ond edrychodd e arna i'n
syn, yna codi'i ysgwyddau a chario 'mlaen i dolcio cynnyrch ei
fòs. Dw i'n dechrau amau yn barod a fydda i fyth yn cael gwared
arno...

"Lein," mae Idris yn hanner gweiddi, gan ddal y papur ugain
i fyny a rhochio trwy ei drwyn er mwyn gwneud yn siŵr fod pob
briwsionyn yn ymuno â'i waedlif. Ar y ddesg o'i flaen, mae wyth
lein drwchus, oddeutu tair modfedd o hyd yr un. Dw i'n syllu
arnyn nhw gan rynnu. *Naaaaaa, pliiiiiis!* mae fy isymwybod yn
ymbil.

"C'mon, Floyd, *lein!*" Mae e'n dal yr ugain o'i flaen a fy annog
i'w gipio o'i afael.

"No way," yw fy ateb, sy'n ennyn edrychiad syn ganddo. "Dim

mwy. Dim heddiw. Smôc sydd angen arna i. Smôc a cwsg. Fi'n fucked, Ids. Ti'n fuckin anifail!"

Mae e'n gwenu ar hynny, ac fel petai arno eisiau profi fy mhwynt, i lawr â fe eto am lein arall. Dw i'n ei wylio fe'n gwneud gan deimlo cyfuniad o edmygedd ac arswyd. Alla i ddim aros fan hyn gyda fe lot hirach. Bydda i 'di marw o fewn mis! Ond, wrth gwrs, sdim unrhyw le gyda fi i fynd, a sa i'n gallu ei daflu fe mas chwaith. Dw i 'di cael fy ngharcharu. Gallen i fynd i westy, efallai, ond sa i'n ymddiried yn Idris i aros yma mor agos at Lisa. Mae e'n ddyn drwg sydd wedi gweld a gwneud pethau erchyll. Rhaid i fi atgoffa fy hun o hynny yn gyson, er ei bod hi'n hawdd anghofio weithiau gan ei fod e'n gallu bod mor hoffus a hwyliog.

Mae Idris yn taflu ei ben yn ôl yn ddramatig, gan dynnu'n galed ar ei ddwyffroen. Mae ei lygaid yn rholio a dw i'n siŵr ei fod ar fin llewygu. Ond, yn araf bach, mae e'n dychwelyd i'r byd, yna'n rhynnu a chynnau sigarét.

"Lle mae'r ganj?" Does dim byd ar ôl yn y blwch Quality Street.

"Shit, sorry, Floyd," daw ateb di-hid Idris wrth iddo chwythu cyfres o fodrwyon myglyd i 'nghyfeiriad. "'Nath ni cêno'r stash pan o't ti mas…"

Dw i eisiau gweiddi. Dw i eisiau ei grogi. Ei sbaddu. Ei ladd. Ond yr unig beth dw i'n ei wneud yw syllu a chyfrif i ugain heb yngan yr un gair.

"Dim chwys," dw i'n dweud o'r diwedd, ac estyn fy ffôn er mwyn anfon neges at Doc.

"You better get a couple o ownsys tro 'ma," mae Idris yn awgrymu, ac er fod tôn ei lais yn fy nghynddeiriogi'n llwyr, dyna'n union beth dw i'n ei archebu. Dw i 'di bod fel gwas bach ers iddo gyrraedd, yn golchi a sychu ei ddillad a mynd i Sainsbury's i brynu bwyd. Dw i'n ofni anghytuno ag e. Sa i'n *gallu* gwrthod. Mae e'n gwybod hynny, a dw i'n gwybod hynny, ac mae'r gofyn cwrtais am gymwynasau eisoes wedi esblygu'n orchmynion haerllug o fewn prin wythnos.

"Fi'n mynd i gael cawod," dw i'n datgan yn ddireswm.

"Ok, dude," yw ateb Idris.

Wrth i fi gamu i'r stafell molchi, dw i'n gwylio Casi, sydd heb gydnabod fy mhresenoldeb hyd yn oed, yn codi o'r gwely ac yn mynd i eistedd ar gôl Idris er mwyn ymuno yn ei barti bach preifat. Cyn i'r drws gau ar fy ôl, gwelaf Casi'n gostwng ei phen tuag at y talcwm, ac wrth iddi wneud hynny mae Idris yn gosod ei law ar foch ei thin, sy'n hanner hongian allan o waelod ei siorts denim cwta.

Clywaf fy ffôn yn canu tra 'mod i wrthi'n golchi fy ngwallt ac, ar ôl gwaredu'r swigod, dw i'n estyn fy llaw allan o'r gawod, ei sychu ar dywel a darllen ymateb Doc. Wedi sychu'r anwedd o'r ffenest fach, teimlaf ryddhad pur o weld ei fod yn gallu fy sortio ac af ati i eillio o dan y llif, gan dorri gwerth dros wythnos o fân-flew oddi ar fy ngwyneb.

Dw i'n camu o'r gawod ac yn sychu fy hun heb ailymuno â'r darpar fytis-bwcho drws nesaf. Wrth wneud, gallaf eu clywed yn sgwrsio'n gartrefol dros furmur yr ynfytynflwch, sydd bellach yn darlledu *Frasier*. Dw i'n gwybod heb edrych eu bod nhw'n gorwedd wrth ochr ei gilydd ar y gwely – *fy* ngwely! – ac yn fy mhen dw i'n gweld bysedd Casi'n dilyn olion inciog tatŵs Idris, dros gyhyrau diffiniedig ei freichiau, i fyny at yr haul celfydd sy'n gorchuddio'i ysgwydd dde ac yna i lawr dros ei fronnau at ystyllod golchi ei ganol a thu hwnt.

Dw i'n gwisgo crys taclus a thei, yn ôl fy arfer bob tro dw i'n mynd i weld Doc, ac yna chinos cyfforddus a siaced gordyrói. Wedyn, yn y drych, dw i'n cribo fy ngwallt a'i glymu'n dynn a rhwbio hufen hyfryd ar fy ngwyneb diflewyn.

Agoraf y drws yn ddirybudd, gan beri i Idris a Casi neidio, fel petaswn wedi torri ar eu traws. Sa i'n dweud dim. Yn hytrach, dw i'n estyn fy sgidiau ac yn mynd ati i'w gwisgo. Mae yna dawelwch anghyfforddus yn llenwi'r stafell, a dw i'n gwybod yn iawn beth fydd yn digwydd fan hyn ar ôl i fi fynd. Mae Idris yn codi o'r gwely ac yn cymryd llinell arall oddi ar y ddesg. Un sydd ar ôl nawr.

"Casi." Mae'n troi, edrych arni a'i gwahodd i orffen y job.

Dw i'n ei gwylio hi'n brwydro i godi o'r gwely fel jiráff, a'i llygaid yn syllu i bob cyfeiriad heb ffocysu ar ddim. Wrth i fi weld y siâp sydd arni, mae rhyw reddf dadol yn corddi ynof.

"So ti'n meddwl bod ti 'di cael digon am nawr, Cas?" gofynnaf.

Mae Casi'n sythu ac yn syllu arnaf. Ar ôl oedi am eiliad, mae'n poeri "Fuck off, Grandad!", sy'n gwneud i'r ddau ohonyn nhw chwerthin fel ffyliaid ar fy mhen.

"Owwwwww-kaaaay," dw i'n ateb, yna dw i'n estyn fy llyfryn Principality o'r drôr o dan y stereo a dianc rhag gwallgofrwydd clostroffobig y sied. Trof unwaith eto cyn cau'r drws ar fy ôl. "Peidiwch gadael y sied, iawn? I mean, allwch chi fynd mas i'r balconi neu beth bynnag, ond sa i moyn i Lisa na Siân 'ych gweld chi…" dw i'n ychwanegu.

Mae'r ddau'n chwerthin ar fy mhen unwaith eto, wrth i fi gau'r drws a cherdded i ffwrdd.

"FLOYD! FLOYD!" Mae Idris yn ffrwydro trwy'r drws gan weiddi cyn i fi gyrraedd teras canol yr ardd.

Cyn troi ato, dw i'n edrych tuag at gefn y tŷ gan obeithio nad oes unrhyw un yn ein gwylio.

"Beth?" gofynnaf wrth fy ffrind, sy'n tuchan fel tarw cloff o 'mlaen.

"Pa-pa-paid dweud f-f-f-fuck all…" mae e'n cecian trwy'r swigod gwyn sych sydd wedi ymddangos yng nghorneli ei geg.

"Wrth pwy? Doc? Amdanat ti?"

Mae Idris yn nodio.

"As if, Ids!" Dw i'n esgus pwdu. "Fi jyst yn mynd i gasglu cwpwl o ownsys, 'na gyd, yn union fel dw i 'di bod yn gwneud ers blynyddoedd. Sa i'n mynd i ddweud *dim*, ond os *glywa* i unrhyw beth am ymdrechion Jimmy a'i goons i ddod o hyd i ti, wel, 'na fe…"

"C-c-c-cool," mae Idris yn llwyddo dweud, cyn poeri ar y llawr a pheswch dros bob man. Mae dau beth yn amlwg o'r sgwrs fach hon: yn gyntaf, ac er gwaethaf yr holl bethau dw i 'di gwneud ar ei ran, sa i'n credu fod Idris yn ymddiried ynddo fi rhyw lawer (er, efallai mai'r Gwynfryn a'r paranoia cysylltiedig sy'n gwneud iddo ymddangos fel 'ny); ac yn ail, mae Idris, heb os, wedi esgeuluso ei ymarferion cardiofasgwlaidd yn y carchar, gan ganolbwyntio'n gyfan gwbwl ar ei gyhyrau.

Dw i'n ei adael e yno'n brwydro am wynt, yna'n sleifio ar hyd y llwybr wrth ochr y tŷ a theimlo bach yn well o weld nad yw ceir y merched wedi'u parcio ar y dreif.

Wedi picio i'r Principality yn yr Eglwys Newydd i gasglu digon o arian i dalu am ddwy owns, dw i'n anelu am Heol y Gadeirlan trwy Ystum Taf, Llandaf a Phontcanna. Mae'r traffig yn drwm – mae e *wastad* yn drwm ar brynhawn dydd Gwener – yn enwedig wrth basio Ysgol Glantaf, sy'n rhoi cyfle i fi weld faint mae'r hen le wedi newid ers i fi adael. Tu hwnt i bob dychymyg yw fy nghasgliad – gyda'r blociau gwyddoniaeth a drama newydd yn hawlio'r blaendir a'r llifoleuadau sy'n ymgodi dros yr astroturf tu hwnt fel triffids mecanyddol. Hen atgof yw'r cae rygbi corslyd ar lannau'r afon erbyn heddiw.

Wrth symud yn araf ac mewn tawelwch tuag at fy nghyrchfan, dw i'n dechrau teimlo bach yn nerfus. Dw i ar fin camu i gaer y gelyn. Nid bod Doc a Jimmy yn elynion. Ddim eto. Ond petaen nhw'n darganfod fod Idris yn aros yn fy nghartref i, bydden nhw'n elynion pennaf wedyn 'ny. Rhaid bod yn cool. Dyna i gyd. Cool a normal. Normal a cool. Digon hawdd. A diolch byth na chymeres i lein cyn dod achos bydden i dros bob man yn barod – yn cachu hi'n llwyr wrth i'r paranoia ddechrau gwledda ar fy nghallineb.

Wrth basio Caeau Llandaf, dw i'n meddwl am Winston Conrad, cymeriad o fy nofel gyntaf oedd wedi ei seilio ar stori adroddodd Idris wrtha i un tro. Yn ôl Idris, fe wnaeth Mr Conrad gyfnewid ei enaid â'r Diafol wrth y groesffordd yn y parc. Dw i'n breuddwydio am gael gwneud yr un peth nawr, er mwyn dychwelyd at fy mywyd rhyw dair blynedd yn ôl pan oedd Lisa a fi yn dal yn hapus a 'ngyrfa'n mynd o nerth i nerth. Neu hyd yn oed ymhellach; 'nôl at yr adeg yn arwain at darddle'r ddyled. Dyna'r unig ffordd o wyrdroi cwrs fy mywyd go iawn.

Erbyn cyrraedd tŷ Doc, sa i'n agos at fod yn cool nac yn normal. Dw i'n chwys diferol ac yn ei chael hi'n anodd anadlu'n iawn, felly dw i'n eistedd yno am sbel, yn anadlu'n ddwfn wrth adael i'r air con fy oeri. Yna, dw i'n cerdded rownd y bloc yn araf ac, o'r diwedd, yn camu at ddrws ffrynt y Doctor.

Clywaf y cŵn yn cyfarth mewn cytgord o'r gegin cyn gynted ag ydw i'n canu'r gloch, ond diolch byth, mae Doc yn fy arwain yn syth i fyny'r grisiau at ei ganolfan fusnes ar y pedwerydd llawr, felly sdim rhaid i fi ddelio â Simba heddiw.

Nid yw Doc yn dweud gair tan i ni gyrraedd ei swyddfa a chloi'r drws drachefn. Mae hyn, wrth gwrs, yn fy ngwneud i'n fwy nerfus byth, ond ar ôl iddo esbonio fod "y missus" yn cael coffi gyda chwpwl o ffrindiau lawr stâr, dw i'n dechrau ymlacio.

"Stedda fyn'na am funud. Sa i 'di cael cyfle i bwyso dy archeb eto. Tro'r box 'mlân os ti moyn…"

Dw i'n ufuddhau i'w orchymyn ac yn parcio 'nhin ar y soffa ledr ddrud. Mae'r lle'n ymdebygu i stafell aros mewn deintyddfa foethus iawn, er nad oes desg na derbynwraig ar gyfyl y lle, cofiwch. Mae 'na deledu anferth yn y cornel, a chylchgronau wedi'u lledaenu dros y bwrdd coffi. Ar y wal, mae 'na bedwar llun trawiadol tu hwnt o Gaeau Llandaf ar wahanol adegau o'r flwyddyn. Maen nhw'n haniaethol ac yn giwbaidd ar yr un pryd, ond yn bwysicach na hynny, maen nhw'n wreiddiol. Monte Sirota yw enw'r artist a dw i'n gwneud nodyn o hynny gan ddefnyddio fy ffôn. Does dim papur na beiro ar gyfyl y lle.

"Wedes di bod ti moyn dwy owns?" Mae pen Doc yn ymddangos trwy gil y drws sy'n arwain at stafell arall. Sa i erioed wedi cael mynd i mewn yno, a dw i'n gwybod fod ganddo ddwy stafell arall yn y to. Ignorance is bliss, mwn. Er hynny, dw i'n dychmygu mai yn y stafell drws nesaf mae e'n cadw'r cynnyrch, tra bod labordy a llawdrinfa yn yr atig. Ond pwy a ŵyr?

Dw i'n dechrau meddwl a ddylwn i ofyn i Doc am y 'sefyllfa' gyda Jimmy a'i gyffuriau colledig ai peidio. A fyddai hynny'n rhy amlwg, yn rhy fentrus? Rhaid i fi fynd adref gyda *rhyw* wybodaeth i Idris. Ac wedi'r cyfan, Doc soniodd am y peth wrtha i'r tro diwethaf i fi ddod 'ma, felly pam lai?

Ar yr union eiliad dw i'n penderfynu mynd amdani, dw i bron yn cael harten pan ddaw 'na gnoc gadarn ar y drws ben pella'r stafell, sef y fynedfa gefn. Mynedfa'r dynion drwg. Dw i'n syllu i gyfeiriad y gnoc, ond sa i'n symud. Mae fy mochau wedi'u hoelio i'r gadair a 'nghalon yn carlamu rhwng fy nghlustiau. Gallaf deimlo'r chwys yn cronni o dan fy ngheseiliau a dw i'n diawlo Doc a'i reolau hurt am yr hyn y mae gen i'r hawl i'w wisgo pan dw i'n galw draw.

CNOC! CNOC! CNOC!

"Doc!" gwaeddaf yn wanllyd i gyfeiriad y drws arall, ac ar y gair, diolch byth, mae Doc yn camu drwodd ac yn anelu i'w agor ar unwaith.

"Sorry, Jimmy, I was upstairs," mae Doc yn esbonio ar ôl agor y porth, ond nid yw'r bòs fel petai'n ei glywed. Mae'n sefyll yno, yn llenwi'r ffrâm gyda'i ben a'i ysgwyddau llydan; ei lygaid ar dân a chroen tywyll ei wyneb yn edrych i fi fel petai'r gwaed oddi tano'n mudferwi ar ôl yr ymdrech o ddringo'r grisiau. Mae'n pwyso ar y wal ac yn ceisio dal ei wynt.

"Any news?" gofynna o'r diwedd, wrth gamu i mewn a chau'r drws drachefn.

"Sol not with you?"

"He's in the car with Paki Dave. Have you heard *anything*?"

"No," meddai Doc, gan sefyll yno'n crafu ei ben.

"What, not a sniff?"

"Not *even* a sniff," medd Doc, braidd yn goeglyd, yn fy nhyb i.

"I don't get it. I just don't get it. The boys have been all over. They've had a word with everyone I can think of, from Sully to Soli-fuckin-hull."

"He's disappeared, Jim."

"That appears to be the case."

"What next then?"

"Wait, I guess. He's bound to fuck up at some point. You know what he's like…"

A dyna pryd mae Jimmy'n fy ngweld. Mae'n syllu arna i, ei dalcen anferth yn crychu ar unwaith.

"Who the fuck is that, Doc?"

"That's an old friend of mine…"

"Llwyd," cynigiaf, gan wenu a chodi llaw ar y tarw o ddyn sy'n rhythu arnaf yn ei siwt ddrud a'i sgidiau sodlau Ciwbaidd.

"I'm just weighing his order, Jimmy. He'll be off now…"

"Good. Sort it out then, Doc. Pronto. And you…" meddai Jimmy, wrth gamu draw at y soffa yn pwyntio'i fys yn fygythiol, "don't even fuckin look at me, boy, you don't want to fuck with me today…"

Trof fy mhen ar unwaith a syllu'n syth at y llawr. Dw i'n teimlo fel chwydu. Fel crio. Fel cachu pants. Ond cyn i fi gael cyfle i chwarae'r tombola corfforol yna, mae Doc yn dychwelyd yn cario dwy fricsen o wyrddlesni gludiog.

"You want to watch what you say to this one, Jimmy!" meddai Doc gyda gwên ar ei wyneb, mewn ymdrech i ysgafnhau'r awyrgylch. "He might…"

"He might *what*, Doc?"

126

"He might… I don't know… write you into his next novel…"

Er fy mod yn dal i syllu ar y llawr, gallaf deimlo llygaid Jimmy Rodriguez yn troi ac yn llosgi i mewn i mi.

"It's not?" gofynna Jimmy, ei lais yn llawn cyffro annisgwyl fwyaf sydyn.

"It fucking well is, Jimmy," ateba Doc.

"No way!"

"*Yes* way. Floyd, meet Jimmy. He's not usually this frightening, but he's been under a bit of stress recently…"

"I heard about that," dw i'n dweud yn ddifeddwl, wrth godi ar fy nhraed a chynnig fy llaw.

Wrth iddo'i hysgwyd, mae gwên Jimmy'n diflannu unwaith eto.

"*What* have you heard and where did you hear it?" gofynna, gan syllu i fyw fy llygaid.

"Only what Doc told me last time I was over. Something about a bit of coke going missing…"

"A bit of coke!" Mae Jimmy'n ffrwydro chwerthin, yna'n gosod ei raw o law ar fy ysgwydd a throi at Doc. "A *bit* of coke. Fuckin ten keys, Floyd…" mae'n cyfaddef, braidd yn annisgwyl, fel petai wedi penderfynu ei fod yn fy hoffi ac yn ymddiried ynof ar amrantiad.

"That's all it is in the grand scheme of things though, Jimmy…" mae Doc yn ei amddiffyn ei hun.

"That's not the point though is it, Doc? It's the *principle*."

"Idris hasn't got any principles, Jimmy, I told you that years ago."

"As you like to keep reminding me."

Ar hynny, mae Jimmy'n eistedd ar y soffa wrth fy ochr ac yn galw ar Doc i hôl cwpwl o boteli oer o Coke iddo fe a fi. Mae Doc yn gwneud hynny heb brotestio, a thra'i fod e allan o'r stafell mae Jimmy'n dechrau sgwrsio.

"I'm a big fan of yours, Floyd. I've got all your books…"

"But have you *read* them?" dw i'n gofyn gan wenu, er nad yw Jimmy'n gweld y jôc.

"Course I have!" mae'n ebychu'n amddiffynnol. "Idris, who Doc was just talking about, introduced me to them. In fact, he claimed that the main character was named after him. He said that the first book's dedicated to him."

"If you're referring to Idris Evans, then it's true," dw i'n dweud yn ddiniwed i gyd, cyn ychwanegu: "Well, its *half* true anyway, because the other half of Idris Roach's name was taken from another friend of mine…"

"I *am* referring to Idris Evans. But I never really believed him. Until now."

Mae Doc yn dychwelyd gyda'r diodydd ac yn eistedd i lawr yn y gadair gyferbyn. Ar ôl blynyddoedd o gael fy ngorchymyn i wisgo chinos a chrys a thei gan y Doctor, mae'n hyfryd ei weld e'n cael ei orfodi i weini arnon ni, o dan gyfarwyddyd Jimmy.

"He was one of my best mates growing up," dw i'n esbonio, ond wrth weld aeliau Jimmy'n codi pan mae'n clywed hynny, ychwanegaf: "But I haven't seen him since ninety-six," gan geisio swnio mor ddidaro ag y gallaf. "Doc probably remembers him from school as well. You were a few years older than us, but Idris was a right nutjob…"

"I remember something about him blinding someone or something…" meddai Doc gyda golwg bell ar ei wyneb.

"*Allegedly* blinding someone," dw i'n chwerthin. "He was never caught for that one."

"And what *exactly* did Idris do to get you to name the lead character in your books after him?" mae Jimmy'n gofyn, gyda'r cymhelliad cudd yn reit amlwg o'r fan lle dw i'n eistedd.

"Not much really, he just wanked me off this one time…"

Mae Jimmy'n rhuo chwerthin eto, ac yn rhoi ei fraich o amgylch fy ngwddf gan fy nhynnu tuag ato.

"I fuckin love this guy, Doc!" mae'n ebychu. "Why haven't you introduced us before now?"

Ond nid yw Doc yn dweud dim, jyst syllu arnon ni gan ysgwyd ei ben.

Yn y cyfamser, mae llaw Jimmy wedi gafael yn dynn yn fy nghoes, braidd yn rhy agos at fy ngheilliau.

"I'll give you a cheeky hand-shandy right now if you put me in your next one, Floyd," meddai Jimmy, gan wenu arnaf yn wyllt.

"Ha! That won't be necessary, Jimmy, but I'll see what I can do, I promise."

"Great stuff, Floyd. You working on something at the moment?" Mae ei law yn dal ar fy nghoes, er nad yw'n gafael mor dynn bellach.

"I am, yes. The third Idris Roach novel, as it happens, although things are a bit slow at the moment..."

"Well, if it's half as good as the last one, it'll be brilliant."

"Thank you," meddaf, yn bennaf achos ei fod wedi symud ei law a gollwng fy nghoes.

"I need a drink," mae Jimmy'n datgan. "Let's hit the Cameo," ac er nad ydw i eisiau gwneud dim byd o'r fath, dw i'n gwybod yn reddfol nad oes gwrthod i fod.

Er gwaethaf protestiadau Doc am 'y peth arall' y mae angen iddyn nhw ddelio gydag e, mae Jimmy eisiau diod ac mae Jimmy eisiau awyr iach. Mae Jimmy'n cael ei ffordd, wrth gwrs, ac ar ôl i fi gloi fy nogfenfag llawn ym mŵt y Land Rover, dw i, Jimmy a Doc yn cerdded y pum can llath i'r Cameo, gan sgwrsio am fy nofelau yn bennaf, er fod yr Idris go iawn yn cael sylw hefyd. Mae Jimmy hyd yn oed yn ffonio rhywun ac yn gorchymyn iddyn nhw yrru i'w gartref er mwyn dod â'r nofelau i'r Cameo i fi gael eu llofnodi.

Wrth gerdded trwy Bontcanna, heibio'r cyfryngis a'r crach yn siarad ar eu ffonau lôn ar y terasau o flaen Cibo a Brava a'r bwtigau costus sydd wastad yn wag o ran cwsmeriaid, dw i'n teimlo fel atodyn dynol – gyfwerth â sgarff sidan neu Chihuahua mewn bag llaw lledr. Mae Jimmy wrth ei fodd yn cael ei weld yn fy nghwmni. Mae e'n rhannu ychydig o'i hanes gyda fi wrth gerdded. Cafodd ei fagu ar Conway Road, gyferbyn â hen Aelwyd yr Urdd, ond bellach mae e'n byw yn y plasty ar gornel Llandaf Road a Pencisely, sydd â golygfeydd gogoneddus dros Gaeau Llandaf a chanol y ddinas, heb sôn am bwll nofio, campfa, stafell stêm, twba-twym, sawna a'r system ddiogelwch fwyaf soffistigedig i'r gorllewin o Swindon. Mae Jimmy fel seleb neu wleidydd poblogaidd, yn ysgwyd llaw ac yn gwenu ar hen gyfeillion, gan hyd yn oed stopio i edmygu baban bach newydd-anedig. Dw i'n sefyll wrth ei ochr yn gwenu a nodio ond mae'n amlwg o rai o'i sylwadau ei fod o dan yr argraff fod *pawb* yn fy adnabod i hefyd, gan fy mod i'n byw bywyd yr awdur enwog. Sa i'n gwybod pam ei fod yn credu hynny, ond sa i'n mynd i'w gywiro. Yr eironi, wrth gwrs, a'r hyn sy'n fy ngwneud i braidd yn nerfus yn ei gwmni, yw fy mod i'n sgwatio mewn sied yng nghwmni'r dyn mae e'n chwilio amdano.

Wrth i fi sefyll yn yr haul yn gwylio Jimmy'n cyfarch perchennog un o'r siopau, a hwnnw'n rhoi amlen frown drwchus i fy ffrind newydd, sy'n diflannu ar unwaith i boced fewnol ei siaced, dw i'n deall pam mae pawb mor hapus i'w weld e, yn enwedig y rheolwyr cwmnïau. Mae Jimmy, heb os, yn cael ei dalu i'w gwarchod rhag pwy a ŵyr beth. Gang arall o droseddwyr cyfundrefnol, fwyaf tebyg. Ac er nad oes unrhyw ffordd 'da fi o wybod ai Jimmy sydd berchen ar adeiladau'r ardal, y siopau a'r caffis ac ati, dw i'n sicr ei fod yn berchen ar bob un o'r entrepreneuriaid sy'n rhedeg y busnesau.

Mae Jimmy'n mynd trwy ei bethau ac am ryw reswm dw i'n dechrau pendroni a yw Idris a Casi wedi mynd amdani eto. Mae hynny'n gwneud i fi chwerthin – yn fewnol, wrth reswm; sa i eisiau edrych fel loon – gan mai dyna'n union dw i'n gobeithio sydd *wedi* digwydd. Ac er nad oes modd gwybod un ffordd neu'r llall ar hyn o bryd, dw i'n gwybod fel ffaith na fydd Idris yn saethu ei lwyth dros ei fogel y tro cyntaf iddi gyffwrdd â'i goc.

Ni'n cyrraedd y Cameo, sy'n reit llawn yn barod, heb fod yn orlawn, gan ei bod hi'n brynhawn Gwener. Crowd diwedd wythnos sydd yma, heb os. Cwpwl o beints cyn mynd adref at y wraig a'r plantos. Gohirio'r anochel, fel petai. Wedi eistedd wrth fwrdd bach yn y cornel pellaf, mae Jimmy'n gorchymyn i Doc 'nôl y diodydd, ac er ei bod hi'n amlwg o'r wep sydd ar ei wyneb nad yw e'n hoff o gael ei drin fel gwas bach, mae e'n mynd heb achwyn. Dw i'n eistedd yno heb wybod yn iawn beth i'w ddweud na'i wneud. Er i fi sgwennu am gymeriadau tebyg i Jimmy dros y blynyddoedd, mae bod yng nghwmni gangster *go iawn* yn brofiad reit ddychrynllyd. Mae pawb yn gwybod fod y dyn yma – sydd mor gyfeillgar a hoffus heddiw – wedi gwneud pethau drwg iawn dros y blynyddoedd. Dw i'n cofio achos llys rhyw ddegawd yn ôl, a gafodd gymaint o sylw yn y *Western Mail* â Gavin Henson a'r gic 'na i guro Lloegr yn 2005, pan oedd Jimmy wedi'i gyhuddo o lofruddio, neu o leiaf o orchymyn i un o'i gyd-gynllwynwyr lofruddio, dau frawd mewn anghydfod dros diriogaeth yn y ddinas. Sa i'n gallu cofio llawer o fanylion yr achos, ar wahân i'r ffaith i dri tyst 'ddiflannu' cyn ymddangos yn y llys ar ran yr erlyniad. Heb eu tystiolaeth, doedd dim achos yn erbyn Jimmy. A heb gyrff, doedd dim ffordd o'i ganfod yn euog o fod yn rhan o'r cynllwyn. Dw i ddim eisiau dychmygu beth fyddai Jimmy'n ei wneud i fi petai'n gwybod fod Idris yn westai yn fy nghartref. Ac fel petai wedi darllen fy meddyliau, mae Jimmy'n dechrau siarad amdano unwaith eto.

"I can't believe he's gone and done this to me…" Mae Jimmy'n pwyso tuag ataf, mor agos fel fy mod yn gallu gweld darn o gig sy'n sownd rhwng dau o'i ddannedd gwynion. "Idris, I mean. After all I've done for him over the years. It was me who gave him his first break, back when he was still in nappies.

Straight out of school, or maybe it was juvy, I can't remember, but I fixed him up with some cash for a scam smuggling Es from Holland…"

"I remember that," dw i'n datgan, gan deimlo rhyw falchder pathetig yn corddi yn ddwfn ynof. "That was ninety-six, I'd just finished my A Levels and Idris had just finished his first stretch inside…" dw i'n ychwanegu, gan sylweddoli fod Idris wedi bod mewn dyled iddo ers bron ugain mlynedd.

"That sounds about right," mae e'n gwenu, wrth i Doc ddychwelyd gyda dau beint o Peroni a V&T i'r bòs, sy'n ceisio colli pwysau yn unol â chyngor ei feddyg a phlagio parhaus ei wraig. "Truth is, I've treated him fairly over the years; would you agree with that, Doc?"

"Who, Idris?"

"Yes, fuckin Idris!"

"Alright, Jimmy, calm down, I wasn't part of the conversation, was I…?" mae Doc yn dweud, ei agwedd braidd yn bigog. Sdim gwadu mai Jimmy yw'r bòs fan hyn, ond mae'n hollol amlwg o'r ffordd mae Doc yn siarad ei fod yntau'n chwarae rôl flaenllaw a chanolog yn eu gweithredoedd.

"So?" gofynna Jimmy.

"What?" daw ateb Doc.

"Fuck me, Doc, what's wrong with you today? Would you agree that I've treated Idris fairly over the years?"

"Ok, now I can answer your question. And yes, I would."

"See, that wasn't so hard, was it?" Mae Jimmy'n troi 'nôl ataf i. "I treat all my boys fairly, Floyd. With respect. In fact, I'd go as far as to say that I've treated Idris like my son…"

Mae Doc yn gwneud sioe o dagu ar ei beint a dw i'n cymryd llymaid o'r cwrw er mwyn ceisio masgio fy syndod. Nid dyma'r hanes mae Idris yn ei adrodd…

"Ok, Doc, fair play. *Not* a favourite son, I'll give you *that*. More like the black sheep of the family, then. The idiot, illegitimate bastard son that you had with your sister on the QT like." Mae Jimmy'n chwerthin yn groch ar ôl dweud hynny, a dw i'n ymuno heb wybod pam. "But my point's still valid. I gave him numerous chances, opportunities, over the years, even when he was crawling at the bottom of the sewer and no one else would touch him. I even helped him get clean off the smack, for fuck's sake, and THIS is how he repays me?!"

"It's a disgrace, I'll give you *that.*"

Mae Doc yn gwenu, sy'n gwneud i Jimmy nodio'n araf. Mae ei lygaid yn wydrog ac yn ddiemosiwn. Dw i eisiau gadael. Rhedeg i ffwrdd. Diflannu. Dw i'n gwybod pan dw i mas o 'nyfnder…

"How do you know for sure that he's… you know… nicked the…?"

Mae Jimmy'n syllu'n syth ataf nawr, ei fochau'n dechrau gwrido gan fy mod i'n ei amau.

"What I mean is, how do you know he didn't deliver the goods and then get killed or whatever by the…?"

"You don't know what you're talking about, my friend. Your imagination is running away with you, Mr Novelist. I *know* he didn't deliver the goods because the organisation he was delivering them to happened to be my brother-in-law's firm…"

"Tell him about the postcard, Jimmy," meddai Doc dros ei beint.

"Ha! I'd almost forgotten about that!" Mae Jimmy'n chwerthin eto, sy'n rhyddhad pur i fi. "Get this, Floyd, and you can use this in your next book too if you like. It's so ridiculous. He sent me a postcard with a picture of Old Trafford on it, as if to convince me that he's in Manchester or whatever, but the postal mark says Cardiff!"

Ry'n ni i gyd yn chwerthin nawr.

"What a dick!" meddai Doc.

"Too right!" cytuna Jimmy.

"What did it say? The postcard," dw i'n gofyn, ond cyn i

Jimmy ateb, mae fy ffôn yn canu. Sa i'n mynd i'w ateb, rhag ofn mai Idris sydd yno, yn ffonio ar declyn Casi neu rywbeth, ond mae Jimmy'n mynnu 'mod i'n gwneud. Dw i'n tynnu'r ffôn o 'mhoced ac yn gweld enw Lisa'n fflachio ar y sgrin. Dw i'n gwasgu'r botwm coch ac mae'n tawelu.

"The wife," gwenaf yn wanllyd a chodi fy ysgwyddau, gan geisio cofio'r tro diwethaf i Lisa fy ffonio.

"I love this guy!" mae Jimmy'n ffrwydro, gan roi ei fraich o fy amgylch eto.

Mae Doc yn ysgwyd ei ben a dw i'n gweld fod neges destun wedi cyrraedd.

Fi moyn siarad gyda ti.
Bydda i adre trwy'r nos os ti moyn galw. L x

Fuck! Beth yn y byd sydd wedi digwydd nawr? Y peth cyntaf dw i'n feddwl yw bod Idris a Casi wedi'i cholli hi'n lân ac wedi gwneud rhywbeth i'w hypsetio, ond wrth ailddarllen y neges dw i'n canolbwyntio ar sicrwydd y datganiad agoriadol. Mae ganddi *rywbeth* i'w rannu gyda fi. A beth bynnag ydyw, dw i'n glustiau i gyd.

"Problems?" gofynna Jimmy.

"Nothing but, Jimmy. Nothing but…"

"I hear that."

Dw i'n gorffen fy mheint ond, cyn gadael, mae Sol a Paki Dave – sydd ddim yn dod o Bakistan o gwbwl; yn hytrach, mae ei lysenw'n cyfeirio at y ffaith ei fod yn or-hoff o welyau haul – yn cyrraedd gan gario dau gopi clawr caled o fy nofelau diweddaraf.

"Would you do me the honour?" mae Jimmy'n dweud yn ffurfiol i gyd, fel petai'n gofyn i fi ei briodi, ac wedi i fi sgriblo dwy neges barchus tu fewn i'r clawr, dw i'n codi.

"Great meeting you, Jimmy," dw i'n dweud.

"You too, Floyd. An absolute pleasure." Mae'n gafael ynof ac yn fy nghofleidio'n dynn. Gallaf arogli cyfuniad o winwns a mintys yn glynu ato. Aroglau cartrefol a chyfforddus – y gwrthwyneb llwyr i'r ffordd dw i'n teimlo yr eiliad hon. Er y cyfeillgarwch, nid oes modd ymddiried mewn pobol fel Jimmy. Yn enwedig pan y'ch chi yn fy sefyllfa i…

Ar ôl i fi ysgwyd llaw Doc a diolch iddo, dw i'n camu i'r cyfnos ac yn anelu am y car. Os oedd angen sbliff arna i cyn dod i weld Doc, mae angen bong arna i nawr. Cyn cyrraedd Heol y Gadeirlan, dw i'n teimlo presenoldeb yn fy nilyn. Trof, gan ddisgwyl gweld Sol neu Paki Dave yn fy nghanlyn yn y cysgodion, ond sneb yno, sa i'n credu. Er hynny, dw i'n cyflymu fy nghamau ac yn edrych tu ôl i fi bob rhyw hanner can llath, er nad ydw i'n gweld dim byd amheus.

Wrth danio'r Land Rover, dw i'n ystyried gyrru adref trwy'r Barri neu Bort Talbot, rhag ofn bod rhywun yn fy nilyn. Ond dw i'n dod i'r casgliad y byddai'n dasg weddol hawdd i unrhyw un sy'n berchen ar gyfrifiadur ddod o hyd i fy nghyfeiriad yn ddigon clou, felly dim ond gwastraff petrol fyddai hynny. Yn araf bach dw i'n mynd am adref ac ar gyrion Rhiwbeina, gyferbyn â'r fflatiau Legöaidd sydd wedi'u codi ar safle hen sinema'r Monico, dw i'n dechrau lled-obeithio eu bod nhw ar fy nhrywydd, achos trwy ddod o hyd i Idris yn y sied, o leiaf wedyn byddai'r hunllef yma'n dod i ben.

RHYDDID

Cofiaf eistedd yno yn neuadd chwaraeon yr ysgol, reit ar ddiwedd fy arholiad Lefel A olaf, yn edrych o 'nghwmpas ar fy nghyd-ddisgyblion – rhai a'u pennau i lawr yn sgwennu'n frysiog gan wybod nad oedd ganddynt lot o amser ar ôl i gwblhau eu hatebion, ac eraill, fel finnau, yn pwyso'n ôl gan sawru pob eiliad, yn ymwybodol eu bod nhw un ai wedi gwneud digon i basio neu fel arall heb ddod yn agos at gyflawni eu potensial. Wrth gwrs, roeddwn i'n hollol hyderus 'mod i wedi gwneud mwy na *dim ond* pasio. Ro'n i'n sicr fy mod wedi rhagori unwaith yn rhagor, fel y gwnes i yn fy arholiadau TGAU a phob ffug-arholiad ers 'ny. Dim ond tair 'B' oedd eu hangen arnaf i sicrhau lle ar gwrs Llenyddiaeth Saesneg ym Mhrifysgol Aberystwyth, ond roeddwn yn disgwyl cael tair 'A', yn enwedig ar ôl yr holl waith ro'n i wedi ei wneud dros y ddwy flynedd ddiwethaf.

Er y sicrwydd hwn, roedd rhyw ran fach ohonof yn gwybod nad oeddwn i wedi gadael fy marc ar yr ysgol. Ddim fel rhai. Ni fyddai unrhyw un yn cofio Llwyd Owen ymhen blynyddoedd, ac am ryw reswm roedd hynny'n fy mhoenydio ac yn fy mharlysu. Sneb yn cofio'r rhai oedd yn ennill y gadair a'r fedal ryddiaith yn eisteddfod yr ysgol, fel roeddwn i wedi gwneud ddwy flynedd yn olynol. Nid fy llun i oedd yn hongian yng nghyntedd yr ysgol, o na. Y rugger-buggers yn eu capiau a'u crysau coch oedd yn cael y fraint yna. Ond ble byddai Jason Hewletts ac Andrew Grabhams y byd 'ma ymhen deng mlynedd? Yn chwarae dros dîm cyntaf Cymru ynteu'n rhynnu ar ystlys cae ysgol yng nghanol gaeaf yn gweiddi "troi a rhoi", "Blanco-Blanco" a "penalty dull play" ar y pymtheg diweddaraf i wisgo'r crys?

Ond wedi meddwl, ble yn y byd fyddwn i? Do'n i ddim wedi ystyried fy nyfodol rhyw lawer. Ddim ymhellach na'r coleg, ta beth. A doeddwn i ddim eisiau meddwl mwy am hynny nawr chwaith, felly es i ati i sgathru fy enw ar y ddesg, fel roedd degau o bobol wedi ei wneud o 'mlaen i. Des o hyd i batshyn moel o bren gwelw rhwng 'Cofion Ralgex' a 'Mr Manning sucks cocks' ac ysgrifennu 'LLO woz ere 1989–1996' ar y ddesg. Ddim y peth mwyaf gwreiddiol, efallai, ond am ryw reswm roedd ei weld e yno'n fy ngwneud i'n hapus. Codais fy mhen i wneud yn siŵr nad oedd yr athrawon wedi fy ngweld, ond roedd y ddau ohonyn nhw – Mr Lloyd Ffiseg a Mr Williams Busnes – ym mlaen y neuadd yn sibrwd wrth ei gilydd heb gymryd sylw o unrhyw beth.

Gwyliais Becca Evans, oedd yn eistedd ddwy res i'r dde ohonof, yn gorffen ysgrifennu yna'n codi ei phen ac yn edrych o'i chwmpas, gyda'r rhyddhad bron yn ffrydio oddi arni. Fe wnaeth ein llygaid gwrdd a gwenodd y ddau ohonon ni ar ein gilydd. Roedd Becca a fi wedi bod yn fflyrtio'n hollol ddigywilydd gyda'n gilydd ers misoedd bellach, heb wneud dim am y peth. Ro'n ni 'di astudio'r un pynciau ers dwy flynedd ac ro'n i wedi ei gwylio hi'n blaguro o fod yn ferch ansicr, swil a chanddi wyneb oedd yn drwch o blorod i fod yn un o fenywod ifanc mwyaf hyderus a hyfryd yr ysgol. Gyda'i gwallt coch tonnog, roedd hi'n siŵr o fod yn her a hanner, ond ro'n i bron yn barod i wynebu'r sialens, flwyddyn i'r wythnos ers i Sally dorri fy nghalon. Ar y pryd, do'n i ddim yn meddwl y bydden i fyth yn gallu caru unrhyw un eto, ond nawr roedd y gwrthwyneb yn wir a'r ffordd roedd Becca'n dal i syllu arna i'n awgrymu fod pethau ar fin poethi, yn enwedig gyda'r arholiadau ar ben ac yn agos at bedwar mis o ryddid o'n blaenau.

Rhyddid. Roedd y gair yn gwneud i fi feddwl am Idris. Ble oedd e erbyn hyn? Ro'n i'n gwybod lle roedd e *wedi* bod, ond do'n i ddim yn gwybod oedd hynny'n dal i fod yn wir heddiw.

Ar ôl iddo hanner lladd Danny Finch mewn ymateb i'r grasfa gafodd Daf ddwy flynedd yn ôl, do'n i ddim wedi ei weld o gwbwl. Cafodd ei gyhuddo o GBH ac ymosod â bwriad a'i ddedfrydu mewn achos llys ieuenctid i dreulio tair blynedd mewn carchar i droseddwyr ifanc rywle'n agos i Amwythig, ond stopiodd Mam fi rhag mynychu'r achos, er i'r datganiad roddais i i'r heddlu gael ei ddefnyddio yn y gwrandawiad. A diolch i'r ffaith fod Danny yn Llundain gyda'i deulu ar ddiwrnod yr ymosodiad ar Daf, doedd dim gobaith gydag Idris o gael dedfryd drugarog, yn enwedig ar ôl i'r barnwr glywed am yr hanes o wrthdaro oedd wedi bod rhyngddyn nhw trwy gydol eu harddegau.

Ar ôl treulio tridiau mewn côma yn dilyn yr ymosodiad, roedd Daf wedi gwella'n gyfan gwbwl erbyn hyn, er iddo ddioddef o agroffobia am rai misoedd yn dilyn y digwyddiad. Roedd Danny'n iawn hefyd, o'r hyn ro'n i'n ddeall, er nad oeddwn i wedi ei weld e chwaith, gan iddo fynd i Goleg Glan Hafren. Ysgrifennodd Idris gwpwl o lythyrau at Daf a fi ar ddechrau ei ddedfryd, ond peidiodd yr ohebiaeth yn ddirybudd, er nad oedd hynny'n annisgwyl.

Roedd Daf wedi cael lle yng Nghaergrawnt i astudio Mathemateg ym mis Medi. Roedd angen tair 'A' arno i sicrhau hynny, ond ar ôl y ffordd roedd e wedi astudio tuag at ei arholiadau, doedd dim amheuaeth y byddai'n llwyddo. Ro'n ni 'di treulio lot o amser yng nghwmni ein gilydd yn ystod y ddwy flynedd ddiwethaf ac ro'n i'n gwybod *popeth* am Daf erbyn hyn, hyd yn oed ei wir rywioldeb. Ac roedd e, wrth reswm, yn gwybod *popeth* amdana i hefyd, er nad oedd unrhyw gyfrinachau syfrdanol ganddo i'w cadw ar fy rhan. Roedd e hyd yn oed wedi dechrau mynd mas gyda rhywun yn ddiweddar, ond roedd e'n gwrthod dweud pwy. Fuck knows pam, achos wir nawr, doedd dim ots 'da fi beth oedd e'n gwneud, na gyda phwy chwaith. Tra bod ein cyfoedion wedi bod allan yn y dref ar y penwythnosau, ro'n ni 'di bod yn brysur yn gwylio ffilmiau a gwrando ar gerddoriaeth, ac yn smocio ganja wrth gwrs. Roedd hyn wedi bod yn hynod wir ers i Sally fy ngadael am ryw goc o'r enw Dan Roddick o Cardiff High. Yn wir, yn chwech un, roedden ni allan yn y dref bron bob penwythnos, yn meddwi a dawnsio a snogio yn Clwb neu'r Loop neu hyd yn oed Astoria, er nad o'n i'n hoffi'r lle yna o gwbwl. Y gwir yw nad oeddwn i'n teimlo'n gyfforddus yng nghanol y meddwon. Roedd llawer gwell 'da fi fod adref yn tynnu ar bibell ac yn gwrando ar Wncwl Bob. Dyna pryd roedd yr awen yn tanio. Dyna lle ro'n i'n teimlo fwyaf cyfforddus. Dyna pryd ro'n i fwyaf creadigol.

Roedd fy mywyd gartref yn dal i fod yn gawlach torcalonnus. Doedd Dad fyth wedi gwella'n iawn o'i iselder a doedd e ddim wedi dychwelyd i'r gwaith. Roedd e'n dawel a diymhongar, yn eistedd yn ei gadair, un ai'n syllu ar bapur newydd neu i'r gwagle diddiwedd heb yngan yr un gair wrth neb. Roedd Mam wedi newid hefyd. Doedd hi ddim mor siaradus na ffwdanus ag oedd hi, ac ar ben hynny roedd hi wedi heneiddio degawd mewn dwy flynedd. Ac ar ôl i Mam-gu Bryncelyn farw llynedd, roedd hi a Dad wedi bod yn treulio mwy a mwy o amser yn y Gorllewin. Yn wir, dyna pam ro'n i wedi dewis mynd i Aber i'r coleg, oherwydd bod fy rhieni'n bwriadu symud at Dad-cu cyn gynted ag o'n i wedi gadael y nyth.

Gyda'r ddelwedd o 'nhad yn bygwth diddymu'r ewfforia ro'n i'n ei deimlo rai munudau ynghynt, wnes i ddim hyd yn oed sylwi ar yr athrawon yn dod o gwmpas i gasglu ein papurau. Ac yna, canodd y gloch i ddynodi diwedd yr arholiad, diwedd y dydd a diwedd fy nghyfnod yn yr ysgol. Jyst fel 'na. Ffrwydrodd y neuadd yn unsain – gyda'r lleisiau a'r cyffro'n codi mewn cytgord – ond eisteddais i yno'n anadlu'n ddwfn, yn gwbwl lonydd ar ddiwedd cyfnod.

Teimlais law ar fy ysgwydd a chlywais lais Becca'n gofyn "Ti'n iawn, Llwyd?"

Troais i edrych arni. Gwenais. "Ydw. Jyst teimlo bach yn weird. Bach yn drist. This is it, Bec…"

"Paid bod mor melodramatic!" ebychodd, ei llygaid glaswyrdd yn sgleinio a'i dannedd amherffaith gyda'r bwlch mawr rhwng y ddau ganol yn fy swyno'n ddiymdrech. Doedd hi ddim yn berffaith o bell ffordd, ond roedd hi'n rhoi'r argraff ei bod hi'n hollol hapus a chyfforddus gyda'r hyn oedd ganddi, ac roedd hynny'n ei gwneud yn fwy delfrydol fyth rywffordd.

"Dyma'r *dechrau*," ychwanegodd.

Ro'n i'n hoffi hynny, ac wrth i fi afael yn fy nghas pensiliau cynigiodd Becca ei llaw i fi, ynghyd â gwên awgrymog. Cipiais ynddi ac fe helpodd fi i godi o'r ddesg, er nad oedd angen gwneud o gwbwl, ond doedd hi ddim yn gadael fynd ac fe gerddon ni o'r neuadd yn hamddenol fel petaen ni'n gwneud y fath beth bob dydd. Wrth inni gyrraedd y drws, gallwn weld ei ffrindiau'n aros amdani ben pella'r coridor, yn sibrwd a syllu i'n cyfeiriad. Trodd Becca ataf, heb ollwng fy llaw chwyslyd.

"Ti'n mynd i'r dre heno neu be?"

"Falle," atebais, er nad oeddwn yn bwriadu mynd.

"Ma loads ohonon ni'n mynd i'r Heathcock nawr, ac wedyn yn crawlio lawr Cathedral Road…"

Do'n i ddim 'di bod ar lot o pub crawls, ond am ryw reswm ro'n i'n frwd iawn i fynd ar hwn.

"Ok, cool. Fi'n cwrdd â Daf nawr ac fe 'na i dreial 'i ga'l e i ddod hefyd."

"Cool. Gweld ti wedyn then…"

Ac i ffwrdd â hi at ei ffrindiau, oedd yn giglo fel do'n i ddim yn gwybod beth. Gwyliais hi'n mynd tra o'n i'n sefyll tu fas i swyddfa Mr Manning yn pendroni oedd yna unrhyw wirionedd yn y graffiti 'na oedd ar fy nesg.

Yn lle mynd 'nôl i'r ysgol, es i mas trwy ddrws stafell newid y bechgyn, yna cerdded yn syth ar draws yr iard i gyfeiriad prif fynedfa maes parcio'r athrawon o flaen yr ysgol, lle byddai Daf yn aros amdanaf, gobeithio. O bell, gallwn weld ei fod yn siarad â rhyw ddieithryn, ond wrth i fi agosáu fe wawriodd arnaf nad dieithryn mohono, ond Idris blydi Evans ar ei newydd wedd. Tra 'mod i a Daf yn dal i edrych fel aelodau blaenllaw o'r bumfluff brigade, roedd Idris wedi datblygu i fod yn ddyn. Yng nghanol yr holl ddisgyblion yn eu lifrai yn rhuthro i ddal y bws, roedd Idris yn edrych fel cawr. Ac er nad oeddwn i na Daf yn gwisgo gwisg ysgol heddiw – un o perks sefyll ein harholiadau – roedd Ids yn ymgodi uwch ein pennau fel jiráff dros gwpwl o jerbilod. Ar ben y droedfedd a hanner o daldra roedd ein ffrind wedi prifio ers i ni ei weld ddiwethaf, roedd e hefyd wedi ehangu am allan. Roedd ei ysgwyddau fel clogwyni a'i freichiau, oedd yn amlwg i bawb gan ei fod yn gwisgo fest, yn fy atgoffa o ddurblatiau beics modur y Bandidos, wedi'u haddurno â thatŵs ac yn fwy na pharod i'ch dyrnu. Roedd ei ddredlocs wedi diflannu, gan adael dim byd ond penglog lled-foel a llygaid llwydlas yn eu lle. Rhaid bod Idris yn ymdebygu i dduw yn llygaid ein cyd-ddisgyblion, yn enwedig wrth ein hochrau ni.

Diolch i'w llygaid gwaetgoch a'r ddwy wên wirion ar eu hwynebau, roedd hi'n amlwg bod y ddau ohonyn nhw wedi bod yn smocio drwy'r prynhawn. Wrth gwrs, ro'n i'n awyddus iawn i ymuno yn yr hwyl ac ar ôl cofleidio a mynd trwy'r motions, fe benderfynon ni anelu am bentref Llandaf i yfed Hooch yn yr Heathcock, yn dilyn fy awgrym i. Roedd hi'n grêt gweld Idris, wrth gwrs, ond ro'n i'n dal i allu teimlo llaw Becca yn gafael ynof ac ro'n i'n ysu am ei gweld unwaith eto. Ar frys.

Ar y ffordd i'r dafarn, fe wyron ni ar hyd y llwybr bach trwy'r coed wrth ymyl yr afon ac eistedd ar fainc yn y cysgod i gael smôc. Roedd hi'n braf cael dianc oddi wrth yr haul am funud neu ddwy, ond roedd hi'n well fyth cael Idris yn ôl yn gwmni i ni. Roedd hi'n deg dweud fod ei bresenoldeb yn rhoi hwb i fi a Daf ar unwaith ac roedd ysgolheigion y ddwy flynedd ddiwethaf yn cael eu disodli gan ddau foi weddol cool, er nad oedden ni wedi gwneud dim byd mewn gwirionedd, ar wahân i adnabod Ids.

Roedd y mân siarad yn parhau wrth i Idris danio sbliff barod o'r hyn roedd e'n ei alw'n 'sgync'. Dyna'r tro cyntaf i fi smocio unrhyw fath o chwyn. Sebon a squidgy black oedd yr unig beth gallech chi brynu fan hyn. Roedd Ids yn brolio'r drewgi ac fe wnaeth hwnnw fy llorio ar unwaith, chwarae teg. Ond, wedi dod i arfer ac ymlacio rhyw ychydig, dyma'r gwair yn gwaredu fy ngeiriau a, heb boeni dim am ymateb Idris, fe droais ato a gofyn:

"Ti'n difaru gwneud beth 'nes ti, then? Ti'n gwbod, i Fanny Finch."

Roedd y cwestiwn yn arnofio ar yr awel ac yn dawnsio'r mambo gyda'r mwg wrth i Idris syllu arnaf, wedi'i synnu'n llwyr. I ddechrau, ro'n i'n poeni 'mod i wedi mynd yn rhy bell yn barod, ond fe ddaeth hi'n amlwg yn y pen draw mai ystyried ei ateb roedd fy ffrind.

"Aye," meddai, gan ddatgan yn dawel a braidd yn drist, "Fi 'di colli dau blwyddyn o bywyd fi, bois. And er it wasn't proper jail, mwy like ysgol really, really, really strict, yn llawn pobol fel fi, it was still fucking horrible. Ond fel ma case worker fi'n dweud, there's no point looking back. Fi 'di talu high price am beth 'nes fi gwneud, ond fi hefyd wedi dysgu fy lesson…"

"Good…" meddai Daf, gan beri i Idris a fi edrych i'w gyfeiriad, er nad oedd yn parhau i siarad. Edrychodd arnon ni'n syn. "Beth?" gofynnodd a chodi ei ysgwyddau.

"Good *beth*?" atebodd Idris, gan ddrysu pawb ymhellach.

"Uh? Oh, ie. Sori, bois. Fi'n cofio nawr. *Good* bod ti 'di dysgu dy wers a…" Tynnodd Daf y mwg yn ddwfn i'w 'sgyfaint.

"*A*?!" cydebychais i ac Idris.

"A…" dechreuodd Daf, gan chwythu'r mwg mas unwaith eto, "a… *good* fuckin weed, *maaaaaan!*"

Chwarddodd y tri ohonon ni ar hynny, yn bennaf gan nad

oedd modd gwadu'r honiad, ond hefyd achos bod ein pennau ni'n hollol rhacs.

"Lle gest di'r *sgync* 'ma then, Ids?" gofynnais.

"O Jimmy Rodriguez…"

"Pwy?" Tro fi a Daf oedd hi i gydadrodd yn awr.

"Jimmy Rodriguez. Wel, not Jimmy himself, ond off un o associates fe. Bloke called Doc. Apparently o'dd fe mynd i Glantaf, ond I can't cofio fe…"

"O," dywedais, er nad oeddwn i'n gallu cofio dechrau'r sgwrs hyd yn oed.

Mewn cymylau o fwg a dryswch pellach, fe gyrhaeddon ni'r Heathcock o'r diwedd, ond er mawr siom i fi, doedd dim golwg o Becca na'i ffrindiau yn unman. Ac ar ôl potel o Hooch yr un yn yr ardd gefn goncrit, anelon ni am y Malsters, lle gofynnais i'r barman y tro hwn a oedd gang o ferched wedi bod 'ma'n ddiweddar.

"*Welsh* girls?" gofynnodd, gan boeri'r gair cyntaf i 'nghyfeiriad.

"Yes."

Cyn ateb, edrychodd y boi i fyw fy llygaid gwydrog a 'ngwneud i'n nerfus iawn.

"They left about ten minutes ago."

"Did you see where they went?"

"They headed towards Canton, as opposed to up the road, like. They were all half cut as well. One of them said something about finishing their exams…"

"Same here," dywedais yn hollol ddiangen. "Can I have three bottles of Hooch please?"

Sgyrnygodd y boi wrth glywed fy archeb. "You can, as long as you and him by there show me some ID," a nodiodd ei ben at Daf.

Wedi gwneud, eisteddodd y tri ohonon ni i lawr mewn cornel tawel i yfed ein diodydd yn gyflym er mwyn i fi allu parhau â'r helfa, er nad oedd fy ffrindiau'n gwybod dim am fy ngwir gymhelliad.

"Off pwy chi'n prynu'ch hash then, bois?"

Roedd y sgwrs bob amser yn dod 'nôl at gyffuriau.

"Boi o'r enw Pooley sy'n mynd i Cardiff High," atebais, er 'mod i'n gwybod fel ffaith na fyddwn i'n gwneud hynny eto am sbel, nawr bod Idris 'nôl.

"Fi'n cofio Pooley. Bit of a nutter, ie?"

"'Na fe," meddai Daf, wrth ddal fy llygad a gwneud wyneb coeglyd heb i Idris ei weld. "Ond o gymharu â pwy, Ids?"

Trodd Idris a syllu ar Daf. Ro'n i bron yn sicr i Daf, yn ei dro, weld y gwir yn fflachio yn ffwrnesi llygaid ein hen ffrind. Oedodd amser am eiliad neu ddwy a Daf a finnau'n dal ein hanadl. Gwyliais ddwrn Idris yn troi'n wyn wrth iddo grogi gwddf ei botel. Roedd ei lygaid gwydrog yn gafael yn rhai Daf, ac fe rewodd aer myglyd y dafarn ar amrantiad. Wedyn, fel petai wedi dofi'r bwystfil mewnol, dyma Ids yn gollwng y botel, anadlu'n ddwfn a gwenu.

"Beth arall chi 'di gwneud since fi fynd, then?" gofynnodd.

"Dim lot, pennau lawr yn gweithio…" atebais, fy llais yn crynu rhyw fymryn, er na sylwodd neb.

"Ni off i'r coleg ym mis Medi," ychwanegodd Daf, a rhuodd Idris ei chwerthin, gan lenwi'r dafarn wag â'i lais.

"That's not what I meant, ya bellends!" Tawelodd ei lais cyn parhau. "Drugs, maaaaaan. Speed, E, trips, bach o Special K, whatever…"

"O!" piffiais, gan deimlo fy mochau'n cochi. "Ro'dd pawb yn neud acid blwyddyn diwetha…"

"A bach o speed…"

"Ie, a speed. 'Nath fi a Daf ein trip cynta ni yn gig yr Orb yn y students' union…"

"No *fuckin* way!" Roedd Idris bron yn ei ddagrau ac roedd hynny'n rhoi boddhad llwyr i fi.

"*Way!*" gwenodd Daf. "Pedwar deg munud o 'Towers of Dub'. Chwarter awr o intro!"

Roedd Daf wrth ei fodd ar y pryd, yn amlwg, ond ro'n i'n rhy brysur yn meddwl fod fy nghalon ar fin ffrwydro trwy fy mhenelin i wrando dim ar y gerddoriaeth. Do'n i heb gymryd acid ers 'ny, a do'n i ddim yn bwriadu gwneud byth eto chwaith.

"Ond ma pawb yn gwneud Es erbyn hyn…" ychwanegais.

"Ma nhw'n rhy ddrud, os ti'n gofyn i fi." Daf oedd yn cwyno. "Ma whizz ac acid yn well value for money."

"Ond ma everyone dal *eisiau* gwneud Es, right?"

"Ydyn."

"What's the damage? Average price, like…"

"Gei di rai am tenner os ti'n lwcus, ond fel arfer ma nhw'n un deg pump."

Gwenodd Idris. "Very nice."

"Beth?"

Ar hynny, trodd ei ben i wneud yn siŵr nad oedd y barman yn hofran gerllaw, yna tynnu llond bag o bils o'i bants a'u gosod ar y bwrdd. Roedd y colomennod ar eu hochrau yn cadarnhau beth o'n nhw ar unwaith.

"Fuck, Ids! Faint sy yn y bag?" gofynnodd Daf.

"Fifty."

"Lle ges ti nhw?"

"Off bloke 'ma, Dutch, o'dd yn juvy gyda fi."

"Pryd ges ti dy ryddhau, 'de?" ymunais yn y sgwrs.

"Few days yn ôl."

"Lle ma Dutch yn byw?"

"Bristol. Ond ma fe'n dod o Rotterdam, hence his name."

"Faint dales di am rheina?"

"Fiver each…"

"A beth ti'n mynd i neud gyda nhw?"

"Wel…" dechreuodd Idris, gan wenu. "First things first, ni'n mynd i necko un. Gratis for you two, of course…"

"A wedyn?" gofynnais, wrth i Idris fyseddu'r bag ac estyn tair tabled i ni gael eu blasu.

"Wel, ma rhaid fi gwerthu seventeen o' nhw am fifteen quid each i breako even, plus y tri we're about to neck, which leaves thirty pills a plenty o profit i brynu'r batch nesaf."

"O'n i'n meddwl bod ti 'di dysgu dy wers?" gofynnodd Daf gan wenu.

"Fuck off, Daf? Violence o'n i'n siarad am, innit. And the last thing bydd unrhyw un eisiau gwneud ar ôl necko one of these yw ymladd."

Llyncon ni'r colomennod calchaidd yn y fan a'r lle, ac ar ôl dwy botel arall yn y Malsters fe grwydron ni heibio'r eglwys gadeiriol am Western Avenue a Chaeau Llandaf tu hwnt. Ac erbyn i ni ddringo'r bont droed oedd yn mynd â ni dros y ffordd ddeuol, roedd y tri ohonon ni'n hedfan. Bron yn llythrennol. Ro'n i 'di cymryd cwpwl o Es cyn hyn, ond roedd profiad y noson honno'n hollol wahanol. Efallai mai'r cwmni oedd yn dyrchafu'r gwefrau, neu hyd yn oed y ffaith ein bod ni yn yr awyr agored ar noson braf o haf, yn hytrach nag mewn clwb nos tywyll a swnllyd fel ar y ddau achlysur arall. Ond fwyaf tebyg, ansawdd yr MDMA oedd wrth wraidd yr ewfforia. Roedd Idris eisoes wedi esbonio deirgwaith eu bod nhw wedi cael eu cynhyrchu yn yr Iseldiroedd, yn hytrach nag yn Hull, Hartlepool neu rywle arall yr un mor ddigalon ym Mhrydain. A rhaid oedd cyfaddef fod y profiad yn hollol hudolus – yn fwy claear ac yn llai dwys na'r profiadau blaenorol, heb sôn am wneud i ni chwerthin fel ffyliaid ar y pethau lleiaf, heb awgrym o baranoia. Roedd golau'r ceir oedd yn gwibio oddi tanom yn y llednos hafaidd yn troi'n belydrau laser o dan fy nhraed, a cherddais yn araf fel gofotwr gwallgof ar draws yr haearn cris-groes nes cyrraedd yr ochr arall.

Gyda thafarn yr Hannerffordd ar y gorwel a'r parc yn ddigon tawel ac ystyried y tywydd braf, dyma Idris yn mynnu ein bod ni'n stopio am sbliff ar y fainc wrth y groesffordd fach oedd reit yng nghanol Caeau Llandaf. Yn ffodus, roedd ganddo lond bag o ready-rolls, unwaith eto yn ei drôns, ac wedi tanio'r mwgyn drwg dechreuodd adrodd stori Winston Conrad, sef rhyw gyfreithiwr neu gyfrifydd o Gaerdydd a wnaeth, yn ôl Idris, werthu ei enaid i'r Diafol ei hun reit fan hyn ar droad y ganrif. Rhywbeth fel 'na, ta beth, gan nad oeddwn yn gwrando mewn gwirionedd oherwydd ro'n i'n rhy brysur yn syllu ar yr haul oedd yn suddo dros y coed ac yn toddi i'r canghennau fel lamp lafa o 'mlaen.

"Bollocks!" glafoeriodd Daf ar ôl i stori Idris ddod i ben.

"Fuckin serious," mynnodd Idris. "Edrych ar y bench if you don't believe me…"

Ac fe drodd y tri ohonon ni a dechrau archwilio'r pren o dan ein tinau.

"Check it," mynnodd Idris, gan bwyntio at y graffiti cyntefig, oedd yn cynnwys casgliad ystrydebol o ddelweddau y bydden ni'n eu cysylltu â'r Diafol y dyddiau hyn – pentaclau, 666, croesau wyneb i waered, cyrn a chynffonnau eiconig, ond eto amlwg a diog hefyd. "I rest my case!"

Ond yn lle dadlau gyda fe, gadewais i honna fynd, yn bennaf achos 'mod i'n ei chael hi'n anodd rhoi dau a dau at ei gilydd, heb sôn am ddadl fyddai'n dal dŵr.

Y peth nesaf ro'n i'n ei gofio oedd hedfan i mewn i'r Hannerffordd, gydag Idris ar y blaen, wrth gwrs, a fi a Daf yn dilyn. Erbyn hyn, ro'n i 'di colli'r gallu i gyfathrebu ac roedd fy nhafod yn ceisio'i orau glas i ailhydradu fy nghrastir cegol, er nad oedd yn llwyddo. Yn ffodus, roedd Idris ar dân ac mewn clic camera roedd yna dri pheint o rywbeth ar y bar o'n blaenau a'r hylif yn gwneud gwyrthiau, beth bynnag oedd e.

"Fi'n ffycin flying, bois!" gwaeddodd Daf ac ysgyrnygu ar unwaith, gan wneud i'r barman syllu arno'n syn. Ond gydag Idris yn gwmni, doedd dim ofn yn perthyn i ni nawr.

"Mae fel common room Glantaf in here, bois!" meddai Idris,

gan syllu o'i amgylch. A dyna pryd gwelais i Becca trwy'r fantell o fwg oedd yn hongian yn y dafarn fel effaith arbennig mewn ffilm arswyd.

Fwyaf sydyn, dechreuais boeni, ond cyn i fi gael cyfle i wneud dim byd, cerddodd Becca draw a 'nghusanu ar fy moch. Pan sylwodd nad oeddwn yn ymateb mewn unrhyw ffordd, fe gamodd yn ôl a syllu arnaf.

"Ti'n ok, Llwyd? Ti'n edrych yn fucked!"

Gallwn glywed y bois yn chwerthin tu ôl i fi, ond ro'n i'n hollol fud.

Er hynny, ro'n i'n gallu gwenu. A nodio. Ac roedd hynny, yn ei dro, yn gwneud i Becca wenu'n ôl.

"Ti'n gwbod anyone sydd eisiau prynu pills?" sibrydodd Idris yn ei chlust, ac ro'n i bron yn gweld y geiniog yn disgyn ar wyneb Becca, fel petai.

"Ydw," atebodd Becca, yn hollol bendant. "*Fi.*"

O fewn yr awr roedd yr Hannerffordd wedi trawsnewid o dafarn reit barchus ym Mhontcanna i fod yn debycach i Glwb 18–30 yn Ibiza. Roedd Idris wedi gwerthu 32 o dabledi, yn bennaf i'n cyd-ddisgyblion. Roedd cwpwl o'r locals mwyaf mentrus wedi ymuno hefyd, er fod y boi barfog oedd yn crio wrth y drws i'r bogs yn edrych i fi fel petai'n difaru.

Roedd Becca wedi ymuno â fi ar y blaned wirion, ac roedden ni'n snogio a mwytho a mwydro a smocio wrth y bar.

Rhoddodd Idris ail bilsen i fi cyn gadael, a dyna pryd aeth pethau'n flêr. Wel, yn fler*ach*.

Pytiau yn unig y gallwn eu cofio ar ôl gadael yr Hannerffordd: dawnsio a chwysu, cusanu a meddwi yn Clwb; y swigod gwyn sych oedd yn ymddangos yng nghorneli ceg Idris bob tro roedd e'n ceisio siarad; bod yn siŵr fy mod wedi pisio fy hun trwy gydol y nos, er fod fy mhants yn hollol sych bob tro ro'n i'n gwirio; llongddrylliadau dynol Stryd Womanby ar ôl i'r goleuadau ein dallu am dri o'r gloch y bore; canu "bye-bye, Miss American Pie" ar dop ein lleisiau yn y tacsi ar y ffordd 'nôl i dŷ Daf; smocio bongs yn yr ardd ar doriad gwawr; llyncu valiums i helpu i leddfu'r come-down – syniad Becca, oedd yn lot mwy profiadol yn y pethau 'ma nag o'n i 'di sylwi – o gwpwrdd tŷ bach en suite rhieni Daf (oedd ar eu gwyliau, hoffwn nodi); tafodi bronnau brychlyd Becca a byseddu ei benyweidd-dra; dihuno mewn gwely gwag bron â marw o syched.

Roedd y cloc digidol ar y bwrdd wrth y gwely yn dweud ei bod hi'n dri o'r gloch, tra bod yr haul oedd yn llifo i mewn trwy'r bwlch yn y llenni'n cadarnhau ei bod hi'n brynhawn. Roedd y nodyn wrth ymyl y cloc yn dweud 'Ffonia fi, HENO, B xxxx'. Roedd y fyddin oedd yn martsio mewn cylchoedd yn fy mhen, ar y llaw arall, yn dweud "Cer 'nôl i gysgu", ond wnes i'm gwrando arnyn nhw. Yn hytrach, codais, gwisgo a mynd i lawr stâr, lle roedd Daf ac Idris yn y stafell fyw yn gorwedd ar soffa yr un yn smocio bongs a gwylio Petrocelli. Perffaith!

Ar ôl helpu fy hun i fowlen o greision ŷd a chan o Coke o'r oergell, ymunais â fy ffrindiau a phacio a smocio côn. Teimlwn yn well ar unwaith, a phan ddechreuodd Idris sôn am gynllun i smyglo Es o'r Iseldiroedd, ro'n i'n glustiau i gyd, fel petai'n bwnc hollol resymol i'w drafod.

"Chi'n cofio fi'n mentiono Dutch neithiwr, before it all went tits?"

"Just about."

"Wel, I got the pills…"

"Pils da, gyda llaw," ategais.

"Fi'n gwbod. Ond thanks all the same…" Crafodd Idris ei ben fel mwnci, wrth iddo golli rheolaeth ar ei feddyliau.

"Ges ti'r pils wrth Dutch…" dw i'n procio.

"That's it! Ges i'r pils off Dutch am fiver each, right."

"Reit. Wedes di hynny neithiwr…"

"Maybe. Falle. Fuck knows. Anyway, ma Dutch yn cael y pils am quid each…"

"O ble?"

"Fuck knows. Rhywle yn Holland…"

"A?" prociais, gan fod Idris yn cymryd ei amser ac yn dechrau mynd ar fy nerfau nawr, yn bennaf oherwydd 'mod i jyst eisiau suddo i'r soffa a gwylio Petrocelli mwyaf sydyn.

"A… wel… I don't want to talu fiver am nhw eto…"

"*A*?" Daf oedd yn gofyn y tro hwn.

"Fi'n mynd i Holland i brynu one thousand pills…"

"*A*?" Fi nawr, ond y tro hwn ro'n i'n dangos gwir ddiddordeb.

"A bringo nhw home i gwerthu. Fourteen quid profit on each one."

"Pam ti'n dweud wrthon ni, Ids? Gei di neud fel ti moyn… It's a free country, maaaaaaaan," dywedais yn ddifeddwl, gan ddifaru ar unwaith a theimlo fel real twat.

Cododd Idris ar ei draed a, chyda'i gefn tuag atom, symudodd ei ben o un ochr i'r llall yn araf heb ddweud dim.

Yna, trodd i'n hwynebu ni a dweud:

"I need your help, bois…" Edrychodd ar y ddau ohonon ni cyn mynd yn ei flaen. "Two hundred and fifty each, that's all."

"Two hundred and fifty *beth*?" gofynnodd Daf.

"Punt!" ebychais i ac Idris.

"Oh. Ie. Dim problem," ychwanegodd Daf heb oedi, cyn troi'n ôl at y bong, a gallwn ddweud oddi wrth yr olwg ar wyneb Idris nad oedd yn disgwyl i bethau fod mor hawdd â hynny. Yn ddiarwybod i Ids, cafodd Daf a fi fynediad at gyfrifon cynilo ar ein penblwyddi yn ddeunaw oed – cyfrifon roedd ein rhieni wedi bod yn talu i mewn iddyn nhw ers i ni gael ein geni. Ac er fod cyfanswm un Daf yn llawer mwy na fy un i, ni fyddai dau gant a hanner yn gwneud fawr o dolc yn yr un ohonyn nhw. Yn enwedig os byddai elw teidi yn dod o'r buddsoddiadau.

"What's the catch?" gofynnais.

"No catch. Not *really*. I mean, bydd rhaid chi talu i dod i Holland gyda fi …"

Tawelwch. Syllais i gyfeiriad Daf a gwnaeth yntau rywbeth tebyg, gan edrych fel panda mewn penbleth bur, diolch i'r bagiau tywyll oedd yn bolio o dan ei bipwyr gwaetgoch. Mwy o dawelwch.

"I *smyglo* nhw, ti'n feddwl?" gofynnais, gan fod Daf wedi colli'r gallu i wneud dim, dros dro.

"Wel… sort of… ie…"

"Beth ti'n meddwl, 'sort of'?"

"Wel… *I'll* be the one smyglo nhw…"

"So pam ti moyn i fi a Daf ddod gyda ti?"

Er gwaethaf ein cwestiynau, y gwir oedd nad oedd angen rhyw lawer o berswâd ar yr un ohonon ni. Roedd Daf a fi wedi siarad droeon am fynd i Amsterdam, a dyma Idris yn cyflwyno'r esgus perffaith i ni wneud hynny.

"Cwmni."

"*Cwmni?*"

"Ie. I've never bod i Holland o'r blaen. I've never been abroad actually. A sa i'n gwbod Dutch that well…"

"Jyst o'r carchar?" Herio roedd Daf, er na sylwodd Idris.

"Aye. I mean, he's a good bloke o what I've seen, ond…" Cododd Idris ei ysgwyddau ac edrych yn erfyniol arnon ni. Dyna'r tro cyntaf i fi weld hynny. *Ni* oedd wedi bod ei angen ef trwy gydol ein perthynas, ond nawr roedd Idris ein hangen ni, a doedd dim amheuaeth fod ei ddilynwyr teyrngar – ei ddisgyblion – yn mynd i ddod i'r adwy. Er hynny, do'n i ddim yn mynd i rowlio drosodd a dangos fy mola iddo heb ofyn ambell gwestiwn.

"Pam bod angen prynu *mil* o bils?"

"Ie," ymunodd Daf yn yr holi. "Nag yw hynny braidd yn… braidd yn…?"

"Lot?" cynigiais.

"That's it! *Lot*," nodiodd Daf a gwenu.

"Cos *rhaid* chi prynu mil i cael nhw am quid each. Dyna'r super-duper deal."

"Ac mae gen ti bump can punt yn barod?"

"Aye."

"Ac o ble ges ti'r arian yna, Ids, gan wybod nad wyt ti wedi bod yn gweithio'n ddiweddar?" gofynnais yn goeglyd.

Ni ddywedodd Idris unrhyw beth mewn ymateb, dim ond sefyll 'na'n syllu arnaf.

"*Really*?! Come on, Idris. Chwarae teg!"

"Chwarae *teg*! Come on, *Floyd*! What's *teg* about bywyd fi?"

Doeddwn i erioed wedi clywed Idris yn diawlo'i gefndir na'i fagwraeth o'r blaen, er fy mod i wedi meddwl am y peth o bryd i'w gilydd.

"Look beth sydd gyda chi, bois. Arian. Nice gaffs. Bright futures. Good qualifications. The fuckin lot. A beth sydd gyda fi?"

Syllais i a Daf arno, gan deimlo'n euog heb wybod yn iawn pam.

"I'm not asking much, yw fi? This is my chance…"

"Beth, i fod yn drug dealer?"

"Na, i fod yn successful. Fi'n drug dealer yn barod, Floyd, or haven't you noticed…?"

"Chill, Ids!" awgrymodd Daf, er nad oedd Idris – oedd yn goch ei fochau a gwyllt ei gam – yn edrych fel petai'n barod i wrando ar y cyngor.

"Look," ategais. "Ni'n fodlon dy helpu di, Idris. Dim problem. 'Newn ni ddod i Holland gyda ti, wrth gwrs. Ond ma dau gant a phum deg punt yn lot o arian…"

Wrth glywed hynny, roedd Idris fel petai'n llonyddu.

"Ok. Cool." Eisteddodd i lawr ar y soffa a chynnau L&B. "Sorry, but I've got to do this achos…"

"*Achos*?" dyma fi a Daf yn cydadrodd, gan edrych i'w gyfeiriad yn eiddgar.

"Achos… wel… fi mewn bit of a pickle…"

"O, ie. Pa fath o drafferth?" Fi gyrhaeddodd y cwestiwn gyntaf, er ei fod ar flaen tafod Daf hefyd.

"Fi mewn debt i'r boi 'ma, that's all."

"Pwy?"

"Jimmy Rodriguez." Roedd yr enw'n canu cloch am ryw reswm.

"*Faint* o ddyled?"

"Mae ar fi two grand i fe cyn diwedd y month."

"Neu?"

"Sa i'n gwbod."

Cododd Idris unwaith eto a chamu at y drysau patio, ei gefn atom. Ddywedodd neb ddim byd am funud neu ddwy, ar wahân i Petrocelli, er i Daf a finnau gyfnewid ambell edrychiad.

"Shwt ni'n rhannu'r elw, 'te?" gofynnodd Daf.

Trodd Idris, gan wybod ein bod ni bellach wedi ymrwymo i'r antur. "Gwerthu pils ni ar ôl dod 'nôl. Pump cant i fi, two fifty i chi. The profit's yours to keep…" atebodd, fel petai wedi bod yn ymarfer.

"A sut yn *union* wyt ti'n mynd i smyglo mil o bils trwy customs?" gofynnais, achos y gwir oedd nad oedd *unrhyw* syniad gyda fi.

Roedd gwên ryfedd, reit anghyfforddus yr olwg, yn lledaenu ar wyneb ein ffrind.

"Simple. Lan y Gary."

"Fuckin hell!" ebychais i a Daf yn unllais, a gwingo wrth i ddelweddau erchyll lenwi ein meddyliau bach brwnt.

"Ydy hynny hyd yn oed yn bosib?" gofynnodd Daf ar ôl callio, ei feddwl craff wrthi'n cyfrifo, ond yr unig beth roedd Idris yn ei wneud oedd codi ei ysgwyddau a gwenu'n gam.

"There's only one way to find out," oedd ei ateb, ac yna eisteddodd i lawr ac estyn y bong.

DATGUDDIADAU

Dw i'n cyrraedd adref ac yn parcio'r Land Rover ar gerrig mân
y dreif, sy'n crensian o dan y teiars fel miliynau o esgyrn bach
brau. Yna dw i'n diffodd yr injan ac eistedd yn ôl yn y gadair
ledr gyfforddus, fy llygaid ar gau a fy anadliadau yn ddwfn ac
yn araf. Mae holl ddelweddau'r dydd yn rhuthro trwy fy mhen –
llanast cyffredinol y sied, coed y Wenallt, Castell Coch, cocaine,
Idris, mwy o cocaine, Casi, cawod, Ysgol Glantaf, meddygfa Doc,
Jimmy Rodriguez, dwy fricsen ddrudfawr, Sol a Paki Dave, y
Cameo, y celwyddau, y cwrw ac, yn olaf, neges destun Lisa.

Dw i'n agor fy llygaid ac yn edrych i weld a yw car Siân yma.
Does dim arwydd ohono. Dw i'n ceisio cofio'r tro diwethaf i
fi ei weld, neu hi, ond fedra i ddim bod yn bendant. Dyddiau.
Wythnos. O leiaf. Er, rhaid i mi werthfawrogi nad oes modd
ymddiried yn llwyr yn fy ngallu i gofio y dyddiau hyn, yn enwedig
ers i Idris a'i fag o ledrith-lwch ddechrau sgwatio yn y sied.

Y sied. Fuck. Dyna'r lle olaf dw i eisiau mynd heno. Byddai'n
well 'da fi aros a chysgu fan hyn.

SBLIFF!

Dw i'n agor y cwpwrdd bach ar ochr y teithiwr ac yn teimlo
rhyddhad pur o weld hen becyn o Cutters Choice a Rizla yn
gorwedd yno. Ers pryd, pwy a ŵyr? Dw i'n gafael ynddyn nhw ac
agor y baco. Mae'n sych. Sych iawn. Ond dw i 'di smocio gwaeth.
Llawer gwaeth. Mae ias yn rhedeg ar hyd asgwrn fy nghefn wrth i
fi gofio'r nosweithiau llwm yn y coleg yn crafu, sychu a smocio'r
gurge – gwaddolion tywyll y baco a'r sebon brown – o fowlen fy
mong pan nad oedd gen i ddigon o arian i brynu teenth.

Diolch byth bod y dyddiau hynny wedi hen ddiflannu,

meddyliaf wrth gamu o'r car ac estyn y dogfenfag o'r bŵt. Er, wrth eistedd eto tu ôl i'r olwyn, dw i'n cofio fod problemau llawer gwaeth yn fy mhlagio erbyn hyn.

O fewn dwy funud, dw i 'di rholio côn perffaith gan ddefnyddio'r Rizla coch King Size. Nid fy newis cyntaf o ran papur rholio – nid fy ail na 'nhrydydd chwaith, wedi meddwl – ond heno, mewn cyfyng-gyngor, fe wnaiff y tro yn berffaith.

Dw i'n tynnu'r mwg yn ddwfn i fy 'sgyfaint, gan adael i'r drewgi crisialog fwytho a thylino fy nghorff a 'nghyhyrau clymog wrth iddo setlo yn sbwng fy 'sgyfaint, ymuno â 'ngwaedlif a llifo'n araf trwy fy ngwythiennau. Dw i'n cau fy llygaid wrth i'r blinder ddod yn agos at fy llorio. Mae 'di bod yn ddiwrnod a hanner, chwarae teg, a'r cyffro o fod yng nghwmni Jimmy – heb anghofio diffyg cwsg yr wythnos ddiwethaf – wedi echdynnu'r egni ohonof yn llwyr. Mae'n gwawrio arnaf yn araf fy mod i nawr yn yr un cwch ag Idris, petasai Jimmy'n dod i wybod ei fod e yma'n aros gyda fi. Dw i newydd dreulio oriau yn ei gwmni, yn sgwrsio ac yfed fel hen ffrindiau, ac yn celu'r gwir oddi wrtho. Syllu i'w lygaid a dweud dim byd. O'r hyn dw i 'di glywed heno, byddai'r amharch yn ei hun yn ddigon iddo ystyried fy lladd. Byddai'n rhaid i fi weithio'n galed iawn i esbonio pam na ddatgelais y gwir wrtho, er ei fod e, fel fi, yn gwybod yn iawn pa mor anodd yw hi i ad-dalu dyled.

Bellach, mae'r mwg wedi llenwi'r cerbyd fel stêm mewn sawna, ac wrth i'r stwmp o gardfwrdd tenau ddechrau llosgi fy ngwefusau, dw i'n meddwl beth ddylwn i ei wneud yn awr. Sa i moyn mynd yn agos at y sied a sa i moyn gweld Lisa chwaith, ddim nawr bod fy mhen ar chwâl a'r chwyn wedi gafael ynof.

Mae fy ffôn symudol yn canu a rhif Casi'n fflachio yn y ffenest fach. Dw i'n anwybyddu'r alwad ac yn mynd ati i rolio sbliff arall. Cyn i fi orffen fy nhasg mae neges destun yn cyrraedd – wedi'i hanfon o ffôn Casi, ond wedi'i hysgrifennu, heb os, gan Idris.

Wrth gwrs dy fod ti, Ids! Poeni ble mae'r ganja. Poeni ydw i wedi datgelu'r gwir wrth Jimmy. Dw i'n tanio'r mwgyn gan benderfynu gwneud dim byd am nawr. Dim ond aros fan hyn, yn nhawelwch a diogelwch rhannol fy nghar. Geith Idris aros, chwysu a chrynu am ychydig yn rhagor. Ond, wrth i fi ymlacio ac ymdoddi i'r lledr, mae 'na gnoc ar y ffenest sy'n gwneud i esgyrn fy nghorff geisio dianc rhag eu gorchudd o groen. Mae 'nghalon i'n chwyddo i faint pwmpen a phob math o erchylltra'n fflachio yn fy mhen mewn eiliad o anhrefn pur – gyda Sol a Paki Dave yn arwain y ffordd, a Jimmy'n gwenu'n filain arnaf o'r cysgodion.

Clywaf lais benywaidd yn galw fy enw dros dwrw mewnol fy nghallineb bregus, ac agoraf y ffenest i weld pwy sydd yno, gan ei bod hi'n amhosib dweud oherwydd bod golau'r caban ymlaen a'r nos wedi cau tu allan.

"Beth ti'n neud?" yw cwestiwn cyntaf Lisa, er fod y mwg sy'n llifo o'r car a'i mantellu'n siŵr o'i hateb, yn rhannol o leiaf.

"Jyst… eistedd… meddwl…" atebaf yn araf, heb wybod yn iawn sut i ymddwyn. Sa i 'di bod yn ei chwmni yn y fath gyflwr ers blynyddoedd, a dw i 'di llwyr anghofio'r protocol. Wrth oedi, gwelaf lygaid Lisa'n culhau wrth iddi syllu arnaf.

"A beth ddigwyddodd i dy lygad?"

Sa i'n dweud dim. Codaf fy llaw at fy ngwyneb. Mae'r chwyddo wedi gwywo bellach, ond mae'r clais yn dal yn amlwg.

"Ti'n osgoi mynd 'nôl i'r sied neu rywbeth?"

"Falle," cyfaddefaf, ac yna dw i'n gwylio wrth iddi gerdded rownd y car ac ymuno â fi yn y cerbyd.

Dw i'n gorfod symud y dogfenfag oddi ar sedd y teithiwr cyn iddi allu eistedd yn iawn, ac yna mae'n cipio'r sbliff oddi wrthyf ac yn tynnu'n chwantus wrth setlo'n ôl. Gwyliaf wrth i'w llygaid wydro ar amrantiad, a theimlaf yr hapusrwydd yn llifo'n afreolus i bob cornel o 'nghorff.

"Beth bydd Siân yn dweud amdano ti'n gwneud hynny?" gofynnaf, yn bennaf achos dw i eisiau gwybod beth yw'r sefyllfa a pha siawns sydd gennyf – os oes *unrhyw* siawns – o gael cysgu yn y tŷ heno. Ddim o reidrwydd yng ngwely Lisa, chwaith; byddai'r bath yn dderbyniol.

"Mae Siân wedi *mynd*, Llwyd…" esbonia Lisa, gan frwydro i reoli ei hemosiynau.

"Sori," meddaf, er nad ydw i, wrth gwrs.

"Paid siarad *cachu*!" ebycha, gan chwerthin a throi i edrych arnaf. "Fuck! Camgymeriad oedd Siân, Llwyd. Camgymeriad *mawr*. O'n i'n gwbod hynny o'r cychwyn, hefyd… ond…"

Mae'n tynnu ar y sbliff wrth ystyried ei geiriau nesaf, tra 'mod i'n rhyfeddu ar ei blaengaredd. Dw i'n synhwyro rhyw ryddhad yn fy ngwraig, fel tase hi wedi bod eisiau rhannu hyn gyda fi ers peth amser. Un ai hynny, neu fy mod i mor mashed fel 'mod i wedi camddarllen yr arwyddion yn llwyr.

"… Ond roedd Siân mor… *mor*… o, sa i'n gwbod…"

"Overbearing," dw i'n cynnig, er y gallen i fod wedi dewis rhywbeth llawer gwaeth.

"Oedd, heb os!" mae Lisa'n cytuno. "Ond cryf, *pwerus* hyd yn oed, o'n i'n mynd i ddweud…"

Mae fy ngwraig yn pasio'r sbliff i fi.

"Roedd hi *mor* sicr o bopeth, 'nath hi bron fy narbwyllo fod y berthynas yn gweithio, er nad oedd hynny'n wir o gwbwl. Sa i'n gwbod beth ddigwyddodd, Llwyd. Wir nawr." Mae Lisa'n ysgwyd ei phen ac yn tawelu, ond mae ei llygaid yn dal i syllu arnaf yng ngolau isel caban y cerbyd. "Ar ôl i ni… ti'n gwbod…"

"Ar ôl i *fi*, ti'n meddwl…" Dw i'n cymryd y bai, fel Samurai yn cyflawni seppuku i sicrhau ei anrhydedd. Er, mewn gwirionedd, wnaethon ni ddim cwympo mas dros y peth hyd yn oed. Y *peth*. Diwedd ein priodas, hynny yw! A dyna'n union beth oeddwn i eisiau ar y pryd 'fyd – diweddglo bach tawel a didrafferth. Pen-gaead y cachgi, fel petai. Nid milwr mohonof, mae hynny'n deg dweud.

"Na. Dim *dyna* o'n i'n feddwl o gwbwl." Mae'n edrych arnaf yn awr, gan weld yr olwg ar fy ngwep yng ngolau isel y car – cyfuniad cynnil o edifeirwch a thosturi, gobeithio – yna mae'n gafael yn fy llaw, â straen y misoedd mor amlwg ar y traed brain sydd wedi ymddangos ger ei llygaid yn fy absenoldeb, fel tic-toc y cloc ar ffurf weledol.

"Doedd *dim* bai ar *neb*, Llwyd…"

Mae clywed hynny'n fy synnu a fy rhyfeddu, wrth gwrs, heb sôn am fy llenwi â rhyddhad. Yn bersonol, bydden i'n dweud bod bai ar y ddau ohonon ni. Yn *enwedig* arna i. Ond os yw Lisa eisiau ysgubo'r gwir ymaith, beth yw pwrpas dadlau â hi?

"Ma'r pethau 'ma'n digwydd, yn 'dyn nhw? Ma miloedd, miliynau, o gyplau priod yn wynebu problemau ac yn gorfod gweithio'n galed i sortio pethau mas, ond y gwahaniaeth gyda ni oedd bod Siân yn aros am ei chyfle, a roeddwn i yna, ar blât fel petai…"

"Beth ti'n ceisio dweud 'te, Lis?" Dw i'n tagu'r mwgyn yn y blwch llwch hanner llawn.

Mae'n taflu ei dwylo i fyny i'r awyr o'i blaen. "Jyst… wel… sa i'n gwbod… os… *os* byddet ti'n ystyried rhoi go arall iddi… wel… fi'n fodlon gwneud hefyd…"

Dw i'n syllu arni nawr. Dim ond mater o ddyddiau sydd wedi mynd heibio ers i Siân ei gadael, a nawr hyn? Fel un sy'n hoff iawn o ddatgan yr amlwg: do'n i ddim yn disgwyl clywed hyn. Ddim o gwbwl. Ond, wrth gwrs, dyna'n union ro'n i *eisiau* ei glywed hefyd. Yn amlwg, mae fy ngwraig yn agored iawn i gael ei hanafu ar yr union eiliad hon – yn union lle dw i moyn hi, mewn gwirionedd.

"Fuck me, Lisa. Sa i'n gwbod beth i ddweud, wir nawr…"

"Jyst meddwl am y peth gyntaf. Ti'n gwbod lle ydw i. Sdim brys na dim…"

Ti moyn bet?!

"Fi 'di torri 'nghalon bob dydd yn eich gweld chi…" Dw i bron yn dweud "eich *gwylio* chi" ond dw i'n atal fy hun ar yr eiliad olaf, diolch byth, gan fy mod yn ceisio 'ngorau glas i edrych mor bathetig ag sy'n bosib.

"Fi'n sori, Llwyd. Fi *wir* yn sori."

"A fi," atebaf, gan wasgu ei llaw, syllu i fyw ei llygaid a cheisio gwasgu o leiaf un deigryn bach o gornel fy llygad. "Dechrau o'r dechrau, dyna beth ti'n feddwl?"

"Ie. Llechen lân…"

Heb rybudd, mae'r paranoia'n gafael ynof a, fwyaf sydyn, dw i'n dechrau cael panic. Trof fy mhen, rhedeg fy llaw trwy 'ngwallt ac yna dechrau chwilio am y baco mewn ymdrech i beidio â thynnu sylw ataf fy hun. Nid yw hynny'n gweithio, wrth gwrs, gan fod Lisa'n edrych arna i'n syn. Diolch byth ei bod hi mor dywyll yma. *Ai jôc yw hyn?* meddyliaf. Mae'r holl beth yn teimlo'n llawer rhy hawdd, rywffordd. Ond eto, mae symlrwydd bywyd yn gallu eich synnu weithiau. Sdim *rhaid* i bopeth fod yn orgymhleth a dyrys ar bob achlysur, oes e? *OES E?*

Dyma'r ffeithiau: fe wnaeth ein perthynas ni ddarfod mewn ffordd hollol ddi-fflach a diddrama. Apathi blynyddoedd yng nghwmni ein gilydd oedd wrth wraidd y gwahanu, yn hytrach na chasineb, chwerwedd neu ffraeo tragwyddol. Mae Siân wedi mynd. I ble? Sa i'n gwybod. Pam? Sdim ots 'da fi. Mae angen lloches arnaf, nawr bod Idris a Casi'n sgwatio yn y sied. Ac, yn olaf, dw i'n dal i garu fy ngwraig.

Dyma'r amheuon: dw i'n amau fod Lisa wedi gweld fy eisiau o'r cychwyn cyntaf – mae'r ffordd mae hi wedi bod yn edrych arna i o bryd i'w gilydd, dros y misoedd diwethaf yn enwedig, wedi awgrymu hynny'n reit aml. Dw i'n amau fod fy ngwraig yn ofni bod ar ei phen ei hun. Yn ofni'r unigedd a'r tawelwch. Yn ofni mynd yn hen heb gymar yn gwmni iddi. Mae hyn yn fy nhristáu ar un llaw, ond yn gwneud i fi orfoleddu a diolch i'r duwiau ar y llall. Ac, yn olaf, dw i'n amau mai fi yw'r bastard mwyaf lwcus ar wyneb y ddaear i gael y fath ail gyfle â hwn.

Er hyn, dw i'n dal i fwmian "Ti o ddifri?" o dan fy anadl, sy'n gwneud i Lisa droi ac edrych arna i'n syn.

"*Beth*?"

Dw i'n synnu na wnaeth hi fy nghlywed, ac yn diolch i Demeter am effeithiau hudol y drygiau.

"Digon teg," dw i'n llwyddo i ailafael yn y sgwrs . "A fi *yn* sori 'fyd, fi'n gwbod nad o'n i'n..."

Mae Lisa'n codi ei bys at fy ngwefusau i 'nhawelu, sy'n beth da o fy safbwynt i achos doedd dim syniad gyda fi ble roedd y frawddeg yna'n mynd.

"Clean slate, Llwyd. Dere i'r tŷ. Sa i'n meddwl bydd lot o groeso i ti yn y sied heno..."

"Pam?"

"Wel... es i lawr 'na'n gynharach i edrych amdanat... ond cyn cyrraedd diwedd y patio, o'n i'n gallu gweld fod pwy bynnag oedd 'na'n reit... *brysur*..."

"Shwt?" gofynnaf yn ddifeddwl.

"Come on, Llwyd! Roedd y boi 'na sy 'di bod yn aros gyda ti..."

"O, ti'n gwbod am...?"

"Wrth gwrs 'mod i! Mae gen i lygaid, Llwyd!"

"Sori."

"Paid poeni am y peth. Dy sied *di* yw hi... ta beth, ro'n i'n gallu ei weld e'n... ti'n gwbod..."

"Dawnsio? Coginio? Beth?"

"Ti'n gwbod *beth*, Llwyd!"

"Hwrddo?" gofynnaf, gan ddynwared ffarmwr o Geredigion, sy'n gwneud i Lisa chwerthin.

"Bingo!"

Bingo, yn wir.

"So, anyway, es i ddim pellach, jyst anfon y neges 'na atat ti…"

"A dyma ni."

"Dyma ni," mae'n gwenu arnaf, yna'n ymlacio'n gysglyd i'r lledr. "Pwy yw'r ferch, gyda llaw? Roedd hi'n edrych mor ifanc… yn *rhy* ifanc, ti'n gwbod…"

Dw i'n anwybyddu'r sylw, gan ryfeddu na wnaeth Lisa adnabod Casi – er fod hynny'n beth da, wrth gwrs.

"Rhyw ferch o'r enw… Katie," atebaf. "Ac mae hi'n ddeunaw oed…" ychwanegaf.

"Shwt wyt *ti'n* gwbod?"

"Weles i ei thrwydded yrru hi'r diwrnod o'r blaen," esboniaf, er nad ydw i'n ychwanegu mai ei defnyddio i dorri llinellau o Wynfryn roedd Idris ar y pryd. "Mae di bod 'nôl a 'mlaen yn gweld Id… Iwan… dros y dyddiau diwetha…"

"Wel, ma unrhyw un yn gallu cael gafael ar fake ID, Llwyd," mae Lisa'n datgan yn bendant.

"Digon gwir," dw i'n cydnabod, gan gofio pa mor hawdd oedd hi i gael ID Coleg Glan Hafren neu Athrofa Caerdydd, a hynny dros ugain mlynedd yn ôl nawr. Mae pobol ifanc heddiw siŵr o fod yn creu, argraffu a lamineiddio'r cyfan gartref ar gyfrifiadur swyddfa'u rhieni…

"Am faint mae dy ffrind… *Iwan* wedes di… yn bwriadu aros?"

"Sa i'n gwbod. Ma fe'n hen, hen ffrind i fi, a sa i 'di gofyn mewn gwirionedd…"

"Ddim yn *rhy* hir, gobeithio…" mae Lisa'n dweud wrth gamu o'r car, gan gael y gair olaf.

*　*　*

Gyda'r dogfenfag yn fy ngafael a 'nghalon yn llawn gobaith unwaith eto, dw i'n arnofio trwy'r ardd at y sied. O bell, trwy'r ffenestri di-len, gallaf weld Casi'n gorweddian ar y gwely wedi'i gwisgo'n union fel yr oedd hi pan wnes i adael oriau ynghynt, ac yn gwylio'r teledu. Sdim sôn am Idris yn unman, ond pan dw i'n agor y drws ffrynt gallaf glywed y gawod yn llifo. Nid yw Casi'n edrych arnaf. Mae hi'n rhy brysur yn gwylio *Friends* eto. Yr un bennod ag oedd 'mlaen ynghynt, dw i bron yn siŵr. Heb air, af ati i gasglu ambell beth mewn bag – dau bâr o baffwyr, sanau glân, cwpwl o grysau a phâr o jîns.

"Beth ti'n neud?" clywaf Casi'n gofyn, ac mae'n gwawrio arnaf mai dyma'r eiliad berffaith i ddod â'n 'perthynas' i ben.

"Fi'n symud 'nôl i'r tŷ, at Lisa..."

"Cool," medd Casi, gan droi'n ôl at y teledu.

"Fi'n gwbod, falle, bod dim angen i fi ddweud dim byd am y peth..." dywedaf, gan deimlo fel twat cyn dechrau.

"Beth?" Mae Casi'n codi'r remôt ac yn tawelu'r ffrindiau.

Gwelaf ei llygaid llaethog yn saethu at ddrws y stafell gawod, cyn dod i orffwys unwaith eto arnaf i.

"Wel... *ni*... ti'n gwbod..."

Mae Casi'n codi'i hysgwyddau'n ddi-hid ac yn ysgwyd ei phen rhyw fymryn. Unwaith eto, mae hi'n cipdremio ar ddrws y gawod.

"Fi'n symud 'nôl at fy *ngwraig*, Casi..."

Mae hi'n cnoi gewin ei bys bawd ac yn syllu arnaf. Neu hyd yn oed yn syllu yn syth trwof. Sa i hyd yn oed yn gwybod *pam* 'mod i'n dweud dim byd am y peth; daeth pethau i ben dros wythnos yn ôl, a hynny cyn cychwyn go iawn, mewn gwirionedd.

"Mae ein perthynas ni ar ben, Casi." Dw i'n adrodd y geiriau yn a-r-a-f, fel petai hi'n drwm ei chlyw.

Mae hi'n crychu ei hwyneb, fel petasai'n ystyried beth dw i newydd ei ddweud. Mae ei thrwyn smwt a'i chroen llyfn, di-rych, yn dwysáu ac amlygu ei hieuenctid. Mae'r gawod yn dal i lifo, diolch byth.

"Ydy *a* nac ydy," ateba Casi o'r diwedd, sy'n gwneud dim

synnwyr i fi o gwbwl. Mae'n adrodd y geiriau'n araf ac yn llawn ansicrwydd, ei llygaid yn sboncio at ddrws y gawod ac yn ôl unwaith yn rhagor.

"Beth ti'n feddwl?"

"Weeeeeeel," mae'n dechrau, wrth gynnau sigarét a chwythu'r mwg tuag ataf, gan ymddangos yn hŷn ac yn hyderus ar unwaith. "Ti'n iawn fod ein perthynas *gorfforol* ar ben. In fact, 'nath hi braidd gychwyn go iawn, do fe…?"

Awwww!!!!

"Yn *union*," dw i'n ategu, er nad dyna'n *union* fel roeddwn i'n gweld pethau. "*Ond*?"

"*Ond*, so'n perthynas *ariannol* ni ar ben." Mae hi'n gwenu'n siriol wrth ddweud hynny, fel merch fach hollol ddiniwed, er fod tinc ei llais yn awgrymu ei bod wedi ymarfer yr hyn sydd ganddi i'w ddweud. Ac mae hynny'n gwneud i fi deimlo'n hollol anghyffforddus.

"*Pa* berthynas ariannol?" gofynnaf.

Mae Casi'n mwytho'r gwely wrth ei hochr gyda'i llaw. "Eistedd lawr i fi gael *dangos* rhywbeth i ti." Unwaith eto, rwy'n cael y teimlad ei bod hi'n adrodd y geiriau o sgript.

Yn ddigwestiwn, camaf ati ac eistedd ar y gwely. *Fy* ngwely. Mae Casi'n gafael yn ei ffôn ac yn ei ddal o'n blaenau, yna'n sgrolio a chlicio ar eiconau amrywiol nes cyrraedd ffeil o'r enw 'LLO'. Mae'n agor y ffeil ac yn dod at bump ffilm. Mae'n clicio ar yr un gyntaf ac mae fy nghorff noethlymun yn llenwi'r sgrin a 'nangos yn fy holl ogoniant – fy mŵbs, fy nhats, fy mol cwrw, fy aml-enau a fy ngwyneb dod – yn penetreiddio Casi yn y dull cenhadol. Mae'r ail ffilm yn dangos Casi'n fy marchogaeth tan y llinell derfyn a dw i'n gwylio'r cyfan yn fud.

"Ti moyn gweld y lleill?"

"Na. Ond sa i'n gweld beth yw'r broblem. Dw i 'di dweud *popeth* wrth Lisa'n barod. Llechen lân, Casi, llechen *lân*…" Mae'r allanfa dân yn agor ar amrantiad, gan gynnig cipolwg i fi ar borfeydd glasog fy nyfodol rhydd, yna mae Casi'n ei chau'n glep yn fy ngwyneb a 'nychwelyd ar unwaith i uffern gyfredol fy mywyd.

"Ti heb ddweud *popeth* wrthi, Llwyd."

"Ydw!" dw i'n protestio.

"Ti *heb*, achos sa i 'di dweud *popeth* wrtho ti…"

Shiiiiiiiiiiiiiiiiiiiiiiiiiiiiiiiiiiiiiiiiiiiiiiiiiiiiit.

"Go on," dw i'n gorchymyn, er 'mod i eisoes yn amau beth sydd i ddod.

"Sa i'n un deg wyth, Llwyd."

Syllaf i fyw ei llygaid, ac wedyn ar nodweddion porslen ei hwyneb. Mae'r cyfan *mor* amlwg yn awr. Ond sut yn y byd *nad* oedd e'n amlwg cyn hyn? Yn fy mhen, dw i'n dychmygu ceisio dianc, ond yn methu â mynd ymhellach na'r drws. Ddim hyd yn oed yn fy ffantasi fy hun!

"Faint yw dy oed di, 'te?"

"Un deg pump."

Could be worse yw'r geiriau cyntaf sy'n mynd trwy fy mhen. Sa i'n gwybod pam. Wedyn, gwelaf wyneb Ian Watkins yn syllu arnaf o glawr blaen y *Western Mail*, gyda Rolf Harris, DLT a Syr Jimmy yn gwmni iddo. Mae'n gwawrio arnaf yn syth nad oes y fath beth â graddfa gymharol pan mae'n dod i'r rheiny sy'n cam-drin plant. Nons 'di nons 'di nons. *Fuck!*

Dw i'n cofio amau ei hoedran am ennyd jyst cyn i ni ddechrau cnychu, heb wneud dim am y peth, yn enwedig ar ôl i bethau ddechrau poethi. Profodd fy libido cloff yn llawer cryfach na fy moesau ac amheuon fy isymwybod, dyna'r gwir sydd ohoni. A sa i 'di meddwl am y peth ers 'ny. Tan nawr. Mae'n anodd iawn credu fod rhywun sydd mor dinboeth, arbrofol a phrofiadol â Casi Jenkins yn y stafell wely ddim ond yn bymtheg oed!

"Oes 'da ti ID?" dw i'n atseinio, gan gicio fy hun am beidio â mynnu ei weld y noson gyntaf honno rai wythnosau 'nôl.

"Oes," ac mae hi'n estyn ei phwrs ac yn tynnu ei thystysgrif geni allan a'i dangos i fi. Nid copi chwaith, ond y gwreiddiol.

"Pwy yn y byd sy'n cario'i thystysgrif geni gyda hi?" dw i'n piffian, yn hollol bathetig.

"Sa i'n gwbod. Rhywun sy'n bwriadu blacmelio awdur enwog efallai?"

Mae'n codi ei haeliau arnaf ac yn gwenu. Fodd bynnag, gallaf synhwyro rhyw ansicrwydd ynddi o hyd; er, efallai mai gobaith ofer yw hynny, neu hyd yn oed fy ego cleisiog yn ceisio lleddfu ei glwyfau mewn ymateb i gael ei drechu gan blentyn ysgol. Mae'r gawod yn stopio a'r tawelwch yn llethol. Fy ngreddf gyntaf yw ei thagu yn y fan a'r lle a chael Idris i fy helpu i'w chladdu yn y coed. Ond dw i'n pwyllo. Meddwl. Ac yn sylweddoli ei bod hi'n reit bosib fod Casi wedi bwriadu gwneud hyn o'r cychwyn cyntaf. *Ond dim ond merch bymtheg oed yw hi!* mae fy nghallineb yn gweiddi. Ond wedyn, beth yn y byd mae'r bastard yna'n ei wybod? So fe 'di bod yn lot o help hyd yn hyn, ydy e?

"Beth ti moyn, 'te?" gofynnaf, gan wybod nad oes unrhyw beth arall alla i ei wneud. Dim ond un gyrchfan sydd i rywun yn fy sefyllfa i. Carchar.

"Arian."

Digon teg. "Faint?"

"Dim lot i rywun fel *ti*," mae'n poeri. "Ugain mil. Cyn diwedd y mis, neu bydd yr heddlu'n gweld beth sydd ar y ffôn…"

"Ugain fuckin mil!" ebychaf, gan orfod trechu'r reddf i'w thagu eto. "Ugain fuckin mil…" dw i'n ailadrodd yn dawel i fi fy hun, yna'n cau fy llygaid yn y gobaith y bydd y düwch yn datrys fy holl broblemau. *Dim gobaith.*

Clywaf ddrws yn agor a phan edrychaf, mae Idris yn sefyll o 'mlaen yn gwisgo dim byd ar wahân i dywel a gwên fawr giaidd ar ei wep.

"Ble ti 'di bod?" mae e'n gofyn.

"Gyda Doc a Jimmy yn y Cameo…" atebaf, yn falch o gael meddwl am rywbeth arall.

Gwelaf awgrym o banig paranoiaidd yn llygaid Idris. "O, ie. Very cosy. What did Jimmy say?"

"Amdanat ti?"

"Na, Floyd, am y fuckin plane yna sydd ar goll yn y Pacific!"

"Dim lot. Dim byd pendant. Glywes i nhw'n cyfeirio ata ti gwpwl o weithiau, ond doedd hynny ddim byd i wneud â beth ti 'di neud…"

"Explain."

"Wel, ma Jimmy'n ffan, yn dyw e…"

"Ffan o beth?"

"Fi."

"Yw fe?"

"Ydy. Ac mae'r diolch am hynny i ti. Yn ôl Jimmy, ta beth."

"Oh."

"Wedodd Jimmy mai ti 'nath ei gyflwyno fe i'n llyfrau i…"

"Aye. Falle. Sa i'n cofio. So he's not suspicious then?"

"Beth, bod ti'n aros fan hyn?"

"Aye."

"Na. Dim o gwbwl."

Mae Idris yn syllu i fyw fy llygaid wrth glywed hynny. Efallai nad yw e'n fy nghredu, ond mae e wedi'i gaethiwo fan hyn, a sdim byd y gall e'i wneud am y sefyllfa. Fel anifail gwyllt mewn sŵ, mae'r bwystfil wedi'i dawelu am y tro.

"So where's the ganj, then?" gofynna ar ôl gorffen syllu.

"Yn y bag!" ebychaf, gan agor fy mag a thaflu bricsen ato.

"Fuck me, Floyd! Jesus! Fuckin hissy fit or what… Beth sy'n bod ar ti?"

Dw i'n troi i edrych ar Casi, sy'n lled-orwedd ar y gwely eto, yn gwylio'r sioe gyda golwg hunanfoddhaus ar ei hwyneb.

"Fi'n cael fy mlacmeilo gan ferch ysgol…"

"Pwy?"

"Pwy ti'n meddwl?!"

"Casi?"

"Ie, fuckin Casi! Jesus, Ids!"

"Fuckin hell, Floyd! Chill. Faint?"

"Ugain mil," mae Casi'n ymuno, ac mae'r cyfanswm yn gwneud i Idris chwibanu ei ymateb. "*Beth*? So hynny'n ddim byd i Mr Bigshot awdur fan hyn! Ma fe'n ennill miloedd bob mis am wneud dim byd. Sdim morgais 'da fe. Dim loans…"

"Sut wyt ti'n gwbod hynny?"

"Weles i dy statement banc diwetha di'r diwrnod o'r blaen."

"Hwn?" gofynna Idris, gan godi'r gyfriflen o'r ddesg a'i chwifio o'i flaen.

Codaf a cheisio'i chipio o afael fy ffrind, ond mae Idris yn fy ngwthio i lawr yn hollol ddiymdrech, yna'n mynd ati i archwilio'r manylion.

"Very nice, Floyd. Ti'n neud yn olreit, ey?"

"Dylset ti fod yn ddiolchgar, *Llwyd*," mae Casi'n poeri dros fy ysgwydd. "O'n i bron â gwneud i ti brynu fflat i fi…"

"*Fflat*?!"

"Ie. Dw i'n gwneud ffafr gyda ti…"

"*Ffafr*?! A beth sy'n digwydd ar ôl i fi dalu'r ugain mil 'ma?"

"Bydda i'n dileu pob tystiolaeth o beth ti 'di neud i fi…"

"A dw i fod i *ymddiried* ynddot ti i neud hynny nawr – ar ôl hyn?"

Mae Casi'n codi ei hysgwyddau ar hynny. Does dim ots ganddi ydw i'n ei chredu ai peidio. Sdim dewis 'da fi, ac mae hi'n gwybod hynny'n iawn.

"Ti'n fucked, Floyd-o!" mae Idris yn ebychu, ei ddannedd yn amlwg a'i lygaid yn pefrio, fel tase'n falch o 'ngweld yn y fath sefyllfa amheus.

"Diolch am dy fewnbwn adeiladol, Idris…"

"Grow up, you twat! Fault ti yw hwn i gyd, anyway. Ma'r ffilms yna'n…"

"Beth, *ti* 'di gweld y ffilms?"

"Aye. Very impressive." Mae'n gwenu arnaf eto, ac yn wincio ar Casi 'fyd.

"Sa i'n gwbod pam yn y fuckin byd ti'n gwenu, Ids! *Ti* fydd nesa; *ti* sy'n hwrddo hi nawr!"

"Too right fi yn," mae'n cyfaddef, gan wincio eto ar Casi. "Ond I'm not going to gadael hi i ffilmio fi ar y job, ydw i'r fuckin knobhead? Rule number one of underage sex club, Floyd-o..."

"Ond do'n i ddim yn *gwbod* mai pymtheg oedd hi!" dw i'n pledio.

Mae Idris yn codi ei ysgwyddau ac yn edrych arna i'n llawn tosturi. "*Fi'n* credu ti, Floyd, but I don't think bydd y judge and jury yn..."

Dw i'n edrych ar Casi yn gwenu arnaf o'r gwely, gan wybod nad oes unrhyw beth galla i ei wneud *ond* talu; ac yna ar Idris, sy'n sefyll yna yn ei dywel yn gwenu'n gam i gyfeiriad ei gariad â'i godiad yn amlwg i bawb.

"*CUNTS!*" ffrwydraf, yna anelu am y drws a thrampio'n droetrwm tuag at y tŷ, pob gobaith wedi diflannu a phorth annisgwyl arall wedi'i agor, yr un yma hefyd yn llawn hunllefau tywyll.

DUTCH

"Ma hwn yn blydi typical, Floyd! Syniad Idris oedd y blinkin daith 'ma yn y lle cynta…" cwynodd Daf yn fy nghlust, wrth i ni wylio gyrrwr tew y bws yn ymlwybro tuag atom yn y sedd gefn, gan ysu am i Idris ymddangos o nunlle a pheidio â ffwcio'r cynllwyn yn rhacs cyn i ni hyd yn oed adael Caerdydd.

"Fi'n gwbod, fi'n gwbod, ond beth allwn ni neud?"

Yn y dyddiau cyn ffonau symudol, roedd ein hopsiynau'n brin. Dim ond tri oedd ar agor i ni, mewn gwirionedd: 1) mynd hebddo fe a mwynhau dwy noson yn Amsterdam ar ein pennau ein hunain; 2) peidio mynd o gwbwl, ac felly gwastraffu'r arian roedden ni eisoes wedi ei dalu am y bws a'r cwch; 3) pledio gyda'r gyrrwr i aros am ddeng munud arall a ffonio tŷ Idris o'r blwch ffôn gyferbyn â'r arhosfan ar Stryd Westgate yn y gobaith o gael rhyw synnwyr gan un ai ei fam neu un o'i chwiorydd, oedd yn reit annhebygol, wedi meddwl, gan ei bod hi newydd droi canol nos.

"I can't wait any longer, lads," meddai'r gyrrwr. "We've got a ferry to catch, and if I miss my slot I could lose my job. Sorry." A throdd ar unwaith heb aros am ateb.

"Be 'newn ni?" gofynnais i Daf, a gwylio'r walrws yn dychwelyd i'w sedd.

"Wel, mynd wth gwrs. Fuck Idris, Llwyd. Os nad yw e'n gallu hyd yn oed troi lan ar amser, wel pa obaith sydd ganddo? Ac edrych arni fel hyn, ma gyda'r ddau ohonon ni ddau gant a hanner o bunnoedd yr un i wario yn y Dam ar pwy a ŵyr beth…"

Gwenais ar hynny wrth i 'nychymyg ddechrau cyffroi, ond

cyn i fi fynd ymhellach na buddsoddi mewn bong persbecs dwy droedfedd newydd sbon, a chyn i'r gyrrwr danio'r injan hyd yn oed, pwy gamodd i'r bws yn cario bag cynfas carpiog dros ei ysgwydd a gwên lydan, llawn rhyddhad, o dan ei drwyn, ond Idris.

"Sorry, drive," clywais e'n dweud wrth y gyrrwr, er na wnaeth aros i glywed yr ateb. Yn hytrach, cerddodd yn frysiog tuag atom, yn ysgwyd ei ben yn llawn edifeirwch.

"Lle ti 'di bod?" Roedd Daf yn grac, er mai rhyddhad pur ro'n i'n ei deimlo.

"Fuck, bois," dechreuodd, gan ysgwyd ei ben unwaith eto ac eistedd rhyngddon ni. "'Nes i paso mas yn tŷ Livs. That girl's an anifail gwyllt, I'm tellin you! And then, pan 'nes i dihuno about an awr yn ôl, I had to mynd gartre i ôl bag fi a'r cash…"

"Sut des ti i'r dre, 'te?"

"'Nath Livs rhoi lift i fi," a chyda hynny, pwysodd Idris yn erbyn y ffenest a chodi llaw ar ei gariad wrth iddi yrru i ffwrdd.

Gyda Daf yn mwmian rhywbeth o dan ei anadl, dechreuodd y bws symud a phwysodd y tri ohonon ni'n ôl yn ein seddi a gwylio'r ddinas – ein dinas – yn pasio yr ochr arall i'r gwydr. Roedd Parc yr Arfau'n dywyll a difywyd, tra bod y castell wedi'i oleuo fel sioe ar lwyfan yn y West End, a gwehilion cymdeithas yn cymysgu ag yfwyr a rafiniaid y clybiau nos ar y strydoedd oedd byth yn cysgu. Ymhen dim, ymunodd y bws â'r A48 yn Gabalfa ac roedd y daith go wir wedi dechrau.

Roedd cyffro cychwynnol y siwrne wedi llwyr ddiflannu cyn i ni groesi Pont Hafren, a realiti'r daith ugain awr i Amsterdam ar fws anesmwyth a drewllyd – diolch i'n hagosatrwydd at y toiled, a'r llif cyson o draffig dynol oedd yn ei ddefnyddio – wedi dechrau gafael. Roedd y sgwrsio'n pylu a'n llygaid yn cau, a chyn hir roedd fy ffrindiau ill dau'n chwyrnu wrth fy ochr, tra 'mod i'n ei chael hi'n amhosib mynd i gysgu. Doeddwn i erioed wedi bod yn un am gysgu ar fy eistedd. Ddim hyd yn oed pan o'n i'n fach, yn ôl Mam. Roedd angen gwely arna i. Neu soffa neu lawr o leiaf. Felly, tra bod Idris a Daf yn breuddwydio, ro'n i'n syllu allan ar y nos, gan adael i fy meddyliau grwydro. Meddyliais yn gyntaf am Becca a'i hymateb negyddol i'r cynllwyn i smyglo Es o'r Iseldiroedd, a difarais ddweud gair wrthi am yr holl beth. Roedd popeth yn mynd *mor* dda tan hynny hefyd, ond nawr, do'n i ddim yn gwybod beth i'w feddwl. Wythnos yn ôl, ro'n i'n ffantasïo am ei phriodi, ond bellach do'n i ddim yn gallu ein gweld ni'n para tu hwnt i'r haf. Aeth fy meddyliau o Becca at fy rhieni, er nad oeddwn am oedi yn eu cwmni'n hir – rhy ddigalon o lawer. Roedd yr hen ddyn fel drychiolaeth yn fy mywyd bellach, er nad oedd e 'di dweud *bw* – nac unrhyw beth arall – wrtha i ers misoedd; tra bod Mam, er ei holl ymdrechion, yn dechrau datod o flaen fy llygaid. Roedd y ddau'n ymddangos mor gadarn i mi, a hynny ddim ond gwpwl o flynyddoedd yn ôl, ond bellach do'n i ddim yn gallu gweld yr un ohonyn nhw'n goroesi a gweld y ganrif nesaf, er nad oedden nhw'n hen o gwbwl, nac yn sâl chwaith – wel, ddim yn gorfforol, ta beth.

Gyda'r ellyll yn bygwth fy llethu, do'n i erioed wedi bod mor falch o weld gwasanaethau Membury yn fy myw. Gwyliais weddill y teithwyr yn gadael y bws wrth i Daf ac Idris ddechrau dod at eu hunain.

"Lle y'n ni?" gofynnodd Daf yn gysglyd.

"Membury."

"Smôc?" oedd cwestiwn Idris, a chyda winc i 'nghyfeiriad, tynnodd dair sbliff barod o'i boced, yna ein harwain oddi ar y bws a draw at res o goed bytholwyrdd ochr draw'r maes parcio i ni gael pisio a smocio yn yr awyr iach, a sicrhau fod gweddill y daith i'r cyfandir yn llai o artaith – i fi, o leiaf – na'r cymal cyntaf o Gaerdydd i'r fan hyn.

* * *

Erbyn i'r bws gyrraedd gorsaf Amstel Amsterdam am wyth o'r gloch nos Wener – ugain awr, bron i'r funud, ar ôl gadael Caerdydd – ro'n i wedi gorffen darllen nofel anhygoel o wych Iain Banks, *Complicity*, ac yn difaru peidio dod â llyfr arall i'w ddarllen ar y ffordd adref. Dyna'r bumed nofel gan Banks i fi ei darllen yn y flwyddyn ddiwethaf (ar ôl *The Wasp Factory*, *The Bridge*, *Use of Weapons* a *The Player of Games*) ac roedd y ffaith fod pob un ohonyn nhw *mor* wahanol yn profi i mi nad oedd dim byd i gyfyngu ar greadigrwydd... ar wahân i'r dychymyg, wrth gwrs.

Roedd gwaelod fy nghefn yn crefu am ryddhad, a chyn i'r bws ddod i stop ro'n i ar fy nhraed yn ymestyn fy nghorff tua'r nenfwd ac yn gwrando ar Idris yn rhestru trefn y noson o'n blaenau.

"Hostel gynta, alright bois? Ditcho'r bags, shit, shave and a shower, if you must, then bant â'r fuckin cart..."

Roedd e'n llawn cyffro, ac yn fy atgoffa i o fi fy hunan ar y ffordd i Legoland yn wyth mlwydd oed; yn wir, roedd e bron â glafoerio o dan bwysau ei ddisgwyliadau afrealistig, tra bod ei lygaid ar dân ac yn saethu i bob cyfeiriad ar unwaith.

"Coffee shop Sheeba wedyn, sydd just wrth yr hostel according to Dutch..."

"A wedyn?" gofynnodd Daf gyda gwên yn goglais ei geg – newid i'w groesawu o'r gwgu parhaus diweddar – achos ro'n ni i gyd yn gwybod yr ateb yn barod, gan ein bod wedi cael y sgwrs yma ddegau o weithiau yn ystod y bythefnos ddiwethaf, ers cytuno i ddod yn gwmni i Idris ar y daith.

Trodd Idris at Daf cyn ateb, gyda golwg ddifrifol o ddwys ar ei wep. "Ti'n fuckin gwbod exactly *beth* wedyn, Dafydd Roach..." meddai'n araf ac yn bendant, ond dychwelodd y wên o'r tu ôl i'r ffasâd cyn i'r frawddeg ddod i ben.

"HOOKERS!" cyd-floeddiodd y tri ohonon ni, gan beri i'r rheiny oedd yn dal ar y bws droi i edrych arnon ni'n llawn dirmyg, neu chwithdod, efallai, neu gyfuniad o'r ddau.

Fe neidion ni mewn tacsi a theithio at derfyn ardal golau coch ddrwgenwog y ddinas, gan syllu i'r nos prin yn gallu credu ein bod ni yno, o'r diwedd, er nad Amsterdam oedd gwir gyrchfan ein taith chwaith. Dim ond heno oedd gyda ni yng nghanol y ddinas, gan y bydden ni'n mynd gyda Dutch yfory, fel tri Jac hygoelus ar drywydd ffa hud.

Ar ôl talu'r gyrrwr a gwirio map poced Idris i wneud yn siŵr ein bod ni ar y trywydd cywir, i ffwrdd â ni am hostel The White Tulip, dafliad carreg o Dam Square a bang yng nghanol y puteindai.

Yn ystod y daith gerdded bum munud, cafodd yr holl gyffro a gorfoledd yr oeddwn yn ei deimlo am fod yno yn Amsterdam ei ddyrnu ohonof gan y digalondid a'r anobaith ro'n i'n ei weld yn llechu yn llygaid yr holl ferched oedd yn sefyll yn ffenestri'r blychau bwcho, yn arddangos eu cyrff i'r ynfytiaid ar yr ochr arall, at ddiben ennill ceiniog neu ddwy. Ni ddangosais hyn i fy ffrindiau, wrth gwrs, yn bennaf oherwydd nad oedd Daf yn cymryd unrhyw sylw o'r hyn oedd yn mynd ymlaen, tra bod Idris wrth ei fodd, yn camu at ambell ffenest gan swsio'r gwydr a dal ei afl yn ei afael fel petai'n dynwared Wacko Jacko ar lwyfan. Roedd y merched yn ei annog i ymuno â nhw, am bris wrth gwrs, ac roedd Idris fel dyn gwyllt yn gweiddi arnyn nhw trwy'r gwydr ac yn troi atom a'n hannog i ymuno yn yr hwyl.

Un o'r pethau oedd yn fy synnu i fwyaf oedd pa mor brydferth oedd mwyafrif y merched. Wrth gwrs, roedd yna ambell wrach yn eu plith, ond nid dyna'r gwir yn y rhan fwyaf o achosion. Roedd hi fel parc hamdden i byrfyrts yma, er nad oedd y pyrf hwn eisiau bod yn rhan o hynny.

Tawelodd y torfeydd rhyw fymryn wrth i ni gefnu ar ganolbwynt anhrefnus De Wallen ac anelu am Dam Square a'n lletty am y noson. Ond, gyda'r hostel yn amlwg o'n blaenau, cafodd ein sylw casgliadol ei gipio gan ddyn yn camu o ddrws plaen wrth ochr ffenest fawr gyda'r llenni wedi'u cau. Gwelais ar unwaith bod gwên fawr ar ei wyneb a'i fod yn gwneud sioe o gau gwregys ei drowsus, ac yna clywon ni leisiau ei ffrindiau yn canmol ei wroldeb wrth gau amdano.

"Best twenty quid I've spent all day!" broliodd y boi yng nghanol cawod o high fives a bloeddiadau canmoliaethus; ac ar y gair agorodd y llenni unwaith eto, ac ymddangosodd putain ifanc – oedd yn agosach at bymtheg nag ugain oed – o'n blaenau, ei llygaid yn wag ac yn wydrog, ond ei hysgwyddau'n syth ac yn falch. Man a man iddi wisgo arwydd o amgylch ei gwddf yn dweud 'NEXT'. Fe arweiniodd Idris ni oddi yno, ond troais 'nôl i edrych i'w chyfeiriad mewn pryd i weld ei chwsmer nesaf yn cnocio'r drws.

Yn bersonol, byddai'n deg dweud fod holl ramant y lle wedi diflannu i fi erbyn i ni gyrraedd yr hostel, ond nid oedd hynny'n wir yn achos fy ffrindiau. Wel, yn achos Idris o leiaf. Roedd y mwg yn hyfryd, wrth gwrs, ond doedd dim modd dianc rhag y teimlad fod craidd a chalon y ddinas yn bydredig.

O fewn awr i adael yr hostel roedd y tri ohonon ni'n arnofio o amgylch y lle, heb wybod yn iawn beth i'w wneud nesaf. Ro'n ni 'di sugno sbliffs di-rif, bwyta gofod-gacen ac yfed ysgytlaeth ymbelydrol bob un, bochio i mewn i bitsa deuddeg modfedd o un o'r myrdd o giosgau oedd yn gwasanaethu'r torfeydd twristaidd chwil, gwylio sioe XXX wnaeth i fi deimlo'n sâl a syllu'n geg-agored ar gymaint o buteiniaid nes 'mod i wir yn ystyried troi'n hoyw. Yn wir, yr unig beth oedd ar ôl i'w wneud nawr oedd mynd am beint.

Ar ôl gadael De Wallen fe ddaethon ni o hyd i far di-fflach a thawel lawr stryd gefn oedd yn hanner gwag a digon croesawgar. Wedi archebu Amstel yr un, eisteddodd Daf a finnau mewn bwth yng nghefn y sefydliad, ond roedd hi'n amlwg ar unwaith fod rhywbeth ar feddwl Idris. Roedd yn tindroi o'n blaenau fel petai'n ymgodymu â'i isymwybod, ac nid ymunodd â ni wrth y bwrdd.

"Beth sy'n bod arnot ti, Ids?" gofynnais.

"Whitey?" meddai Daf, a pheri i'r ddau ohonon ni biffian.

Ond yn lle ateb yn y ffordd arferol, cododd Idris ei beint a llyncu'r cyfan mewn un cegaid.

"I'll be back nawr," dyma fe'n datgan. "Stay put." Ac aeth i ffwrdd heb air pellach.

"Beth yn y…?" dechreuais ofyn, ond cyn diwedd y frawddeg penderfynais mai dibwynt fyddai ei gorffen. Yn lle siarad, aeth Daf a finnau ati i yfed ein cwrw, oedd yn oer a bach yn chwerw, ond ar ôl holl fwg a llygredd amrywiol arall y noson, roedd i'w groesawu'n fawr, ac yn adfywiol hefyd.

Fi orffennodd gyntaf, felly codais a mynd i nôl dau beint arall. Wrth y bar, daliodd un o'r locals – boi yn ei ugeiniau oedd yn eistedd ar stôl ar ei ben ei hun – fy llygad a nodio'n gyfeillgar. Gwenais yn ôl heb feddwl mwy am y peth, yn bennaf am fod gan Daf rywbeth i'w ddatgelu pan ddychwelais at y bwrdd.

"Fi'n meddwl bod Idris wedi'n twyllo ni," meddai cyn i fi gymryd swig o'r cwrw.

"Beth?" Roedd wedi fy nrysu'n llwyr.

Cododd fy ffrind ei ysgwyddau a chynnau sigarét cyn mynd yn ei flaen.

"Sa i'n gwbod. Jyst teimlad sydd 'da fi…"

Roedd fy mhen yn ceisio dadansoddi ei eiriau – tipyn o beth yn fy nghyflwr i.

"Hang on, wedes ti bod Idris *wedi* ein twyllo ni…"

"Do. Fi'n credu…"

"Ond wedyn wedes ti mai jyst *teimlad* sydd 'da ti."

"Ie."

"So pa un yw e?"

"Beth?"

"Wel, *ffaith* neu *deimlad*?"

"Ym… teimlad…"

"Ok. So beth ti'n siarad am 'te?"

"Wel, fi 'di bod yn meddwl am y sgam…"

"Y smyglo?"

"Ie. Mwya dw i'n meddwl am y peth, y mwya dw i'n amau bydd Idris yn gallu sdwffo mil o Es lan ei din e…"

"O." Mae ei eiriau'n treiddio'n araf i fy ymennydd, ond yn y pen draw rhaid cyfaddef 'mod i'n cytuno. "Ma fe'n swnio fel lot…"

"Ydy. A faint o weithiau ni 'di clywed e'n cwyno bod Olivia yn hoffi sdicio bys i fyny ei dwll pwps?"

"Gwir!"

"A doedd dim *angen* i ni ddod gyda fe, oedd e? Ein *harian* ni oedd angen arno fe, dim ein *cwmni*…"

"Ond o'n ni'n dau *eisiau* dod i Amsterdam…"

"Yn union. Easy pickings i Idris Evans…"

Ond cyn i Daf allu ymhelaethu, roedd y boi oedd yn eistedd wrth y bar wedi tynnu sedd gyfagos draw at ein bwrdd heb ofyn am ganiatâd. Trodd Daf a fi i edrych arno ac ro'n i'n falch o weld mai gwên oedd ar ei wyneb, yn gorwedd yn gam o dan ei lygaid gwydrog.

"You want pills?" oedd ei gwestiwn agoriadol, a heb oedi roedd Daf wedi gofyn am chwech. Fe ddigwyddodd y trosglwyddiad – 120 guilder, er nad oedd hynny'n golygu rhyw lawer i mi – o dan y bwrdd, ond cyn iddo ein gadael, llwyddais i ofyn un cwestiwn.

"Where can we go to take these? Somewhere away from the red light district, I mean…"

"The red light district is shit, yes. How you say, tourist trap? Full of English fuckheads… no offence."

"None taken, butt," ymunodd Daf yn y sgwrs. "We're Welsh."

"Welsh! Cool. I love Ian Rush! His moustache is too cool,

for how you say, school? What music do you Welsh boys like? Hard trance. Drum and bass. Techno. House."

"We don't mind a bit of dub techno or drum and bass…"

"Somewhere with a chill-out room."

"They *all* have chill-out rooms, guys!" ebychodd y boi a chwerthin ar ein pennau. Wrth wneud, estynnodd gerdyn o'i boced a'i lithro ar hyd y bwrdd. "Go there, ok."

Codais y garden a cheisio'i darllen, er fod fy llygaid mas o ffocws braidd.

"The club's called The Bunker. Very cool. A little out of town, but no English fuckheads! Take a taxi, yes. Four rooms playing different music. Techno. Trance. Drum and bass. Chill-out. Go there. You'll love it, I promise."

A chyda hynny, roedd ar ei ffordd ac yn agor y drws i Idris ddychwelyd.

"Sori, bois," meddai ar ôl casglu rownd arall o'r bar ac ymuno â ni wrth y bwrdd.

"Lle es ti?" gofynnais, er fod ei wên yn dweud y cyfan.

"Where d'you think?"

"HOOKERS!" cyd-floeddiodd y tri ohonon ni, er na wnaeth neb droi ac edrych arnon ni'n llawn dirmyg y tro hwn.

Yn ôl y disgwyl, roedd Idris ar ben ei ddigon ac wrth ei fodd yn mynd trwy bob manylyn o'i ddeg munud yng nghwmni Petra, merch â chroen marmoraidd o ryw wlad anghysbell yn gorffen gyda 'stan'. Uzbekistan? Kazakhstan? Tazakstan? Doedd dim clem 'da Idris a doedd dim mymryn o ddiddordeb gyda fi na Daf. Wedi gwrando arno am bum munud, cododd Daf ei law a mynnu ei fod yn stopio – rhywbeth na fyddai byth wedi'i wneud yn y gorffennol, ond roedd Daf wedi dechrau newid yn ddiweddar, ro'n i'n gweld hynny nawr. Roedd e fel petai wedi ymbellhau oddi wrthon ni, yn araf bach efallai, ond eto doedd dim amheuaeth o hynny chwaith.

"Pwy wyt ti, Chief Shitting Bull?" oedd ymateb Ids i'r fath anufudd-dod.

"Dim cweit. Mwy fel Chief Shut the Fuck Up am Eiliad i fi gael dangos rhywbeth i ti."

"Beth?"

"Hwn," meddai Daf, gan wthio'r garden ar draws y bwrdd.

Astudiodd Idris hi, cyn codi ei ysgwyddau ac edrych ar Daf fel llo.

"A rhain."

Y tro hwn, gafaelodd Daf yn llaw Idris a phasio'r bag plastig a'r chwe philsen iddo yn ddirgel. Wrth reswm, roedd ymateb Idris ychydig yn fwy brwdfrydig y tro hwn.

"Lle ges ti these o?"

"Contacts," meddai Daf yn cellwair.

"Fuck off!" oedd ateb Idris i'r celwydd. "What are we waiting for, bois? Down the fuckin hatch!"

A dyna ddiwedd arni. I lawr ein gyddfau â'r MDMA ac i ffwrdd â ni ar ein taith. Roedd pethau'n niwlog o'r cychwyn. Niwlog, ond eto'n hyfryd hefyd. Yn ôl yr arfer ar Es, chwalodd y noson yn ddarnau mân, neu o leiaf dyna ddigwyddodd i fy atgofion ohoni. Cofiaf adael y bar a neidio mewn tacsi; cyrraedd y clwb a chwifio fy nwylo yn yr awyr am oriau, gan wenu cymaint fel y bu bron i fy ngên gloi o dan y straen. Cofiaf deimlo undod gyda fy ffrindiau gorau oedd fel petai'n ymestyn yn ôl dros y canrifoedd a fu ac ymlaen trwy'r milenia oedd o'n blaenau, er, o edrych yn ôl, rwy'n reit sicr mai'r cyffuriau oedd ar waith. Cofiaf linell fas 'Towers of Dub' yn dirgrynu fy nghraidd yn y chill-out room; Daf yn fy nghyflwyno i'r arfer rhyfedd o rwbio Vicks ar fy ngheilliau – do'n i ddim yn gwybod ble gafodd e'r eli a do'n i ddim eisiau meddwl sut roedd e'n gwybod am y fath beth, ond roedd yn rhaid cyfaddef fod yr holl beth yn reit wefreiddiol; a'r wawr yn torri dros y teras a'r bar ar y to. Ac wedyn cofiaf ddechrau llithro – yn emosiynol – wrth i'r cyffur ollwng ei afael, a neidio mewn tacsi arall i'n cludo ni 'nôl i'r hostel a'r oriau o led-huno anochel oedd yn aros amdanon ni.

Ar ôl troi a throsi, chwysu a chwyrnu a methu'n lân â mynd i gysgu, daeth cnoc ar y drws i'n haflonyddu ni i gyd.

"Get up! Get up!" gwaeddodd y bwystfil anystyriol o ochr arall y porth. "Time to go! Checkout was one hour ago!"

"Ok! Ok! We're on our way!" atebais, er na chododd yr un ohonon ni o'n gwlâu.

"Now! Get up now! Or you pay for another night!" Dechreuodd y boi gnocio nawr, oedd ddim yn gwneud dim byd i helpu ein hwyl.

"On our way, chief!" meddai Idris, a chodi a mynd i bisio yn y sinc, gan nad oedd en suite gyda ni.

"Open the door!" mynnodd y gwallgofddyn. "Open up or I call police. I smell drugs. Open the door! Open the door! I smell drugs – against hostel policy. No prostitutes in room. No drugs! No drugs!"

"We haven't got any drugs and we haven't got any hookers!" atebodd Idris, wrth i fi a Daf stryffaglan i godi a gwisgo, gan fethu â gwneud yr un o'r ddau beth yn iawn.

"Open the door. This is your last warning…"

Edrychodd Idris ar y blerwch o'n cwmpas, oedd yn ddim byd o'i gymharu â'r llanast yn ein pennau, cyn codi ei ysgwyddau a chamu tuag at y drws. Yn araf bach, trodd y bwlyn, ond pan welodd pwy oedd yno, cafodd y pryder oedd wedi'i sgathru ar ei wyneb ei ddisodli gan ryddhad pur a gwên lydan.

"You fuckin cunt!" ebychodd a chofleidio'r dyn ifanc oedd yn sefyll wrth y drws, gan fy nrysu i'n llwyr, er nad oedd hynny'n beth anodd i'w wneud ar yr union eiliad honno.

"I fuckin had you, guys," broliodd y boi wrth i Idris ei ollwng a'i wahodd i mewn i'r stafell.

"Floyd, Daf, meet Dutch," a dyna pryd y dechreuodd yr holl fyd wneud synnwyr unwaith eto. Wel, *rhyw* fath o synnwyr ta beth. Diolch i'w wallt melyn byr, y combats gwyrdd golau, yr All Stars am ei draed a'r hwdi – gyda llun o Jimi Hendrix ar y blaen, a'r geiriau 'Not Necessarily Stoned, But Beautiful' o dan y ddelwedd – ro'n i'n lico'r boi ar unwaith. Roedd yn fy atgoffa i o rywun... yn wir, roedd Dutch ac Idris yn edrych fel brodyr. Efallai fod un brawd yn sobor ar hyn o bryd, tra bod y llall wedi gweld dyddiau gwell, ond ro'n nhw'n rhannu'r un llygaid bywiog, llawn drygioni, ynghyd â'r arfer o wincio'n rhy aml iddo beidio â bod yn nodwedd braidd yn annoying ar ôl peth amser.

Wrth ysgwyd ei law, gwelais ei ffroenau'n crebachu. "It fuckin stinks in here, boys. Jesus. Ok if I open the window?"

"Go ahead," meddai Idris. "What you doing here anyway, Dutch? We weren't supposed to meet until later."

"I thought I'd surprise you. Maybe go see some of the sights, but something tells me you saw plenty last night, yes?"

"You could say that. We only came back a few hours ago. Went to an all-nighter on some industrial site..."

"Fuckin cool, guys. Far away from the red light district, yes?"

"Too right..."

"I fuckin hate Amsterdam. It's for the tourists only. And De Wallen is only good for one thing..."

"What?" Fi sy'n gofyn, gan fy mod i ar goll yn llwyr.

"HOOKERS!"

* * *

Anelodd Dutch ei gar tuag at ddinas ifancaf yr Iseldiroedd, sef Almere, a chartref ei frawd, oedd i ffwrdd yn troelli records mewn clwb nos yn Ibiza dros yr haf, yn ôl Dutch. Hanner awr o siwrne oedd hi, ond roedd hynny'n hen ddigon o amser i ddod i'r casgliad bod Dutch yn gymeriad hoffus a hwyliog, braidd yn amheus, oedd yn fodlon mynd mas o'i ffordd i wneud i ni deimlo'n gartrefol. Fe gyrhaeddon ni'r tŷ tua hanner dydd, ac ar ôl cwpwl o sbliffs cryf ofnadwy aeth y tri ohonon ni i'r gwely am gwpwl o oriau er mwyn adfer ychydig ar ôl ymdrechion y noson cynt. Fe gwympais i i drwmgwsg difreuddwyd bron ar unwaith a dihuno ddiwedd y prynhawn, gyda'r haul yn llifo i'r stafell a lleisiau fy ffrindiau i'w clywed gerllaw. Codais, cael cawod glou yn yr en suite a gwisgo dillad glân cyn ymuno â'r bois ar y balconi, lle roedd Dutch wrthi'n barbiciwio selsig. Dim byd ond selsig. Roedd yr oglau'n odidog ac roedd hynny, ar y cyd â'r ffaith 'mod i'n starfo, bron yn ddigon i beri i fi lewygu. Eisteddais ar fainc wrth ochr Daf cyn i hynny ddigwydd, yn edrych allan ar y goedwig oedd ar waelod yr ardd. Y peth cyntaf wnaeth fy nharo oedd y diffyg sŵn. Dim ceir. Dim lleisiau. Dim awyrennau, cyrn na seirenau yn y pellter. Dim byd ar wahân i drydar yr adar. Yr ail beth drawodd fi oedd llaw Idris ar fy ysgwydd wrth iddo fynnu 'mod i'n cymryd y sbliff. Doedd dim angen llawer o anogaeth arnaf.

"Where are we, Dutch?" gofynnais, gan dagu fymryn ar y mwg.

"Almere Haven, Floyd man. Sweet place, yes?"

Rhaid oedd cytuno, ac aeth Dutch yn ei flaen i esbonio nad oedd e'n byw yno, ond bod ei frawd yn gadael iddo ddefnyddio'r lle fel y mynnai. Rhannodd Dutch ychydig o hanes y ddinas â ni hefyd, cyn troi'n ôl at y bwyd a'r gweini. Wedi gloddesta ar ddim byd ond cig a bara, ac ar ôl smocio bongs niferus ac yfed gormod o Amstels, trodd y sgwrs at y diwrnod canlynol.

"How many times have you done it?" gofynnais i Dutch, oedd bellach yn ei chael hi'n anodd agor ei lygaid, wrth i'r nos gau amdanon ni'n gyflym. Roedd ei lais wedi arafu a'i acen yn newid rhwng un debyg i Worzel Gummidge un frawddeg a Ruud Gullit y nesaf.

"Ten times in all, but six times in the last six months…"

"Since being released from jail, right?"

Nodiodd i gadarnhau, gan fod ei geg wedi cau o gwmpas y bibell.

"Isn't that a bit dodgy?" gofynnodd Daf.

"Of course!" atebodd gyda gwên, ar ôl smocio côn arall. "I mean, if you're English… sorry, *British*, you'll attract attention if you're back and forth to Holland every few weeks, but I've got dual nationality – Dutch-British. My mother lives in Bristol, my dad in Rotterdam and my brother here, so it's not *so* dodgy…"

"I don't think that's what Daf meant…" cynigiais.

"No?"

"Well, sort of, but also, I mean, the *actual* smuggling."

"Well, of course, that too is dodgy. Duh! But there are things you can do to make it *less* dodgy…"

"Like *what*?" Idris oedd yn gofyn y tro hwn, yn glustiau i gyd ac yn ysu am glywed yr ateb.

"Common sense, really. Like don't smoke weed on the day you're doing it…"

"That goes for you two as well," meddai Idris gan edrych arna i a Daf.

"Why?" atebodd y ddau ohonon ni ar unwaith.

"*We're* not smuggling anything…" dechreuodd Daf ddadlau, ond roedd Idris yn torri ar ei draws.

"I know *that*. But you'll be *with* me…"

"So?"

"Soooooooo, I don't want you drawing attention to me, do I, Dutch?"

Trodd Idris at Dutch am gefnogaeth, tra bod Daf yn edrych arna i, gan godi'i aeliau'n awgrymog wrth i'n sgwrs yn y bar neithiwr atseinio trwy atgofion ein noson hedonistaidd a fy aflonyddu unwaith yn rhagor.

"True. True," ategodd Dutch. "Also, have a shower before going, then take a shit but don't wipe your ass so good. Don't look like a tramp. As I said, common sense. Oh yes, and most important, don't carry *any* Rizlas, pipes, blims or any other drugs in your pockets…"

"Only up your jacksie?"

"*Jacksie?*"

"Ass. Bunghole. Anus. Twll pwps. Ringpiece."

"Ah, yes. Of course. Only in the *jacksie*. Why, you ask again. Simple. The police, customs, whatever, won't look in your ass unless they find something *in* your pocket or bag…"

"Something to do with reasonable doubt, right?" Gan Daf, fel arfer, roedd y cwestiwn call.

"Yes, Dave! Exactly. If they don't find anything *on* you, then they aren't allowed to look *in* you."

"But what about the smell?"

"What smell?"

"I don't know. Can't the sniffer dogs…?"

"No, no. The dogs are looking for weed. And most idiots – English fuckheads usually – are trying to take home a little souvenir of Amsterdam. They're the ones that get caught. And anyway, the pills are packed in this thin, rubber-like material that masks any smell…"

"Combine that with the natural odour of your ass…"

"Et voilà. It's no big deal. Really. Just be cool and everything will be fine." Trodd ei olygon at Idris wrth ddweud hyn ac fe wnes i rywbeth tebyg, mewn pryd i weld fy ffrind yn llyncu'n galed ar ei geg sych.

"I've made thousands of pounds in the last six months. Almost enough to open a club…"

"A club?"

"Yeah. In Bristol. Hard trance, dub techno. My brother will be resident DJ. Can't fail."

"Sounds sweet, Dutch," meddai Idris. "Can we go in now? I'm cold…"

"Sure. No problem. It's time to recline, yes? Do you guys like Bruce Lee movies?"

* * *

"Fuck Idris!" ffrwydrodd Daf, gan ddenu golwg bryderus gan hen gwpwl oedd yn cerdded heibio'n cario bagiau boliog yn llawn bwyd. Roedd eu camau'n cyflymu ac ro'n i bron yn siŵr i mi glywed y fenyw yn dweud "English fuckheads" wrth ei gŵr o dan ei hanadl. *Bron.* "Serious nawr, beth sy'n bod arno ti?"

"Dim byd!" atebais yn amddiffynnol. "Ond chwarae teg, I mean, ma fe'n risgio lot yn gwneud beth ma fe'n gwneud. Y peth lleia gallwn ni wneud yw… ti'n gwbod… absteinio am heddiw…"

Ystyriodd Daf am eiliad neu ddwy cyn ateb. Wrth iddo feddwl, symudai ei lygaid yn ôl ac ymlaen rhwng fy ngwyneb i a ffrynt y siop goffi ro'n ni newydd ddod ar ei thraws rownd y cornel o'n lle ty. Roedd Idris a Dutch wedi mynd i sgorio, gan adael cwpwl o oriau rhydd i ni'n dau. Byddai'n rhaid i ni fod 'nôl yn y tŷ erbyn dau o'r gloch fan bellaf er mwyn gyrru i Amsterdam a dal y bws am bedwar. Gydag Idris ar bigau'r drain drwy'r bore – yn fyr ei amynedd ac yn barod iawn ei ddirmyg – roedd hi'n rhyddhad eu gweld nhw'n gadael. I ble, do'n i ddim yn siŵr, er i fi glywed Dutch yn sôn rhywbeth am ystad ddiwydiannol ar gyrion y dref. Dim ond i'r siop o'n ni'n mynd. Picio mas i brynu brechdan a diod a chreision. Ond, trwy ryw ryfedd wyrth – neu gyd-ddigwyddiad llwyr, mwyaf tebyg – reit gyferbyn â'r Vomar Voordeelmarkt roedd Coffee Shop Blowboot. Erbyn hyn, ro'n ni'n sefyll yn y ffenest yn darllen y fwydlen. Roedd y geiriau, yr enwau, i gyd yn lled-gyfarwydd, ond eto'n golygu dim ar yr un pryd. White Widow, Purple Haze, Zero Zero, Hawaiian Haze,

Orange Bud. Roedd yna *ormod* o ddewis os rhywbeth! Trwy'r gwydr, gallwn weld fod y lle'n reit wag heddiw, a hithau'n ddydd Sul, er fod llond llaw o bobol yn mygu'n dawel fan hyn fan draw wrth ddarllen, sgwrsio neu chwarae gwyddbwyll.

"Fuck Idris," meddai Daf eto, er nad oedd yn poeri'r geiriau y tro hwn. "So ni 'di gofyn iddo fe wneud dim, ydyn ni? *Fe* ofynnodd i ni ddod gyda fe. *Fe* ofynnodd i ni am arian. *Fe* sydd mewn dyled. Dim *ni*. Pam ddylen ni fynd heb flasu…?" Trodd Daf at y fwydlen. "Big Buddha Cheese… Kushberry neu… Train Wreck?"

Gwenodd fy ffrind wrth adrodd yr enwau, a gallwn deimlo fy hun yn ildio i demtasiwn.

"Ok, fuck it!" dywedais, gan arwain y ffordd i'r caffi. Doedd yr un ohonon ni'n disgwyl dod o hyd i siop o'r fath fan hyn, yn Almere, mewn gwirionedd. Yn ein hanwybodaeth lwyr, roedden ni'n credu mai dim ond yn Amsterdam roedd siopau coffi fel hyn yn bodoli. Y peth cyntaf wnaeth fy nharo oedd y gwahaniaeth amlwg rhwng y caffi hwn a'r rhai welon ni yn Amsterdam ddoe. Roedd rhai Amsterdam, yn ddi-ffael, wedi'u hanelu at dwristiaid, gyda phosteri ar y waliau a golau'n fflachio tu fas mewn ymdrech i ddal sylw'r cwsmer nesaf ac achub y blaen ar y gystadleuaeth. Ond fan hyn, doedd dim lot – ar wahân i'r arogl oedd yn codi o fwg piws cetynnau'r cwsmeriaid – i hysbysebu'r ffaith fod modd prynu ganja dros y cownter. Peth arall oedd yn hyfryd o'i gymharu â siopau coffi'r Dam oedd y diffyg cerddoriaeth gryglyd. Roedd *pob* siop debyg yn De Wallen yn chwarae cerddoriaeth yn llawer rhy uchel. The Doors, gan amlaf. Yn rhy swnllyd i gynnal sgwrs ac yn rhy aflafar i feddwl yn iawn. Ond yma, yn Blowboot, amser cinio dydd Sul, doedd dim cerddoriaeth o gwbwl yn llygru'r amgylchedd. Dim ond sibrwd rhwng cyfeillion, neu gastell neu esgob yn crafu dros fwrdd sgwarog. Fe gamon ni at y cownter, a thra bod Daf yn pori trwy'r fwydlen, edrychais ar y bobol oedd yma o'n blaenau. Draw wrth y ffenest fae, yn eistedd ar ei ben ei hun yn darllen nofel drwchus ac yn smocio pibell ddŵr, roedd gŵr oedd yn gyfforddus yn ei ganol oed. Pen moel, bol cwrw, trowsus cordyrói. Athro daearyddiaeth? Darlithydd? Cyfieithydd? Cyfrifydd? Unrhyw un o'r uchod. Ar soffa ledr yng nghornel pellaf y siop, cornel mwyaf preifat y sefydliad, eisteddai dwy ferch yn eu hugeiniau yn sibrwd sgwrsio wrth rannu sbliff. O 'mlaen, yn eistedd ar stôl yr un gyda bwrdd gwyddbwyll rhyngddyn nhw, roedd dau ddyn tra gwahanol yn eistedd. Tra gwahanol o ran oedran, hynny yw, gan fod un yn agos at ugain a'r llall yn ei bumdegau. Tad a mab? Ewythr a nai? Cariadon? Roedd eu trwynau crymion yn awgrymu rhyw gysylltiad teuluol digamsyniol ac roedd eu gweld nhw yno'n gwneud i fi feddwl am Dad. O am gael eistedd i lawr gyda'r hen ddyn mewn lle o'r fath. Ro'n i'n siŵr y byddai smôc fach yn helpu ei gyflwr. Wel, ni fyddai'n gwneud pethau'n waeth, ro'n i'n siŵr o hynny. Yr unig bobol eraill oedd yno, ar wahân i fi, Daf a'r boi tu ôl y bar, oedd cwpwl parchus yr olwg, eto yn eu canol oed, yn rhannu soffa gyfforddus, papur dydd Sul a chôn oedd bron mor drwchus â 'ngarddwrn. Roedd hi'n anodd credu'r holl beth, mewn gwirionedd, ac fe wnes i nodyn meddyliol i symud yno i fyw rhyw ddydd.

Erbyn i fi ailymuno â Daf yn y byd hwn, roedd fy ffrind wedi gwneud penderfyniad ac wedi prynu dwy sbliff wedi'u rholio'n barod.

"Un Zero Zero ac un Orange Bud," esboniodd Daf wrth i ni eistedd i lawr.

Ynghyd â'r perlysiau parod, roedd gan y ddau ohonon ni Coke mawr yr un gyda digon o rew, er mwyn cadw'r geg gotwm o dan reolaeth.

"Pa un ti 'di rhoi i fi?"

"Sa i'n gwbod. Oes ots?"

"Na. Fi jyst yn gobeithio na fyddwn ni'n difaru gwneud hyn yn hwyrach, 'na gyd…"

"Fuck Idris!" ebychodd Daf unwaith eto, gan danio ei sbliff a llenwi ei 'sgyfaint.

*   *   *

Allwn i ddim siarad ar ran Daf, wrth gwrs, ond ro'n i'n difaru ymweld â'r siop goffi cyn gynted ag oedden ni 'nôl yn y tŷ. Troais yr allwedd roedd Dutch wedi ei benthyg i ni yn y clo, a chyn i fi wthio'r drws fwy na rhyw bum modfedd gallwn glywed yr udo'n dod o berfeddion yr aelwyd, fel petai buwch yn esgor ar darw dwyflwydd yn y gegin fach. Ffrwydrodd fy nghalon ar unwaith ac roedd cledrau fy nwylo'n chwil o chwys. Diolch i sbliffs parod y siop – oedd ddeg gwaith yn gryfach nag unrhyw beth ro'n i 'di smocio o'r blaen – ro'n i ar blaned arall, er fod disgyrchiant y sefyllfa ac, yn bennaf, sgrechiadau Idris yn fy nhynnu i lawr yn ddigon cyflym.

Edrychais ar Daf, camu o'r ffordd a gwneud sioe o adael iddo fynd o fy mlaen.

"Cachgi," hisiodd fy ffrind wrth gerdded i'r tŷ ar drywydd y diawlo.

Aethon ni heibio'r lolfa ac yn syth i fyny'r grisiau, gan ddod o hyd i Dutch yn pwyso'n erbyn y banister, fel darpar dad tu fas i ddrws clo y ward famolaeth.

Roedd yr olwg ar ei wyneb yn daer ac yn ddigon i wneud i fi fod eisiau ffoi, ond ar ôl i Daf gega "What's going on?" i'w gyfeiriad, diflannodd yr olwg ddwys ac fe'i disodlwyd gan wên lydan. Roedd y rhyddhad deimlais i yn anodd i'w ddisgrifio, ond eto nid oedd hynny'n esbonio'r sgrechiadau o rwystredigaeth oedd yn dod o'r tu ôl i ddrws y tŷ bach.

"Alright, boys? Nice smoke? You look fuckin mashed. You found the Blowboot then…"

Anwybyddais ei sylw. "What's going on, Dutch?"

"Nothing serious…"

"Nothing *serious*?!" ebychodd Daf yn anghrediniol. "What's wrong with Idris then?"

"Well, it appears that our man Ids has a very tight little *jacksie*…"

A dyna hi, roedd Daf a finnau ar ein gliniau ar unwaith, gyda'r dagrau'n llifo a'r byd yn lle braf unwaith eto. Tan i Idris ein clywed, hynny yw.

"What the fuck's going on here?" ffrwydrodd ein ffrind wrth agor y drws a dod wyneb yn wyneb â dau ynfytyn ar lawr o'i flaen.

"I was just tellin them about your tight little bunghole, big boy…"

Fe wnaeth hynny bethau'n waeth, yn enwedig pan godais fy mhen a gweld wyneb Idris yn ymateb i sylw Dutch.

"D'you want me to try again? See if we can't pack another few up there?"

"No, Dutch. No more. I can't take it. It feels like it's all torn down there as it is."

"Fair enough. But you know I got two thousand up my rabbit hole last time I did this."

"So you keep telling me. But, to be fair, that's not really something to be proud of…"

Cododd Dutch ei ysgwyddau tra 'mod i a Daf yn dod at ein hunain.

"What's the score then?" gofynnais ar ôl callio, yn bennaf er mwyn tynnu sylw Idris oddi wrth yr amlwg, sef bod Daf a finnau yn hollol hammered, a hynny yn groes i'w gyfarwyddiadau.

"Idris has managed to shove five hundred pills *exactly* up his jacksie. That, as you both know, is only half the amount he, *you*, purchased, and half the amount he was planning to take home with him…"

"I want to see," meddai Daf, gan synnu pawb.

"*Why*?" oedd cwestiwn Idris.

"Because I know what's coming next…"

"*What*?"

"Oh, fuck off, Idris! Don't give us that. I saw this coming a few weeks back, didn't I, Floyd?"

Ni ddywedais ddim, er fy mod i'n edmygu Daf am leisio'i farn. Ac er fod pythefnos yn ymestyn y gwir rhyw fymryn, doedd e ddim yn bell ohoni chwaith.

"Saw *what* coming, you fucking stoned cunt?"

"*This*… fuckin bollocks… *you*… us… *here*… now…"

Roedd Idris yn ysgwyd ei ben, a rhaid dweud i mi weld yn ei lygaid ei fod yn dweud y gwir a bod Daf yn anghywir. Ond efallai mai ildio roedd e oherwydd bod angen ein help arno? Do'n i ddim yn gwybod. Ro'n i off fy mhen.

"We're just a couple of patsies, me and Floyd. Always have been…"

"Fuck off, Daf, you twat. This is gen, tell him, Dutch!"

Unwaith eto, cododd ysgwyddau Dutch yn araf.

"The only thing I *can* tell you, boys, is that he's fully packed. I've had three goes at shoving more up there, but no joy… no joy at all, to be honest…"

Tawelodd pawb, er fod anadliadau'r pedwar ohonon ni'n anwastad ac yn anifeilaidd mewn lle mor gyfyng.

"However," meddai Dutch gan ailafael ynddi. "If these boys want to see the damage…"

"I don't!" Ro'n i'n bloeddio braidd.

"What about you?" Roedd cwestiwn Idris wedi'i anelu at Daf.

"I do. Well, I *don't*, but I need to. You know what I mean…"

"Yeah, I fuckin do!" Roedd Idris yn gwthio'r geiriau trwy ei ddannedd melynfrown, ei lais yn gytbwys ond ei lygaid yn llawn casineb. "You don't trust me…"

"It's not a question of *trust*, Ids," ceisiodd Daf esbonio, er fod ei lygaid yntau'n llawn pryder mwyaf sydyn. "But if you expect

me and Floyd to help you out by here, as I know you do, I want
to make sure your sphincter's as rammed as you claim…"

A chyda hynny, dyma'r rhew oedd wedi ffurfio rhwng fy
ffrindiau gorau yn dadmer rhyw fymryn, wrth i eiriau pwyllog a
theg Daf suddo i ymennydd Idris.

Gadawodd y ddau Dutch a finnau a diflannu trwy ddrws
y toiled. Estynnais becyn o Lucky Strike ac fe daniodd y ddau
ohonon ni un bob un. Lai na munud yn ddiweddarach, agorodd
Idris y drws ac ailymunodd y ddau â ni ar y landin.

"Fair play, there's no way he's fitting any more up there…"
meddai Daf, gan beri i bawb chwerthin, er mai golwg
anghyfforddus braidd oedd ar wyneb pob un ohonon ni.

"What now then?" gofynnais, er fy mod innau hefyd erbyn
hyn yn gwybod yn iawn beth oedd yn dod nesaf.

"Well, there's *two* ways we can play this now," dechreuodd
Dutch. A diolch byth amdano fe 'fyd, achos roedd y tri gŵr doeth
o Gaerdydd allan o'u dyfnder ac yn brin o syniadau. "One, I'll
smuggle the five hundred pills over for you next time I'm back
in Bristol. That'll be early October I reckon, cos I'm going to stay
with my old man for a while, to help him paint his house. I'll do
it for a fee, a small cut, of course…"

Gwenodd Dutch wrth ddweud hynny, ond nid oedd hwnnw'n
opsiwn o gwbwl. Byddwn i a Daf wedi mynd i'r coleg cyn hynny,
a phwy a ŵyr ble fyddai Idris?

"Two?" gofynnais.

"Simple. You boys take two hundred and fifty each back with
you today."

"No choice then," meddai Daf yn bendant, gan godi ei aeliau
ar Ids. "So how exactly do we go about doing this then, Dutch?"

Cawod i ddechrau, wedyn cachad i glirio'r coluddyn,
heb sychu'r rhych yn rhy drwyadl, yn unol â chyngor ein
goruchwyliwr. Wedyn, ar ôl i Dutch fynnu fod Daf a fi'n rhoi
diferyn o ryw sylwedd dieithr o'r enw Clear Eyes ym mhob

dan y fath amgylchiadau, er fod ei eiriau olaf yn helpu rhyw ychydig.

Ac yna, *gwyrth*! O fath. Efallai fod Duw wedi clywed wedi'r cwbwl! Rhyw chwe sêt o'n blaenau, fe ddechreuodd y ci rymial a chyffroi. Cododd pawb rhyw fymryn o'u seddi mewn ymdrech i weld beth oedd yn digwydd. Cododd un o'r bois oedd yn destun y sylw, ac ymwthiodd trwyn y ci i'w gôl a bron â rhwygo defnydd ei fforch ar ôl cael llond ffroen o ffync y drewgi drwg yn ei drowsus isaf. Ffrwydrodd y bws cyfan – sgrechiodd y bachgen anffodus ac ymunodd ei fêts yn y miri, yn diawlo a rhegi'r swyddogion. Ond doedd dim gwadu'r ffaith fod y ci wedi dod o hyd i *rywbeth*, ac yna fe drodd ei sylw at y lleill a thwrio tuag at eu trowsusau nhw hefyd.

Clywais Idris yn sibrwd "Bingo!" o dan ei anadl, a rhaid yfaddef i anlwc ein cyd-deithwyr godi fy nghalon. Roedd hi'n ddangos mai dim ond ni'n tri oedd yn dal i eistedd, gan fod ddill y teithwyr ar eu traed er mwyn gwylio'r pedwarawd yn eu harwain oddi ar y bws, gyda'r swyddogion wedi dod o ddigon o chwyn arnyn nhw i gynnal chwyldro bach yn y gau.

nghanol yr anhrefn, dw i'n siŵr i mi allu clywed o leiaf chgyn yn crio, a rhaid cyfaddef, er nad oedd gwadu'r ro'n i'n teimlo peth tosturi drosto fe, a drostyn nhw, ennaf achos ro'n i'n amau y bydden i'n gwneud yr un fyllfa. Wylo fel babi, hynny yw.

yrrwr balu trwy'r bŵt er mwyn dod o hyd i'w is yn ddwfn a syllu tua'r gorwel, trwy fastiau'r io gwylan unig yn hedfan yn rhydd yn y pellter, awyr las. Ond cyn i fy anadliadau gael cyfle i ôl yr hyrddiad pur o adrenalin, roedd tollwr yn ws unwaith eto, gyda chi ar dennyn a golwg

ôl!" ebychais o dan fy anadl.

llygad, i waredu'r naws waetgoch ohonyn nhw, fe aethon ni'n syth at y prif ddigwyddiad. A chyda chyfarwyddyd ein mentor a'r mymryn lleiaf o Vaseline, gan fod yr haen o rwber tenau oedd wedi'i lapio o amgylch y pentwr silindrig o dabledi wedi'i iro yn ogystal, i fyny'r twll pwps â'r contraband cemegol. A rhaid cyfaddef fod yna elfen bleserus i'r weithred, wrth i'r llong estron yma fynd ar fordaith tu hwnt i'r fodrwy ac angori yn fy mae naturiol. Elfen fach, wrth reswm, gan mai teimlad dieithr ar y diawl, heb sôn am anghyfforddus, oedd yn hawlio'r prif sylw, wrth i'r cyffuriau setlo yn eu lle a dechrau crafu yn erbyn rhan isaf fy ngholon, gan wneud hyd yn oed y symudiadau lleiaf yn lletchwith.

Ond doedd dim amser i ystyried yr hyn ro'n i *newydd* ei wneud, heb sôn am yr hyn ro'n i ar *fin* gwneud, gan fod Dutch yn ein bugeilio i'r car ac yn ôl i'r brifddinas mewn pryd i ddal y bws ac anelu am adref, er fod yna bosibilrwydd y bydden ni'n tri yn trigo heno mewn lle llawer gwaeth na sêt gefn y bws, reit drws nesaf i'r toiled prysur.

Roedd y daith fer o Almere i Amsterdam yn hedfan, oedd yn beth da, gan nad oedd yn rhoi gormod o gyfle i fi bendroni. Roedd Dutch yn gyrru mor hamddenol â phensiynwr ar brynhawn Sul yn y Bannau, ac fel hyfforddwr pêl-droed cyn gêm gwpan, roedd e'n pwysleisio ac ailadrodd y tactegau wrth y tri chwaraewr oedd yn gwmni iddo.

"Be cool. Don't draw attention to yourselves. Don't sweat. Don't pretend to be asleep. Don't drink. Don't smoke. Don't sing. Don't smile at the guards when they board the bus. Don't pat the dog. Don't say *anything*. And most important of all, don't *forget* that they don't know shit. They *can't* smell what you've got in your jacksies; all they can do is read your faces. So be cool, just like the fuckin Fonz."

Efallai i'r daith o gartref brawd Dutch i'r brifddinas fflachio heibio, ond roedd y cymal awr o hyd o Amstel i borthladd Hoek

Van Holland yn teimlo fel ei fod yn para oes gyfan, os nad yn hirach, yn ogystal â chyfnod byr ym mhurdan ar ôl hynny. Ni ddywedodd neb fawr ddim yn ystod y daith, ac ro'n i'n rhy nerfus ac ofnus hyd yn oed i ddarllen y llyfr fenthycodd Dutch i fi, sef *Trainspotting* gan Irvine Welsh, nofel oedd wedi cael llawer o sylw yn y wasg yn ddiweddar, oherwydd y ffilm gafodd ei rhyddhau rai misoedd ynghynt. Roedd Dutch yn brolio'r gyfrol i'r cymylau, ac ro'n i'n ysu am fynd i'r afael â hi, ond am ryw reswm doedd darllen am helyntion junkies Caeredin ddim yn apelio llawer wrth i ni agosáu at allanfa'r Iseldiroedd.

Wyddwn i ddim am Ids a Daf, oedd yn eistedd wrth fy ochr fel galarwyr ar y ffordd i'r amlosgfa, ond wrth i ni fynd yn ein blaen ro'n i'n dychmygu cael fy nal, cael fy nedfrydu a 'ngharcharu a chael fy sodomeiddio gan gawr o feiciwr wedi'i orchuddio gan datŵs yn y gawod gymunedol o dan glo. A thrwy'r cyfan, gallwn deimlo'r gwrthrych estron wedi'i angori yn fy nhin. Ond diolch byth am eiriau a chyngor Dutch, oedd yn atseinio yn fy mhen wrth i'r bws gyrraedd y porthladd.

Wrth i'r cerbyd arafu, roedd fy nghalon yn cyflymu, ac mewn ymdrech i dawelu fy nerfau, gwyliais y craeniau, y llongau, y lorïau a'r ceir gorlawn oedd yn aros eu tro. Roedd yr holl beth mor gyfarwydd i mi, diolch i'r ffaith i ni fynd fel teulu ar ein gwyliau i Ffrainc gynifer o weithiau. Er, rhaid cyfaddef nad oeddwn i erioed wedi bod mor betrus yn fy myw.

Beth fyddai'n digwydd i fi, *go iawn*, petawn i'n cael fy nal? A do'n i ddim yn meddwl am yr ystrydebau sinematig chwaith – nid *Midnight Run* mo hyn – ond yn hytrach pethau fel colli'r cyfle i fynd i'r coleg; brwydro am oes i ffeindio swydd a gorfod esbonio fy hun ym mhob cyfweliad; yr euogrwydd o weld wynebau Mam a Dad yn oriel y llys yn gwylio fy achos. Ond roedd hi'n rhy hwyr i wneud dim am y peth nawr, gan fod y bws yn dod i stop yng nghefn rhes o gerbydau tebyg. Gwasgais fy mhen yn erbyn y gwydr a gwylio tîm o dollwyr, gyda'u cŵn,

yn archwilio'r bws o'n blaenau. Gallwn weld dau swyddog a dau gi yn cylchu'r bws yn araf, gan adael i'r cŵn wneud eu gwneud, yn llithro o dan y cerbyd, eu trwynau'n crebachu ar drywydd y danteithion anghyfreithlon.

Roedd dau swyddog arall, ynghyd ag un bleiddgi, yn sgwrsio gyda gyrrwr ein bws ni trwy ei ffenest. Ceisiais weld sut roedd pawb arall yn ymateb, yn ymddwyn, ond roedd hynny bron yn amhosib o'n safle yn y sêt gefn. Yna, des i'r casgliad fod hyd yn oed ein dewis o sêt yn mynd yn groes i gyngor Dutch – *Don't draw attention to yourselves* – gan fod jyst eistedd yno'n gwneu hynny. Yn draddodiadol, y bechgyn drwg oedd yn hawlio'r gefn, a doedd dim gwadu hynny ar y daith hon. Yna, dech ddychmygu a dyfalu faint o'n cyd-deithwyr oedd yn ceisi cyffuriau, ond cyn i fi fynd yn bell, clywais Idris yn d we go" a theimlo'i benelin yn bwrw fy asennau. T a gweld y ddau dollwr fu'n sgwrsio gyda'r gyrrv yn dod ar y goets er mwyn craffu ar y teithwy

Roedd fy nghalon yn newid gêr ac yn bod fy ngheg yn sychu fwy fyth, os oed oed. Tase un o'r swyddogion yn dec fy euogrwydd yn amlwg i bawb. R llenwi fy isymwybod ac yn rhyfe weddïo. Ond ro'n i'n teimlo fe

"O Dduw hollbwerus, fi' chi mwyach, ond… wel… hanner o dabledi ecsta

Roedd wynebau milain yn fflachi Dutch, Danny Whettleton yn atseinio rhw to yourselves, and you…" Ond chwarae

"Jyst going through the motions," meddai Idris yn llawn sicrwydd, ond sut yn y byd oedd e'n gwybod?!

Yn araf bach roedden nhw'n llech-hela tuag atom, trwyn y blaidd yn twrio ar drywydd yr arogleuon anghyfreithlon, ac wrth iddo agosáu roedd fy nghalon yn curo'n wyllt a'r tu mewn i'r bws yn dechrau arnofio o 'mlaen i wrth i bob amheuaeth a phryder fy ngorchfygu unwaith eto. Des i'n agos at grio cyn i'r ci gyrraedd drws y toiled wrth ein hochr, ond llwyddais i reoli fy emosiynau trwy ganolbwyntio ar yr wylan yn dod yn agosach at y tir ar ddiwedd ei thaith.

Edrychais o'r aderyn at ffroen y ci, oedd reit wrth ein hymyl, yn crychu'n wyllt ar ôl ei lwyddiant cynharach. Os mai'r un ci oedd e, hynny yw. Roedd twll fy nhin yn tynhau'n reddfol ond roedd y silindr yn dawel, yn llonydd ac o dan glo; a diolch byth, cafodd sicrwydd Dutch ei wireddu, wrth i'r blaidd ein gwynto a'n ffroeni yn drylwyr, cyn i'r swyddog ac yntau droi eu cefnau arnon ni a'n gadael ni yno mor wag ac mor wan â'r wylan oedd newydd groesi'r môr.

MEGALOLZ

Dw i'n ffrwydro'n ôl i dir y byw o ddyfnderoedd tywyll fy isymwybod ac yn eistedd i fyny yn fy ngwely priodasol, sy'n lle mor estron i mi bellach. Mae'r chwys yn diferu oddi ar fy nhalcen a 'nghrys-T yn glynu at fy nghroen fel papur wal. Dw i'n anadlu'n ddwfn wrth syllu i'r fagddu, fy llygaid ar led mewn ymdrech i ddileu'r delweddau digroeso o 'mhen. Breuddwyd erchyll yw tarddiad y trabludd, lle ro'n i'n dawnsio'r can-can ym mynwent blant Amlosgfa Thornhill yng nghwmni rhai o fwystfilod amlycaf ein hoes, oedd o'r un anian â mi yn dilyn datguddiadau Casi neithiwr. Syr Jimmy ei hun oedd yn arwain y ddawns, gydag Ian Watkins a John Owen un ochr iddo, Gary Glitter a fi ar yr ochr arall a Rolf Harris yn chwarae'r wobble board wrth eistedd ar garreg fedd 'Our Beloved Son Andrew', pwy bynnag oedd y pŵr dab hwnnw. Ond er mai pennau'r pum dawnsiwr roeddwn i'n eu gweld yn fy mhen, cyrff menywod oedd ganddyn nhw i gyd, yn goesau hir a siapus, mewn fishnets du a chorsedau coch. Ac nid mynwent gyffredin oedd ein llwyfan chwaith; hynny yw, nid cyrff a sgerbydau oedd wedi'u claddu yn y pridd, ond diniweidrwydd, breuddwydion, ymddiriedaeth a gobaith yr holl blant oedd wedi dioddef oherwydd chwantau dychrynllyd y dynion hyn. Dynion fel fi.

Codaf ac ymlwybro at y ffenest, gan wneud fy ngorau i beidio â dihuno Lisa, sy'n cysgu'n drwm o hyd. Ar ôl misoedd maith o fyw mewn sied heb garped na charthen ar gyfyl y lle, mae'r deunydd meddal a thrwchus sy'n goglais gwadnau fy nhraed yn teimlo'n rhyfedd iawn heno. Dw i'n agor y llenni y mymryn lleiaf, gan edrych allan i'r nos, tu hwnt i'r balconi, i'r ardd islaw.

Yng nghanol y tywyllwch, trwy'r coed, gallaf weld fod golau ymlaen yn y sied o hyd. Mae hynny'n codi awydd arna i i fynd at fy ngwraig, a hithau mewn hwyliau maddeugar iawn heno, ei dihuno o'i thrwmgwsg a chyfaddef y cwbwl wrthi'r eiliad hon. Ond er fod y reddf yn gryf, mae rhywbeth yn fy narbwyllo i beidio â gwneud hynny – ddim nawr, ta beth. Y lle anghywir, a'r amser anghywir…

Er nad ydw i'n dihuno Lisa, dw i'n camu at ei hochr hi o'r gwely ac yn ei gwylio hi'n rhochian yn fodlon am funud fach. Dw i prin yn gallu credu fy lwc, ei bod hi wedi fy ngwahodd yn ôl i'w bywyd, ac wrth ei gwylio hi nawr dw i'n gwneud addewid personol i wneud pob ymdrech i beidio â'i siomi byth eto. Y peth cyntaf sydd yn rhaid i mi ei wneud, wrth gwrs, yw talu Casi i gadw'n dawel. Mae ugain mil yn arian mân o'i gymharu â gwir gost yr opsiwn arall. Mae fy nghraidd yn corddi wrth feddwl am y peth, ond sa i'n ddig gyda Casi mewn gwirionedd; yn wir, chwarae teg iddi am ddangos y fath fentergarwch! Dw i'n grac gyda fi fy hun, a *neb* arall. Am gael fy nhwyllo, wrth gwrs, ond yn bennaf am gael fy nhemtio yn y lle cyntaf. Hawdd iawn oedd claddu fy amheuon, a nawr dw i'n gorfod talu'r pris.

Sa i'n cofio mynd 'nôl i gysgu, ond dyna beth ddigwyddodd mae'n rhaid, achos y peth nesaf sy'n digwydd yw fy mod i'n dihuno unwaith eto, y tro hwn yn bwyllog ac yn hamddenol, heb yr un peth yn fy mhryderu nac yn fy mhoenydio, fel troseddwr peryglus a femme fatale yn cuddio ar waelod yr ardd. Mae gen i godiad, wrth gwrs, ac er fod gen i awydd cryf i droi at Lisa a gweld a oes ganddi unrhyw ddiddordeb yndda i, dw i'n claddu fy nghledd rhwng croen fy mol ac elastig fy nhrowsus isaf, yn bennaf achos bod popeth mor newydd i ni'n dau, heb sôn am fod yn rhyfedd ac ychydig yn lletchwith. Ar ôl gadael Idris a Casi'r noson cynt, a dod i'r tŷ at Lisa, dim ond siarad wnaethon ni. Na, so hynny'n hollol wir chwaith – fe yfon ni ddwy botel o win a smocio cwpwl o sbliffs – ond ar wahân i goflaid glou yn y gegin, ni ddigwyddodd unrhyw beth nwydus neithiwr. Yn wir, pasiodd Lisa mas cyn gynted ag y gorweddodd hi ar y gwely, yn dal i wisgo'i dillad. Yr agosaf ddes i at unrhyw fath o ogleisiad oedd tynnu ei dillad a'i thycio hi i mewn.

Dw i'n gadael Lisa yn y gwely ac, ar ôl pisiad glou a braidd yn boenus, lawr â fi i'r gegin. Yno, fel cardotyn newynog sydd wedi torri i mewn i gartref gwag, dw i'n mynd ati i goginio brecwast llawn i fi fy hun. Doedd hynny ddim yn opsiwn yn y sied; Corn Flakes a choffi, tost a Marmite oedd yr unig ddewis yno. Mae'r gegin yn union fel roedd hi pan o'n i'n byw 'ma gynt, er fod rhai o'r cynhwysion wedi mynd ar grwydr. Mae'n cymryd pum munud i fi ddod o hyd i'r olew coginio, er enghraifft, ond o'r diwedd mae pethau'n poethi ac wrth i'r selsig a'r bacwn a'r tomatos a'r madarch goginio o dan y gril ac yn y badell ffrio, dw i'n yfed cafetière llawn o goffi Colombaidd ac mae addewid y noson cynt yn atseinio unwaith yn rhagor yn fy mhen; sa i byth eisiau gorfod gadael y lle 'ma eto a sa i byth eisiau bod heb Lisa chwaith. Wedi ffrio'r wyau, dw i'n gosod popeth ar blât ac yn bochio'r cyfan mewn pum munud, ac yna dw i'n mynd ati i wneud brecwast blasus, di-saim i Lisa.

Erbyn i fi ddychwelyd i'r stafell wely, mae hi'n eistedd i fyny yn yfed dŵr o botel blastig.

"Bore da," dw i'n ei chyfarch wrth osod yr hambwrdd ar ei chôl.

"Bore da," mae'n gwenu arnaf yn gysglyd, ond eto fel petai'n falch o 'ngweld i, cyn troi ei sylw at y bwyd. "Mmmm, gei di aros eto," mae'n dweud yn llawn bodlonrwydd, ac wrth iddi fynd ati i glirio'r eog mwg a'r wyau 'di sgramblo ar dost, y sudd oren ffres a'r baned o de, dw i'n camu i'r gawod, heb wybod yn iawn beth i'w wneud nesaf. Dw i'n synnu gweld shower gel Adidas hanner gwag ymysg y poteli mwy merchetaidd. Dyma'r unig arwydd dw i wedi ei weld hyd yn hyn fod Siân erioed wedi byw 'ma. Dw i'n golchi 'ngwallt a gweddill fy nghorff gyda'r gweddillion, ac wrth wneud dw i'n dechrau meddwl. Mae 'mhen i ar chwâl, dyna'r gwir, ond er hynny, dw i'n falch o fod yma, ac yn falch o gael ail gyfle i wneud yn iawn am fy holl ddiffygion. Ac er fod dau gwmwl mawr du yn bygwth dod ynghyd ar waelod yr ardd, ac yn barod i arllwys eu llwythi llygredig dros fy hapusrwydd a 'nyfodol, rhaid dechrau o'r dechrau gyda Lisa ac ailadeiladu ein perthynas o'r seiliau i fyny, gan ddechrau nawr, heddiw. Bydd yn rhaid i Casi ac Idris aros…

Ar ôl gorffen yn y gawod, dw i'n dychwelyd i'r stafell wely i weld fod Lisa wedi gwisgo ac yn barod i fynd i'r gym. Ac er fy mod i'n cael siom o'i gweld hi'n gadael, dw i'n bachu ar y cyfle ac yn mynd ati'n syth i ddechrau sgwennu. Mae'r stori'n datblygu, heb lawer o fewnbwn gennyf i, ac mae'r geiriau'n llifo a'r tudalennau'n llenwi.

Gyda'r haul yn ciledrych trwy'r cymylau llwydaidd wrth i'r bore ddirwyn i ben, mae Lisa'n dychwelyd ac yn awgrymu ein bod yn mynd am dro. Sdim angen rhyw lawer o anogaeth arnaf gan fod presenoldeb Idris a Casi yn gwneud i fi deimlo braidd yn anghyfforddus. Dw i'n dychmygu fy hen ffrind yn ei gawell o goed a gwifrau, fel llew syrcas ffyrnig sy'n awchu am gael crwydro safana atgofion ei ieuenctid unwaith eto. Ond mae Idris wedi'i gaethiwo gan ei fyrbwylltra ei hun, yn hytrach na chan ddart o wn potsiwr, ac mae hynny'n gwneud ei sefyllfa'n waeth mewn ffordd, er nad ydw i'n siŵr i Idris ystyried canlyniadau ei weithredoedd erioed. Mae meddwl am y peth yn gwneud i fi frysio i wisgo fy welis, sydd dal yn y cwtsh dan stâr, a hynny mor gyflym â ffarmwr sydd wedi gweld cadno'n anelu'n syth am y cwt ieir ben draw'r clos.

O fewn dim, ni 'di gadael y tŷ, croesi'r ffordd a dechrau troedio trwy faw a llaca'r cae gyferbyn, sy'n llawn gwartheg godro'r ffarm gyfagos. Ni'n dilyn y llwybr llithrig sy'n glynu wrth glawdd deheuol y ddôl, gyda fi'n sefyll rhwng Lisa a'r fuches gan nad yw fy ngwraig yn hoff ohonyn nhw. Mae ei hofn yn deillio o'r ffaith i yrr o Friesians uno a mynd ar ei hôl pan oedd hi'n ifanc ac yn mynd â Basil y ci am dro – profiad erchyll sydd wedi'i chreithio hyd heddiw. Er hynny, mae'n anodd credu fod y fath beth yn bosib o weld mor ddigyffro a di-fraw yw'r creaduriaid hyn. Dy'n nhw ddim hyd yn oed yn edrych i'n cyfeiriad.

Ar waelod y cae, dw i'n helpu Lisa i gamu dros y sticil ac ar ôl gafael yn fy llaw smo hi'n ei gollwng. Efallai nad yw'r sgwrs yn llifo'n hollol rydd rhyngddon ni eto, ond mae teimlo ei llaw yn fy un i yn gwneud y byd yn lle gwell am ryw reswm.

"O's arian 'da ti?" mae'n gofyn, wrth i ni gael hoe fach ar foncyff drylliedig ochr arall y cwm.

"Oes." Gallaf deimlo fy waled ym mhoced fy nghot law. "Pam?"

"Ti ffansi cinio yn y Black Cock?"

"Syniad da," atebaf, er mai peint neu bump sydd ar fy meddwl.

Rhaid croesi'n ôl ar draws y dyffryn i gyrraedd tafarn y Ceiliog Du, trwy ran o goedwig y Wenallt a chwpwl o gaeau eraill yn llawn gwartheg, ond er gwaetha'r her mae'r tir trwm yn ei chynnig i ni, mae'r cwrw'n blasu gan gwaith gwell oherwydd hynny. A dyna lle ry'n ni'n treulio gweddill y dydd, yn gloddesta ar sglodion a stêcs, Guinness a gwirod; ac wrth i'r alcohol lifo, mae'r sgwrs yn gwneud peth tebyg, a chyn pen dim ry'n ni'n chwerthin a chrio wrth gofio rhai o'n hanesion mwyaf lliwgar. Sneb yn dweud dim am y gwahanu na'r cymodi, ac er fod hynny braidd yn rhyfedd ac yn siwtio cachgi fel fi i'r dim, dw i'n gwybod y bydd yn rhaid trafod pethau'n fanwl rywbryd yn y dyfodol agos.

Ry'n ni'n gadael y dafarn tua chwech, wrth i'r golau ddechrau pylu yn yr awyr uwchben, ac erbyn i ni gyrraedd adref, ar ôl troedio eto trwy'r caeau caglog, mae angen golchad dda ar y ddau ohonon ni. Wrth dynnu ein welis ger y drws ffrynt, mae Lisa'n colli ei chydbwysedd a dw i'n gafael ynddi'n reddfol a'i hatal rhag cwympo ar lawr. A dyna pryd mae'r gusan gyntaf yn digwydd, yn droednoeth ar drothwy ein cartref. Ro'n i wedi anghofio pa mor bleserus yw cusanu, sy'n rhyfedd o beth o gofio'r fath ffws oedd yn gysylltiedig â'r weithred pan o'n i'n ifanc. Mae gwefusau llawn Lisa mor gyfforddus a chroesawgar â chlustogau moethus mewn cell carchar, a'n tafodau'n cofleidio ac ymgodymu'n hawddgar, fel hen ffrindiau.

Mae'n tynnu'n ôl a dw i'n ei chlywed yn grwnian. Mae'n gwenu arnaf, cyn gofyn: "Bath?"

"Syniad da," atebaf, er mai sbliff fawr sydd ar fy meddwl.

Ond, fel bachgen da ar ei ben-blwydd, rwy'n cael fy nymuniad tra bod Lisa'n cael ei hun hithau, ac ymhen rhyw chwarter awr ry'n ni'n gorwedd ochr yn ochr yn y bath dwbwl, yn wynebu ein gilydd wrth rannu joint a photel o Sancerre.

Yng nghanol adrodd hanes Gŵyl y Gelli wrthi, a phenderfyniad gweithredol Malcolm i gytuno, ar fy rhan, i gymryd rhan mewn digwyddiad gyda Jon Gower, mae Lisa'n dechrau mwytho fy nyndod, yn gwbl ddi-hid wrth syllu i fyw fy llygaid. A chyn i fi gael cyfle i ddiawlo fy asiant yn ormodol, dw i 'di caledu ac mae hi ar fy mhen i, ei phen-gliniau bob ochr i 'nghorff a'i bronnau brychlyd yn siglo o 'mlaen. Nawr, nid fi yw'r dyn gorau yn y byd pan mae'n dod i reoli fy sarff saith modfedd (hyd bras) a'i gwenwyn atgenhedlol, ond trwy ryw ryfedd wyrth, mae Lisa'n dechrau gwingo mewn gwewyr bron ar unwaith ac mae popeth drosodd, i'r ddau ohonon ni, ymhen llai na munud. Dw i'n amau bod angen i fi ddiolch i Siân fan hyn, am amddifadu fy ngwraig o bidyn cig a gwaed ers cyhyd, ond sa i moyn meddwl am yr ast 'na nawr, felly dw i'n ailgynnau'r sbliff oedd ar ei hanner ac yn gafael yn dynn yn Lisa, sydd bellach wedi plygu'n bentwr bodlon wrth fy ochr.

Dw i'n anwesu ei hysgwydd a'i braich yn dyner, wrth iddi wawrio arnaf bod corff fy ngwraig mor estron i mi erbyn hyn. Sdim braster yn agos ati; mae cyhyrau cynnil, cadarn wedi disodli'r ychydig floneg oedd yn arfer llechu o amgylch ei chanol, a'i choesau a'i breichiau'n gadarn, diolch i gyfundrefn a goruchwyliaeth ei chyn-gariad. Mae fy nghorff innau, ar y llaw arall, yn gybolfa chwithig; y coesau mor galed â gwenithfaen, diolch i'r seiclo diweddar, a'r hanner uchaf mor feddal â llond sosban o datws stwnsh. A'r un lliw hefyd. "Legs of a god, upper body of a landlord," ddywedodd Idris pan welodd fi yn fy llawn ogoniant yn ddiweddar. Ond yn ffodus, nid yw Lisa fel petai wedi sylwi; neu o leiaf, so hi'n becso am bethau mor ddibwys bellach.

"Bubbles?" gofynnaf pan dw i'n gweld fy llwyth llaethog yn arnofio fel ewyn gwyn ar arwyneb y dŵr.

"Mmmmm," yw ateb Lisa, sy'n ddigon o gadarnhad i fi, felly dw i'n defnyddio bawd fy nhroed dde i wasgu'r botwm ben draw'r bath, yna'n mwynhau'r swigod wrth iddyn nhw ffrwydro o'r ffrydiau a mwytho ein mynwesau.

Ond wrth orwedd yna'n anwesu fy ngwraig a sawru'r mwg, mae dau beth bach yn fy mhoenydio o hyd, ac yn fwyaf sydyn, dw i'n gwybod fod *rhaid* i fi fynd i'r afael â nhw cyn y bydda i'n rhydd i ailafael o ddifrif yn fy mywyd ac yn fy mherthynas â Lisa.

* * *

Lisa sydd ar ddihun gyntaf drannoeth, ac o'r gwely dw i'n ei gwylio hi trwy lygaid meinion wrth iddi sefyll ger y ffenest yn syllu ar yr ardd islaw a'r ddinas tu hwnt i'r coed yn y pellter.

"Beth ti'n gweld?" gofynnaf yn ddifeddwl.

Mae Lisa'n troi ac yn llithro 'nôl ataf i'r gwely. Dw i'n gafael ynddi'n dynn, gan ryfeddu ar y noson o gwsg di-dor ges i neithiwr. Ble oedd y bwystfilod? A ble mae pyjamas fy ngwraig?

Mae hi'n gallu teimlo fy asgwrn, does dim amheuaeth o

hynny, ond mae golwg daer ar ei hwyneb, a dw i'n dyfalu cyn dechrau beth sydd ar ei meddwl.

Heb i fi ei hannog, mae'n dweud: "Rhaid i'r boi 'na fynd, Llwyd…"

"Fi'n gwbod," cytunaf, er nad oes syniad gyda fi sut i wireddu hynny.

"Fi o ddifri."

"A fi!"

"Sa i'n gwbod pwy yw e na beth ma fe 'di neud na pham bod e'n byw yn dy sied di, ond sa i'n lico'r peth. Iawn…?"

Dw i'n nodio, er fod y pryder yn corddi'n barod.

"Beth?" gofynna, fel petai'n gallu synhwyro fy anniddigrwydd.

"Wel… mae'n gymhleth…"

"Sut?"

"Ma fe mewn bach o drafferth…"

"Pa *fath* o drafferth?"

"Dim byd difrifol…" atebaf, braidd yn rhy gyflym. "Ond ma fe'n hen ffrind ac ma arna i ffafr iddo fe…"

"Sa i moyn gwbod am hynny, ok!"

"Rhaid i fi fod yn ofalus, 'na gyd… Sneb arall gyda fe… dim teulu, dim ffrindiau…"

"Jyst *ti*?"

"Jyst fi."

"Fi moyn e mas o 'ma cyn diwedd y mis, iawn?"

"Iawn," atebaf, er mai gorchymyn, nid cwestiwn, oedd e.

Wedi cawod a brecwast, dw i'n gadael Lisa'n darllen o flaen y tân ac yn mynd i'r sied. Y cam cyntaf wrth gael gwared ar Idris yw cael gwared ar Casi. Wel, dim *cael gwared* arni, ond ei thalu er mwyn i fi gael symud ymlaen at ddarbwyllo Idris i adael. Dyna'r ddamcaniaeth, ta beth, ond y gwir yw nad oes modd gwybod beth sy'n mynd ymlaen yn ei ben, heb sôn am ragweld ei ddyfodol.

Dw i'n dod o hyd iddo, yn ei bants ac wrth y ddesg, gyda phapur decpunt lan ei drwyn a gweddillion dwy linell o bowdwr ar y ddesg o'i flaen.

"'Nes fi gweld Daf ddoe," yw'r peth cyntaf mae e'n ei ddweud wrtha i, ond dw i'n anwybyddu'r sylw gan ei fod yn amlwg off ei ben a heb adael y sied o gwbwl.

"Ble ma Casi?" gofynnaf.

Mae Idris yn edrych o'i gwmpas yn wyllt, sy'n awgrymu i fi nad oedd e'n ymwybodol ei fod e yma ar ei ben ei hun.

Mae'r lle fel twlc. Dillad dros bob man. Tinnies mewn tyrau. Blychau llwch llawn. Ac ar ganol y gwely, gwn. Ro'n i wedi anghofio amdano, rhaid cyfaddef, ar ôl ei weld y noson gyntaf 'na. Mae'r dryll yn fy llenwi ag ofn, yn bennaf gan nad oes unrhyw amheuaeth 'da fi bod Idris wedi saethu'r gwn o'r blaen a'i fod yn fwy na pharod i'w ddefnyddio eto. Yn enwedig nawr, ar ôl pwl deg diwrnod ar y powdwr gwyn. Faint o gwsg mae e wedi'i gael yn yr amser hwn? Dim lot. Ac felly sdim rhyfedd ei fod e'n gweld Daf...

"Beth ti moyn gyda Casi?" mae'n gofyn, wrth gynnau sigarét.

"Jyst moyn trafod y beth-ti'n-galw gyda hi..."

"You gonna cough up?"

"Sdim dewis 'da fi, oes e?"

"Wel..."

"*Beth*?"

Mae ei lygaid yn pefrio'n gynllwyngar, a gwên fach yn goglais corneli ei geg.

Mae'n codi a gwisgo; hen bâr o jîns a chrys-T Metallica melynwyn. Ac ar ôl gwisgo'i sanau, mae e'n rhwbio'i wyneb yn galed gyda'i ddwylaw. Yna, mae e'n gafael yn y gwn a'i ddal o'i flaen i fi gael ei weld.

"Wel..." mae e'n ailddechrau. "We could take her out..."

"Ei *lladd* hi?"

"Ie. We could bury her yn y coed."

Dw i'n syllu arno fe am sbel, yn ceisio dyfalu yw e o ddifrif.

"Pam fyset ti'n awgrymu'r fath beth?" gofynnaf. "Ti'n ffwcio hi nawr, nag wyt ti?"

"Aye, ond she's a fuckin nightmare."

"Yw hi? Pam?"

"Wel, she's blackmailing me nawr. She wants hanner y chang neu she'll mynd i'r cops…"

"Y *cops*?!"

"Ie."

"So hi'n gwbod am Jimmy, 'te?"

"Na. Ond bydd y cops yn bad enough…"

"Ond ddim cynddrwg â Jimmy?"

Mae Idris yn ystyried y peth am ychydig, ond cyn iddo gael cyfle i ddod i gasgliad penodol, dw i'n gweld Lisa'n ymddangos ar y patio wrth y tŷ, gyda dau ddyn yn gwmni iddi.

"Ids, 'drych," dywedaf, a phan mae Idris yn gwneud ac yn gweld pwy sy'n agosáu, mae ei wyneb gwelw'n troi'n dryloyw.

"Fuck!" yw'r unig air mae e'n ei yngan, cyn gafael yn y gwn ac wedyn yn y bag, sy'n dal yn gorwedd o dan y gwely, ond yn llawer ysgafnach na phan gyrhaeddodd e.

Mae Idris yn codi'r gwn ac yn ei ddal o flaen fy nhrwyn. Mae'n syllu arnaf, ei lygaid llwydlas yn wag. "B-e c-o-o-l," mae ei eiriau araf yn atseinio ar hyd yr oesoedd. Yna, cyn i Lisa a'r ymwelwyr gyrraedd teras canol yr ardd, mae Idris yn sgrialu i'r balconi ac yn diflannu dros yr ochr i'r coed, gan fy ngadael i yno, fy nghalon yn carlamu a 'mhen yn llawn posibiliadau erchyll.

Dw i'n agor y drws ac yn gwneud pob ymdrech i ymddangos yn ddi-hid.

"These gentlemen are here to see you," medd Lisa, ei llygaid yn galed ac yn llawn pryder ar yr un pryd.

"Alright, Sol? Alright, Dave?" Dw i'n cyfarch cadfridogion Jimmy Rodriguez fel hen ffrindiau, er nad ydw i eu heisiau nhw ar gyfyl y lle. Ond smo fy act yn twyllo Lisa o gwbwl.

Mae hi'n gadael heb air pellach.

"What can I do for you?" gofynnaf, gan weld fod Dave yn cario dau beth: copi clawr caled o nofel gyntaf Idris Roach yn ei law, a rhyw ymdeimlad cwbwl ddrwgdybus yn glogyn amdano.

"Jimmy wants you to sign this book for him, Floyd. It's a gift for his father. Birthday."

"No problemo," dw i'n dweud fel twat. "I'll grab a pen…"

Dw i'n eu gadael nhw yno ac yn camu i'r sied, ond fel arfer, sa i'n gallu dod o hyd i feiro yn unman, heb sôn am bensil neu gwilsyn ac inc hyd yn oed.

"You can use mine," medd Sol, sydd bellach yn sefyll tu ôl i fi yn y sied, gyda Dave wrth ei ochr.

"Ch-ch-cheers," dw i'n cecian, gan edrych o fy amgylch yn gyfrwys i weld oes yna unrhyw dystiolaeth i Idris fod yn aros yma. Dw i'n falch o weld nad oes yna olion penodol – y gwir yw y gallai *unrhyw* fochyn fod wedi bod yn preswylio yma.

"Make it out to 'Sol'," medd Sol.

Dw i'n edrych arno'n ddryslyd, ac yn gwybod ar unwaith mai esgus oedd y llyfr a'r llofnod i ddod i gael pip ar y lle.

"*What?*" gofynna Sol, gan godi ei ysgwyddau. "We share the same name, me and Jimmy's old boy. That's why Jimmy hired me in the first place, as it happens, so he could boss around someone with the same name as his old man. In' that right, Dave?"

Mae Dave yn nodio'n fud wrth i'w lygaid grwydro'r stafell, a dw i'n ceisio cofio a glywes i fe'n yngan gair y noson o'r blaen.

Wrth i fi ysgrifennu neges fach gwrtais yn y llyfr, mae Sol yn gofyn "You been living here or something, Floyd?"

"I have, as it happens, Sol. Me and the missus have been experiencing some… marital difficulties, as it were."

"What *sort* of problems?"

Mae ei gwestiwn yn fy synnu, ond mae Sol yn amlwg yn ddyn sy'n arfer cael atebion.

"She had an affair with her personal trainer."

"Shit! They're all dirty dogs, these fuckin personal trainers. Lurchers in Lycra, that's what I calls 'em, in' that right, Dave?"

Mae Dave yn nodio eto, heb yngan yr un gair.

"This one was a woman."

Mae Sol yn edrych arnaf ac yn ystyried hynny, yna'n gwenu.

"Nice," yw ei gasgliad.

Erbyn hyn, mae Dave yn pisio yn y tŷ bach.

"Sorry 'bout Dave," medd Sol. "He's barely housetrained. Is that a balcony?"

Ac allan â fe cyn i fi ddweud gair.

"What a view!" mae'n ebychu. "And I thought Jimmy had a nice one. He'd be well jealous of this, Floyd…"

Mae clywed hynny'n fy ngwneud i'n hapus. Dw i'n gwylio Sol a Dave, sydd wedi ymuno â ni nawr, yn gwerthfawrogi'r olygfa odidog sydd gennyf, er fy mod i hefyd yn gwybod fod eu llygaid yn archwilio'r prysgwydd islaw ac o'n cwmpas am arwyddion o Idris. Dw i'n gwneud yr un peth ac yn chwilio am olion amlwg yn y llaca a'r llystyfiant, ond does dim byd i'w weld, diolch byth.

"Thanks for the autograph, Floyd," medd Sol ar ôl i'r tawelwch fynd braidd yn anghyfforddus.

Ac i ffwrdd â nhw, gan fy ngadael i yno wrth y drws yn eu gwylio nhw'n mynd, i fyny'r llwybr, yn ôl i'w car ac adref i gyflwyno'u hadroddiad i Jimmy.

Cyn troi'n ôl at y sied, dw i'n siŵr 'mod i'n gweld llenni'r brif stafell wely'n symud, a dw i'n gwybod y bydd gan Lisa ddigon i'w ddweud am yr ymweliad.

Trof a chamu'n ôl i'r sied. Dw i'n ystyried yr hyn sydd newydd ddigwydd ac yn dod i'r casgliad mai dim ond dod draw 'ma am bip roedd bois Jimmy, yn hytrach nag oherwydd eu bod yn fy nrwgdybio o roi lloches i Ids. Wedi'r cyfan, sut yn y byd y bydden nhw'n *gallu* gwybod ei fod e yma? Sa i'n credu iddo fe adael y sied ers cyrraedd, ac ar wahân i fi a Casi, sneb arall yn gwybod ei fod e yma. Heblaw Lisa. Ond so hi'n gwybod *pwy* yw e chwaith. O edrych ar y sefyllfa mewn ffordd gadarnhaol, efallai y bydd hyn yn ysgogi Idris i symud ymlaen, gadael y sied a diflannu i'r isfyd fel llygoden ffyrnig i ddraen. Ond ar y llaw arall, efallai y bydd Ids yn fy amau…

Dw i'n anelu am y balconi cefn i weld oes unrhyw olwg ohono. Mae gen i deimlad y bydd yn rhaid i fi esbonio pethau. Ond mae Idris yn fy synnu'n llwyr trwy gamu o'r matrics, gafael yn fy ngwddf gydag un llaw a dal y gwn at fy mhen gyda'r llall. Mae e'n fy llusgo, fel doli glwt, allan i'r awyr iach, yna'n fy maglu i'r llawr yn ddiymdrech. Sa i hyd yn oed yn ceisio brwydro'n ôl. Beth yw'r pwynt? Dw i'n glanio ar fy nghefn ac mae'r gwynt yn cael ei wthio ohonof ar unwaith. Ac yna mae Ids yn penglinio ar fy mhen, fy mreichiau wedi'u caethiwo'n llwyr o dan bwysau ei ben-gliniau.

Yn ddifater ac yn ddideimlad, mae Idris yn chwipio'r gwn ar draws fy ngwyneb, gan ailagor creithiau dwrn Heledd. Mae'r gwaed yn tasgu o 'nhrwyn, a 'ngheg yn llenwi â hylif metelaidd trwchus. Dw i'n llyncu'n wyllt ac yn brwydro i anadlu, ond eto, sa i'n gallu beio Idris am ymateb fel hyn; sdim syniad 'da fe beth sy'n mynd 'mlaen – yn y sied nac, yn wir, y tu hwnt iddi.

"What the fuck o'n nhw moyn?" mae e'n poeri, gan ddal fy mochau gyda'i law rydd.

Ond cyn i fi gael cyfle i ateb, mae e'n gwthio'r gwn i 'ngheg ac am eiliad dw i'n sicr ei fod ar fin tynnu'r taniwr. Ry'n ni'n syllu ar ein gilydd ar draws y degawdau, wrth i amser aros yn llonydd ar y llawr pren. O'r diwedd, mae Idris yn tynnu'r gwn o 'ngheg, er ei fod yn dal i'w bwyntio tuag ataf, ac yn ailofyn y cwestiwn. "What the fuck o'n nhw moyn?"

"Ll… llof… llofnod…" dw i'n cecian.

"*Llofnod*?" mae Idris yn gofyn yn ddryslyd, tra 'mod i'n nodio fel ffŵl. Hyd yn oed trwy'r dagrau o boen a'r gwaed sydd wedi llenwi fy llygaid, gallaf weld fod yr ateb wedi ei faglu. "*Jyst* llofnod?"

"Ie. A…"

"A *beth*?"

"A pip ar y lle 'ma… arna i…"

"Pam?"

"Sa i'n gwbod. Ma nhw'n desperate, yn dy'n nhw," dw i'n poeri. "Sdim clem 'da nhw ble wyt ti. Ma nhw'n gwbod fod yna hen gysylltiad rhyngon ni…"

Mae'r olwg ar wyneb Idris yn newid wrth iddo glywed fy namcaniaeth annelwig. Er gwell, dw i'n falch o adrodd. Mae e'n tynnu'r gwn yn ôl ac yn ei osod tu ôl i'w gefn, rhwng gwregys a chroen. Yna, mae e'n codi i'w gwrcwd gan adael i fy mreichiau ymlacio eto, ac yn cynnig ei law i mi. Dw i'n ei chymryd ac mae e'n fy nhynnu'n ôl ar fy nhraed. Mae'n dal i syllu arnaf, ond nid yw'r casineb pur yno bellach.

"Beth?"

"Dim byd… jyst…"

"Jyst *beth*?"

Mae e'n gwenu cyn ateb, gwên sydd bron yn ddigon i wneud i unrhyw un faddau unrhyw beth iddo.

"I was about i galw ti'n traitor… a…"

"*Really*? O'n i'n meddwl bod ti ar fin fy lladd i!"

"Wel… it did cross my mind for a sec falle…"

Sa i eisiau meddwl gormod am hynny.

"C'mon, Idris," dw i'n dweud, gan wenu arno mewn ffordd mor frawdol ag sy'n bosib i unig blentyn ei wneud. "Ar ôl i ti… ti'n gwbod… no way, man. No *fuckin* way, 'fyd."

Wrth glywed y geiriau, mae Idris yn gafael ynof ac yn fy nghofleidio'n dynn, ond y gwir yw fy mod i'n fwy ofnus nawr nag erioed o'r blaen. Dw i ddim eisiau colli Lisa, ac os byddai'n rhaid i fi fradychu Idris i sicrhau ei dyfodol hi – ein dyfodol *ni* – wel, galwch fi'n Judas a rhowch i mi'r cwdyn arian.

TRWMGWSG

Wrth droi'n droetrwm oddi ar Rhydypenau Road i Dan-y-Coed, roedd haul y bore cynnar yn twymo fy nghorff a chodi fy hwyliau, a finnau braidd yn isel ar ôl y penwythnos ro'n i newydd ei gael. Ar ôl hwylio adref ar y cwch cyflym o Hoek van Holland i Harwich, ro'n ni adref yn gynt na'r disgwyl. Ro'n i'n edrych 'mlaen at wy ar dost a gwely cyfforddus, ond cyn hynny roedd yn rhaid gwasgu'r EEEEEEEEestroniaid o 'nhin. Gwthiodd Idris ei diwbs o'i geudwll yng ngwasanaethau Reading, ac er i mi a Daf roi go arni, doedd dim byd yn digwydd bryd hynny. Ymlaciodd Idris ar ôl iddo lwyddo, tra 'mod i'n gwingo wrth ei ochr, y silindr yn gorwedd yn fy nghyntedd cefn gan deimlo fel petai'n dychlamu mewn cytgord â 'nghalon.

Suddodd Daf yn ddyfnach fyth i'w gragen, heb yngan prin yr un gair yr holl ffordd adref. Roedd hi'n ymddangos i fi bod gafael ledrithiol Idris arno wedi llacio bron yn llwyr erbyn hyn. Heb os, roedd agwedd Daf tuag at ei ffrind wedi newid ers i Idris ddychwelyd i'n bywydau, ac roedd drwgdybiaeth Daf dros y diwrnodau cynt yn cynrychioli torbwynt perthynas y ddau. Un ai hynny, neu blinder oedd arno. Byddai popeth 'nôl i normal mewn cwpwl o ddyddiau, siŵr o fod.

Roedd fy mhen i ar chwâl, chwarae teg, a'r peth diwethaf oedd ei angen arnaf wrth gyrraedd adref oedd pregeth gan Mam. Ond dyna beth oedd yn fy nisgwyl pan agorais y drws a chamu i'r tŷ. Roedd hi yno yn y gegin yn gwneud brecwast i Dad. Do'n i ddim yn gallu gweld na chlywed yr hen ddyn, ond ro'n i'n gwybod lle roedd e – yn ei gadair yn ffenest fae y lolfa, yn syllu ar lawr yn fud gan aros am ei waredwr. Wrth glywed y drws ffrynt yn agor, trodd Mam ac edrych arnaf. Roedd gwên ar ei hwyneb i gychwyn, un reddfol wrth weld fod ei hunig fab wedi cyrraedd adref yn saff, ond cafodd ei disodli'n ddigon clou gan gymysgedd rhyfedd o bryder ac atgasedd. Gallwn ddychmygu pa fath o siâp oedd arnaf. Drychiolaeth. Cardotyn. Cyffurgi. Llanast llwyr. Llongddrylliad dynol.

"Beth yn y byd sy 'di digwydd i ti?" gofynnodd, ei llais yn codi gyda phob gair.

"Dim!" atebais yn amddiffynnol.

"*Dim*?!" Roedd ei llygaid fel soseri nawr, a'i cheg ar agor led y pen. Yn wir, roedd ei gweld hi'n edrych mor gegrwth yn fy nghipio'n ôl ar unwaith i'r warws ddiwydiannol ar gyrion Amsterdam nos Wener. "Ti'n edrych yn *sâl*, Lwl. Ti'n edrych fel…"

"Fi'n iawn, Mam," torrais ar ei thraws, cyn iddi gael cyfle i 'ngalw i'n drempyn, neu waeth. "Jyst wedi blino, 'na gyd. 'Nes i ddim cysgu neithiwr ar y bws adre. Chi'n gwbod shwt ydw i…"

Ac fe wnaeth hynny'r tric ac fe feddalodd ei hwyneb a'i hagwedd rhyw fymryn. Wedi'r cyfan, ar ôl teithio i'r cyfandir fel teulu bob blwyddyn am ddegawd a mwy, roedd hi'n gwybod yn iawn nad oeddwn i'n gallu cysgu ar fy eistedd mewn cerbyd, boed yn gar, yn gwch neu'n fws.

Camais ati i'r gegin ac roedd yr aroglau seimllyd hyfryd bron yn gwneud i fi weld rhithiau. Roedd y bacwn a'r wy a'r madarch yn y badell ffrio fel petaen nhw'n fy mhryfocio a 'ngwawdio. Roedd fy stumog yn rhuo a theimlais symudiad petrusgar yn fy ngholuddyn. Teimlais dwll fy nhin yn tynhau'n reddfol ac ro'n i'n gwybod beth oedd ar fin digwydd.

"Ti moyn brecwast?" gofynnodd Mam wrth glywed y conan yn fy mola.

"Plis."

"Iawn, bach. Cer i ga'l cawod yn gynta. Ti'n drewi."

"Diolch, Mam."

Cyn mynd i olchi, a gwaredu a gwagio fy nghwtsh dan stâr, camais i'r lolfa i ddweud 'helo' wrth yr hen ddyn.

"IAWN, POPS?" gwaeddais, er nad oedd yn fyddar o gwbwl. Jyst ar blaned arall ben draw'r bydysawd.

Cododd ei ben yn araf bach ac edrych arnaf, er nad oedd fel petai'n fy adnabod. Roeddwn yn difaru gofyn ar unwaith, gan fod ei weld fel hyn yn dorcalonnus. Y gwir oedd bod bywyd wedi ei drechu'n llwyr erbyn hyn, a hynny mewn cyfnod mor fyr o amser. A doedd dim ffordd 'nôl iddo bellach, o'r hyn roeddwn i'n gallu ei weld. Roedd 'na feddyginiaeth y gallai ei chymryd, wrth gwrs, ond roedd e'n gwrthod y tabledi ac yn ymateb yn gas i ymdrechion ac awgrymiadau Mam a'r meddyg teulu. Ro'n i wedi eu clywed nhw wrthi o bryd i'w gilydd dros y misoedd diwethaf, ar yr adegau prin pan oedd Dad yn dewis siarad. Roedd fel petai wedi derbyn ei ffawd, *cofleidio* ei ffawd mewn gwirionedd, a'r unig beth oedd ar ôl ganddo i'w wneud nawr oedd aros. Roedd teimladau gwrthgyferbyniol iawn yn mudferwi'n ddwfn ynof – rhwystredigaeth, tosturi a chasineb. Tosturi oedd yn ennill y tro hwn. O drwch blewyn.

"CHI'N IAWN HEDDI?" gofynnais, er ei fod yn bell o fod yn *iawn*, wrth gwrs.

Yn hongian ar y wal wrth ei ochr roedd *Salem*, yr ystrydeb gelfyddydol fwyaf Cymreig ohonyn nhw i gyd efallai. Heddiw, gallwn weld y Diafol yn eglur yn siôl Siân Owen, er i mi gael trafferth mawr i ddechrau. Ond unwaith i chi weld y Gŵr Drwg yn y darlun, nid oedd modd *peidio* ei weld. Edrychais ar y llun ac yna ar fy nhad, ac mewn gwirionedd roedd y Diafol yn amlwg, os nad yn *amlycach*, yn ei ysgwyddau crwm a'i agwedd ddrylliedig yntau. Ond doedd dim cyfle i ystyried ymhellach gan fod pethau'n dechrau corddi yn fy nghraidd a 'mol yn dechrau troelli, felly gadewais yr hen ddyn i'w wacter meddyliol a brasgamu i fyny'r grisiau, gan gyrraedd y toiled jyst mewn pryd.

Gyda'r drws ar glo a 'mochau ar agor led y pen, dechreuais wthio fel merch feichiog yn y gobaith o waredu'r tabledi o'r twll tyn. Ond yn wahanol i ferch feichiog, ro'n i'n gwneud pob ymdrech i beidio â griddfan, gweiddi, diawlo na sgrechian, gan nad oeddwn i eisiau i Mam ddod lan i weld beth oedd yn bod.

Yn araf bach, dechreuodd symud. Roedd pob milimedr yn teimlo fel milltir a'r broses, heb os, yn llawer mwy poenus ar y ffordd mas o'i chymharu â'r ffordd i mewn. Wrth i'r chwys raeadru oddi ar fy nhalcen, dechreuodd y waliau gau. Am eiliad, ro'n i'n credu fod y teils yn tyfu plu ac yn trydar fel haid o ditws tomos las. Roedd y byd yn troelli ac ro'n i ar fin paso mas pan glywais i gnoc ar y drws.

"Ma dy frecwast yn barod, Lwl." Fel llinyn 'sgota, roedd llais Mam yn fy nhynnu'n ôl i'r lan.

"Diolch, Mam. Rhowch e yn y ffwrn, plis. Bydda i lawr mewn munud. Fi yn 'i chanol hi braidd fan hyn..."

"Iawn, bach," dywedodd yn siriol, gan fy ngadael i yno mewn llesmair gyda'r silindr hanner mewn a hanner mas o 'mhen-ôl.

Yn lle gwthio, penderfynais mai'r peth gorau i'w wneud oedd tynnu, gan fod yr ymdrech bron yn ormod bellach a chyhyrau fy nghraidd a 'nghachdwll yn gwegian. Estynnais fy llaw i lawr i'r fowlen a gafael yn y tiwb rwber seimllyd. Yna, yn araf bach, fe dynnais i fe allan. Ond byrhoedlog oedd y rhyddhad a deimlais wrth i ddiwedd y tiwb ddatgysylltu â phop bach mud, diolch i'r llif o gachu cynnes a dyfrllyd a ddilynodd a gorchuddio fy llaw yn gwbl annisgwyl. Roedd yr arogl yn anorchfygol ac fe chwydais ar unwaith; ar lawr a dros fy nhraed noeth. Wrth wneud hynny ro'n i'n dal i gachu'n rhydd a bu'n rhaid i fi aros tan i'r llif beidio cyn gallu gwneud unrhyw beth am y sefyllfa. Oedais yno am eiliad, fel dringwr di-raff ar y dibyn. Yn ffodus, gan nad oeddwn i wedi bwyta dim byd ers yn agos at ddiwrnod, doedd dim lot o chwd ar lawr, felly ar ôl sychu fy nhin a golchi fy nwylo a'r tiwbyn yn drylwyr, defnyddiais bapur tŷ bach i fopio'r hylif sur-felys oddi ar y teils, yna golchi fy nwylo unwaith eto a throi fy sylw at y tabledi.

Gafaelais yn y tiwb, ac roedd hynny'n gwneud i arwyddion punnoedd fflachio o flaen fy llygaid. Gwerth *faint* o arian yn union oedd yn fy ngafael? Pymtheg punt wedi lluosi gyda dau gant pum deg. Brwydrais gyda'r ffigyrau am sbel, yna dod at y cyfanswm, oedd yn fy synnu braidd. Fe wnes y syms unwaith eto i wneud yn siŵr. Tair mil, saith cant a phum deg o bunnoedd! *Os* fyddwn i'n eu gwerthu nhw i gyd, hynny yw, oedd yn bur annhebyg.

Camais i'r gawod ac, wrth olchi, fe ymgodymais â'r rhifau am sbel, yna meddyliais 'nôl ac ystyried pa mor *hawdd* oedd yr holl fenter. Wedi'r cyfan, diolch i'r ci fu o fewn trwch blewyn i ni ar y bws, roedd hi'n berffaith amlwg nad oedd modd arogli'r hyn roedd y tri ohonon ni'n ei gario. Penderfynais mai'r unig beth negyddol am yr holl antur oedd anesmwythder gorfod cario'r cyffuriau adref i fyny'ch tin a thynnu'r tiwb maint pecyn o Extra Strong Mints mas ar ben draw'r daith. Er hynny, do'n i ddim yn bwriadu gwneud dim byd tebyg eto, gydol fy oes.

Ar ôl gorffen yn y gawod a bwyta'r bwyd oedd yn aros amdanaf yn y ffwrn, anelais am yr atig, gan guddio'r silindr o dan styllen bren o dan fy ngwely, tynnu fy nillad a chwympo i drwmgwsg chwyslyd, llonydd a rhydd rhag breuddwydion. Pan ddihunais, rhyw ddwy awr ar hugain yn ddiweddarach yn ôl y cloc digidol, oedd hefyd yn dangos y dyddiad, y peth cyntaf welais i oedd pedwar aelod o un o fy hoff fandiau, y Chili Peppers, yn syllu'n ôl arnaf o'r poster ar y wal wrth ochr fy ngwely. Roedden nhw'n sefyll mewn rhes yn gwisgo dim byd amdanyn nhw ond sanau dros eu selsig a golwg eironig-ddifrifol ar eu hwynebau. Do'n i ddim yn gwybod pam wnes i brynu'r poster. Ac yna fe gofiais i – dim fi wnaeth! Anrheg ben-blwydd gan Daf oedd e. Penderfynais wrth godi am bisiad y byddwn i'n ei dynnu i lawr ac yn hongian rhywbeth newydd yn ei le cyn hir.

Yn y toiled, wrth i'r iwrin lifo fel yr Iorddonen i'r badell, meddyliais am Becca. Ble oedd hi heddiw a beth ddylwn i ei wneud amdani? Ro'n i eisiau ei gweld hi, heb os, ond yn amau bellach oedd hi'n teimlo'r un peth. Ac fel tase'r byd yn llawn lledrith, clywais gloch y tŷ'n canu, Mam yn agor y drws a llais pêr fy sort-of-cariad yn canu fy enw fel seiren.

"LWLI!" gwaeddodd Mam lan y grisiau. Ro'n i'n methu credu ei bod hi wedi fy ngalw i'n 'Lwli' o flaen Becca ond, 'na ni, doedd hi ddim hyd yn oed yn sylwi ei bod hi'n gwneud hynny bellach. "TI 'DI CODI?"

Clywais Mam yn esbonio wrth Becca 'mod i 'di bod yn cysgu am ddiwrnod cyfan, a Becca'n ateb yn gwrtais ac yn llawn anghrediniaeth. Roedd Mam wrth ei bodd gyda Becca, ac yn ei hadnabod ers blynyddoedd achos roedd hi'n arfer mynd i'r un capel â ni. Roedd Mam hefyd yn ystyried bod Becca yn 'ferch gall' ac yn 'ddylanwad da' arnaf. Ond, wrth gwrs, doedd dim syniad ganddi sut un oedd hi mewn gwirionedd.

"YDW!" bloeddiais yn ôl, yna mynd ati i olchi fy ngwyneb a 'ngheseiliau. Edrychais yn y drych a gweld dim byd ond dau fag du a phêl dennis frwnt yn syllu'n ôl.

"DERE LAN!" gwaeddais ar Becca, gan esgyn y grisiau tuag at do'r tŷ. Y gwir oedd bod ei phresenoldeb yn fy nrysu'n llwyr. Fy nrysu *ac* fy llonni. Yna, am eiliad, fe ffeindiais fy hun yn amau ei bod hi wedi dod yma i ddod â'n 'perthynas' i ben, ond cyn i fi gyrraedd pen y grisiau clywais hi'n agosáu ar frys – dwy stepen ar y tro – yna'n gafael ym moch dde fy mhen-ôl trwy gotwm tenau fy mhaffwyr, a dychwelais ar unwaith i fyd o ddryswch gydag awgrym bach o obaith yn rhan ohono hefyd.

"Helo, *Lwli*!" gwawdiodd Becca, gan gydio yn fy llaw.

Gwenais arni'n wybodus a chodi fy ysgwyddau.

"Beth ti *moyn*?" gofynnais, braidd yn ymosodol, o'r olwg oedd ar ei hwyneb.

"Dim! Jyst dod draw i ddweud 'helo'…" Roedd hi'n gwgu nawr, a gollyngodd fy llaw.

Eisteddais ar fy ngwely, heb wybod beth oedd yn mynd 'mlaen yn iawn. Ar un llaw, ro'n i eisiau herio ei hagwedd cyn i fi fynd i Holland, ond ar y llall, roedd hi'n ymddangos yn bur debyg ei bod hi wedi anghofio pob dim am hynny ac yn cario 'mlaen fel tase dim byd wedi digwydd. Doedd dim amdani ond cloriannu fy opsiynau'n gyflym. Penderfynais beidio â dweud dim am y peth.

"*Helo*," dywedais, gan estyn fy llaw a'i hannog i eistedd wrth fy ochr.

"O'n i eisiau dweud sori, hefyd," roedd hi'n datgan, heb allu edrych arnaf.

Fe wfftiais yr awgrym a mwytho'i braich, oedd wedi'i gorchuddio gan goedwig o fân-flew oedd yn anodd eu gweld fel arfer, ond bod ongl yr haul trwy'r ffenest Velux yn eu goleuo nhw i gyd ar yr union eiliad honno.

"O'n i'n rêl bitch, Llwyd, ond jyst ofnus o'n i…"

"Ofnus?" gofynnais, gan nad oeddwn wedi bod yn canolbwyntio ar ei geiriau, diolch i hud y blewiach mân.

"Ie. O'n i'n siŵr bod Idris yn mynd i gael ei ddal, a ti a Daf gyda fe…"

"Byse ti ddim yn credu pa mor hawdd o'dd yr holl beth…"

Closiodd ataf a gallwn weld o'r ffaith fod ei llygaid yn llydan agored fod y sgwrs yn gwneud gwyrthiau i'r ffordd roedd hi'n fy ngweld i.

"'Nes ti ddim? Ti'n gwbod…"

"O'dd *rhaid* i fi, Bec. A Daf 'fyd," broliais, gan fwynhau gweld llygaid Becca'n pefrio wrth i fi sôn am y perygl.

"*Pam*? O'n i'n meddwl mai Idris oedd yn mynd i… ti'n gwbod." Doedd hi ddim yn gallu yngan y gair 'smyglo' am ryw reswm, oedd yn hollol ciwt os oeddech chi'n gofyn i fi.

Gwenais cyn ateb, gan wybod y byddai hi wrth ei bodd gyda hyn.

"Achos ro'dd twll pwps Idris yn rhy dynn i ffitio'r holl bils lan 'na!"

Yn ôl y disgwyl, roedd Becca'n rhuo ar hynny. Ond yn llai disgwyliedig, ar ôl i'r chwerthin bylu, dyma hi'n dechrau fy nghusanu fel anifail gwyllt, gan gnoi fy ngwefus a sugno 'ngwddf fel fampir. Yna, roedd hi'n tynnu fy mocsers ac yn dechrau sugno fy nghoc, ac er i'w dannedd grafu fy nghlochben ar fwy nag un achlysur, roedd y pleser yn ddiamheuol, ynghyd â'n perthynas, unwaith eto, *mwn*.

BYGYTHIAD

Prynhawn dydd Mercher yw hi. Mae Lisa yn y gwaith ac mae pethau'n reit normal unwaith eto. Nid fy mod i'n cofio beth yw normalrwydd chwaith, ond sa i'n byw yn y sied mwyach ac mae'n ymddangos fel petai Lisa'n falch fy mod i 'nôl yn y tŷ gyda hi. Sdim ffordd 'da fi o wybod am ba mor hir y bydd hyn yn para, ond dw i'n mynd i wneud pob ymdrech i sicrhau na fydd fy ngwraig yn newid ei meddwl eto. Mae'n ddiwrnod diflas iawn tu allan, gyda glaw cyson a gwynt cryf, sy'n hyrddio'n afreolaidd, yn gydymaith i'r gwlybanwch. Syllaf drwy ffenest y swyddfa daclus, ar lawr cyntaf ein cartref, tua'r coed trwchus a thoeon tai Thornhill tu hwnt, sy'n ymddangos yn aneglur ar y gorwel trwy'r niwlen laith sy'n hongian uwch eu pennau.

Dw i'n cael cip ar fy ngwyneb cleisiog, creithiog wedi'i adlewyrchu yn sgrin dywyll y cyfrifiadur. Ar ôl dau ddiwrnod cynhyrchiol iawn, ac ystyried popeth, mae'r awen wedi fy amddifadu heddiw. Y rheswm am hynny yw fy mod i'n poeni am Casi. Wel, nid *am* Casi, ond am y ffaith nad yw hi wedi ateb na chydnabod yr un o fy negeseuon testun ers tridiau. Dw i 'di bod yn ceisio cysylltu â hi er mwyn trefnu cwrdd i drafod y 'sefyllfa', sef fi yn ei thalu am gadw'n dawel, ond heb gael gair nac hyd yn oed emoticon o ymateb ganddi.

Yn ôl Idris, dydy hi heb fod i'w weld ers y penwythnos, ac mae hynny'n achosi pryder pellach. Dw i'n poeni ar un llaw ei bod hi eisoes wedi mynd at yr heddlu ac mai dim ond mater o amser yw hi cyn bod y glas yn galw; tra ar y llaw arall, mae awgrym Idris y diwrnod o'r blaen yn atseinio yn fy mhen a dw i'n gofidio'i fod e eisoes wedi'i lladd hi a'i chladdu yn y coed – er fod y ffaith nad yw ei rhieni wedi cysylltu â'r heddlu a dechrau helfa genedlaethol i ddod o hyd i'w merch yn awgrymu nad yw Idris wedi gwneud hynny. Yr unig beth da am y pryderon hyn yw eu bod nhw'n fy sbarduno i sgwennu a gorffen drafft amlinellol o fy nofel cyn gynted ag y gallaf, sy'n wych o beth o gofio'r siâp oedd arna i rhyw fis yn ôl.

Ac wrth sôn am Idris, mae'n ymddangos fod 'na dro wedi bod ar ei fyd yntau ers y penwythnos hefyd; ers ymweliad Sol a Paki Dave, hynny yw. Dw i 'di bod i'w weld bob dydd ers y digwyddiad, ac fe'm synnwyd yn llwyr nos Lun gan fod Idris wedi llwyddo i fynd dros bedair awr ar hugain heb hwfro unrhyw bowdwr lan ei drwyn. Mae hynny gyfwerth â gwyrth os y'ch chi'n gofyn i fi, yn enwedig ac ystyried ei frwdfrydedd diwyro at y Gwynfryn ers iddo gyrraedd. Ar ben hynny, roedd e hyd yn oed wedi glanhau'r sied, gan wneud ymdrech dda ohoni hefyd. Ond erbyn i fi alw heibio roedd e mewn llesmair llwyr, diolch i'r valium mae'n ei lyncu i wrthsefyll y symptomau diddyfnu, a'r ganja cryf mae'n ei smocio i godi ei galon a'i gynorthwyo i oroesi'r artaith. Fe soniodd rywbeth am werthu gweddill y cynnyrch a diflannu dramor. Goa un funud. Galicia'r nesaf. Ond o weld yr olwg arno, sa i'n meddwl y bydd e'n mynd yn bell am sbel.

Wrth gwrs, gydag Idris mewn cyfnod o wendid fel hyn, nid wyf yn gallu crybwyll y syniad o adael o hyd, yn unol â chyfarwyddyd Lisa. Yr unig beth sy'n dod i gof pan dw i'n meddwl gwneud yw'r grasfa gefais i ganddo ddydd Sul. Roedd yr holl beth yn gwbwl ddiymdrech o'i ran ef. Ac er ei fod yn treulio'i amser yn gorweddian yn gloff ar y gwely wrth i'r cemegau adael ei system, sa i eisiau gwneud dim i ddihuno'r bwystfil sydd, heb os, yn dal i lechu ynddo.

Am ddeng munud i chwech, mae Lisa'n cyrraedd adref. Am chwech, dw i'n gweini swper. Cyrri pysgod y Pwnjab heno, ar wely o reis pilau a madarch. Mae Lisa'n ddiolchgar iawn ac yn canmol fy ngallu coginio, er mai'r unig beth wnes i oedd dilyn rysáit. Ar ôl gorffen bwyta, mae'n eistedd yn ôl yn ei chadair ac yn syllu ar draws y bwrdd wrth i fi sychu fy mhlât yn lân gyda thafell o fara naan. Mae golwg betrusgar ar ei hwyneb. Golwg ddifrifol a dwys, sy'n gwneud i glychau ganu yn fy mhen.

"*Beth*?" gofynnaf, trwy'r bara a'r saws.

"Dy wyneb," mae'n ateb, yn llawn tristwch diamheuol.

"Dw i'n iawn," wfftiaf, ond nid yw hynny'n ei darbwyllo.

"Ti 'di dweud wrtho fe 'to?"

"Dweud beth? Wrth pwy?"

Ar amrantiad, mae ei hwyneb yn newid o fod yn bryderus a thosturiol i fod yn galed ac yn wag o gydymdeimlad.

"Paid acto'n thick, Llwyd. Ti'n gwbod yn iawn *pwy*, a ti'n gwbod yn iawn *be*…"

"Wrth gwrs, sori," dw i'n ildio ar unwaith, gan ddifaru bod mor anystyriol. "Sa i 'di cael cyfle eto… ond…"

"Diwedd y mis, Llwyd. Fi o ddifri. Os nad yw e 'di mynd, bydda i'n galw'r heddlu…"

A chyda hynny, mae hi'n codi o'r bwrdd ac yn mynd i fyny'r grisiau, gan gymryd y botel o win a'i gwydr oddi ar y bwrdd. Clywaf ddŵr y bath yn dechrau rhedeg.

Ar ôl ymweliad Sol a Paki Dave ddydd Sul, roedd Lisa'n gwestiynau i gyd, a finnau'n llawn atebion. Celwyddau, gan mwyaf, wrth reswm, ac ni choeliodd hi air, dw i'n amau. Yn wahanol i fi, fan hyn, nawr. Achos dw i'n credu pob gair mae hi'n ei ddweud am alw'r heddlu.

Wrth i fi lenwi'r peiriant golchi llestri, mae fy ffôn yn dirgrynu yn fy mhoced. Dw i'n ei estyn ac yn gorfoleddu wrth weld fod neges yno gan Casi. Mae hi'n dal ar dir y byw, sy'n codi fy nghalon, er fod hynny hefyd yn golygu y bydd fy nghyfrif banc yn crebachu maes o law.

Mae'r neges yn ddigon amwys, ar wahân i'r ffaith ei bod hi'n gofyn i fi gwrdd â hi ar 'y fainc' am wyth o'r gloch, sy'n dod â gwên i 'ngwyneb wrth i fi gofio'r tro diwethaf i ni ymweld â'r fan honno. Mae'r fainc wedi'i lleoli rhwng tŷ rhieni Casi a'r M4 islaw, ar lwybr cyhoeddus sy'n arwain at Gastell Coch i'r gorllewin a'r Wenallt a Pharc Cefn Onn y ffordd arall. Mae'n llwybr poblogaidd ymysg cerddwyr, cŵn a cheffylau, ond ni stopiodd hynny Casi rhag dringo arnaf a fy marchogaeth yr unig dro y buon ni yno. Dyna'r unig le i ni wneud unrhyw beth o'r fath tu hwnt i'r sied, a dw i'n cofio disgwyl i'w rhieni, neu rywun, ymddangos tu ôl i ni ar unrhyw eiliad wrth iddi fwmian ei phleser yn fy nghlust. Heb fod eisiau gwneud, dw i'n caledu fymryn wrth gofio, er 'mod i'n gwybod y bydd ymweliad heno yn wahanol iawn i'r achlysur cynt.

Am ugain munud i wyth, dw i'n dweud wrth Lisa, sydd bellach yn gwisgo'i phyjamas a'i gŵn nos ac yn gorwedd ar y soffa'n barod i wylio *Downton* ar Sky+, 'mod i'n mynd mas i brynu baco, ac yn neidio i mewn i'r Land Rover. Dw i'n gwneud hynny, gan alw yn Spar, ond yn lle mynd adref yn syth dw i'n parcio'r jeep rhyw ganllath o'r tŷ ac yn dilyn y llwybr i'r coed.

Mae'r gwynt wedi gostegu a'r glaw wedi peidio, diolch byth, ond mae'r llwybr yn stegetsh o dan draed, a dw i'n difaru peidio â gwisgo fy welis gan fod fy sbardiau'n dechrau gollwng ar unwaith.

Gyda bodiau gwlyb, dw i'n brwydro 'mlaen, ac ymhen rhyw ganllath gallaf weld y fainc a Casi'n eistedd arni. Mae ei hwd i fyny i'w chysgodi rhag yr elfennau ac mae'n smocio sigarét. Femme fatale ar ffurf merch ysgol. Teimlaf ystod o deimladau wrth agosáu – casineb, lletchwithdod, cywilydd ac edifeirwch yn eu plith. Edifeirwch sy'n ennill y tro hwn, o drwch blewyn.

"Casi."

Mae hi'n troi ei phen rhyw fymryn ac yn edrych i 'nghyfeiriad.

"Sa i'n gallu aros yn hir," dywed, heb ymhelaethu.

"Na fi. 'Drych, 'na gyd fi moyn dweud yw 'mod i'n fodlon talu…" ond yn lle gwenu neu orfoleddu wrth glywed hynny, mae Casi'n ffrwydro crio, sy'n fy synnu'n llwyr, heb sôn am fy nrysu.

Yn reddfol, dw i'n closio ati ac yn rhoi fy mraich o'i hamgylch.

"Beth sy'n bod?" gofynnaf ar ôl iddi dawelu.

A dyna pryd mae hi'n troi a 'ngwynebu i'n iawn am y tro cyntaf heno, ac yng ngolau gwan ac afreolaidd y draffordd islaw dw i'n gweld fod ganddi lygad du. Melynddu a dweud y gwir. Un heger yr olwg hefyd, gyda'r llygad dde ar gau o dan y chwyddo, sy'n gwneud iddi edrych fel petai'n wincio ar y byd yn barhaus.

"Idris?" gofynnaf. A dw i'n gwybod nawr pam nad yw hi 'di bod yn y sied dros y dyddiau diwethaf.

Mae'n nodio ei hateb, yna'n beichio crio eto. Dw i'n gafael ynddi ac yn ei dal hi'n dynn. Mae unrhyw dosturi roeddwn i'n ei deimlo tuag at Idris yn diflannu, ac yna mae Casi'n ei ddileu unwaith ac am byth.

"Syniad Idris oedd y beth-ti'n-galw..."

"Y *beth*?" Mae fy mhen ar ras nawr, wrth i'r darnau ddechrau llithro i'w lle.

"Yr arian. Y blackmail..."

Dw i'n amau ei geiriau i gychwyn, am nad ydw i eisiau eu credu. Ond, wedi meddwl, ro'n i'n drwgdybio dilysrwydd yr holl beth o'r dechrau. Ish! Wrth edrych yn ôl, o leiaf. Cofiaf y noson dyngedfennol pan ges fy mygwth gan y ferch ysgol, ei llygaid yn saethu'n ôl ac ymlaen at ddrws y stafell gawod, fel petai'n ysu am i Idris ddod allan i'w chefnogi a'i chynorthwyo gyda'r twyll.

Nid yw'r hyn dw i'n ei glywed yn fy synnu o gwbl mewn gwirionedd. Blaidd unig fu Idris erioed. Ai ffrindiau oedd Daf a fi iddo, ynteu ddim byd mwy nag amenwyr angenrheidiol; cynffonwyr; cŵn bach? Os mai amau yr ateb oeddwn i gynt, dw i'n ei wybod yn iawn heno.

Ond y peth tristaf am hyn i gyd yn y pen draw yw mai'r unig

beth roedd angen iddo fe ei wneud oedd gofyn. Petai angen can mil arno i adael fy mywyd ac ad-dalu'r ddyled unwaith ac am byth, bydden i wedi cytuno mewn eiliad i'w gais. Ond nawr…

"Cadw draw wrth Idris, Casi," cynghoraf, cyn iddi droi am adref.

"Sa i'n gallu…" daw ei hateb, wedi'i sibrwd; y cywilydd yn amlwg ar ei hwyneb, hyd yn oed yng nghysgodion y coed.

"Pam? Edrych beth ma fe 'di neud i ti…"

"Fi'n 'i gar—"

"Paid hyd yn oed meddwl 'ny, Casi! Ma'r boi'n beryglus, fel ti'n gwbod…"

Mae'n anodd derbyn yr hyn dw i'n ei glywed, ond sdim byd alla i ei ddweud a fydd yn newid ei meddwl. Ac wrth edrych arni'n codi i sefyll yn y llednos, ei hwd dros ei phen a'i chleisiau o'r golwg, dw i'n gweld y Casi Jenkins go iawn, am y tro cyntaf erioed efallai.

Mae'r drws ar glo pan dw i'n cyrraedd adref, a phan dw i'n ceisio defnyddio fy allwedd i'w agor, mae'n amlwg yn syth bod rhywbeth o'i le. Yn bennaf oherwydd bod allwedd fy ngwraig yn fy atal rhag mynd i mewn, ond hefyd achos bod pot terracotta, sydd wedi bod yn amddiffyn y porth ac yn dal coeden fythwyrdd fach ers blynyddoedd, yn deilchion o dan draed. Dw i ddim yn gwybod beth sydd wedi digwydd i'r goeden, achos sdim golwg ohoni yn unman. Gyda 'nghalon yn dechrau curo'n wyllt a 'nychymyg yn rhuthro ar hyd llwybrau erchyll, dw i'n edrych dros fy ysgwydd i weld oes unrhyw un yno, ac yna dw i'n cyrcydio yn y fan ac yn pipo trwy'r slot llythyrau a gweld Lisa, diolch byth, yn eistedd ar waelod y grisiau yn gafael ym mhrocer y tân gyda dagrau'n disgleirio ar ei bochau.

"Lisa!" galwaf. "Ti'n iawn?" A rhaid dweud 'mod i'n teimlo ton o ryddhad pan mae'n codi ar unwaith ac yn agor y drws i fi. Am eiliad, ro'n i'n dechrau amau mai fi oedd hi'n ceisio ei gadw draw.

"Beth sy 'di digwydd?" gofynnaf, gan afael yn ei hysgwyddau.

Mae ei llygaid yn wyllt ac yn llawn ofn ar unwaith.

"Ydy fe dal mas 'na?"

"Pwy?"

"Ti'n gwbod *pwy*! Y boi 'na o'r sied, beth bynnag yw ei enw…"

Mae hi'n aros i fi lenwi'r bwlch, ond sa i'n gallu cofio pa enw ddefnyddiais i wrth gyfeirio ato.

"Beth ddigwyddodd?" gofynnaf yn lle hynny.

"Dim… lot…"

"Dim *lot*?!" ebychaf. "Pam ti'n dal y prociwr 'na, 'te?"

"Da'th e i'r drws, 'na gyd. Yn gweiddi dy enw ac yn dy alw di'n fradwr ac yn fastard. Gloies i'r drws a dweud wrtho fe nad o' ti yma. Wedes i ''Drych, so'r car ar y dreif', ac off â fe, ar ôl cico'r potyn a mynd â'r goeden gyda fe…"

"Shit!"

"Beth?"

"Dim byd, ond bydd rhaid i fi gael gair gyda fe nawr, yn bydd…"

"Dim heno, Llwyd. Ro'dd e off 'i ben. Pam nag wyt ti'n ffonio'r heddlu? Gad iddyn nhw ddelio â fe…"

"Na. Dim heddlu. Dim heno, ta beth. A paid poeni, fi 'di hen arfer. Off ei ben yw 'i default setting e…"

"Sa i'n gwbod, Llwyd."

Dw i'n gafael yn ei hysgwyddau eto ac yn syllu i fyw ei llygaid, gan geisio actio'n galed, er 'mod i'n teimlo'n debycach i Barry Gibb na Bruce Willis.

"Digon yw fucking *digon*, Lisa!"

Ac ar ôl coflaid dynn, mas â fi trwy'r drws ffrynt eto.

"Bydd e 'di mynd cyn diwedd yr wythnos, iawn, Lis," dw i'n troi a gweiddi fy nghelwydd fel dyn o'i gof, gan lwyddo i ddod â gwên fach i wyneb gwelw fy ngwraig.

Ond, yn groes i fy addewid, dw i ddim yn mynd yn agos at y sied. Dim gobaith. Dim gydag Idris yn amlwg yn ôl ar y powdwr a'i fryd ar fy mygwth, neu'n waeth na hynny hyd yn oed. Yn wir, sa i'n mynd ymhellach na'r patio, achos dw i'n gallu gweld Idris yn y sied ar waelod yr ardd yn cerdded yn fân ac yn fuan, yn siarad gyda'i hun yn llawn ystumiau ac yn chwifio'r gwn i bob cyfeiriad. Dw i'n ei wylio am funud neu ddwy ac erbyn hynny dw i'n gwybod yn iawn beth sy'n rhaid i fi ei wneud. Dw i'n estyn fy ffôn o 'mhoced, ond nid 999 dw i'n galw…

DWYLO

Saith o'r gloch nos Wener oedd hi, ac ar wahân i'r ddau gant a hanner o golomennod gwynion oedd bellach wedi'u claddu mewn drôr ymhlith fy nillad isaf, yn hytrach nag o dan estyll yr atig, roedd yr antur yn yr Iseldiroedd eisoes yn teimlo fel atgof pell, a hynny er mai dim ond pedwar diwrnod oedd wedi mynd heibio ers i ni ddychwelyd. Roedd Becca wedi cadw cwmni i fi ers iddi lanio 'ma ar y bore dydd Mawrth, ac yn absenoldeb fy rhieni – oedd wedi mynd i Sarnau tan ddydd Sul – roedden ni 'di mynd ati i fedyddio pob stafell yn y tŷ, gan gynnwys un Mam a Dad. Roedd hynny'n brofiad erchyll ac yn un o'r syniadau gwaethaf ro'n i erioed wedi'i gael. Yn wir, do'n i ddim yn gwybod *pam* ro'n i wedi meddwl y byddai gwneud y fath beth yn syniad da yn y lle cyntaf, ond erbyn cyrraedd y boudoir, sef yr un olaf ar y rhestr, roedd Becca'n benderfynol o wneud y gwneud ym mhob stafell, yn ddieithriad, felly bant â ni gan ddechrau bwcho, heb fawr o frwdfrydedd o'm rhan i, rhaid cyfaddef. Llwyddais i ddod yn weddol gyflym, diolch byth, ond y peth gwaethaf ro'n i'n ei gofio oedd edrych lan a gweld y portread anghyfforddus o ffurfiol o'r tri ohonon ni oedd yn hongian ar y wal uwchben y gwely – anrheg i Mam ar ei phen-blwydd yn hanner cant gwpwl o flynyddoedd yn ôl – ar yr union eiliad y cyrhaeddais fy anterth. Roeddwn i'n siŵr i fi weld wyneb Mam yn newid o weld beth roedd ei hunig fab a'i gariad yn ei wneud yn y gofod sanctaidd hwn, sef yr union fan lle cefais fy nghenhedlu rhyw ddeunaw mlynedd ynghynt.

Roedd Becca'n dal yma, yn ymbincio a gwneud ei gwallt yn y stafell gawod lawr stâr er mwyn paratoi i fynd i'r dref, tra bod

Idris a fi yn nho'r tŷ yn trafod ein tictacs i gyfeiliant ail album y Stone Roses. Dyma'r tro cyntaf i ni weld ein gilydd ers dod adref o'r Iseldiroedd, ac ar ben hynny roedd absenoldeb Daf yn destun dryswch, a bach o bryder, i'r ddau ohonon ni. Wel, i fi ta beth.

"Ti 'di buzzo fe or what?"

"Dwy waith," atebais, cyn ymhelaethu. "Fi 'di bod bach yn brysur, os ti'n deall be sy 'da fi…"

Gwenodd Idris ar hynny yn llawn balchder, ond wedyn dyma'i wyneb yn caledu eto wrth iddo ddychwelyd at absenoldeb ein ffrind. "Fi 'di treial tri gwaith ac wedi siarad gyda cheese fe every time…"

"Beth ddwedodd hi?"

"Not much, jyst bod Daf 'allan gyda ffrinds fe'. Ond ni'n gwbod that's bollocks, right, cos *ni* yw ffrinds fe, a ni heb gweld fe at all."

Penderfynais nad dyma'r amser i ddweud wrth Idris pa glwb nos roedd ein ffrind absennol yn hoff o'i fynychu o leiaf unwaith bob wythnos. Roedd hi i fyny iddo fe ddweud y gwir wrth Ids, os byddai e'n penderfynu gwneud hynny o gwbwl, wrth gwrs.

"'Na'n gwmws beth wedodd hi wrtha i 'fyd. Hollol vague, as per. A dim help chwaith. Fi'n sort of poeni amdano fe, ti'n gwbod…"

Nodiodd Idris ar hynny, fel petai'n gadael i 'ngeiriau dreiddio i'w feddwl. Ond yna, ar ôl ystyried y peth am eiliad neu ddwy, daeth i gasgliad reit wahanol.

"Fuck Daf, Floyd!" poerodd, ei lygaid yn wydrog a'i wefus isaf yn crynu rhyw fymryn. "He's been acting well weird ers ages, I reckon… pretty much since i fi dod 'nôl, really…"

Ddywedais i ddim byd i amddiffyn Daf, felly aeth Idris yn ei flaen.

"And he wasn't a happy bunny yn Holland either. Fuckin eisiau gweld y pils lan ass fi! What the fuck oedd all that about?"

"O'dd hwnna'n hollol mental…" cytunais, cyn awgrymu: "Falle bod ganddo fe gariad?"

"Fuckin hell, Floyd! I've been thinking yr un peth! Some ugly munter so fe eisiau ni gweld…"

"Ond ma fe dal yn weird bod e jyst wedi, sa i'n gwbod, diflannu… troi ei gefn arnon ni…"

"As I said, Floyd, *fuck Daf*!"

A dyna ddiwedd ar hynny. Am y tro. Newidiodd Idris gyfeiriad y sgwrs.

"I can't believe ti a Becca haven't sampled the goods eto, especially gyda rhieni ti off…"

Codais fy ysgwyddau yn ddi-hid. "Ni 'di bod bach yn pre-occupied."

"So you keep saying!" ebychodd gyda winc. "A dim pils heno either, ok."

"Fuckin hell, Ids, sdim ishe mynd 'mlân am y peth. Glywes i ti'r tro cynta…"

Er hynny, mae Idris yn ailadrodd ei fantra ail-law am werthu cyffuriau.

"Don't get high off your own supply, Floyd…"

"Diolch, Scarface, am y degfed tro…"

"Roedd Dutch yn siarad lot o sense, you can't deny that."

Fel roedd hi'n digwydd, roedd cyngor smyglo Dutch yn berthnasol o ran y gwerthu hefyd. Synnwyr cyffredin yn bennaf, ond y neges sylfaenol oedd peidio â thynnu sylw atoch chi eich hun. Roedd hynny wedi arwain at reol aros yn sobor Idris, oedd yn ddigon teg achos y peth diwethaf oeddech chi moyn wrth geisio gwerthu degau o bils i ddieithriaid yng nghanol y dref oedd bod ar blaned arall yn llawn lliwiau llachar a chorachod cyfeillgar.

Ar ben hynny, cynghorodd Dutch ni i wisgo pants tyn, yn hytrach na phaffwyr llac, er mwyn gallu cadw'r cyffuriau yno a'u cuddio rhag y cops. Yn ôl Dutch, doedd dim hawl gan yr heddlu edrych fan'ny oni bai eu bod nhw'n dod o hyd i rywbeth anghyfreithlon yn eich poced. Neu fag, beth bynnag. Ac er nad oeddwn i'n siŵr oedd hynny'n wir, roedd yn gwneud rhyw fath o synnwyr, ac roedd hynny'n ddigon da i fi am nawr.

"Ti really'n meddwl byddi di'n gwerthu cant o bils heno, 'de?"

"Not really, ond you never know. He who dares and all that. A same again nos fory, hopefully… that's the plan, anyway." Roedd Idris yn erbyn y cloc, ac yntau'n gorfod ad-dalu ei ddyled i Jimmy Rodriguez cyn diwedd y mis, oedd lai nag wythnos i ffwrdd. "Fi already wedi gwerthu fifty o'r fuckers…"

"I bwy?"

"Jyst pobol – chwaer fi, ffrinds chwaer fi, Olivia, Sally, Fran a pobol arall ar yr estate…"

"Am faint?"

"Mates' rates i Meg, Cadi a Livs, goes without saying, ond full whack i pawb arall."

"Cool," dywedais, a rhaid cyfaddef 'mod i'n impressed gydag Idris a'i ymdrechion. Roedd hi'n bosib mai dyna'r peth cyntaf iddo'i gymryd o ddifrif yn ei fywyd hyd yn hyn! Yn wahanol iddo fe, ro'n i'n gweld heno fel mwy o trial run. Dim ond deg E ro'n i'n bwriadu mynd â nhw, er fod Becca'n mynd â'r un faint hefyd i helpu mas. Doedd dim brys arna i i werthu'r cyfan – a dweud y gwir, ro'n i'n bwriadu cadw digon i fynd â nhw i'r coleg, un ai i'w gwerthu nhw fan'na, neu eu cymryd o bryd i'w gilydd yn ystod y flwyddyn oedd i ddod. Y peth pwysicaf i fi heno oedd peidio cael fy nal.

"I reckon dylse ni fynd separate ways ni heno," meddai Idris. "Beth ti'n reckno?"

Codais fy ysgwyddau eto. "Sa i 'di meddwl am y peth."

"There's no point gwerthu yn y same place, oes e? Competition and all that…"

"Digon teg. Ble ti'n mynd, 'te?" gofynnais, gan ei bod hi'n

amlwg bod Idris wedi bod yn meddwl am y noson oedd o'n blaenau lot mwy na fi.

"Yr Union first up. Ma 'na drum and bass night on heno, and I reckon 'na i gwerthu handful at least i'r punters yn y ciw…"

"O, ie…"

"Time Flies wedyn, yn City Hall. Cofio pan aeth ni?"

"Jyst!"

"Ie, wel, cofio ble gwnaeth ni prynu'r Es o?"

"Tu fewn, off rhyw gocni…"

"Bingo!"

"Beth?"

"Tu *fewn*…"

"So?"

"So, there was no one gwerthu tu *fas*, was there?"

"Sa i'n gallu cofio."

"Fi yn. Ond heno, I'll be there. A fi'n guaranteed o gwneud killing, I reckon…"

"Ble ti'n meddwl dylen i fynd, 'te?"

"Couldn't give a fuck, Floyd, as long as ti ddim yn mynd i'r Union, Time Flies a'r Hippo…"

"Ok. 'Na i ofyn i Becca ble mae hi ffansi."

"Cool. Fi hefyd yn mynd i approacho Dodgy Ken ar Womanby Street…"

"Pwy?"

"Ti'n gwbod, y hippy dude yna wrth back door y Four Bars…"

"Speed, E, trips?" dw i'n dynwared ei slogan gwerthu, wrth i fi gofio Ken fwyaf sydyn.

"That's the one! Fi'n mynd i gwneud deal gyda fe hopefully. Twenty pills am seven fifty yr un."

"Hanner pris?"

"Aye, super-duper deal. Ond a bit of bulk selling might get the ball rolling. A fi mewn rush i gwerthu nhw, by here, Floyd…"

"Double your money iddo fe."

"Exactly. He'd be a fool to turn them down."

"Ond sa i'n gwbod am yr Hippo, Ids. Nag yw'r Acties yn rhedeg yr Hippo?"

"Apparently so."

"So, ti methu just cerdded mewn a dechrau gwerthu…"

"That's not my plan. I've been meddwl loads am hyn…"

"You don't say!"

Anwybyddodd Idris fy sylw. "… and as it happens, fi'n gwbod cwpwl o'r Acties…"

"A?"

"Jesus, Floyd, let me finish! Fi'n mynd i gofyn am permission cyn starto, that's all. Worst they can do yw dweud 'na'…"

Ni ddywedais ddim, yn bennaf am mai dyna'r peth doethaf i fi glywed Idris yn ei ddweud erioed; ac am y rheswm yna, ro'n i'n amau ei eiriau.

"Chi'n barod?"

Wrth glywed ei llais, trodd y ddau ohonon ni at Becca, oedd yn sefyll yn y drws wedi'i thrawsnewid yn llwyr – fel cystadleuydd ar *Stars in their Eyes* neu rywbeth. Roedd y ferch wnaeth ein gadael rhyw awr ynghynt bellach yn fenyw ifanc na fyddai'n edrych mas o le ar lwyfan, mewn ffilm neu gylchgrawn ffasiwn. Roedd ei gweld yn ysgogiad i fi newid fy nhrowsus a 'nghrys siec anniben mewn ymdrech o leiaf i edrych fel 'mod i'n haeddu bod yn ei chwmni, yn hytrach nag fel ffoadur o Seattle oedd heb olchi ers wythnos.

Cyn ffarwelio ag Idris ar ôl camu off y bws wrth y Theatr Newydd, fe drefnon ni gwrdd yn Burger King ar gornel Charles Street am ddau y bore. Wedyn, law yn llaw ac yn mudferwi â chymysgedd o gyffro, pryder a drwgargoel, cerddais i a Becca yn hamddenol i gyfeiriad Clwb Ifor, gan basio Dodgy Ken wrth ddrws cefn y Four Bars yn gwerthu ei gynnyrch yn gwbwl agored i griw o fechgyn ifanc.

Roedd yna giw? tu allan i Clwb yn barod a phoster wrth y fynedfa'n datgan fod Albert Hofmann a Superfuzz yn chwarae yno heno. Roedd yr enwau'n canu cloch, ond dyma Becca'n eu dileu gyda'i hawgrym y dylen ni fynd i'r Model Inn am un.

Ar ôl cyrraedd y dafarn, fe wnaeth Becca fy ngadael wrth y bar ac anelu'n syth am y toiled. Wrth aros fy nhro, a gweld arwydd cyntefig yr olwg yn datgan fod peint o Whitbread yn costio punt, edrychais o fy amgylch a gweld nifer o wynebau cyfarwydd ymhlith y dorf. Yn aml, roedd y Model yn debycach i stafell gyffredin coleg chweched dosbarth na thafarn yng nghanol dinas. Roedd hi wastad wedi bod yn hawdd cael eich syrfio yno, ac roedd presenoldeb llond llaw o ddisgyblion oedd ddwy flynedd tu ôl i fi yn yr ysgol yn awgrymu fod hynny dal yn wir.

Roedd Becca'n cymryd oesoedd i bisio ond dychwelodd at y bar o'r diwedd, mewn pryd i gario'i diod ei hun i gornel tawelaf y dafarn. Roedd yna wên ddrygionus ar ei hwyneb ac roedd ei llygaid ar dân.

"Beth?" Roedd hi'n amlwg yn ysu am rannu rhywbeth gyda fi.

"Rho dy law o dan y bwrdd."

"Â phleser!" ebychais, gan godi fy aeliau'n awgrymog i gyd.

Lledaenodd ei gwên wrth glywed hynny, ond nid rhywbeth rhywiol oedd ganddi ar ei meddwl.

Estynnais tuag ati o dan y bwrdd, allan o olwg yr yfwyr eraill. Roedd ei llaw'n aros amdanaf, ac ynddi roedd 'na arian. Derbyniais ef a'i gudd-gyfrif yn fy nghôl.

"Sdim rhyfedd i ti gymryd cymaint o amser yn y bogs!" ebychais yn llawen. Yn fy llaw roedd 'na gant a hanner o bunnoedd. Fe ailgyfrais y papurach i fod yn siŵr, prin yn gallu credu'r peth. "Pwy? Sut?"

"Ffliwc llwyr, Llwyd. O'n i yn y tŷ bach a daeth pedair merch mewn yn siarad am sgorio Es neu speed…"

"That's it?"

"Ie." Cododd Becca ei hysgwyddau braidd yn chwithig, er nad oeddwn i'n cwyno o gwbwl. Am ddechrau i'r fenter!

Ac fel roedd hi'n digwydd, nid ffliwc oedd hi o gwbwl, gan fod fy nghariad wedi gwerthu'r gweddill o fewn hanner awr o gyrraedd Clwb, a fwyaf sydyn roedd gen i dri chan punt yn fy mhoced a phedair awr cyn ein bod wedi trefnu cwrdd ag Idris.

Fe arhoson ni i wylio'r bandiau ac roedd Becca wrth ei bodd. Doeddwn i ddim yn gwybod llawer am y rhyw deg, roedd yn rhaid i mi gyfaddef, ond do'n i ddim wedi cwrdd ag un ferch oedd ddim yn hoffi ffync. Roedd Superfuzz, y band cyntaf, braidd yn shambolic, ond roedd y grŵp ifanc yn drawiadol tu hwnt o leiaf, diolch i'w flares, eu coleri adain-awyren ac affro anferthol y prif leisydd main, oedd yn fy atgoffa o un o'r coed llawryf yng ngardd fy rhieni, oedd wedi'u tocio'n grwn ac yn daclus, heb ddeilen o'i lle. Roedd Becca'n dawnsio'n ddistop i'r gerddoriaeth, tra 'mod i'n yfed seidr, smocio ffags ac ymlusgo o un droed i'r llall ar y llawr gludiog wrth ei hochr, yn dymuno bod â'r gallu a'r hyder i ymuno heb wneud ffŵl o fy hun. Neu o leiaf heb deimlo fel ffŵl.

Roedd y prif fand, Albert Hofmann, yn fwystfil tra gwahanol. Gyda hynny, ro'n i'n golygu eu bod nhw'n amlwg yn gwybod beth oedden nhw'n ei wneud. Mwy o brofiad, mae'n siŵr, ond roedd eu caneuon yn dynn, y bas yn drwm a'r awyrgylch yn hollol anhygoel. Eto, roedd Becca'n mynd amdani, gan chwysu a chodi ei dwylo yn yr awyr a gwneud i fi amau a oedd hi wedi llyncu un o'r tabledi yn ddiarwybod i fi. Yr unig beth oedd yn fy narbwyllo nad dyna'r achos oedd y ffaith iddi roi tri chan punt i fi ar ôl gorffen gwerthu.

Pwysais yn erbyn y wal frics foel a gwylio Becca, a gweddill y dorf, yn dawnsio. Roedd fy llygaid yn crwydro ar hyd y stafell ac ro'n i'n chwarae gêm o 'spot the pill-heads', gan fy mod i'n

gwybod fod o leiaf ddeg oedd yn bresennol y noson honno off
'u pennau ar MDMA o ansawdd uwch nag roedd yr un ohonyn
nhw wedi'i brofi o'r blaen. Roedd hi'n gêm syml tu hwnt ac
roedd 'na rai amlwg iawn ymhlith y dawnswyr, yn enwedig tair
merch oedd yn sefyll reit o flaen y llwyfan, yn chwifio'u dwylo
yn yr awyr ac yn yfed dŵr o boteli a chyd-gnoi cil fel buches
oedd wrth eu boddau mewn cae ffres o laswellt ar ôl cawod o
law.

Erbyn cyrraedd Burger King am bum munud i ddau y
bore, roedd Becca'n disgleirio, yn droednoeth ac yn cwyno am
bothelli, tra bod gen i ddau gant chwe deg a thri o bunnoedd ar
ôl yn fy mhoced. Noson lwyddiannus iawn, rhaid cyfaddef.

Synnais weld fod Idris yn eistedd ar fainc yng nghanol Queen
Street yn aros amdanon ni, yn bwyta byrger ac yn smocio bob
yn ail, ac ro'n i'n gallu dweud o'r olwg filain ar ei wyneb nad
oedd wedi cael noson mor lewyrchus â ni.

Gadawodd Becca fi i ddelio ag Idris ar fy mhen fy hun, a
mynd i brynu bwyd.

Eisteddais wrth ei ochr a chynnau sigarét. "Iawn?"

"Not really."

"Faint werthes ti?"

Gwyliais fy ffrind yn codi'r byrger i'w geg a sylwi fod ei law
yn crynu. Cnodd a llyncu cyn ateb.

"Fifty odd. Tri deg i Ken."

"Hanner pris?"

"Aye."

"Beth am y gweddill?"

"O'dd yr Union yn shit. Neb yna. Ond 'nes i'n ok yn Time
Flies… til security got a sniff."

"Shit!"

"Roedd rhaid i fi gwneud runner. I won't be going back there
nos fory…"

"Beth am Ken?"

"O'dd Ken yn cool. A maybe bydd e moyn mwy fory, ond dylse fi wedi chargeo tenner…"

"Schoolboy error."

"Aye." Crychodd ei wyneb wrth iddo yngan y gair a sugno ar y mwg ar yr un pryd. Roedd e'n edrych yn hyll, fel gargoyle, a gallwn synhwyro'r straen roedd e'n ei deimlo. Tic-toc…

"A'r Hippo?"

"Don't ask." Gwenodd wrth ddweud hynny, er mai golwg boenus oedd ar ei wep.

"Fi *yn* gofyn."

"Lucky escape…" ond ni ddywedodd fwy, dim ond gadael i fy nychymyg danio. Roedd yr Hippo Club yn ddrwgenwog am nifer o bethau – o'r Aphex Twin fu'n troelli papur tywod yn lle recordiau yn ystod set wallgof rhyw flwyddyn ynghynt, i dorri'r cyflenwad dŵr oer yn y tai bach er mwyn gorfodi pobol i brynu poteli o'r bar – ond y peth mwyaf amheus am y lle oedd ei gysylltiad â theulu'r Acties, sef fersiwn cut-price Caerdydd o'r Corleones, heb unrhyw hud yn perthyn iddyn nhw.

"Shwt?"

"I was caught red-handed."

"Yn neud beth?"

"Gwerthu pils, what the fuck ti'n meddwl, Floyd?"

"Ond wedes ti bod ti'n adnabod…" Fy nhro i oedd hi i dawelu cyn diwedd fy mrawddeg, gan fod yr olwg ar wyneb Idris yn cadarnhau 'mod i'n iawn i amau ei eiriau ynghynt. "Beth naethon nhw?"

"Chuck out o'r fire exit, bit of a kicking lawr back alley…"

"Ond sdim marc arnot ti."

Ac ar hynny, dyma Idris yn codi ochr ei grys a datgelu clais anferth oedd yn ymestyn o'i wregys at ei asennau, ac o'i fotwm bol at ei asgwrn cefn. Doedd dim rhyfedd ei fod e'n crynu.

"Shit, Ids, ti moyn mynd i'r ysbyty neu rhywbeth?"

"Fi'n fine. I've had worse. Sbliff sydd angen ar fi. I'll be fine wedyn. Ond fi methu mynd 'nôl i'r Hippo either nos fory…"

"Bydd dim rhaid i ti," dechreuais, gan wenu arno mewn ymdrech wan i godi ei galon.

"Pam?"

"Geith Becca dy helpu di. Mae hi'n anhygoel. Sa i 'di gorfod gwerthu un pil heno," sibrydais yn llawn balchder. "'Nath hi sortio'r cwbwl lot, a hynny mewn llai na hanner awr."

"Serious?"

"Serious. A'th hi i'r bog yn y Model, a gwerthu deg cyn i fi gael fy syrfio."

"Nice," meddai Idris, wrth i Becca agosáu, ei dwylo'n llawn danteithion sawrus a'r wên ddrygionus yn dawnsio o dan ei thrwyn unwaith yn rhagor.

Cododd Idris ar ei draed yn araf, y boen a'r ymdrech yn amlwg yn eithafol. "Fi off. 'Na i buzzio ti fory, Floyd?"

"Paid mynd eto," meddai Becca.

"Pam? Fi'n fucked by here, Beks…"

"Jyst aros am funud arall a gwylia'r drws 'na," dywedodd gan gyfeirio at fynedfa Burger King gyda'i Diet Coke.

Arhosodd Idris yn ei unfan, yn cynnau sigarét arall, tra 'mod i a Becca'n dechrau bwyta ein bwyd.

"Pwy ti 'di gweld?" gofynnais.

"Daf," dyma hi'n datgan gyda balchder, ac ar y gair edrychais i ac Idris tuag at y drws a gweld ein ffrind yn camu i'r nos. Ond cyn i ni gael cyfle i weiddi na chodi i fynd draw ato, syllodd y ddau ohonon ni'n geg-agored wrth weld pwy oedd yn gwmni iddo.

"Fanny fuckin Finch," sgyrnygodd Idris yn anghrediniol wrth weld ei nemesis.

Wnaethon nhw ddim edrych i'n cyfeiriad, diolch byth; yn hytrach, fe droion nhw ac anelu am waelod Queen Street a Heol Casnewydd tu hwnt. Mewn tawelwch dryslyd, gwyliodd y tri ohonon ni'r ddau'n mynd, ond yna digwyddodd rhywbeth rhyfeddach fyth – dyma nhw'n dal dwylo wrth gerdded i ffwrdd.

"Fi off," sibrydodd Idris, unrhyw egni oedd ar ôl ganddo wedi diflannu bellach, ac i ffwrdd ag e ar unwaith, heb air pellach, gan fy ngadael i yng nghanol y bwyd brys, heb wybod yn iawn beth i'w ddweud, beth i'w wneud na beth i'w feddwl. Doedd y ffaith fod Daf yn mynd adref gyda dyn ddim yn fy synnu o gwbwl, gan ei fod wedi ymddiried ynof yn llwyr dros y misoedd diwethaf; ond rhaid cyfaddef fod ei *ddewis* o gymar yn codi nifer fawr o gwestiynau.

CROESFFORDD

Y peth cyntaf dw i'n ei weld wrth agor fy llygaid y bore canlynol yw Lisa'n eistedd ar y chaise lounge ger ffenest y stafell wely, yn edrych i'r ardd ac i gyfeiriad yr anifail gwyllt sydd wedi'i gaethiwo ar y gwaelod, a hynny trwy bâr o finocs a bwlch tenau yn y llenni trwchus. Codaf ar fy eistedd yn araf a gweld fod y procer tân yn gorwedd ar ei chôl. Mae'n gwisgo gŵn nos sidan sydd fel petai'n sgleinio yn y golau gwan. Dw i'n gafael yn y gwydr o ddŵr sydd wrth ochr y gwely ac yn llarpio'i gynnwys ar ei ben. Wrth i fi wneud, mae breuddwydion, hunllefau, neithiwr yn fflachio o flaen fy llygaid, er nad ydw i'n gallu cofio'r manylion y tro hwn, diolch byth.

"Fi'n ofnus," yw cyfarchiad cyntaf Lisa, sy'n gwneud i fi ddod at fy hun ar unwaith. Codaf, ac ymuno â hi wrth y ffenest.

"Pam?" Camaf draw ati a rhoi fy llaw ar ei hysgwydd.

Mae'n poeri, gan wthio fy llaw o'r ffordd. "*Rhaid* i ti gael gwared arno fe…"

"Fi'n gwbod, ac fel wedes i neithiwr, bydd *popeth* wedi'i sortio cyn i ni ddod adre nos Sul." Rhaid cyfaddef nad yw hynny'n hollol wir. Fe wnes i ffonio Doc neithiwr, i drefnu cwrdd â Jimmy prynhawn 'ma, ond ar wahân i hynny, sdim byd wedi'i drefnu. Eto.

"Ti'n addo?"

"Ydw."

"Dwêd 'ny, 'te."

"Fi'n addo," ond hyd yn oed wrth i'r geiriau adael fy ngheg, dw i'n gwybod yn iawn nad oes unrhyw sicrwydd.

"Ma fe 'di bod lan trwy'r nos, ti'n gwbod."

Syllaf i gyfeiriad y sied wrth glywed hynny, ond does dim arwydd o Idris yn unman.

"A ti 'fyd, felly," atebaf, gan sylwi ar y bagiau tywyll sy'n bolio o dan ei llygaid cochfrown.

"Do'n i methu cysgu," meddai, yna mae'n ailadrodd: "Fi'n ofnus, Llwyd."

Ar ôl brecwast rhyfeddol o dawel, mae Lisa'n pacio'i chês ar gyfer ein penwythnos yn y Gelli ac yn gwneud gwyrthiau i orchuddio'r cysgodion gyda cholur, tra 'mod i'n defnyddio'r cyfrifiadur i argraffu cyfarwyddiadau a map i'w helpu i gyrraedd y gwesty. Does dim *angen* gwneud hyn, dw i'n gwybod, gan fod system sat nav yn ei char, ond y gwir yw 'mod i'n awyddus i osgoi fy ngwraig a'i chwestiynau posib a defnyddio'r amser i fyfyrio ar yr hyn dw i'n bwriadu ei ddweud wrth Idris a Jimmy yn y man. Os yw Lisa'n ofnus, dw i'n cachu brics. Yr unig beth sydd rhaid iddi hi ei wneud yw mynd i'r gwaith, fel arfer, ac yna i'r Gelli, tra 'mod i, un o gachgwn mwyaf y blaned, yn gorfod wynebu dau fwystfil tra gwahanol, a hynny o fewn oriau i'w gilydd.

"Fi'n mynd!" mae Lisa'n gweiddi o waelod y grisiau.

Codaf o'r gadair, gafael yn y papurach a rhuthro i lawr ati.

"'Co ti. Cyfarwyddiadau a map i'r gwesty."

"Diolch," dywed, er 'mod i'n gwybod na fydd hi'n edrych arnyn nhw hyd yn oed.

Dw i'n cario'i bagiau i'r car – un cês blodeuog anferth a thrwm, a bag llai o faint sy'n matsio – heb ddweud dim am y ffaith mai dim ond am dair noson ry'n ni'n mynd, yn hytrach na phythefnos, fel mae ei phaciau'n awgrymu.

"Felly pryd byddi di'n ymuno â fi yn y lle 'ma?"

"Baskerville Hall," adroddaf enw'r gwesty heb reswm. "Falle bydda i'n cyrraedd cyn ti, ond sa i'n gallu bod yn siŵr o hynny…"

Mae fy ngwraig yn oedi ac yn edrych arnaf. Er ei bod hi'n gwisgo sbectols haul anferthol, sy'n gorchuddio hanner ei hwyneb ac yn fy atgoffa o lygaid cleren mewn close-up eithafol welais i ar ryw ffilm ddogfen ar BBC4, dw i'n dal i allu dweud ei bod hi eisiau gofyn rhywbeth, ond ar yr eiliad olaf mae hi'n newid ei meddwl. Mewn anwybod y mae nef, mwn.

"Bydd yn ofalus, Llwyd," dywed, gan fwytho cleisiau melynddu fy ngwyneb yn dyner gyda'i bysedd main, cusanu fy moch a llithro i'r car.

Dw i'n cega "Caru ti" trwy'r gwydr, sy'n gwneud iddi wenu, a dyna pryd dw i'n gweld y procer tân yn gorwedd ar y sêt wrth ei hochr. Ac mae hynny, yn ei dro, yn gwneud i fi wenu hefyd.

Gwyliaf hi'n mynd, gan anadlu'n fwy naturiol o wybod ei bod hi'n ddiogel yn awr, yna trof ar fy sodlau a dychwelyd i'r tŷ. Dw i'n berwi'r tecell ac yn gwneud cafetière yn llawn coffi cryf a mynd â'r cyfan i fyny'r grisiau. Ar ôl pacio'n gyflym, dw i'n mynd i'r swyddfa, lle mae gen i un dasg hollbwysig i'w chyflawni cyn mynd i weld Idris, sef anfon testun fy 'nofel' newydd at Malcolm. Sa i wedi ei gorffen hi eto, wrth reswm, ond dw i moyn gwneud yn siŵr, petai unrhyw beth yn digwydd i fi heddiw, y bydd rhan helaeth y stori ym meddiant fy asiant. Y gwir yw mai'r unig ffordd y galla i orffen y stori yw os bydda i'n goroesi gweddill y dydd.

Mae'n cymryd hanner awr i fi dorri a gludo'r deunaw pennod anniben ac amlinellol dw i wedi llwyddo i'w hysgrifennu i un ddogfen fawr. Mae'r anhrefn diweddar wedi fy ysgogi i ysgrifennu ar bob cyfle dw i 'di gael dros yr wythnosau diwethaf. Ac mae hynny, ynghyd ag ysbrydoliaeth gychwynnol Casi, wedi fy arwain yn ôl at lwybr llawn gobaith. Ar ôl bod ar goll ym myd tylwyth teg fy nychymyg ers blynyddoedd, mae'r amser dw i 'di dreulio yng nghwmni Idris unwaith eto – sy'n ymgnawdoliad o holl ystrydebau'r isfyd dw i 'di bod yn ysgrifennu amdano – wedi darparu'r ysbrydoliaeth yr oedd ei hangen arnaf, heb sôn am y deunydd crai. Ac ar ôl llunio neges gryno i Mal, dw i'n gwasgu SEND ac yn mynd â 'nghwpan coffi at ffenest y stafell wely, lle dw i'n eistedd ar y chaise lounge ac yn sbio drwy'r bwlch yn y llenni, dros yr ardd a thuag at y sied. Mae hi'n dawel, heb arwydd o Idris yn unman, ond sa i'n gallu gweld i mewn i'r sied, felly ni allaf fod yn siŵr. Mae binocs Lisa'n gorwedd ar y bwrdd ymbincio gerllaw, a dw i'n eu codi nhw at fy llygaid ac yn troi'r olwyn fach er mwyn ffocysu ar ffau fy ffrind. Gwagedd o wagedd.

Llonyddwch. Ydy Ids wedi gadael? Does dim golwg o'i ddillad na'i eiddo yn unman. Mae hyd yn oed y gwely wedi'i wneud yn daclus. Codaf ar unwaith. Rhaid mynd i weld. Dyma fyddai'r newyddion gorau erioed. Os yw Idris wedi mynd, ni fydd yn rhaid i fi wynebu Jimmy. Ac ar yr un pryd, bydda i wedi cyflawni fy addewid i Lisa, heb wneud dim byd o gwbwl. Diffyg gweithredu! Yr ateb perffaith i gachgi fel fi.

Dw i mas o'r tŷ mewn llai na hanner munud, a lawr i'r sied mewn record byd. Mae'r lle'n llonydd. Yn dawel. Yn *rhy* dawel. Mae 'na ryw awyrgylch rhyfedd yma, a dw i'n gwybod nad yw Idris wedi gadael, er nad ydw i'n gallu ei weld e chwaith.

"Idris!" gwaeddaf, gan agor y drws a chamu i mewn. Ar unwaith, gallaf arogli'r chwd yn ymosod ar fy nwyffroen a gwneud i 'mrecwast godi at gefn fy ngheg. Codaf fy siwmper dros fy nhrwyn ac anelu'n syth at y toiled, lle gallaf glywed rhywun, rhyw*beth*, yn grymial a phoeri; ac yno dw i'n dod o hyd i Idris, ar ei bedwar ar lawr, yn rhwyfo'n druenus mewn pwll o anobaith parmesanaidd.

"Fuck me, Ids, edrych ar y mess!" Ac er mai at yr hylif drewllyd sydd dros bob man dw i'n cyfeirio, mae cyflwr fy ffrind yn llawer, llawer gwaeth. I ddechrau, mae e'n hollol noeth, a gallaf weld ei geilliau'n cael eu gwasgu fel toes rhwng ei goesau. Mae ei groen mor welw â gorgimwch heb ei goginio, a gwythiennau glas ei gefn crwm fel afonydd ar fap o ddiffeithdir, o dwndra, rywle i'r gogledd o'r Cylch Arctig. Fel anifail ar ei wely angau, mae Idris yn hyrddio'n wyllt, er nad oes unrhyw beth yn dod allan o'i geg. Ceisiaf gofio ei weld yn bwyta rhywbeth ers iddo ddod i aros, ond ar wahân i ambell ddarn o dost neu becyn o greision, yr unig beth mae wedi'i dreulio yn yr wythnosau diwethaf yw powdwr gwyn gwerthfawr Jimmy Rodriguez.

Sdim rhyfedd ei fod e'n sâl. Mae e'n mwmian rhywbeth aneglur – cyfeiriad at 'Daf' o bosib, neu 'laf' neu 'craf' falle – ond dw i'n ei anwybyddu ac yn mynd ati i'w godi a'i roi i sefyll yn y gawod, lle mae e'n dymchwel yn llipa ac yn llithro i'r llawr. Dw i'n troi'r dŵr ymlaen ac mae Idris yn wylo wrth i'r dafnau cyntaf ei daro. Yna, wedi iddo gyfarwyddo â thymheredd y llif, mae e'n codi ei ben ac yn agor ei geg, fel petai'n sychedig. Estynnaf wydr o ddŵr oer iddo a'i wylio'n sipian yn araf, gan obeithio na fydd yn hyrddio dros bob man eto mewn munud.

Dw i'n ei adael e yna ac yn rhuthro i'r tŷ i estyn pedwar tywel, un i sychu Idris a'r lleill i sychu llawr a waliau'r stafell molchi; bwced, mop a photel o Domestos. Yn ôl yn y sied, mae Idris yn dechrau dod ato'i hun, er nad yw e'n gwneud unrhyw synnwyr pan mae'n ceisio siarad. Dw i'n ei anwybyddu ac yn mynd ati i lanhau'r llawr a'r waliau, gan ddefnyddio'r tywelion yn gyntaf, ac yna'r mop a'r diheintydd arogl coed pinwydd. Wedi gorffen, dw i'n troi'r gawod i ffwrdd ac yn lapio tywel o amgylch ei gorff main. Mae Idris yn rhynnu, ond o leiaf nid yw'n llewygu a cholli ymwybyddiaeth. Dw i'n ei helpu i gerdded at y gwely, lle mae'n eistedd wrth i fi wneud paned o de melys a bara menyn plaen iddo. Wrth wneud, dw i'n dweud wrtho bod yn rhaid iddo fynd erbyn dydd Sul. Fel y cachgi diawl ydw i, dw i'n esbonio mai Lisa sydd eisiau iddo fe adael, ond sa i'n gwybod yw e'n clywed yr un gair achos, erbyn i fi orffen, mae Idris wedi cwympo i gysgu, felly dw i'n ei roi yn y recovery position ar y gwely, yn ei orchuddio â'r duvet ac yn rhoi bowlen ar y llawr wrth ei ochr.

A hithau'n agosáu at un o'r gloch, dw i'n canfod fy hun yn eistedd ar yr unig fainc wrth y groesffordd sydd wedi'i lleoli yng nghanol Caeau Llandaf. Croesffordd Winston Conrad.

Croesffordd Whitey. Croesffordd Emlyn, Beca a Dewina. Y groesffordd lle eisteddais yng nghwmni Idris a Daf bron ugain mlynedd yn ôl. Pam dewis y lle yma i gwrdd â Jimmy? Yr ateb syml yw achos dw i'n gobeithio na cha i gurfa ganddo mewn lle mor gyhoeddus. Pan ffoniais i Doc neithiwr i wneud y trefniadau, doeddwn i ddim wedi meddwl am gynllun o gwbwl, dim ond gweithredu'n reddfol mewn ymdrech i blesio Lisa a chael gwared ar Idris, unwaith ac am byth. Pan awgrymodd Doc i ni gwrdd yn ei gartref, awgrymais i'r fan hyn, heb oedi, a rhaid dweud 'mod i'n falch. Mae'r haul uwchben yn gynnes braf a bron pawb sy'n pasio yn gwenu arna i, neu o leiaf yn nodio i 'nghydnabod. Yn rhyfeddol, mae'r un graffiti â ddangosodd Idris i fi yn y nawdegau yn dal yma, ar y fainc. Wrth gwrs, mae'r elfennau wedi erydu'r ysgythriadau dros amser a'r pren wedi pylu, ond dw i dal yn gallu gweld casgliad diafolaidd ei arddull o symbolau ystrydebol, gan gynnwys 666s niferus, pentaclau, croesau wyneb i waered, cyrn a chynffonnau eiconig – pob ystrydeb Satanaidd dan haul a digon i awgrymu nad yw byddin y Diafol cyn gryfed heddiw ag yr oedd yn y gorffennol, efallai.

Erbyn deg munud wedi un, dw i'n dechrau poeni. Pam nag y'n nhw 'ma 'to? Dw i'n estyn fy ffôn ac yn galw Doc. Dim ateb. Rhyfedd. Dw i'n cael y teimlad fod rhywbeth o'i le. Rhywbeth mawr. Teimlad tebyg i pan o'n i'n blentyn ifanc a Mam neu Dad yn hwyr yn cyrraedd adref o'r gwaith neu ble bynnag. Dw i'n waethafwr wrth reddf, a 'nghasgliad cyntaf – hyd yn oed fel plentyn – oedd yr un gwaethaf posib, sef marwolaeth. Fel arfer mewn damwain car erchyll. A dyna fy union gasgliad nawr.

Edrychaf i bob cyfeiriad yn y gobaith o weld Jimmy, Sol, Paki Dave neu hyd yn oed Doc yn agosáu, ond sdim golwg o'r un ohonyn nhw, dim ond y cyhoedd yn eu holl ogoniant: rhai'n loncian neu ar gefn beic; eraill yn cerdded eu cŵn ac yn cario bagiau du llawn carthion eu cymdeithion pedair coes gyda nhw; rhieni'n gwthio'u plant o amgylch y lle; a chwpwl o alcis yn loetran ar y cyrion, yn yfed a gorweddian ar y glaswellt yn yr haul gogoneddus.

Erbyn hanner awr wedi un, dw i'n gwybod fod *rhaid* i fi wneud rhywbeth os ydw i eisiau cadw fy addewid i Lisa a sicrhau na fydd Idris yn y sied pan ddychwelwn ni ddydd Sul. Deg munud arall. Deg munud hiraf fy mywyd. Dw i'n gwenu ar y rheiny sy'n cerdded heibio. Yn cyfnewid ambell air gyda rhai ohonyn nhw. Ond ar y tu fewn, dw i'n sgrechian. Yn llefain. Yn gwingo. Yn ysu am i Jimmy neu un o'i filwyr ddod i 'ngweld, er mwyn rhoi'r cynllun ar waith. Er nad oes fawr o gynllun gyda fi, ar wahân i gyffesu'r cyfan wrth Jimmy a gobeithio y bydd e 1) yn fodlon maddau i mi am ei dwyllo ac am beidio â datgelu ble roedd Idris yn cuddio pan gefais i gyfle wythnos diwethaf, a 2) yn fodlon gwrando ar fy awgrym a gadael i fi fynd i'r Gelli i gwrdd â Lisa heb fawr o ddrama. Ydy hynny'n ormod i'w ofyn? Mae eu habsenoldeb yn awgrymu nad ydyn nhw hyd yn oed eisiau trafod y peth...

Am chwarter i ddau, dw i'n galw Doc unwaith eto ac yn gadael neges yn dweud 'mod i ar fy ffordd. Dw i'n difaru gwneud yn syth, gan fy mod i newydd ddatgan fy mwriad a 'maglu fy hun heb feddwl. Wrth gerdded yn ôl i'r car, meddyliaf am Lisa. Ceisiaf ddychmygu ein dyfodol, ond methiant yw'r ymdrech. Mae hynny'n fy niflasu, er 'mod i'n gwybod nad yw'n golygu dim, mewn gwirionedd. Dw i'n croesi'r bont droed dros Western Avenue wrth i dri char heddlu ruthro heibio o dan fy nhraed, eu golau'n fflachio, eu seirenau'n sgrechian a'r ceir eraill sy'n teithio ar hyd y ffordd yn symud i'r ochr i adael iddyn nhw fynd heibio, i gyfeiriad Trelái, un o ardaloedd mwyaf trafferthus y ddinas. Dw i'n eu gwylio nhw'n mynd trwy'r cawell ac yn syllu tua'r gorwel nes nad ydw i'n gallu eu clywed nhw mwyach. Mae synau'r ddinas yn ail-lenwi fy myd a dw i'n dychwelyd at y Land Rover, heb fawr o obaith cyflawni'r hyn dw i wedi bwriadu ei wneud heddiw.

Dw i'n datgloi'r cerbyd gyda bîp, ond cyn i fi agor y drws mae fy ffôn yn canu a 'nghalon yn dechrau curo'n wyllt. Ond pan dw i'n edrych ar y sgrin, nid rhif Doc sy'n fflachio, ond rhif nad ydw i'n ei adnabod. *Jimmy?* meddyliaf, gan wasgu'r botwm gwyrdd. Ond nid Jimmy, Sol, Doc na hyd yn oed Paki Dave y mudan sydd yno.

"Hi Jon, ydw, fi'n iawn, diolch. Edrych 'mlaen at dy weld di yn Hay…"

Ry'n ni'n cael sgwrs fer, gan drefnu i gwrdd nos fory am bryd o fwyd gyda'n gwragedd yn y Gelli, er mwyn trafod digwyddiad dydd Sadwrn ac ymgyfarwyddo â'n gilydd, a dyna'r peth diwethaf dw i'n ei gofio am gyfnod. Ar ôl ffarwelio â Jon a rhoi'r ffôn yn fy mhoced, teimlaf glec galed ar gefn fy mhen ac mae'r haul yn machlud ar unwaith a'r nos yn cau amdanaf ar amrantiad, fel clogyn creulon o anobaith pur.

Dw i'n dod ataf fy hun ond mae'r byd yn dal i fod yn dywyll, diolch i'r sach sydd fel mwgwd dros fy mhen. Mae fy ngarddyrnau wedi'u clymu'n dynn y tu ôl i 'nghefn a 'mhigyrnau wedi'u hasio at goesau' gadair ddur dw i'n eistedd arni. Sdim ffordd o wybod faint o amser sydd wedi mynd heibio. Munudau? Oriau? Dyddiau? Nid yr opsiwn olaf, gobeithio. Diolch i'r cysgodion aneglur sy'n symud yn achlysurol yr ochr arall i'r deunydd garw, mae'n amlwg bod yna olau ymlaen yn y stafell. Yn anffodus, mae hi hefyd yn amlwg fod yna rywun, neu ryw*beth*, yn cadw cwmni i fi. Does dim lleisiau i'w clywed, fodd bynnag, dim ond sŵn traed yn llusgo ar hyd y llawr o bryd i'w gilydd. Hynny, a 'nghalon, sy'n atseinio'n fyddarol oddi ar waliau cyfyng fy uffern bersonol. Llyncaf yn galed, mewn ymdrech i gladdu'r pryder sy'n ffrwtian yn wyllt ym mêr fy esgyrn, ond nid yw'r blas metelaidd gwaedlyd yn gwneud dim i'w leddfu. Gyda 'ngolwg wedi'i ddiffygio am nawr, mae fy synhwyrau eraill yn cipio'r awenau. Clywaf wawchio gwylanod gerllaw, sy'n helpu dim, mewn gwirionedd; tra bod drewdod digamsyniol sudd sbwriel – hynny yw, yr arogl sy'n codi o gefn pob lori bin – yn agos at fod yn anorchfygol. Mae'n codi cyfog arnaf ac yn peri i mi fwldagu.

Clywaf sŵn traed yn agosáu ac mae 'nghorff yn tynhau mewn ymateb i'r anochel. Dw i'n dod yn agos at weiddi, wylo, sgrechian, ond does dim sôn am fy llais yn unman. Mae'r traed yn dod i stop yn agos ataf a gallaf glywed sibrwd isel gerllaw. Clywaf daniwr sigarét, anadliad dwfn ac arogl y mwg yn arnofio i 'nghyfeiriad. Ac yna mae'r anochel *yn* digwydd. Mae'r mwgwd yn cael ei dynnu a finnau'n cael fy nallu gan y stribed o olau diwydiannol noeth sy'n llewyrchu'n llachar uwch fy mhen, ac yng nghanol y dryswch mae Paki Dave yn fy nharo ar draws fy moch gyda chefn ei law. Bitch-slap a hanner, gyda'r fodrwy sofren anferth mae'n ei gwisgo yn rhwygo 'nghroen ac yn gwneud i'r gwaed dasgu. Mae'r byd bron â thywyllu unwaith eto, ond y tro hwn mae llond bwced o ddŵr yn dilyn, gan sicrhau nad ydw i'n colli ymwybyddiaeth yn llwyr. Mae fy llygaid yn llawn dagrau a'r gwaed yn llifo i lawr cafnau cefn fy nhrwyn at fy ngheg a 'ngwddf. Mae Paki Dave yn camu ataf eto a dw i'n gwingo a brwydro i'w osgoi – gweithred ofer gan fy mod wedi fy ngludo i'r fan gan dâp diwydiannol. Ond yn lle dwrn neu gic neu fat pêl-fâs, y tro hwn mae fy arteithiwr yn ymosod arnaf gyda thywel meddal fflwffog. Mae'n cymryd eiliad i fi sylweddoli mai sychu fy ngwyneb mae Dave, a hynny mewn ffordd reit ystyriol a gofalus, chwarae teg, a phan dw i'n gallu ffocysu unwaith eto dw i'n gweld Jimmy Rodriguez ei hun yn eistedd ar gadair rhyw dair troedfedd o 'mlaen, a Sol a Doc yn sefyll wrth ei ochr, fel gwarchodfilwyr yn gwisgo siwtiau drud.

"Is this really necessary, Jimmy?" Poeraf waed, gan dynnu ar fy ngefynnau er mwyn pwysleisio diffyg gobaith llwyr fy sefyllfa.

"That's what I want to find out, Floyd." Mae Jimmy'n gwenu arnaf, yna'n sugno ar y sigarét ac yn siarad yn bwyllog trwy gwmwl o fwg. "This is your one and *only* chance, Floyd. We know where Idris is, and I'm sure someone like you can imagine what we're going to do to him. And if you don't want us to do something similar to you, right here, right now, you'd better stop crying like a bitch and start talking like a man. And you'd better be fucking convincing as well…"

Doeddwn i ddim hyd yn oed yn gwybod 'mod i'n crio – fel ast, neu fel arall – ond, ar gyngor Jimmy, dw i'n gwneud pob ymdrech i beidio â gwneud, yna'n ceisio achub fy mywyd.

"In your own time," dywed Jimmy.

"Water," meddaf.

"What?" yw ateb Jimmy, gyda golwg ddryslyd ar ei wyneb.

"Water," medd Doc, a chyda hynny mae Paki Dave yn camu o'r cysgodion ac yn dal potel at fy ngheg.

Dw i'n llarpio'n chwantus ac yn ceisio rhoi rhyw fath o drefn ar fy meddyliau.

"Sorry, Jimmy," yw'r peth cyntaf sy'n dod allan o 'ngheg. Classic cachgi move. Cyfaddefiad cynhwysfawr coming up!

"What for, Floyd? Lying to me? Taking the fucking piss out of me? Protecting that cunt Idris when you knew what he'd done?"

"Yes… All of the above… But I *had* to…"

"How?"

"I had no choice…"

"We've all got a choice, Floyd."

"Not always. Not this time."

"How come? Explain. Enlighten me. Please."

A dyna'r oll gymerodd hi i Jimmy fy 'nhorri'.

Mae Doc yn cynnau sigarét arall i'r bòs, sy'n tynnu'n galed arni wrth syllu'n syth i'm llygaid.

"I owed him my life, Jimmy."

"Who?"

"Idris."

"How so?"

"He took the blame for something I did. Long time ago. In fact, it was when he first got into debt to you. Back in the mid nineties. Did four years on my behalf. I hadn't seen him since. Until what, four, five weeks ago…"

"So what! You still lied to me. And you might be lying right now."

"I'm not. And that's not all, anyway. He beat the shit out of me. My face was a bloody mess before Dave did this to me a minute ago. He also beat the shit out of my neighbour. She's *fifteen* years old. And he threatened to kill my wife…"

"And you believed him?"

"Why wouldn't I? He's off his head on coke. *Your* coke. He's got a gun and he's trapped in a shed."

Mae llygaid Jimmy'n saethu i gyfeiriad Sol a dw i'n gwybod yn syth 'mod i newydd ddatgelu lleoliad Idris iddyn nhw, ac mai blyffio roedd Jimmy funud yn ôl.

Mae Jimmy'n codi ac yn camu'n araf ataf. Mae'n plygu i lawr ac yn syllu i'm llygaid am amser hir, heb ddweud dim. Dw i'n syllu'n ôl, gan wneud pob ymdrech i beidio â chrio. *Rhaid* iddo fy nghredu i. Dw i *yn* dweud y gwir, wedi'r cyfan. Er, dw i'n hollol ymwybodol hefyd nad yw e'n gwybod hynny. O'r diwedd, mae Jimmy'n sythu. Dw i'n ei ddilyn gyda fy llygaid ac yn ei weld yn hanner troi a nodio at Dave, sy'n sefyll tu ôl i fi bellach ac, mewn clic camera, mae'r byd yn tywyllu unwaith eto, diolch i ergyd filain arall ar gefn fy mhen.

Does wybod faint o amser sy'n mynd heibio rhwng y glec ar fy ngwar a'r bwced o ddŵr rhynllyd sy'n fy nihuno maes o law. Mae'r boen yn fy mhen yn annioddefol, ond o leiaf mae'n cadarnhau fy mod i'n dal ar dir y byw.

"Floyd," mae Jimmy'n dechrau o'r gadair sydd bellach wedi'i thynnu'n agosach ataf. "I like you. You're funny. Smart. Clever. I thought we had a connection the other day. Maybe we did. But I don't know now. I don't know if I trust you, but I'm gonna give you the benefit of the doubt, this one time. And this is the *only* time, too. I can tell you're genuinely scared. And Idris *is* a scary fucker, I'll give him that. He's a psycho. That's why he worked for me all these years – he *properly* scared people. And he's especially scary when he's off his face. As you probably know, I tried to help him clean up, but that boy is a lost cause. Anyway, bottom line is you're free to go…"

Er fod y ffaith fy mod i'n gaeth i gadair mewn warws ddiwydiannol llawn loris bin yn awgrymu i'r gwrthwyneb, ro'n i'n gwybod nad dyma'r amser i fynd yn groes i Jimmy.

"But if you're lying to me, Floyd, I'm going to kill you. Understand?"

Dw i'n nodio fel ffŵl.

"I'll be in Hay all weekend, Jimmy…"

"Well done. Congratulations. It's a great little festival…" Mae ysgwyddau Jimmy'n codi, a'i aeliau mewn cytgord â nhw.

"What I mean is, me and my wife won't be home all weekend, if you need to pay Idris a visit…"

"Oh, I see, yes. Good. *Very* good. That's what we were going to do anyway, but it'll be better that you're not there."

"That's what I thought. The coke's under the bed in a holdall. He's caned a good part of it though…"

"Collateral, Floyd. Just collateral."

A chyda hynny mae'r byd yn tywyllu am y trydydd tro heddiw, er nad oes ergyd i 'ngwar yn rhan o'r fargen y tro hwn, dim ond y bag yn cael ei dynnu dros fy mhen eto. Dw i'n cael fy sdwffio i sêt gefn rhyw gar, er nad ydw i'n cael eistedd i fyny. Ni'n gyrru am rhyw bymtheg munud, cyn dod i stop. Yna, caf fy rhyddhau o fy rhwymau a 'nghynorthwyo o'r cerbyd. Dw i'n sefyll yna, heb symud, heb wybod beth i'w wneud yn awr, ac yn hanner disgwyl teimlo ergyd arall ar gefn fy mhen. Clywaf y car yn gyrru i ffwrdd yn araf a rhwygaf y bag oddi ar fy mhen. Ar ôl i'm llygaid gyfarwyddo â'r gwyll, gwelaf gar Paki Dave yn ailymuno â llif traffig Rhodfa'r Gorllewin.

Dw i'n ei wylio fe'n mynd gan anadlu'n drwm, cyn dringo i'r Land Rover a syllu ar y llanast sy'n edrych yn ôl arnaf o'r drych. Er y boen ym môn fy mhenglog, a'r briw gwaedlyd ar fy moch sydd angen tri phwyth o leiaf, y prif beth dw i'n ei deimlo yw rhyddhad. Dw i'n dal yma, er nad yw Lisa'n gwybod hynny, sy'n amlwg o'r 32 missed call sydd ar fy ffôn.

Dw i'n ei ffonio hi ar unwaith, ac er ei bod hi'n crio ar ddechrau'r alwad, mae hi'n chwerthin cyn y diwedd ac yn fy annog i ymuno â hi yn y gwesty.

"Rho awr i fi," dywedaf, wrth danio'r injan. "A gofyn i reception am fag o iâ a'r bocs cymorth cynta…"

Cyn dechrau ar y daith, dw i'n ffonio'r sied. Does dim ateb, ond nid yw hynny'n fy synnu. Ac er, diolch i'r euogrwydd, 'mod i'n ystyried gadael neges yn rhybuddio Idris o'r hyn sydd ar ddod, dw i'n penderfynu peidio, yn bennaf oherwydd bod rhybudd Jimmy'n dal i atseinio yn fy mhen. Yn hytrach, dw i'n pwysleisio'r hyn ddywedais i wrtho'n gynharach, am adael cyn i fi a Lisa ddychwelyd ddydd Sul.

Ar ôl gorffen dweud fy nweud, dw i'n meddwl amdano fe yn y sied, yn chwysu a chwydu yn y gwely, ei gorff gwelw yn gwingo o dan straen y gwag-gyfogiadau. Nid dyna sut dw i *eisiau* ei gofio, ond am y tro, does dim dewis 'da fi.

DYLED

Fe'm dihunwyd i a Becca yn yr atig ar unwaith gan y cnocio cadarn ar ddrws fy nghartref, a'r peth cyntaf aeth trwy fy mhen oedd 'COPS!'. Codais yn syth, gafael yn yr arian a'r ecstasy o'r drôr dillad isaf a stryffaglan i'w cuddio o dan yr estyllen rydd o dan y gwely.

"Beth ti'n neud?" clywais Becca'n gofyn yn gysglyd, wrth i'r drws gael ei ddyrnu'n ddidrugaredd yn y cefndir.

"Cuddio'r pils," atebais yn fyr fy amynedd o'r ogof, wrth orfodi'r dystiolaeth i'r guddfan cyn rhoi'r carped yn ôl yn ei le.

Ymlithrais yn ôl i'r stafell, codi ar fy nhraed a sefyll yno yn fy mhaffwyr gan syllu ar fy nghariad, oedd yn dal i hepian yn y gwely, heb gymryd unrhyw sylw o'r bangio parhaus ar y drws lawr stâr.

"Nag wyt ti'n gallu clywed hwnna?" gofynnais yn anghrediniol, ond roedd ei llygaid caeedig yn awgrymu mai dim ond fi oedd yn cachu pants 'na.

Wedi gwisgo fy ngŵn nos, brasgamais i lawr y grisiau i gwrdd â fy ffawd, gan ddisgwyl y gwaethaf ar ffurf dau heddwas mewn lifrai, â golwg ddifrifol ar eu hwynebau, wedi dod i fy arestio am werthu cyffuriau y noson cynt. Ni wnaeth y ffaith na wnes i werthu'r un bilsen groesi fy meddwl, gan fod y gwaethafwr oedd yn llechu ynof wedi cymryd drosodd yn syth wrth glywed y cnocio cras.

Camais at wydr barugog y drws ffrynt ac anadlu ochenaid o ryddhad wrth weld nad dau swyddog oedd yn aros amdanaf. Un ffigwr oedd yno, a hwnnw'n un cyfarwydd.

"Beth sy, Ids?" gofynnais. Roedd hi'n amlwg o'r cnocio fod *rhywbeth* o'i le ac roedd yr olwg wyllt a gofidus ar ei wyneb yn cadarnhau hynny, heb fod angen iddo yngan yr un gair.

Hyrddiodd heibio i fi a mynd yn syth i'r gegin. Rhoddodd gopi o'r *Echo* ar y bar brecwast a sefyll yn ôl gan fy ngwahodd i ddarllen y dudalen flaen. Roedd dau air ar ben y dudalen mewn llythrennau bras a delwedd drawiadol a grymus yn llenwi'r gweddill. Roedd y ddau air yn dweud y cyfan, heb fod angen i mi ddarllen yr hyn oedd dros y dudalen. Gallwn ddyfalu'r gweddill, yn enwedig o gofio'r fath sylw a gafodd marwolaeth Leah Betts y flwyddyn cynt.

TIME DIES!

Dyna oedd y dudalen flaen yn ei ddatgan, tra bod y llun du a gwyn o barafeddygon yn gwthio corff wedi'i orchuddio gan liain gwyn at ambiwlans, a hynny trwy dorf o bobl ifanc chwyslyd a dryslyd tu allan i Neuadd y Ddinas, yn gydymaith perffaith i'r pennawd. Roedd goleuadau'r cerbyd yn gwyngalchu'r wynebau gwelw; eu llygaid fel lloerennau gwydrog yn adlewyrchu dim byd ond edifeirwch a gofid enbyd diwedd y byd.

Troais y dudalen a darllen gweddill y stori.

Teenager Dies of Suspected Ecstasy Overdose at City Centre Rave

A 20-year-old student died in the early hours of this morning at the monthly *Time Flies* all-night dance event, held at Cardiff's old City Hall, in the heart of the civic centre, a stone's throw away from the city's central police station.

According to early reports, Peter Hawkins of Weston-super-Mare, a second-year student studying engineering at

Cardiff University, collapsed a few hours after swallowing the ecstasy tablet, which police believe may have been contaminated.

His parents have been notified and are being helped through this difficult period by police-affiliated grief councillors.

Detective Constable Ian Collingwood said: "There's a dealer out there selling poison. We suggest someone shops him before someone else ends up in hospital or dead."

Police are asking anyone with any information about the incident to contact them at Cardiff Central Police Station.

Erbyn i fi orffen darllen y darn am y trydydd tro, roedd Becca wedi ymuno â ni yn y gegin.

"Iawn, Idris?" gofynnodd yn ddiniwed, gan gydio yn y tecell a'i lenwi.

"Edrych ar hwn."

Caeais y papur unwaith eto er mwyn iddi allu gweld y pennawd a'r llun ar y dudalen flaen. Gwelwodd wyneb Becca ar unwaith a chododd ei llaw at ei cheg agored. Trodd y dudalen a darllen yr erthygl. Fe wnes innau rywbeth tebyg am y pedwerydd tro, a rhaid oedd cyfaddef nad oedd hi'n dweud rhyw lawer mewn gwirionedd, nawr 'mod i 'di cael cyfle i'w hamsugno a'i hystyried rhyw fymryn.

Mewn tawelwch, aeth Becca ati i wneud paned i'r tri ohonon ni. Wrth iddi wneud, gallwn weld ei bod hi'n crynu wrth iddi ystyried yr hyn roedd hi newydd ei ddarllen, a'i bod yn ceisio gwneud rhyw synnwyr o'r holl beth.

Er mai syndod llwyr ac euogrwydd oedd fy ymateb cychwynnol i'r stori, ni chymerodd yn hir i 'nghydwybod ddechrau amddiffyn ei hun. Nid oedd *unrhyw* sicrwydd ein bod ni wedi chwarae rhan ym marwolaeth Peter Hawkins. Fe ddarbwyllais fy hun nad Idris oedd yr unig gyflenwr ecstasy yn Time Flies y noson cynt. A phan ddechreuodd Idris siarad, daeth hi'n amlwg ei fod yntau wedi dod i'r un casgliad.

Fe symudon ni i'r patio i yfed te a smocio ffags. Roedd llaw Becca'n dal i grynu a rhoddais fy mraich am ei hysgwydd.

"Coincidence..." oedd y gair cyntaf ddaeth o geg Idris.

"Heb os," dywedais, gan nodio'n hollwybodus, er nad oedd unrhyw ffordd 'da'r un ohonon ni o brofi hynny.

"Chi'n meddwl?" gofynnodd Becca, yn llawn gobaith fwyaf sydyn.

"Sdim byd yn suggesto otherwise." Cododd Idris ei ysgwyddau a thynnu'n galed ar ei getyn.

"So'r erthygl 'na'n dweud rhyw lawer, yw e," ategais.

Nodiodd Becca, gan gydnabod bod hynny'n wir, neu o leiaf ei bod hi'n fodlon credu yn y camsyniad, am nawr.

"Sdim manylion..." ychwanegais.

Ond fe berodd hynny i Becca boeri: "Ar wahân i'r ffaith fod rhywun wedi *marw* ar ôl cymryd ecstasy!" Roedd hi'n ddagreuol bellach; yr euogrwydd yn amlwg yn cipio'r blaen ar weddill ei hemosiynau.

"Fair play," mwmiodd Idris. "Ond there's nothing to suggest mai pils fi 'nath y boi necko. Ac ma'r cops yn dweud bod yr E yn contaminated, but I know so rhai fi yn. Ma nhw'n clean as fuck, pure MDMA; so nhw 'di cael eu cutto gyda dim..."

"Falle mai dyna *pam* farwodd e," awgrymodd Becca.

"Mwy o ddyfalu," dywedais, mewn tôn braidd yn nawddoglyd, er nad dyna oedd fy mwriad.

"No way, Beks. Ma nhw'n totally lush. The best pills I've ever had... And no one ar yr estate has carked it, oes e? A fi 'di sello loads i pobol fi'n gwbod..."

Fe gyneuodd Becca sigarét arall ac ystyried geiriau Idris. O'r diwedd, ar ôl pum llond ysgyfaint o fwg, nodiodd yn araf, fel petai'n fodlon derbyn hynny. Am y tro, o leiaf.

"Mae'n gwneud pethau bach yn anodd i ti, nag yw e, Ids?"

"Sut?"

"Wel… rhaid i ti dalu Jimmy 'nôl mewn llai na wythnos a bydd mynd i'r dref i werthu heno yn suicide…"

Cododd Idris ei ysgwyddau wrth feddwl am y peth.

"Ti'n iawn, ond I've got a cunning plan…"

"Plan B?"

"Na. Plan K."

*　*　*

Tua dau o'r gloch y prynhawn, aeth Becca adref, gan addo dychwelyd yn hwyrach y noson honno. Rhoddais allwedd sbâr iddi, gan esbonio fy mod yn mynd i'r dref gydag Idris am gwpwl o oriau. Edrychodd arnaf yn ddrwgdybus, ond ddywedodd hi ddim byd. Roedd hi'n gwybod bellach nad oedd pwynt gwneud hynny. Wrth ei chusanu ar stepen y drws, ro'n i'n gallu synhwyro'r pwysau oedd ar ei chydwybod, ond ddywedais i ddim byd, yn y gobaith y byddai pethau'n gwella wrth i'r diwrnod fynd yn ei flaen; ond eto, ro'n i'n teimlo fod rhywbeth mawr wedi newid ynddi, rhywbeth na fyddai modd ei adfer bellach. Roedd yr holl beth wedi cael mwy o effaith ar Becca nag ar y ddau ohonon ni, roedd hynny'n amlwg, gan fod Idris eisoes wedi gwneud trefniadau i gwrdd â Dodgy Ken yn hwyr y prynhawn a finnau 'di cytuno i fynd yn gwmni iddo. Ar hynny, meddyliais am Peter Hawkins. Gwelais y llun ar flaen yr *Echo* ac yna dychmygais ei rieni yn Weston, yn galaru am eu hunig fab. Do'n i ddim yn gwybod fod Peter yn unig blentyn, ond dyna sut roedd fy nychymyg yn gweld y byd. Codais fy llaw ar Becca wrth iddi yrru i ffwrdd yn ei char bach coch, ond wnaeth hi ddim edrych i 'nghyfeiriad i. Roedd hynny'n gwneud i fi deimlo'n annifyr, ond ches i ddim cyfle i feddwl mwy am arwyddocâd y diffyg cydnabyddiaeth, gan fod Idris yn gwisgo'i got ac yn barod amdani.

Er gwaetha sioc gychwynnol darllen am farwolaeth Peter Hawkins, roedd yn rhaid cyfaddef 'mod i'n edmygu penderfyniad Idris wrth iddo geisio ad-dalu ei ddyled i Jimmy Rodriguez. Wrth gwrs, o'r hyn roedd Idris wedi'i ddweud wrtha i amdano, byddai peidio gwneud hynny yn arwain at fyd o boen ac oes yn ei boced. Ac o gofio hynny, roedd ffocws Ids yn ddiamod, er nad oeddwn i'n teimlo'n hollol gyfforddus yn teithio i'r dref i weld Ken, yn enwedig y diwrnod hwnnw.

Ar lawr uchaf y bws i'r dref, sibrydodd Idris ei fod wedi cytuno i werthu dau gant E i Ken am bumpunt yr un. Ro'n i'n synnu i ddechrau, ond daeth hi'n amlwg – ac yn hollol ddealladwy ar ôl datblygiadau'r diwrnod – bod Idris eisiau cael gwared ar ei gynnyrch cyn gynted ag yr oedd modd, a bod Ken wedi clywed y newyddion.

"A gyda grand Ken nawr, dim ond two hundred arall sydd rhaid fi ffeindio i dalu Jimmy…"

"Beth, ma gen ti wyth cant yn barod?"

"Aye. Bydd fi ddim yn gwneud profit, ond with this fuckin student carking it, fi jyst moyn get rid, you know."

"Too right. Ti'n meddwl mai un o dy bils di 'nath e gymryd?"

"There's no way of knowing, oes e? Fi ddim moyn thinko too much am fe, really…"

"Na fi. Ma fe 'di ffwcio Becca though."

"Shock, that's all."

Fel roedd hi'n digwydd, aeth y bws i lawr Heol y Gogledd am ganol y ddinas a throi i'r chwith wrth y clwb tennis er mwyn ymuno â Boulevard de Nantes. Roedd hynny'n rhoi cyfle euraid i ni weld y fan lle bu farw Peter Hawkins y noson cynt. Tu hwnt i'r llain o laswellt, y pistyll, y baneri a'r maes parcio bach oedd yn gwahanu'r ffordd rhag yr adeilad crand a chromennog, roedd tâp melyn yr heddlu yn atal unrhyw un answyddogol rhag mynd trwy brif fynedfa Neuadd y Ddinas.

Gallwn weld dau heddwas yn sefyll fel milwyr wrth y porth, a llond llaw o newyddiadurwyr yn smocio gerllaw. Ar wahân i hynny, doedd dim byd i'w weld. Roedd arwyddion Time Flies – oedd i'w gweld ym mhobman y noson cynt – wedi diflannu. Ar amrantiad, aeth y bws heibio, ac yna, ger y Theatr Newydd, fe ddywedon ni "Cheers, drive" wrth y gyrrwr a dechrau cerdded am y castell, a Riverside tu hwnt.

Wrth i ni fynd ar ein taith, roedd hi'n amlwg bod mwy o blismyn o amgylch y lle nag oedd fel arfer yng nghanol y prynhawn. Roedd eu presenoldeb yn gwneud i fi deimlo'n anghyfforddus a pharanoid, er nad oedd gen i unrhyw beth anghyfreithlon arna i. Roedd Idris, ar y llaw arall, yn cerdded yn hamddenol wrth fy ochr, bron yn chwibanu'n ddiniwed i gyd, er fod ei bants e'n cynnwys digon o bils i gael dedfryd o ddegawd a mwy yn y carchar. Hirach na hynny hyd yn oed.

Gan osgoi Queen Street a'r siopwyr i gyd, ein cynllun oedd glynu wrth ochr y castell er mwyn osgoi'r holl heddweision oedd yn crwydro'r strydoedd yn eu parau, er nad oedd eu pwrpas yn amlwg iawn. Beth oedden nhw'n gobeithio'i gyflawni yng ngolau dydd? Wrth fynedfa Castle Arcade, oedd gyferbyn â ni nawr, yr ochr arall i'r ffordd, gwelais fwrdd y gwerthwr *Echo* yn datgan 'Ecstasy Death – police launch major hunt for dealer' a phrociais Idris iddo fe gael gweld. Ar ôl darllen y pennawd, fe drodd ata i gyda golwg drist ar ei wyneb. Siglais fy mhen a pharhau i gerdded.

Fe groeson ni'r bont i Riverside ar ôl mynd heibio'r anifeiliaid oedd yn pipo arnon ni dros ben wal gerddi'r castell – yn gyhuddgar y diwrnod hwnnw, teimlais – ac ymhen dim ro'n ni'n sefyll tu fas i ddrws tŷ teras tila ar Despenser Street. Roedd 'na bentwr o fagiau sbwriel du o dan y ffenest fae. Roedd y rhai ar y brig yn weddol ffres, ond roedd yr arogl afiach oedd yn codi oddi arnyn nhw'n awgrymu fod y gweddill wedi bod yno ers tro.

Cnociodd Idris ar y drws, ac wrth i ni aros am ateb edrychais i gyfeiriad y parc chwarae bach gyferbyn. Roedd lleisiau llawen y plant yn codi 'nghalon, er fod y grŵp o fechgyn ifanc o dras Somali oedd yn llechwra ar gornel y stryd yn ddigon i wneud i fi droi'n ôl at Idris a'r drws caeedig. O gornel fy llygad, gwelais y bechgyn yn dechrau cerdded tuag atom, ac er nad oedd bygythiad go iawn yn hynny, dechreuodd fy nghalon newid gêr ac aeth fy ngheg yn sych grimp.

Do'n i erioed wedi bod mor falch o weld drws yn agor ac roedd wyneb creithiog, gwelw Ken mor groesawgar ag angel ar yr union eiliad honno.

"Come in, boys. I've got a sweet mix on the go in 'ere."

Y peth diwethaf ro'n i eisiau, neu *angen*, oedd bong, ond yn unol â defodau ymweld â chartref deliwr cyffuriau, doedd dim hawl gwrthod unrhyw beth ro'n nhw'n ei gynnig i chi. Arweiniodd Ken y ffordd i'r stafell fyw, yng nghefn y tŷ, drws nesaf i'r gegin, gan esbonio ei bod hi'n dawelach yno o'i gymharu â'r lolfa draddodiadol yn y ffrynt. Fe glywais e'n mwmian rhywbeth am "local scallies" a "fuckin Pakis" ond ro'n i wedi ymgolli bron yn llwyr erbyn hynny, gan fod yr arogl ganja oedd yn dod o gefn y tŷ mor orchfygol. Yno, yn lled-orwedd ar soffa racsiog, roedd dyn yn ei dridegau – ystrydeb lwyr o grwydryn cyfoes. Dreadlocks, check. Cot guddliw garpiog, check. Trowsus tyllog yn llawn pocedi gwag, check. Ci anniben yn gorwedd wrth ei draed, check. Bong yn ei law a mwg yn chwydu o'i geg fel draig, check.

"That's Elmo and Hedgehog," meddai Ken, er na chododd y dyn ei ben i edrych arnon ni. Yn hytrach, fe osododd y bong yn ofalus ar y bwrdd coffi o'i flaen a suddo'n ôl i'r gadair a chau ei lygaid.

"Sit down, boys. Help yourself to a cone…"

"Safe, Ken," meddai Idris, oedd yn hollol gyfforddus yn y fath sefyllfaoedd. "But if it's all the same to you, I just want to sort this out and go on home. Town's crawling with filth and the last thing I need before walking back that way is a head full of haze, you know what I mean?"

"I hear you, dude. You're a wiser man than me," gwenodd Ken arnom, ei ddannedd mor felyn â phapur wal afliwiedig a thamp y stafell, wrth i Idris estyn bag boliog llawn pils o'i bants.

"What d'you make of what happened down Time Flies last night then, Ken?" Idris eto. Ro'n i'n gwybod pan oedd angen cau fy ngheg.

"Not much, really. Fuckin lightweight, if you ask me. We've heard it all before, haven't we? Leah fuckin Betts all over again, innit. The press love that shit though, don't they? Young person dead at a rave. Drugs involved... blah blah..."

"The *Echo* claimed the pill was contaminated..."

"They don't know shit, though. Not yet, anyway. I saw that as well..." Pwyntiodd Ken at yr *Echo* oedd yn gorwedd ar gadair gyfagos. "Truth is, if the pill *was* contaminated, it's safe to say it wasn't one of yours."

"That's exactly what I said!" meddai Idris yn llawn balchder. "Did you take one last night then or what?"

"No, I didn't. I don't partake when I'm out selling. That's a mug's game. Need a clear head, know what I mean? But I had a few people come back to me asking for more. Said they were the best pills they'd ever had. Cleanest, purest, blah blah blah. I don't doubt it. Where d'you get them, by the way?"

"Holland."

"Thought so. That's why I'm more than happy to buy this lot off you now..." Ar hynny, estynnodd Ken ei law agored i gyfeiriad Idris, gan ei annog i roi'r bag iddo heb ddweud gair.

"No offence, Ken, but you're gonna have to give me the cash before you get your hands on these."

Gwenodd Ken ar hynny. "Fair enough. I wouldn't trust me either..."

"It's not a question of trust, Ken. Just business."

Ro'n i'n rhyfeddu at Idris. Am foi mor ifanc, roedd ganddo geilliau anferthol. Heb sôn am hyder digamsyniol. Ro'n i 'di anghofio ei fod mor sicr o'i hun, ar ôl ei golli i'r carchar am gyfnod.

Cododd Ken ar ei draed a gwthio'i law i lawr ei drons. Er ei fod yn edrych fel cardotyn o alci yn ei ddillad tyllog a'i groen llwydaidd a llysnafeddog, cefais fy synnu a fy rhyfeddu gan yr hyn a gododd e o'i ganol. Allan o'i bants tynnodd fag plastig crychlyd ac allan o'r bag tynnodd rolyn trwchus o arian papur. Yn bwyllog, cyfrodd fil o bunnoedd ar y bwrdd coffi o'n blaen, mewn papurau decpunt yn bennaf, ac ar ôl iddo orffen, doedd y rholyn a aeth yn ôl i'r banc yn ei bants ddim lot llai na chyn iddo ddechrau cyfrif.

"All good?" gofynnodd, gan godi'r arian a'i gynnig i Idris.

"Safe, Ken," meddai Idris, gan basio'r bag o bils i'r cyfeiriad arall. "You gonna count them?"

"Nah. They look about right to me. And anyway, I trust you, man."

"Really?" ebychodd Idris, gan fethu cuddio'i syndod.

Dychwelodd y wên i wyneb Ken. "No. Not *really*. I just can't be assed."

Fe wnaethon ni i gyd chwerthin ar hynny, ac ar ôl rownd o ysgwyd dwylo anghyfforddus a ffals, fe adawon ni.

* * *

Fel adlais o'r bore blaenorol, cefais i a Becca ein dihuno ar unwaith gan sŵn cnocio cadarn ar y drws ffrynt, a'r peth cyntaf aeth trwy fy meddwl yn yr atig y bore hwnnw eto oedd 'COPS!'. Neidiais o'r gwely a gwisgo'n gyflym, tra bod Becca'n troi ei chefn arnaf ac anwybyddu'r sŵn.

Roedd y cnocio fel petai'n fwy brysiog a chynddeiriog y tro

hwn, ond er hynny, anadlais ochenaid o ryddhad wrth weld
mai un ffigwr oedd yn aros amdanaf, a hwnnw'n un cyfarwydd
unwaith eto.

Agorais y drws. "Iawn, Ids?"

"Na."

"Be sy'n bod?"

Pwysodd Idris ei feic ar y wal wrth y drws ffrynt a chamu i'r
tŷ. Roedd ei lygaid yn wydrog. Ond nid mewn ffordd dda.

"Fi 'di cael fuck all kip…"

"A?"

"I've been thinking am Daf…"

"A?" gofynnais unwaith eto, gan deimlo pwl bach o
euogrwydd am nad oeddwn wedi meddwl dim amdano ers ei
weld gyda Fanny Finch nos Wener.

"And… well… you know…"

"Na. Beth?"

"Fuck off, Floyd!" ffrwydrodd Idris, ond yn ffodus daeth
Becca i'r gegin a diffodd y gwreichion heb orfod gwneud na
dweud dim. "Ti'n gwbod *beth*."

"Fanny Finch?"

"*Ie*, Fanny Finch…" Tawelodd Idris heb wybod yn iawn
beth i'w ddweud nesaf.

"A?" Tro Becca oedd hi nawr i'w annog i ymhelaethu.

"Wel… I don't know… I was up hanner y nos thinking
am nhw… but not like *that* either… jyst… oh, fuck… o'n i
jyst moyn gweld fe, that's all… dweud bod popeth yn cool…
dweud whatever sy'n digwydd we'll always be ffrinds… you
know…"

"Cool," dywedais, gan hoffi'r hyn ro'n i'n ei glywed, er fy
mod i'n gwybod fod yna 'ond' fawr yn dod unrhyw eiliad.

"So, I was gonna give him a knock ar y way draw…"

"Weles di Daf?"

"Na," anadlodd Idris yn ddwfn ac eistedd ar un o'r stolion

wrth y bar brecwast. Roedd ei ben yn ei blu a'i lygaid yn syllu tua'r llawr. Eisteddais i a Becca, gan aros i Idris ailafael yn ei hunanfeddiant ac esbonio ymhellach.

Edrychais yn gynnil i gyfeiriad Becca mewn ymgais i ddal ei sylw, ond fe anwybyddodd hi fy ymdrechion. Barugog fu agwedd Becca tuag ataf y noson cynt hefyd, ond roedd y llwydrew yn ymddangos yn oerach fyth y bore yma.

"Beth ddigwyddodd, Ids?" gofynnais o'r diwedd, pan ddaeth hi'n ddigon amlwg nad oedd Idris yn cofio ei fod yn rhan o'r drafodaeth.

"Cops." Cododd ei lygaid a chwrdd â fy rhai i.

"Cops?"

"Everywhere."

"Yn ble?"

"Tŷ Daf."

"Pam?"

"I don't know, do I? And that's y problem. 'Nes i jyst hamro past ar y bike. O'dd dau cop car ar y drive, ac ambiwlans…"

"Ambiwlans?"

"Ie."

"Weles di unrhyw un arall? Ei rieni?"

"Na. Jyst y cops a'r ambiwlans."

"Rho'r radio 'mlaen," awgrymodd Becca, ac fe wnes hynny mewn pryd i glywed y penawdau ar Radio Cymru heb orfod gwrando gormod ar y rwtsh oedd yn arwain tuag atynt.

"Bore da. Dyma'r newyddion, gyda fi, Anna-Marie Robinson, am hanner awr wedi un ar ddeg fore dydd Sul y pumed ar hugain o Awst mil naw naw chwech. Yn gyntaf, mae 'na adroddiadau wedi ein cyrraedd ni o fewn y munudau diwethaf o ail farwolaeth bosib yn gysylltiedig â'r cyffur ecstasy yng Nghaerdydd dros y penwythnos. Mae'r heddlu'n bwriadu rhyddhau datganiad yn y munudau nesaf a bydd mwy o fanylion gyda ni maes o law yn y bwletin canol dydd. Mae'n dilyn marwolaeth Peter

Hawkins, myfyriwr ugain oed o Weston-super-Mare, nos Wener yn nigwyddiad dawns poblogaidd Time Flies yn Neuadd y Ddinas…"

Diffoddais y radio ac eisteddodd y tri ohonon ni'n syllu ar ein gilydd heb ddweud gair am gyfnod hir.

"Sdim sicrwydd mai Daf ma nhw'n siarad am…" dywedais er mwyn tarfu ar y tawelwch.

"Fi'n mynd am ffag," oedd ymateb Idris, ac fe gododd a'n gadael ni yno.

Edrychodd Becca arna i nawr a gwenais arni'n ansicr. Ond yn ôl y disgwyl, ni ddychwelodd hi'r wên.

"Fi'n mynd i gasglu fy sdwff a wedyn fi'n mynd adre."

Nodiais, ac wrth ei gwylio hi'n gadael y gegin ro'n i'n gwybod na fyddai ein perthynas yn goroesi'r cythrwfl.

"Right, then," meddai Idris wrth ddychwelyd o'r ardd gefn. "We've got to ffeindio mas."

"Shwt?"

"Becca…"

"Ie?" Daeth Becca i'r drws, yn cario bag dros ei hysgwydd.

"Ni angen lifft i tŷ Daf," atebodd Idris.

"Lifft. That's it?"

"Not quite. You've got to cnocio'r drws and gofyn os yw Daf yn ok…"

Ystyriodd Becca ei eiriau'n ofalus cyn ateb.

"A *that's* it?"

"Ie."

Oedodd Becca eto, gan syllu ar y ddau ohonon ni'n ddrwgdybus, cyn i'w chwilfrydedd ateb drosti.

"Come on, 'te. Let's go. Ond sa i moyn bod yn rhan o hyn wedyn…"

* * *

Gyrrodd Becca ei Renault 5, gyda fi yn y blaen ac Idris yn y cefn, a mynd o Gyncoed, trwy Rydypenau a Llanisien, croesi'r bont reilffordd i Lysfaen a dod i stop ar Station Road, rhyw ganllath o gartref Daf. Trwy'r perthi, gallen ni weld fod y ddau gar heddlu a'r ambiwlans yn dal yno, ond ar wahân i'r cerbydau, nid oedd unrhyw arwydd o enaid byw ar gyfyl y lle.

Roedd Becca wedi bod yn hollol dawel ers gadael y tŷ, a dyna pryd y torrodd ei mudandod.

"Beth nawr?"

"Fuck knows…" meddai Idris, yna dechreuodd gyfarwyddo. "Cer draw. Give 'em a knock. Gweud bod ti'n cerdded past. Minding your own. Gweud bod ti yn yr ysgol gyda Daf ac yn meddwl what the fuck?!"

Edrychodd Becca arno dros ei hysgwydd, a heb air a heb anogaeth, fe adawodd ni yno a cherdded tuag at dŷ ein ffrind. Ar ôl munud neu ddwy o dawelwch, dywedodd Idris: "Ni'n fucked if it's true, you know that, don't you?"

"Shwt?"

"Fanny Finch."

"Beth amdano fe?"

"He'll know *popeth*, won't he? He and Daf are obviously *agos*…"

"Shit." Dechreuodd holl oblygiadau'r sefyllfa suddo i mewn, ond cyn i fi gael cyfle i bendroni ymhellach, roedd Becca'n cerdded yn ôl tuag atom yn frysiog, ei llaw dros ei cheg a'r dagrau'n pistyllio i lawr ei bochau brychlyd. Roeddwn i, ac Idris mae'n siŵr, yn gwybod fod Daf wedi marw, hyd yn oed cyn iddi agor y drws a chadarnhau hynny.

Fe wnaethon ni ymateb yn wahanol iawn i'r newyddion. Dechreuais i grio. Do'n i ddim yn ei chael hi'n hawdd gwneud fel arfer, ond roedd marwolaeth ffrind da yn gatalydd effeithiol, mae'n amlwg, ac fe wlychodd y dagrau fy mochau mewn dim. Roedd Idris, ar y llaw arall, yn eistedd yno'n dawel, yn syllu trwy'r ffenest ar y palmant llwyd tu hwnt. Roedd ei lygaid yn wydrog, ond ni lifodd ei ddagrau ef. Yna, yn hollol ddirybudd, fe ddechreuodd ddyrnu'r sedd o'i flaen, lle ro'n i'n eistedd, fel roedd hi'n digwydd. Wrth golbio, roedd e'n grymial a rhegi fel dyn o'i gof. Ac yna, ar amrantiad, fe dawelodd ac eistedd yn ôl wrth i realiti'r sefyllfa afael ynddo.

Cafodd Becca ei dychryn yn llwyr gan ymateb Idris, ond fe stopiodd grio. Yna, fe daniodd yr injan a gyrru'n ôl i fy nhŷ i. Yn ystod y daith, datgelodd iddi weld Danny Finch a rhieni Daf yn eistedd yn y lolfa, oll yn eu dagrau, pan agorodd yr heddwas y drws iddi.

"'Nath e ofyn os o'n i'n nabod chi'ch dau hefyd..." esboniodd wrth ddod â'r car i stop tu fas i'r tŷ.

"Pwy, y cops?"

"Ie."

"Shit. Beth wedes di?"

"Bod ni yn yr ysgol gyda'n gilydd..."

"A?"

"That's it. Dim byd arall."

"That won't be the end of it," rhybuddiodd Idris o'r sedd gefn.

"Ti'n meddwl?"

"Fi'n *gwbod*, Beks. Everyone knows bod ti a Floyd yn item, so it's only a matter of time cyn bod y cops yn gwbod as well..."

Eisteddodd Becca yno'n dawel am sbel, fel petai'n ystyried geiriau Idris a chloriannu ei hopsiynau. Ond y gwir oedd ei bod hi, fel ninnau, ar goll yn y byd y diwrnod hwnnw, heb wybod yn iawn beth i'w wneud nesaf.

"Beth ddylwn i neud, 'te, pan maen nhw'n gofyn?"

"Deny popeth."

"Ond..."

"Wel, not popeth-*popeth*, ond about y pils a sdwff. Paid dweud fuck all i nhw am that."

"Ok," atebodd, a dyna ein ciw i adael.

Aeth Idris allan o'r drws yn gyntaf, ond fe oedais i a gafael yn llaw Becca. Ro'n i eisiau ei chysuro, ei chofleidio. Ro'n i eisiau teimlo'i chroen ar fy nghnawd. Ro'n i moyn teimlo *rhywbeth*, achos ar yr union eiliad honno, do'n i erioed wedi teimlo'r fath wacter di-ben-draw. Tynnodd Becca ei llaw i ffwrdd ar unwaith a throi ei phen i'r cyfeiriad arall. Camais o'r car a'i gwylio hi'n gwneud troad tri-phwynt trafferthus yn y cul-de-sac. Nid edrychodd arnaf wrth yrru i ffwrdd.

"Beth nawr?" gofynnais i Idris wrth agor y drws, yn y gobaith fod ganddo gynllun a fyddai'n sortio popeth, er fy mod yn gwybod nad oedd hynny'n bosib chwaith.

"First up, I've gotta mynd i gweld Jimmy."

"Faint yn brin wyt ti?"

"Dau cant. I've got the rest by here," a chyfeiriodd at ei boced, oedd yn bolio ag arian parod.

"Beth ti'n meddwl neith Jimmy i ti achos ti'n brin?"

"Least of my worries, Floyd... Fi'n mynd 'nôl i'r jail am hyn, you know *that*, right? Finch'll make sure o hynna..."

Nodiais, ac wrth i fi wneud, gwawriodd arnaf fy mod i yn yr un cwch ag Idris. Roedd y cachgi ynof yn cyfarth. Yn udo hyd yn oed. Fy unig reddf oedd ceisio dianc, ond fe hoeliodd geiriau nesaf Idris fy nisgwyliadau i'r llawr yn y fan a'r lle.

"There's no escape i fi, Floyd."

"Beth amdana i? Ti'n meddwl bydda i'n cael carchar hefyd?"

"You'll be fine. Jyst paid dweud fuck all i'r cops..."

"Ond by' nhw'n gwbod i fi a Daf fynd gyda ti i Holland."

"It's not illegal i mynd i Holland, Floyd."

"Na... mwn..."

"Don't tell them bod ti'n gwbod beth oedd fi'n gwneud. Plead ignorance. Heb evidence, there's fuck all they can do."

"Ti'n *siŵr* o hynny?"

"Na. Ond you haven't got much choice."

"Fuck, Ids, ni'n fucked!"

"Na, Floyd. *I'm* the one that's fucked. Ti jyst mewn bit of hot water."

"Mae gen i dros ddau gant lan stâr," newidiais gyfeiriad y sgwrs. "Gei di fe. Ma angen talu *pob* ceiniog yn ôl i Jimmy, yn does. Neu fe fyddi di mewn dyled iddo fe am byth. Aros funud…" A thra 'mod i'n mynd i'r atig i estyn yr arian o'i guddfan o dan yr estyll, fe wnaeth Idris alwad ffôn.

"Ma Doc, un of Jimmy's goons, yn expecto fi within the hour," esboniodd pan ddes i lawr stâr a rhoi'r arian iddo. "Nice one, Floyd. This means lot i fi…"

"Dim probs. Ble ni'n mynd?"

"Pontcanna."

"Ac wedyn?"

Anadlodd Idris yn ddwfn a syllu arnaf yn hollol ddidwyll.

"Wedyn ni'n mynd at y cops…"

* * *

Ar ôl i fi estyn fy meic o'r garej a chloi'r tŷ ar ein holau, fe bedlon ni ffwl pelt ar hyd strydoedd cefn tawel Cyncoed. Ond cyn cyrraedd diwedd Dan-y-Coed Road, gwelais gar fy rhieni'n troi ac yn gyrru tuag atom yn araf, rhyw ddau gan llath o'n blaenau. Ac eto, dyna oedd fy mhryder lleiaf, gan fod fan heddlu yn eu dilyn, yn diawlo Mam am yrru fel malwoden, mae'n siŵr.

Heb oedi, fe droion ni i'r chwith i lawr Nant Fawr Road a gwthio ein coesau a'n hysgyfeintiau i'r eithaf mewn ymdrech i ddianc rhag y rhwyd oedd yn prysur gau amdanom a chyrraedd ochr draw'r ddinas er mwyn talu Jimmy a sicrhau rhyw fath o ddyfodol i Idris, ar ôl i'r cyfnod o dan glo anochel roedd y ddau ohonon ni'n ei wynebu ddirwyn i ben.

"Trwy'r coed!" galwais ar Idris, oedd rhyw bum llath o 'mlaen, a chyrraedd ceg y llwybr oedd yn arwain at Cardiff High eiliadau'n unig cyn i gar heddlu sgrialu i stop ar waelod Heol Llandennis. Edrychais dros fy ysgwydd a gweld dau swyddog yn llamu o'r car ac yn ein dilyn ar droed.

Wedi troi'r cornel nesaf, roedd dewis gennym. Fforch lythrennol yn y ffordd. Ymlaen tuag at Rydypenau, ond i'r cyfeiriad anghywir, ynteu i'r chwith tuag at Lyn y Rhath, a'r ddinas a Phontcanna tu hwnt? Mewn gwirionedd, doedd dim dewis gennym, gan fod car heddlu arall yn gwibio o gyfeiriad y pentref, gan gau'r fagl yn dynnach fyth.

Gydag ysgol Cardiff High ar y chwith, afon fach Nant Fawr ar y dde a'r heddlu'n tuchan ar ein holau, roedd Idris a fi'n arafu pan welon ni ddau gar heddlu arall ben draw'r llwybr, ger yr Oval, eu golau'n fflachio'n aneffeithiol yng ngolau'r dydd, dafliad carreg o ffynnon hynafol Saint Isan, yn atal unrhyw obaith oedd gennym o ddianc.

Fe ddaethon ni i stop rhyw ganllath oddi wrthyn nhw. Edrychais i gyfeiriad Idris am arweiniad a'i wylio'n camu oddi ar ei feic a'i osod ar lawr yn ofalus. Anadlodd yn ddwfn ac roedd ei groen – oedd yn frown neis yn gynharach y diwrnod hwnnw – i'w weld cyn wynned â dail y blodau oedd yn britho'r glaswellt bob ochr i'r llwybr caregog llwydfrown.

Roedd hi fel golygfa o ffilm gowbois o dan gyfarwyddyd Alan Parker: pedwar heddwas yn cerdded tuag atom yn ofalus, ond yn benderfynol, o gyfeiriad y llyn, tra bod dau arall yn gwneud rhywbeth tebyg tu ôl i ni. Fe stopion nhw i gyd wrth ein gweld yn camu oddi ar ein beics. Trodd Idris a gafael ynof; ei ddwylaw'n gadarn, ond eto'n gariadus a goddefgar ar yr un pryd, a'i lygaid glas gwelw yn syllu'n syth i fyw fy enaid.

Sibrydodd yn fy nghlust. "Rho'r blame ar fi, ok."

"Beth? Wedes ti wrtha i wadu popeth…"

"Na," cyflymodd ei eiriau wrth i'r heddlu ddechrau agosáu. "Change of plan. Maybe bydd Becca'n dweud wrth nhw…"

"No way!"

Edrychodd Idris arna i wrth glywed hynny, ac ro'n i'n fodlon cydnabod fod hynny'n bosibilrwydd.

"Yes way. Look, Floyd. I'm the one gyda'r holl cash. And I'm the one gyda'r pils…" Ar hynny, chwipiodd y cyfan o'i bocedi a'u codi nhw lan i'r heddlu gael eu gweld. "Ti'n clean, ie?"

Nodiais.

"I'm going down anyway, Floyd. Fi'n mynd i gymryd all the blame…" Dihangodd deigryn o gornel ei lygad. "I've lost un ffrind heddiw, *am byth*, a no way bod fi'n colli un arall…"

Ni chefais gyfle i ymateb. Gafaelodd y genfaint o foch ynom a'n gorfodi i'r llawr yn ddidrugaredd. Cafon ni ein llusgo i'w ceir ac i orsaf Llanisien, ac yno fe droion nhw bob poced oedd gennyf tu fewn tu fas ond, wrth gwrs, ddaethon nhw ddim o hyd i unrhyw beth.

Fe roddon nhw Idris mewn un car a finnau mewn un arall a'r olwg olaf gefais i ar fy ffrind gorau am yn agos at ugain mlynedd – yn y cnawd, o leiaf – oedd cefn ei ben yn mynd tua'r gorwel dinesig, seiren y car yn sgrechian a'r golau glas ar goll yng ngolau'r prynhawn.

* * *

Fe dreuliais i'r ddwy awr nesaf yn eistedd ar gadair blastig anghyffordus yn pwyso fy mheneliniau ar fwrdd dur mewn stafell wag hollol foel ar wahân i bosteri amrywiol yn fy rhybuddio o beryglon torri'r gyfraith. Rhy hwyr! Daliais fy mhen yn fy mhlu am y rhan fwyaf o'r amser, yn wylo'n dawel wrth feddwl am Daf a'r ffaith fy mod i *yma*, yn y ddalfa.

Ni wnaeth y ffaith i neb ddod i fy holi fy nharo'n rhyfedd o gwbwl. Roeddwn i jyst yn eistedd yno gan wybod fod yr amser yn agosáu. Daeth un heddwas i mewn ataf ar ddau achlysur, gan gynnig paned i fi y tro cyntaf a brechdan yr ail. Cymerais y ddau, ond wnes i mo'u cyffwrdd.

269

Ro'n i eisoes wedi colli cymaint, a nawr ro'n i ar fin colli mwy. Dim byd yr oedd modd ei gyffwrdd fel ffrind gydol oes, efallai, ond pethau nad oedd modd rhoi gwerth arnyn nhw. Dyfodol, er enghraifft. Parch. Teulu. Gobaith. Ond, er y tywyllwch llethol a'r straen di-stop, roedd geiriau Idris yn atseinio yn fy mhen.

"Rho'r blame ar fi," roedd e'n sibrwd. "Rho'r blame ar fi," unwaith eto; a'r tro hwnnw ro'n i bron yn gallu taeru 'mod i'n gallu teimlo'i wynt ar fy moch ac arogli ei anadl yn yr aer. Ond pan ddaeth y chwil-lys i fy holi, o'r diwedd, ar ffurf dau dditectif mewn siwtiau rhad, ni allwn fradychu fy ffrind yn y fath fodd. Yn hytrach na phwyntio bys, glynais at y cynllun gwreiddiol, sef gwadu popeth, gan ymddiried yn llwyr yn Becca a gobeithio o waelod calon na fyddai hi'n fy mradychu i.

Fe wnes i gyfaddef teithio i'r Iseldiroedd gydag Idris a Daf, wrth reswm, ond ro'n i'n gwadu smyglo unrhyw beth yn ôl i'r wlad hon. Ro'n i'n gwadu bod yn ymwybodol o gynllwyn Idris mewn unrhyw ffordd a defnyddiais Becca fel alibi ar gyfer nos Sadwrn, gan wybod na wnes i fynd ar gyfyl Time Flies a'r anffodus un, Peter Hawkins.

Trwy'r cyfan, ro'n i'n teimlo nad oedd y ditectifs yn gwneud rhyw lawer o ymdrech i fy "nhorri", ac ar ôl rhyw ugain munud fe wnaeth y ddau ohonyn nhw fy ngadael i yno ar fy mhen fy hun am hanner awr arall.

Erbyn hyn ro'n i'n borsto angen mynd i'r tŷ bach a chodais a chnocio ar y drws. Agorodd yr heddwas ddaeth â brechdan a phaned i fi'n gynharach y drws ar unwaith a fy arwain i'r toiled, heb oedi nac aros am ganiatâd rhyw uwch-swyddog.

Ar ôl gwagio, dychwelais i'r stafell foel ac aileistedd. Sut fydden i'n gallu wynebu Mam ar ôl hyn? Wnes i ddim hyd yn oed ystyried fy nhad ac roedd hi'n anodd i mi benderfynu oedd hynny'n hollol drist neu'n gwbwl ffodus. A beth am rieni Daf? Ro'n i bron yn dymuno cael fy ngharcharu am amser maith er mwyn gallu osgoi'r sefyllfaoedd hynny, ond cyn i fi gael cyfle i bendroni ymhellach roedd y ditectifs wedi dychwelyd.

Ro'n i'n disgwyl y gwaethaf. Disgwyl clywed y geiriau anfarwol yna o'r *Bill* – "Llwyd Owen, you are hereby under arrest for the manslaughter of Peter Hawkins and Dafydd Roach. You do not have to say anything, but it may harm your defence if you do not blah blah blah blah blah…" – felly roedd hi'n sioc pan agorodd un ohonyn nhw ei geg a dweud:

"Right, you're free to go…"

A'r llall yn ymhelaethu, "We'll need to speak to you again, go over some details, but we've got everything we need for the time being…"

Ro'n i'n gwybod yn syth bod Idris wedi cyfaddef, yn union fel y dywedodd y byddai'n gwneud. Ond ro'n i hefyd yn gwybod fod yr heddlu wedi dewis yr opsiwn hawdd. A phwy allai eu beio nhw? Ro'n nhw wedi 'datrys' yr achos o fewn diwrnod a bydden nhw'n cael clod yn y cyfryngau am wneud eu gwaith mor effeithiol. Byddai pawb yn hapus. Yn enwedig y pwysigion. Heb fy anghofio i, wrth gwrs.

* * *

Roedd Mam yn aros amdanaf wrth ddesg ffrynt yr orsaf heddlu, ond ni ddywedodd hi'r un gair ar y ffordd adref. Yn wir, ddywedodd hi fawr ddim wrtha i eto, fyth. Dyna oedd diwedd ein perthynas, er bod hynny'n swnio braidd yn felodramatig bellach. Ac er iddi fy nghefnogi trwy'r coleg a thu hwnt – yn ariannol, o leiaf, os nad ar lefel emosiynol – nid oedd modd claddu'r gwarth yr oedd hi'n ei deimlo ar ôl marwolaeth Daf. Er i'r heddlu fy rhyddhau, ac er na fu'n rhaid i mi fynd i'r llys, roedd Mam yn gwybod, yn *gwybod*, i fi chwarae rhan ym marwolaeth Daf, ac am hynny, nid oedd modd iddi faddau i mi.

Yn ôl y disgwyl, daeth fy mherthynas i a Becca i ben dros nos, ond diolch byth iddi gymryd cyngor Idris hefyd a gwadu popeth wrth yr heddlu o ran y pils a'r smyglo a'r delio. Am hynny, ro'n i'n fythol ddyledus iddi. Yn yr un modd ag yr oeddwn i'n ddyledus i Idris am ei aberth ac am achub fy nghroen. Yn wir, yr unig berthynas wnaeth oroesi'r cyfan oedd fy un i ag Idris Evans, er na fyddai hi'n rhy iachus yn y dyfodol, chwaith.

LLOFRUDD

Dw i'n gwylio'r olygfa o ganol y dorf, gan edrych i fyny ar y crocbren ar Heol y Plwcca, a'r dynion sydd yno ar y llwyfan yn mynd trwy'r ddefod o ddod â bywyd y troseddwr lleol Idris Evans i ben yn y ffordd draddodiadol, sef ei grogi'n gyhoeddus o flaen cannoedd o bobol, pobol sydd wedi hen arfer gweld y fath erchylltra ar eu stepen drws. Yn unol â'r arfer, mae trawstoriad eang o gymdeithas yma heddiw – yr henoed, plant a phopeth rhwng y ddau begwn dynol. Fwyaf sydyn, mae'r cynnwrf yn cydio ynof i a 'nghyd-wylwyr wrth i'r rhaff drwchus a'i chwlwm-rhedeg gael ei gosod o gwmpas gwddf y dihiryn. Mae Jon Gower, y cawr o Siryf lleol, yn camu i ffrynt y platfform pren, yn agor ei sgrôl yn araf ac yn dechrau areithio, gan godi ei lais uwchben murmur y dorf.

"Am lofruddio Dafydd Roach o Lysfaen, Caerdydd, mewn gwaed oer ar y pumed ar hugain o Awst, un wyth naw chwech, bydd Idris Evans yn derbyn ei gosb, ac yn crogi tan iddo drigo, yn unol â'r ddedfryd a orchmynnwyd gan Lys y Goron Caerdydd…"

Ar ôl gorffen, mae'r Siryf yn camu'n ôl, yn troi ei gefn ac yn adrodd adnod o dan ei anadl, wrth wneud arwydd y groes o flaen ei fron, tra bod offeiriad hen a musgrell yn adrodd yr eneiniad olaf i'r llofrudd, sy'n cymryd dim sylw ohono.

Yn hytrach, mae'r euog yn syllu'n benuchel ar y dorf, ei lygaid llaethog llwydlas yn crwydro'n hamddenol o wyneb i wyneb, cyn dod i stop arna i.

Dw i'n syllu'n ôl, wedi fy hoelio i'r fan, ac yn ei wylio'n gwenu arnaf yn yr eiliadau sy'n arwain at agor y trapddor a'r ddisgynfa anochel sy'n aros amdano. Cyn cwympo, mae e'n wincio arnaf; ac yna, ar amrantiad, mae popeth ar ben am heddiw, a dyn drwg arall wedi cael ei haeddiant. Gydag Idris Evans yn pendilio'n ddifywyd yn yr awyr agored, gan siglo'n ôl ac ymlaen yn araf, yn awel fwyn yr Oes Fictoraidd, dw i'n aros yn yr unfan wrth i'r dorf wasgaru a diflannu o'r fan, cyn ymdoddi'n ôl i gilfannau'r ddinas tan y cynhelir y dienyddiad nesaf.

Gwyliaf y corff yn siglo, wedi fy hypnoteiddio'n llwyr gan yr hyn dw i'n ei weld. Yn araf, cerddaf draw at yr atalfa isel oedd yn cadw'r cynulliad rhag heidio'n rhy agos at y crocbren derw ar yr ochr draw, gan weld traed llipa'r troseddwr yn plycio'n anwirfoddol yn yr awyr am y tro olaf, wrth i ryw neges nerfol adweithio'n fewnol, er fod ei galon wedi stopio curo erbyn hyn.

Wrth ochr y llwyfan llabuddio, gwyliaf y crogwr yn camu i gefn coets swyddogol sy'n aros amdano. Mae Gower eisoes yn eistedd ynddi. Cyn cau'r drws ar ei ôl, mae'r dienyddiwr yn tynnu'r mwgwd ac, yn yr eiliad cyn iddo ddiflannu o'r golwg, gwelaf wyneb Jimmy Rodriguez yn gwenu ar ei gyd-deithiwr, mor eglur ac erchyll ag erioed, cyn i'r meirch weryru a thynnu'r goets i gyfeiriad y castell, gan adael Idris Evans yn dolian wrth aros i'r Medelwr Mawr ddod i'w dywys i'r byd nesaf.

* * *

Dw i'n dihuno mewn pwll o chwys oer gyda wyneb Jimmy wedi'i ysgythru ar fy isymwybod. Mae'r gwely o 'nghwmpas fel baddon mwsglyd a fy wyneb yn dychlamu'n ddireolaeth ar ôl y grasfa a gefais neithiwr. Mae Lisa'n cysgu wrth fy ochr yn y gwely pedwar postyn, sef un o nifer o nodweddion eclectig ein stafell yng ngwesty Neuadd Baskerville ar gyrion y Gelli Gandryll. Eisteddaf yn araf, gan godi fy llaw at fy moch a difaru gwneud ar unwaith gan fod hynny'n gwneud pethau'n waeth, er nad ydw i'n cyffwrdd â 'nghnawd o gwbl mewn gwirionedd. Yn ogystal â'r briw ar fy moch, mae fy mhen yn curo a phan dw i'n codi i sefyll mae'r stafell led-dywyll yn troelli am eiliad neu ddwy. Dw i'n sefyll yno, yn gafael yn dynn mewn postyn pren ac yn aros i'r ymosodiad bylu. Yna dw i'n baglu i'r bathrwm, yn cau'r drws ar fy ôl a phwyso ar y sinc.

Dw i'n troi'r golau bach sydd uwchben y drych ymlaen, ond mae'r fflachio cychwynnol fel mellt a tharanau synhwyrol, ac yn yr amser mae'n cymryd i'r golau gydio, gwelaf wyneb Idris yn syllu allan o'r drych bob yn ail â fy nodweddion truenus innau.

Trof, penglinio ar frys wrth yr orsedd borslen a chwydu i'r dŵr nes nad oes unrhyw beth o ansawdd yn dod allan o 'ngheg. Pan dw i'n siŵr nad oes mwy yn mynd i ddod, dw i'n sleifio'n ôl i'r gwely fel anifail cloff, heb feiddio edrych yn y drych unwaith eto, ond nid yw cwsg yn gyfaill i mi heno. Yn wir, mae'r tywyllwch fel gelyn pennaf, yn fy mhoenydio ac yn fy arteithio tan doriad gwawr, yna'n llacio'i afael rhyw fymryn ar fy ngwar a 'nghallineb ac, o'r diwedd, yn fy ngadael i huno am gwpwl o oriau hyfryd a difreuddwyd.

Mae Lisa'n fy nihuno am naw. Dw i 'di drysu'n llwyr i gychwyn, heb gofio lle ydw i na beth yn union sy'n mynd ymlaen. Mae hithau 'di cael cawod ac wedi gwisgo. Mae ei gwallt yn dal yn wlyb ac mae'n arogli o ffrwythau ecsotig amwys. Yn llawn cyffro, mae hi'n esbonio'i bod ar y ffordd i gael brecwast ac yna'n mynd i'r maes. Clywaf hi'n sôn rhywbeth am Toni Morrison a Stephen Fry, ond mae ei hwyl yn pylu pan dw i'n datgan fy mwriad i aros yn y gwely yn hytrach na mynd yn gwmni iddi.

"*Fine*! Ffonia fi pan ti'n codi…"

Ac allan â hi, gan fy ngadael i yn y gwely, yn teimlo fel bastard, er nad ydw i'n siŵr pam. Efallai ei bod hi'n grac nad ydw i'n fodlon ei had-dalu am y gwyrthiau wnaeth hi gyda'r rhew a'r cit cymorth cyntaf neithiwr ar ôl i fi gyrraedd y gwesty'n edrych fel paffiwr oedd newydd gael cweir. Roedd hi mor dyner ac yn llawn tosturi tuag ataf, fel nyrs mewn ffantasi craidd-meddal. Cofiaf fod rhyw awgrym o gyffro'n perthyn i'r weithred hefyd, cyffro ag arlliw o arswyd. Ond bore 'ma, yng ngolau dydd, mae'r amynedd wedi llwyr ddiflannu.

Dw i'n troi a throsi, chwysu a phendwmpian am weddill y bore, yna'n codi a llenwi'r bath crwn crand sydd wedi'i osod yng nghanol y stafell wely, yn hytrach nag yn y bathrwm yn ôl yr arfer. Cyn trochi, dw i'n archebu brecwast i gael ei weini yn y stafell wely ac wrth aros i fy ŵy ar dost a choffi gyrraedd, dw i'n rholio sbliff gryf, er nad ydw i'n siŵr y bydd ei smocio yn beth da ac ystyried popeth sy'n mynd ymlaen ar hyn o bryd.

Pan ddaw y bwyd, dw i'n ei gladdu mewn dwy funud ac wedyn dw i'n camu i'r balconi am awyr iach. Dw i'n difaru gwneud o fewn dau sugnad ac mae'r dydd ar ben cyn i fi suddo i ddŵr y bath.

Does dim gobaith osgoi Idris heddiw, yn enwedig yn awr gyda 'mhen yn llawn llygredd. Dw i'n anwybyddu galwadau Lisa ac yn ceisio cysgu eto yn y prynhawn, ond dyna lle mae e, yn llechu yn y cysgodion, yn barod i wenu a wincio arnaf ar bob cyfle posib.

Pan mae Lisa'n dychwelyd, dw i'n hamio hi braidd, mewn ymdrech i osgoi cael llond pen ganddi. Dw i'n gorbwysleisio'r boen ac yn ceisio fy ngorau glas i'w pherswadio i gytuno i ganslo cwrdd â Gower a'i wraig am bryd yn y Black Lion heno. Mae agwedd Lisa tuag ataf yn gyfuniad o dosturi ar un llaw a diffyg amynedd llwyr ar y llall. Y diffyg amynedd sy'n ennill y tro hwn. Sa i'n gwybod beth oedd hi'n gobeithio'i gael allan o'r penwythnos hwn, ond nid oedd gŵr sy'n gwrthod codi o'r gwely yn rhan o'r ffantasi, mae hynny'n sicr.

"Sa i'n *gallu* mynd, Lis. Edrych arna i."

Dw i'n syllu unwaith eto ar y ddrychiolaeth amryliw yn y drych. Dw i prin yn adnabod fy hun, ond o leiaf nid Idris sydd i'w weld yno ar yr achlysur hwn.

"Ni *yn* mynd, Llwyd. A ti *yn* dod…"

"Ond…"

"Dim *ond*! Dim esgusodion! Ti heb adael fan hyn heddiw…"

"Achos fy ngwyneb…" plediaf.

"Pwy ots?!" mae Lisa'n poeri. "Ti 'di cael cweir. So what? Bydd yn ddiolchgar nad fi sydd â llygad du…"

Fel bachgen da, dw i'n gwisgo dillad glân. Mae Lisa'n cynnig rhoi colur ar fy nghleisiau, ond dw i'n gwrthod. Sdim gobaith eu gorchuddio nhw. Ddim yn iawn, ta beth. Felly beth fyddai'r pwynt?

Er fy holl bryderon rhagfarnllyd, ry'n ni'n cael noson bleserus iawn yn y Black Lion yng nghwmni Mr a Mrs Gower. Mae Jon fel rhyw maffia don llenyddol, yn ysgwyd llaw gyda bron pawb sy'n cerdded heibio, tra bod yr olwg sydd ar fy ngwyneb yn denu sylw ac yn destun cellwair parhaus. Ond gyda'r gwin a'r sgwrs yn llifo, sa i'n becso dim am hynny erbyn i'r prif gwrs gyrraedd.

Wedi claddu'r stecen, archebu potel arall o Chateau La Tour Pibran, Pauillac, a malu cachu yn gyffredinol am beth amser, mae'r sgwrs yn troi at fy 'nofel' newydd. Dw i'n pwyso'n agosach at Jon, sy'n gwneud i'n gwragedd droi eu sylw hwythau at yr hyn dw i ar fin ei ddweud, ac yn hanner sibrwd yr ateb yn gynllwyngar i gyd.

"Rhyngddo ti a fi, Jon," dywedaf, gan wenu, "ni actually *yn* y bennod olaf ar hyn o bryd…"

Mae'r geiriau'n arnofio wrth y bwrdd bwyd, yna dw i'n eistedd yn ôl ac yfed fy ngwin. Mae'r olwg ar wyneb Jon yn awgrymu fy mod yn swnio fel gwallgofddyn, tra bod yr edrychiad mae Lisa'n ei roi i mi yn cadarnhau hynny.

Fwyaf sydyn, mae lleisiau'n codi wrth y bar a throf mewn pryd i weld rhywun cyfarwydd iawn yn dianc trwy'r drws ym mhen pellaf y dafarn. Dw i'n rhoi'r gwydr ar y bwrdd ac yn codi heb air i'w ddilyn.

"Ble ti'n mynd?!" clywaf Lisa'n gofyn, ond sa i'n troi nac yn ateb.

Dw i jyst yn brasgamu ar draws y dafarn, ar drywydd Paki Dave. Beth yn y byd mae e'n wneud fan hyn? Cyd-ddigwyddiad? Dim gobaith! Ond pan dw i'n camu i'r stryd does dim golwg ohono fe'n unman. Edrychaf i bob cyfeiriad ond mae Dave wedi diflannu. Does yna unman iddo guddio chwaith – dim ceir wedi'u parcio na waliau bach i'w llamu. Camaf ar draws y stryd er mwyn gwirio i gyfeiriad y castell a chanol y dref. Dim byd. Neb. Croesaf yn ôl a gweld Jon yn agor drws y dafarn.

Anadlaf yn ddwfn i leddfu'r cyffro sy'n llifo trwof.

"Ti'n iawn?" mae'n gofyn.

"Dim really," dw i'n cyfaddef, sy'n gwneud iddo wenu, rhoi ei law am fy ysgwydd a 'nhywys yn ôl at y merched, sydd bellach yn yfed gin ac yn eistedd wrth y tân agored.

*   *   *

Y diwrnod canlynol am ddau y prynhawn, dw i'n eistedd ar stôl uchel anghyfforddus ar lwyfan isel mewn pabell ddrafftiog ar faes Gŵyl y Gelli. Mae Jon yn sefyll ar flaen y llwyfan, yn annog y dorf i dawelu er mwyn i'r digwyddiad gael dechrau'n reit brydlon.

Mae pob cadair yn llawn, a rhaid cyfaddef fy mod yn falch gweld cymaint o bobol yno. Dw i'n hapus iawn bod Lisa'n eistedd yn y rhes flaen, gyda gwên falch ar ei hwyneb, sy'n newid er gwell o'i hagwedd tuag ataf ddoe. Dw i'n sganio'r dyrfa ac yn gwenu ar ambell wyneb cyfarwydd – Fflur Dafydd, Owen Martell, Malcolm, fy asiant, a Mrs Bradley, fy hen athrawes Saesneg, yn eu plith – ond wrth i Jon fy nghyflwyno fel "award-winning crime writer and creator of the popular Idris Roach series of novels" mae fy nghalon yn stopio a'r holl fyd yn cael ei droi ben i waered pan dw i'n gweld Jimmy, Sol a Paki Dave yn camu i gefn y babell ac yn sefyll yno'n stond yn syllu i 'nghyfeiriad. Dw i'n syllu'n ôl, heb wybod yn iawn ydw i'n gweld pethau ai peidio. Cofiaf 'weld' Dave yn gadael y dafarn neithiwr. Ond cofiaf hefyd iddo 'ddiflannu' erbyn i fi ei ddilyn trwy'r drws. Fel ysbryd. Cymeraf lymaid o ddŵr o 'ngwydr, gan gau fy llygaid wrth wneud, ond pan dw i'n eu hagor eto maen nhw'n dal yn sefyll yno. A phan mae Jimmy'n chwifio arnaf, ei wên gynnes, gyfeillgar yn disgleirio dros bennau'r dorf, dw i'n sicr nad ellyll mohonyn nhw, er nad yw eu cymhelliad yn amlwg i mi eto.

Er y sioc o'u gweld nhw yno, dw i'n llwyddo i ateb holl gwestiynau Jon heb faglu dros fy ngeiriau yn ormodol na chyfaddef unrhyw beth amheus. Dw i'n ochrgamu'r gwir am yr hyn ddigwyddodd i 'ngwyneb, gan feio'r llanast ar ddamwain beic a choeden dderw, heb edrych i gyfeiriad y gangsters wrth gelwydda. Mae'r gynulleidfa'n chwerthin yn y llefydd cywir ac yn gofyn llond llaw o gwestiynau call, heb fod yn rhy heriol, pan mae Jon yn eu gwahodd i wneud hynny ar ddiwedd y sesiwn. Ac wedi derbyn eu cymeradwyaeth dwymgalon, dw i'n diolch i bawb am ddod ac yn cynnig llofnodi llyfrau y rhai sy'n hoffi'r math yna o beth, cyn cael fy synnu wrth weld cynifer yn derbyn y gwahoddiad. Dw i'n mân siarad gyda'r mwyafrif, yn ymwybodol fod Jimmy a'i labystiaid yn aros eu tro yn amyneddgar ar ddiwedd y rhes.

Mae gweld Mrs Bradley yn codi fy nghalon i ddechrau, gan ei bod yn amlwg ei bod hi'n falch ofnadwy o fod wedi fy nysgu rhyw chwarter canrif yn ôl. Ond mae hi'n difetha'r cyfan pan mae'n gofyn hanes Idris. Mae fy meddyliau'n rhuthro i bob cyfeiriad ar yr un pryd ac yn fy ngorffwylltra a fy awydd i beidio â dweud dim byd damniol, dw i'n datgan wrthi nad ydw i wedi'i weld ers gadael yr ysgol. Dw i'n difaru gwneud hynny ar unwaith, gan ddychmygu'r heddlu'n holi Mrs Bradley mewn stafell foel, llawn posteri gwrth-droseddu, ond cyn i fi gael cyfle i ddweud dim byd arall wrthi mae'n cael ei disodli gan Jimmy Rodriguez, sy'n cario copïau newydd sbon o ail nofel Idris Roach ac *Uncharted*, un o gyfrolau diweddaraf Jon.

Dw i'n disgwyl i Jimmy actio fel petaen ni'n adnabod ein gilydd, ond yn groes i hynny, mae'n ymddwyn fel pob random arall dw i wedi'i gyfarfod yn yr hanner awr ddiwethaf. Mae'n gofyn i fi a Jon lofnodi ein llyfrau, yn canmol ein gwaith ac yn gwenieithu yn gyffredinol. Ar ben hynny, mae'n dod i'r amlwg bod y tri ohonyn nhw'n aros yn un o hen adeiladau allanol y Llew Du, sy'n esbonio diflaniad rhithiol Dave neithiwr, o leiaf.

"Who shall I make it out to?" gofynnaf.

"My father," daw ateb Jimmy. "His name is Carlos."

Wrth glywed hynny, edrychaf ar Sol a chodi fy aeliau, ond sa i'n dweud dim. Dw i'n gwybod pryd i gadw fy ngheg ar gau. Mae Sol yn hanner gwenu ei gydnabyddiaeth.

Yna, bron fel ôl-ystyriaeth, mae Jimmy'n galw ar Paki Dave i dynnu llun ohono fe a Sol gyda fi a Jon, ac ar ôl gwneud, maen nhw'n gadael gan ddiolch i ni, a dw i'n troi at Jon ac yn ysgwyd ei law.

Yn ffodus, nid oedd Lisa yno i weld hyn i gyd yn digwydd. Byddai hi wedi adnabod Sol a Paki Dave ar unwaith ac yn ddrwgdybus iawn o'u hagwedd. Roedd hi eisoes wedi mynd i ddigwyddiad arall gyda Mrs Gower, diolch byth. Jennifer Saunders, os dw i'n cofio'n iawn.

*　*　*

Ar ôl treulio gweddill dydd Sadwrn yn yfed yn drwm, mae gen i hangover a hanner ar y daith adref ddydd Sul. Yn anffodus, rhaid i fi yrru'r Land Rover, gan i ni ddod i'r Gelli nos Iau mewn dau gar.

Wrth yrru dros y Bannau, yng nghysgod Pen y Fan, dw i'n dod i'r casgliad bod ymddangosiad Jimmy, Sol a Paki Dave yn y digwyddiad yn arwydd da. Yn fwy na hynny hyd yn oed, yn gadarnhad bron bod yr hyn oedd angen digwydd wedi digwydd ac na fydd Idris yn aros amdanon ni yn y sied ar waelod yr ardd wrth i ni gyrraedd Rhiwbeina ymhen llai nag awr.

Dw i'n dilyn Lisa ar hyd yr A470, yr holl ffordd yn ôl i'r brifddinas. Mae'r pen tost yn agos at fod yn angheuol, ond o leiaf mae'r boen yn ddigon i gladdu'r euogrwydd rwy'n ei deimlo am fy rhan yn anffawd anochel fy hen ffrind.

Wrth yrru heibio cartref Casi ar waelod Rhiwbina Hill, dw i'n gweld dau gar heddlu wedi'u parcio ar y dreif. Mae hynny'n fy nghipio'n ôl i'r gorffennol ar unwaith, ond sa i'n cael cyfle i bendroni'n hir am hynny, gan fod Lisa'n awyddus iawn i weld oes unrhyw sail i fy sicrwydd bod ein gwestai wedi gadael. Mae hi'n ddrwgdybus o fy mhendantrwydd, wrth reswm, ond cyn mynd i weld rhaid i fi wagio 'mhledren. Yn anffodus, smo Lisa'n fodlon aros i fi; mae hi eisiau gwirio fod y sied yn rhydd o 'sgarthion, ac mae'n ymddangos i fi fel ei bod hi wedi llwyr anghofio am helynt nos Fercher, pan alwodd Idris heibio yn bygwth fy lladd.

Dw i'n ceisio'i darbwyllo i aros amdanaf, ond mae'n gwrthod gwrando gair, ac i ffwrdd â hi yn cario'r procer tân yn ei llaw, yn barod i ymlid Idris os oes rhaid. Dw i'n agor y drws ffrynt ac yn camu i'r toiled ar frys. Ond fel sy'n gyffredin yng nghanol gwewyr hangover, mae fel petai'r pisio'n ddi-ben-draw. Heb wthio nac ymdrechu, mae'r hylif melyn trioglyd yn llifo i'r badell fel bwa aur rhyw goblyn Gwyddelig neu dduw Groegaidd. Artepis, efallai? Wrth i fi siglo'i blaen hi, o'r diwedd, clywaf sgrech yn hollti'r heddwch a dw i'n cau'r sip ar unwaith ac yn rhedeg nerth fy nhraed i gyfeiriad y sied.

Ar deras canol yr ardd, dw i'n dod o hyd i Lisa, ei dwylo ar ei phen-gliniau, yn chwydu ar y lawnt.

"Beth sy'n bod?" gofynnaf, gan afael ynddi gerfydd ei hysgwyddau.

Mae hi'n hyrddio unwaith eto, gan dasgu caws dyfrllyd dros fy nhraed.

"*Lisa*?"

Yn araf, mae hi'n codi ei phen ac yn edrych arnaf. Mae ei llygaid yn llawn dagrau a'i chroen yn flotiog a gwelw.

"Beth ti 'di *neud*?" gofynna. Yna, mae'n ailadrodd y geiriau, gan weiddi'r tro hwn. "BETH TI 'DI NEUD? BETH TI 'DI NEUD?"

Mae ei thôn fygythiol yn fy nychryn a diffyg synnwyr ei geiriau yn fy nrysu. Dw i'n ei gadael hi yno yn estyn ei ffôn o'i phoced, a chyn i fi gyrraedd y sied clywaf fy ngwraig yn gofyn am gymorth yr heddlu.

Dw i'n gallu gweld Idris trwy'r ffenest, yn gorwedd ar y gwely, heb fod ymhell o'r fan lle gadewais i fe'r diwrnod o'r blaen.

Camaf i mewn a gorchuddio hanner isaf fy ngwyneb â hances bapur dw i'n ei chodi o'r bocs ar y ddesg mewn ymdrech i fasgio'r drewdod. Mae Idris yn eistedd i fyny yn y gwely yn fron-noeth. Yn ei law dde, gwn. Ar y wal tu ôl iddo, penglog. Ar wasgar. Gwaed cochddu, siâp coeden arswydus o ddychymyg rhyw arlunydd ynfyd. Mae ongl yr ergyd eithaf yn gwneud iddi edrych fel petai Idris wedi lladd ei hun; gosod y gwn yn ei geg a thynnu'r taniwr. Ond pan dw i'n disgyn i'r llawr ar fy mhedwar i wirio a yw'r bag hanner-llawn o cocaine yn dal yno, mae ei absenoldeb yn ategu fod grymoedd allanol wedi bod ar waith yn y fan hyn. Ar ben hynny, mae'r ffaith fod corff Casi'n gorwedd ar lawr wrth ochr y gwely yn cadarnhau fod pethau wedi mynd o chwith yn llwyr.

Dw i'n symud draw ati'n betrus ar fy mhedwar a phenglinio wrth ei hochr. Mae hi'n gorwedd mewn pwll o hylif cochddu trwchus a gallaf weld fod un fwled wedi rhwygo'n ddwfn iddi, a hynny'n syth i'w bola.

Yng nghanol yr holl anhrefn sy'n fy arteithio, mewn eiliad o eglurder dw i'n gallu gweld ar unwaith beth ddigwyddodd. Mae'r ergydiwr – Jimmy? Dave? Sol? A N Other? – wedi gwneud i bethau edrych fel llofruddiaeth-hunanladdiad. Doedden nhw ddim yn disgwyl dod o hyd i Casi yma, wrth reswm, ond chwarae teg, maen nhw wedi byrfyfyrio er fy mudd i. Ro'n i'n disgwyl y bydden nhw wedi cipio Idris ym mherfedd nos. Ei gymryd i ryw warws debyg i'r un lle aethon nhw â fi nos Iau, ei arteithio, ei lofruddio, ei gladdu a'i anghofio. Ond na, roedd Casi yma'n gwmni iddo. Yn gofalu amdano trwy dywyllwch y diddyfnu. Bydd profion balistig yr heddlu, heb os, yn cysylltu'r gwn yn llaw Idris gyda'r fwled yng nghnawd Casi, tra bydd fy nhystiolaeth i a Lisa'n cysylltu Idris a Casi yn llygaid y gyfraith. A fydd neb yn gwybod dim am yr hyn wnes i yn ei chwmni.

Er hynny, dw i'n chwilio am guriad calon ar ei garddwrn a'i gwddf, heb deimlo dim. Wrth gydio yn ei braich, gwelaf y ffôn yn ei gafael. Heb oedi, dw i'n ei roi yn fy mhoced ac yn teimlo ton o ryddhad yn torri drosof.

Ond yna clywaf hi'n garglo fy enw trwy'r swigod gwaedlyd sy'n codi o'i cheg, ac mae'r byd yn tywyllu unwaith yn rhagor.

"Llwyd…"

Sa i'n gallu credu'r peth. Dw i'n syllu arni heb wybod yn iawn beth i'w wneud. Mae ei llygaid ar gau a'i geiriau'n pylu. Gwiriaf am guriad calon unwaith eto. Dim. Ond yna, fel gwyrth wawdlyd, mae Casi'n pledio am gymorth.

"Help…"

Trof fy mhen a gweld Lisa ar y patio, yn siarad â dau heddwas ac yn pwyntio i gyfeiriad y sied. Mae 'nyfodol yn fflachio o flaen fy llygaid – archwiliad yr heddlu, sgandal, penawdau newyddion, achos llys, gwarth, dedfryd hir o dan glo, unigrwydd, anhapusrwydd, hunanladdiad.

Gyda'r hangover wedi'i ddisodli gan rywbeth llawer gwaeth, clywaf Casi'n galw unwaith eto, ond y tro hwn dw i'n gweithredu. Gydag un llygad ar y glas, sy'n dal i siarad gyda 'ngwraig wrth gefn y tŷ, tynnaf yr hances oddi ar fy ngwyneb a'i dal dros geg a thrwyn y ferch ysgol. Caeaf fys a bawd am ei dwyffroen, a gosod cledr fy llaw dros ei cheg. Gwyliaf wrth i Lisa arwain yr heddlu trwy'r ardd, gan gyfri'n araf yn fy mhen, o un at ddau ar hugain. Gobeithio y bydd hynny'n ddigon.

Cyn i'r heddlu gamu i'r sied, gwthiaf yr hances i 'mhoced. Yna, edrychaf arnyn nhw o'r fan lle rwyf ar y llawr, y dagrau'n llifo dros fy nghleisiau a 'mriwiau a'r chwys yn disgleirio ar fy nhalcen.

"I think she's still alive!" ebychaf, gan wneud sioe o afael yn ei garddwrn. "I think I can feel a pulse!"

"Ok, sir, we'll take over from here..." medd y cyntaf o'r moch wrth i'w lygaid grwydro'r stafell a gweld y murlun marwol yn ymledu o ben Idris.

Mae ei bartner yn fy helpu i godi wrth i'r cyntaf benglinio a mynd ar drywydd curiad calon Casi Jenkins.

Dw i'n sefyll yn y drws, gyda fy mraich yn dynn am ysgwydd fy ngwraig, yn gwylio'r olygfa yn hollol ddiemosiwn. Bydd yn rhaid i fi ddelio â 'nghydwybod maes o law. Mae Lisa'n beichio crio, ac yna'n troi ac yn cerdded oddi yno, yn ôl i gyfeiriad y tŷ. Gwelaf yr heddwas sydd ar lawr wrth ochr Casi yn ysgwyd ei ben ar ei bartner, yna mae hwnnw'n codi ei radio at ei geg er mwyn galw am gymorth.

Cyn dilyn Lisa, edrychaf am y tro olaf i gyfeiriad Idris ar ei wely angau, yn llawn hunanatgasedd ar un llaw ond rhyddhad pur ar y llall...

AM YR AWDUR

Brodor o Gaerdydd yw Llwyd Owen.
Dyma ei nawfed nofel.
Mae'n byw yn ardal Rhiwbeina'r ddinas gyda'i wraig Lisa
a'u merched, Elian Sgarlad a Syfi Nona.

Am fwy o wybodaeth, ewch i
www.llwydowen.co.uk
neu dilynwch @Llwyd_Owen ar Twitter

NOFELAU ERAILL GAN YR UN AWDUR

Ffawd Cywilydd a Chelwyddau (2006)
Ffydd Gobaith Cariad (2006)
Yr Ergyd Olaf (2007)
Mr Blaidd (2009)
Faith Hope & Love (2010)
Un Ddinas Dau Fyd (2011)
Heulfan (2012)
The Last Hit (2013)

DIOLCHIADAU

I fy nheulu a fy ffrindiau,
am fod mor gefnogol, amyneddgar a goddefgar;

i Steffan Dafydd am greu clawr hollol anhygoel;

i Simon Boughton am y ffotograffau;

ac i Lefi, Meleri, Nia a phawb arall yn y Lolfa,
am eu gwaith caled a'u cefnogaeth barhaus.

Hoffwn hefyd gydnabod cefnogaeth ariannol
Cyngor Llyfrau Cymru.

Am restr gyflawn o lyfrau'r Lolfa, mynnwch
gopi am ddim o'n catalog
neu hwyliwch i mewn i'n gwefan

www.ylolfa.com

lle gallwch archebu llyfrau ar-lein.

Talybont Ceredigion Cymru SY24 5HE
ebost ylolfa@ylolfa.com
gwefan www.ylolfa.com
ffôn 01970 832 304
ffacs 832 782